호접몽전

호접몽전

청병 최영진 장편소설

②

위원회, 개입을 시작하다

폭스코너

• **진한성** 진용운의 아버지. 2미터가량의 키에, 산맥 같은 체구를 가진 거한이다. 그러나 겉보기와는 달리 천재적인 두뇌를 가졌으며, 특히 중국 역사에 해박하다. 현대에서 행방불명된 그는 뜻밖에도 용운과 같은 삼국시대의 세계에 모습을 드러냈다. '위원회'라고 불리는 무리들에게 쫓기고 있지만 정작 본인은 태평하다.

• **이랑** 진한성의 병마용군으로, 인형 같은 외모와는 달리 강력한 살상력을 가졌다.

• **손책 백부** 손견의 장남으로 격투의 달인. 반동탁연합군에 참전한 아버지를 대신하여, 남쪽에서 가족들을 돌보고 있다. 진한성에게서 격투술에 대한 가르침을 받았으며 그를 매우 존경한다.

• **주유 공근** 손책의 벗이며 빼어난 미남자다. 아름다운 외모와 더불어 매우 합리적이고 냉정한 성격을 가졌다. 진한성으로부터 진법과 책략을 사사했다. 손책을 도와 손가를 지키고 있다.

• **태사자 자의** 처음에는 용운 일행과 오해로 인해 시비가 붙었지만, 사정을 알게 된 후 좋은 벗이 된다. 용운의 조언에 따라 공손찬에게 임관하여 용운과 교류를 다진다. 빼어난 무력과 통솔력의 보유자로, 두 자루 단극을 자유로이 다루며 기마술에도 뛰어나다. 인간적인 정과 신의가 넘치는 인물이다.

• **장합 준예** 냉철한 미남으로 상황 파악과 지형지물 이용에 뛰어난, 타고난 장군감이다. 본래 한복의 밑에 있었으나, 반동탁연합군에서 태사자와 함께 행동하면서 공손찬, 정확히는 용운 쪽으로 마음이 기울어진다.

(* 각 인물의 역사적 발자취에 대해서는 본문 안에 충분히 언급하고 있으므로, 여기서는 특징만 설명하였습니다. 따라서 본래의 역사와 다를 수 있습니다.
－편집자 주)

차례

1
패배의 맛

뚜껑을 열어보니 가후의 계책은 정확했다.

책사라는 자의 지시대로 움직인다는 것, 여포는 그것을 처음 경험했다. 썩 유쾌하진 않았다. 그래도 마음은 편했다. 싸우는 데만 전념하면 되었기 때문이다.

가후는 굳이 직접 말을 타고 별동대를 따라왔다. 변동하는 상황에 대처하기 위해서, 라고 했다. 이해는 잘 안 갔지만 그 근성만은 인정했다.

칼만 봐도 벌벌 떠는 여느 학사들과는 달랐다. 북방 출신답게 말도 곧잘 타니 상관없었다. 두건을 푹 눌러쓰고 한 손만으로 고삐를 다뤘다.

"봉선 님! 오른쪽입니다!"

"봉선 님! 거기서 돌파해나가십시오!"

간혹 뒤에서 이래라저래라 외쳐대는 게 거슬리긴 했지만.

"호위해라. 저자를."

"옛."

여포는 만일의 사태에 대비해, 수하 기병 셋에게 가후를 지키도록 했다. 동탁이 딸려 보낸 자이니 죽으면 곤란했다.

시간이 제법 지났는데도 연합군은 맞서 싸울 태세를 정비하지 못했다. 날이 어두워지는 바람에 혼란은 더욱 커졌다. 워낙 여러 제후들이 데려온 부대가 뒤섞여 있다 보니, 적과 아군을 구분하기 어려운 지경에 이른 것이다.

여포가 이끄는 흑색 철기(鐵騎, 갑옷을 입은 기병)들은 어둠 속을 마음껏 누볐다. 벤 적의 수만 해도 엄청났다.

여포는 이쯤 되자 욕심이 생겼다. 어느새 적진을 제법 깊이 파고든 상태였다. 여포의 예리한 눈이 좀 떨어진 막사를 향했다. 진영의 가운데쯤 위치한 유난히 큰 막사였다.

'공손(公孫)'이란 두 글자가 쓰인 깃발이 막사 위에 나부끼고 있었다. 옆에는 '징적공한(懲賊敬漢, 역적을 벌하여 황실을 받들다)'이란 문구가 쓰인 깃발도 세워져 있다.

여포는 코웃음을 쳤다. 역적은 누구고, 한은 뭐란 말인가. 내친김에 공손찬의 목을 쳐서 연합군을 흩어버리자 싶었다.

그는 앙 허벅시를 가볍게 조였다. 적토마가 즉시 그의 뜻을 깨닫고 방향을 틀었다. 여포가 달리기 시작하자, 뒤에서 가후가 외쳤다.

"안 됩니다, 봉선 님!"

무시했다. 싸우다 보면 가끔 그 계책이라는 것대로 움직일 수 없는 때가 있는 거다.

그러자 뒤에서 가후가 따라오는 듯했다. 이어서 화웅의 기척도 느껴졌다.

여포는 가볍게 혀를 찼다. 진 바깥쪽에서 적을 휘저어주면 될 것을 줄줄이 다 따라오면 어쩌란 말인가.

'빠져나가겠지. 알아서.'

적토마는 워낙 빨랐다. 막사 앞에 닿는 건 순식간이었다.

'여' 자 깃발을 보던 용운은 화들짝 놀랐다.

"으아아, 여포가 왜 여기 쳐들어온 거야!"

용운이 걸치고 있던 털가죽 옷이 흘러내려 다리를 휘감았다. 그 바람에 걸음은 잘 안 걸어지고 마음만 급해졌다.

"주군, 괜찮습니다. 진정하세요. 여포는 저희가 막아낼 테니."

검후의 말에 용운은 세차게 고개를 흔들었다.

"안 돼! 싸우면 안 돼."

물론 수치상으로는 사천신녀의 무력이 여포보다 높았다.

하지만 뭐니 뭐니 해도 여포는《삼국지》최강의 무장이란 인식이 강했다. 거기다 적토마를 타고 있었다. 적토마는 보통의 말이 아니었다. 한혈마라는 품종의 일종이라곤 하지만 그중에서도 돌연변이가 분명했다.

정사의 기록만 봐도 그랬다.

여포는 언제나 적토라고 하는 말을 탔는데, 능히 성을 질주하고 해자를 뛰어넘었다. 사람들이 말하길, 마중적토인중여포(馬中赤兎 人中呂布, 말 중에는 적토마요, 사람 중에는 여포)라 하였다.

즉 적토마에 탄 여포는 무력 수치를 훨씬 능가하는 힘을 발휘한다고 봐야 했다. 만약 싸웠다가 자매들 중 누군가 다치거나, 최악의 경우 죽기라도 한다면?

용운은 그런 상황을 상상조차 하고 싶지 않았다. 그는 허둥거리다 그만 바지 주머니에서 파란 나비상, 금강벽옥접을 떨어뜨렸다. 떨리는 손으로 나비상을 주워들었을 때는, 이미 여포가 코앞에 다가와 있었다.

용운과 여포의 눈이 마주쳤다. 모두 베어버리려던 여포

가 멈칫했다. 무리 속에 특이한 여자들이 섞여 있었다. 그것도 '넷'이나.

이제까지 본 것 중 가장 키가 큰 여자와 붉은색 활을 든 여자, 자기 몸보다 더 큰 기묘한 도구를 든 소녀, 마지막으로 털가죽 치마를 입은 여자였다. 머리가 짧아 언뜻 남자처럼도 보이지만, 나비 모양의 노리개를 든 걸로 봐서 여자가 분명했다.

무엇보다 저렇게 가녀린 몸뚱이와 하얗고 깨끗한 피부를 가진 남자는 본 적이 없었다. 머리카락 색이 엷고 길이도 유난히 짧은 걸로 보아, 노예이거나 이국의 호족 여인으로 보였다.

'공손찬 놈, 여자까지 데려온 건가?'

모처럼 맛보는 전투의 흥분에 분노가 더해졌다. 여자는 전쟁터에 데려와서는 안 됐다. 안전한 집에서 남자를 기다려야 하는 것이다.

한 사내가 그런 여포의 눈에 들어왔다. 유난히 큰 귓불을 가진 사내였다. 여포는 그의 정수리로 망설임 없이 방천극을 내리쳤다. 이 일격으로 머리를 쪼갤 수 있으리라 확신했다.

그때, 여포는 강력한 저항에 부딪혔다.

채앵! 쩡!

대기가 울리는 강력한 소리와 함께, 방천극이 사내의 머리 위에서 가로막혔다.

관우와 장비가 왼쪽, 오른쪽에서 각각 언월도와 점강창을 내밀어 여포의 방천극을 막아낸 것이다.

월아가 유비의 이마 바로 몇 치 위에 있었다. 유비는 겁에 질린 와중에도 할 말은 다 했다.

"그 적토마…… 귀공이 혹시 여포 봉선 님이신가? 듣던 대로 대단하시군그래."

"누구냐, 넌?"

"유비 현덕이라 하오."

관우와 장비는 이를 악물었다.

'큭!'

'무슨 힘이…….'

둘은 옆에서 비스듬히 무기를 내민 형태라, 위에서 내리친 여포에 비해 힘 전달이 쉽지 않았다. 그래도 여포의 힘이 엄청난 건 분명했다.

그때였다. 여포의 뒤에 다섯 명의 사내가 더 나타났다. 바로 가후와 화웅이었다. 나머지 셋은 여포가 가후에게 붙인 호위병이다.

세 철기는 가후를 두고 여포에게 가세했다. 화웅은 용운과 사천신녀에게 눈길을 주었다. 그것을 눈치챈 여포가 말했다.

"화웅, 해치지 마라. 여자들은."

화웅이 히죽대며 대꾸했다.

"해치진 않겠소. 대신 데려가는 건 괜찮겠지."

늘 빙글거리던 유비의 얼굴이 굳었다.

"관우, 여포를 맡아라. 장비는 저 셋을 처리해라. 화웅이
란 자는 내가 상대하겠다."

말이 떨어지기가 무섭게 쌍검을 빼든 유비가 제법 화려
하게 칼춤을 추며 화웅에게 달려들었다. 화웅이 가소롭다
는 듯이 입가를 비틀었다.

"이엽!"

관우는 힘을 써서 여포를 밀어냈다. 뒤로 밀려나자마자,
방천극이 다시 관우의 오른쪽 어깨 위로 날아들었다. 눈을
부릅뜬 관우가 언월도로 방천극을 쳐냈다. 튕겨진 방천극
이 다시 반대편 어깨를 찍어왔다. 그것을 또 쳐내자, 곧장
머리로 떨어졌다.

숨 한번 들이마실 틈도 주지 않는 연격이었다.

'뭐 이런!'

관우는 어금니를 악물었다. 말 위에서 휘둘러오는 여포
의 방천극을 선 채로 막기란 보통 일이 아니었다.

여포는 우람한 체구의 근육덩어리와는 거리가 있었다.
대신, 엄청난 유연성과 탄성, 순발력을 가졌다. 거기서 나

오는 폭발적인 속도가 힘을 더했다.

여포의 팔이 채찍처럼 휘었다. 그는 무표정한 얼굴로 방천극을 내리쳤다. 두 번, 세 번, 네 번.

막아낼 때마다 관우의 굳건한 무릎이 조금씩 구부러졌다. 세 철기는 주위를 돌며 틈을 노렸다. 장팔점강창을 휘둘러 관우를 지키던 장비가 성월을 향해 외쳤다.

"어서 피해요!"

장비는 사실 얌전하고 조신한 여자를 좋아했다. 문제는 그도 숙맥이라는 것이다. 그러다 보니 제대로 여자를 사귀어본 적이 없었다. 취해서 몇 차례 밤을 보냈을 뿐.

저 처진 눈꼬리의 여자는 이상했다. 나이도 자신보다 많고 묘하게 요염했다. 그러면서도 전혀 천박하지 않았다.

성월……이라 했던가. 아직 그녀를 잘 모르지만 눈앞에서 죽기라도 한다면 못 견딜 것 같았다. 창을 잡은 손에, 아직 그녀 손의 감촉이 남아 있었다. 물론 큰 형을 지키는 일이 가장 중요했지만 그녀도 살아주었으면 싶었다.

"어머…… 저 판국에 날 걱정해주네. 나 좀 감동 먹은 듯?"

성월이 중얼거렸다.

상황을 지켜보던 검후가 용운에게 말했다.

"주군, 우리도 싸워야 할 것 같습니다."

짧은 순간, 용운은 고심했다.

사천신녀의 힘을 언제까지고 감출 순 없다. 다만 드러내는 시기가 되도록 늦어지길 바랐다.

'게다가 하필, 첫 상대가 여포와 화웅이라니! 잠깐, 저 사람은 또 누구야?'

여포의 뒤쪽에서 연신 주변을 살피는 남자. 겁을 먹어 두리번거리는 게 아니라, 절경을 감상하기라도 하는 듯 여유로웠다.

그는 갑옷도 입지 않았다. 철검 한 자루를 들었을 뿐인데, 알 수 없는 존재감이 느껴졌다.

용운은 그를 향해 대인통찰을 사용했다. 그의 정보창을 본 용운의 눈이 휘둥그레졌다.

'가후……? 가후가 왜 여기에!'

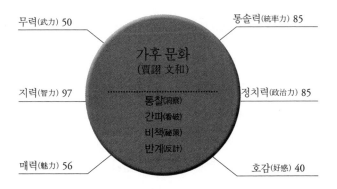

무력(武力) 50

통솔력(統率力) 85

가후 문화
(賈詡 文和)

지력(智力) 97

통찰(洞察)
간파(看破)
비책(祕策)
반계(反計)

정치력(政治力) 85

매력(魅力) 56

호감(好感) 40

용운은 이제 의아하다 못해 소름이 끼쳤다. 일이 그의 예상과 지식을 다 벗어났다.

《삼국지》를 통틀어 최고의 책사가 누구냐는 논쟁이 간혹 벌어진다. 어떤 이는 제갈량을, 어떤 이는 곽가를, 어떤 이는 사마의나 육손을 꼽는다.

여기에 대해 명확한 답은 없다. 우선 저들 각자가 모두 대결해보지 못했고 장기로 하는 분야가 달랐다. 취향도 영향을 미친다.

하지만 생전 한 번도 패배하지 않았으며, 처세에 능하여 제 명을 다하고 죽은 책사가 누구냐고 묻는다면, 답은 하나로 좁혀진다.

그가 바로 가후였다. 정사에서는 가후를 이렇게 평했다.

책략에 실수가 없고 사태 변화를 꿰뚫고 있었다.

가후는 동탁의 수하인 우보를 비롯하여 이각, 단외, 장수 등 여러 인물을 섬겼다. 마지막에는 조조를 받들었다. 그후로 수많은 책략을 내놓아 조조군을 승리로 이끌었다. 조조의 사후, 아들인 조비(曹丕) 대에까지 총애를 받아 태위(太尉)로 임명되고 77세까지 천수를 누렸다.

지금 그 가후가 여포와 함께 있는 것이다.

이 시기에 분명 가후가 동탁 세력에 몸담고 있었던 건 맞다. 하지만 용운이 아무리 생각해봐도 그가 반동탁연합군과의 전투에 참여했다는 내용은 없었다.

여포와 화웅에 이어 가후까지. 분명, 실제 역사와는 다르게 흘러가고 있었다.

아무튼 이 기습만은 이해가 갔다.

'여포의 뒤에 가후가 있었던 거야.'

가후는 연합군의 현 실상을 파악하고 있었던 게 분명했다. 안 그랬다면 이토록 절묘한 타이밍에 대담한 기습을 걸어올 리 없었다.

이 와중에도 그의 지력이 자신보다 1 높다는 게 눈에 밟혔다.

'젠장, 이런 일이 벌어질 줄 알았으면 눈 딱 감고 지력 100으로 할걸!'

예전에 《삼국지연의》와 정사를 읽으면서, 용운은 가후의 행적을 통해 나름 그를 정의한 바가 있었다. 바로 이기기 위해서는 수단과 방법을 가리지 않으며, 음흉한 책략을 쓰는 데도 거리낌이 없다는 것이다.

책사들 중에는 자연스레 문관의 비율이 높았다. 대부분의 문관들은 유학의 세례를 받았다. 그런 문관 출신 책사들은 계책을 쓸 때도 어떤 도덕적인 선이 존재했다. 되도록 사람이 적게 죽는 책략을 택한다거나 세인들의 지탄을 받을 수법은 피한다거나 하는 식이다.

하지만 북방 출신의 가후에게는 그런 게 없었다.

그때, 가후의 시선이 용운 일행에게 꽂혔다. 그의 머리 위로 붉은 글자가 떠올랐다.

통찰(洞察)

가후는 입가에 옅은 미소를 머금었다.

그 미소를 본 순간, 용운은 소름이 쭉 끼쳤다.

통찰. 주어진 상황을 꿰뚫어 살피는 능력. 가후가 세 철 기들에게 외쳤다.

"한 명은 빠져서 저 여자를 공격하라!"

그 손가락 끝이 용운을 가리키고 있었다. 용운은 화들짝 놀랐다.

'날? 왜? 그리고 난 남잔데? 아니, 지금 그게 중요한 게 아니지만.'

관우와 여포는 팽팽했다. 아니, 적토마 때문에 관우가 살짝 밀렸다. 유비는 화웅을 상대하며 비교적 잘 버텼다. 단, 말 그대로 버티는 수준이었다.

장비는 기병 셋을 견제하는 중이었다. 원래 그의 실력이라면, 기병 셋이 아니라 삼십, 삼백이 와도 감당할 수 있다. 하지만 관우를 시켜가며 싸워야 하는 상황이란 게 문제였다.

세 철기들 중 하나는 집요하게 관우를 노렸다. 여포에게 맞서 전력을 다하고 있는 관우에게는 작은 허점도 치명적일 수 있었다. 그사이 나머지 둘이 장비를 방해했다. 놈들을 먼저 잡으려 하면 얼른 뒤로 달아났다. 관우에게 돌아가면 다시 들러붙었다. 여포에게 맹훈련을 받은 정예다운 솜씨였다.

장비는 분통이 터져 죽을 지경이었다.

'크윽. 말만 타고 있었어도!'

팽팽한 접전이 이어지는 가운데, 가후는 이상한 위화감을 포착했다. 적들 모두가 무의식중에 한 대상을 감싸는 위치를 유지하고 있었다. 그 대상이 바로 용운임을 가후는 파악했다.

'공손찬의 애첩이라도 되나? 아무튼 이유는 모르겠지만 이 균형점에 저 여자가 있다.'

가후의 명에, 철기 하나가 즉시 말머리를 돌려 용운에게 달려왔다.

검후의 눈빛이 싸늘해졌다.

"조건 충족. 주군을 지키기 위해 능동적으로 전투에 참여합니다."

성월과 사린이 눈짓을 주고받았다. 근처에 숨어 있던 청몽도 싸울 준비를 했다. 주변 공기가 팽팽하게 긴장됐다.

그녀들이 막 힘을 개방하려던 차였다. 돌진해오던 흑색 철기가 말에서 튕겨나 수평으로 나가떨어졌다. 몸에 걸친 갑옷 탓에 육중한 소리가 울렸다.

주인 잃은 말이 구슬프게 울며 엉뚱한 방향으로 달려갔다.

옆에서 무서운 속도로 가해진 창격(槍格, 창으로 한 공격)이 옆구리를 찔러 그를 날려 보낸 것이다.

"자룡찡!"

사린이 반갑게 외쳤다.

여포의 부하를 쓰러뜨린 이는 바로 조운이었다. 거느린 수하도 없는 걸 보니, 용운의 위험을 알고 다급히 달려온 게 분명했다.

"쳇, 간만에 몸 좀 푸나 했더니."

청몽은 작게 투덜거리며 다시 그림자로 숨어들어갔다.

조운이 숨찬 목소리로 말했다.

"용운, 괜찮은 게냐?"

"네, 전 괜찮습니다."

"내가 늦지 않아 다행이구나."

이어서 그의 눈길이 검후에게 가닿았다. 검후는 살짝 목례를 해 보였다. 성월과 사린이 검후의 옆구리를 찔러댔다.

자기도 모르게 얼굴이 붉어진 조운이 빠른 투로 말했다.

"용운아, 사매분들과 함께 얼른 이 자리를 피하거라. 태수님께서 군세를 수습하셨다. 자의(태사자)도 곧 올 것이다."

같은 또래인 조운과 태사자는 용운의 소개로 만나 친구가 되었다. 다만, 태사자의 직위가 더 높았다. 늦게 들어온 그가 더 높은 관직을 받은 것이다. 불평할 법도 한데, 조운은 묵묵히 제 할 일을 할 뿐이었다.

조운이 몸을 날려 다른 철기를 공격했다. 여포의 친위대라곤 하나 장수급은 아니었다. 조운의 등장에 장비도 기세가 올랐다. 두 기병은 금세 손발이 어지러워졌다. 결국 하나는 조운의 창에, 다른 하나는 장비의 창에 찔려 쓰러졌다.

조운은 그 즉시 유비를 도우러 갔다. 그 모습을 본 장비는 관우를 지원했다. 이제 여포는 관우와 장비를, 화웅은 유비와 조운을 한꺼번에 상대하게 됐다.

몇 합 지나지 않아, 화웅이 먼저 혀를 찼다. 새로 가세한 애송이의 창 솜씨가 만만치 않았다. 아니, 생명의 위협마저 느껴졌다.

머리를 찔러오나 하면, 어느 순간 배로 창이 들어왔다. 숨한 번 쉬는 동안에 네댓 번의 찌르기를 퍼붓는 예사였다.

찌르기 공격뿐만이 아니었다. 휘두르기는 어느새 내려치기가 되고 내려치기는 쳐올리기가 되었다. 변화무쌍한 공격 하나하나에 힘이 실려 있으니, 막거나 피하기가 지극히 까다로웠다.

"쯧."

아직 젊어 보이는데, 최소 10년 이상 창을 수련한 무사가 분명했다.

이런 자가 있었나. 그는 결국 몸을 돌려 달아나기 시작했다.

가후는 이미 먼저 퇴각하는 중이었다. 화웅은 가후의 등을 보며 어이없이 웃었다.

여포는 관우와의 싸움이 즐거웠다. 자신의 방천극을 이 정도까지 받아낸 상대는 없었다.

그때 가후가 외쳤다.

"봉선 님, 철수하십시오!"

무아지경에 빠졌던 여포는 가후의 목소리에 정신이 들었다. 주위를 둘러보니, 여러 방향에서 군사들이 몰려오고 있었다.

"이름이 뭔가. 수염 긴 놈."

"관우 운장이다."

"싸우자. 다음에 다시."

여포는 한 차례 거센 공격을 퍼붓고 몸을 뺐다.

그가 탄 적토마는 순식간에 전장에서 멀어졌다. 뒤를 이어 기병대도 썰물 빠지듯 빠져나갔다. 그 움직임이 어찌나 신속하고 체계적인지, 전혀 퇴각하는 것 같지가 않았다.

뒤늦게 몰려온 연합군 병사들은 멍하니 구경하는 수밖에 없었다.

"대단하네."

유비는 혀를 내둘렀다. 화웅도 분명 버거운 상대였다. 검술에 어느 정도 자신이 있었는데, 여기저기 가벼운 상처를 입은 게 증거였다.

하지만 여포에 비할 바는 아니었다. 소문은 들었지만 저 정도로 강한 줄은 몰랐다. 여포 본인도 강한 데다 흑색 철기 또한 엄청났다. 천여 명 정도가 마치 하나의 생물처럼 움직였다.

그런 무리가 무방비 상태의 진영에 뛰어들었으니 당할 수밖에. 소떼 안에 이리 무리를 풀어둔 꼴이었다.

"이거 제법 피해가 크겠어."

유비의 말에, 옆에 와서 선 관우가 중얼거렸다.

"강한 사내였소."

여포를 두고 한 말이었다. 늘 단정하던 관우의 머리가 풀어헤쳐져 있었다.

그러나 적토마를 탄 여포를 끝까지 제자리에 서서 막아 낸 관우도 대단했다.

"고생했네, 관 형."

유비가 관우의 어깨를 토닥였다.

"현덕! 용운! 무사한가?"

공손찬이 그제야 군을 이끌고 달려왔다. 그의 친위대인 백마의종이었다.

그는 여포가 달려들기 전, 막사를 빠져나가 재빨리 본영으로 향했던 것이다.

"놈들을 추격하세."

서두르는 공손찬을 용운이 말렸다.

"이미 늦었습니다. 그보다 본진을 정비해야 할 것 같습니다."

따라가봐야 여포의 기병대를 붙잡기도 어려웠을뿐더러, 솔직히 가후가 함정을 파놓지 않았을까 두려웠다. 자신을 향해 짓던 차가운 미소가 아직 생생했다.

첫 번째 조우에서 가후는 깊은 인상을 남겼다. 어떤 면에서는 여포보다 무서웠다.

"젠장, 이런 치욕을 당하다니."

공손찬이 이를 갈았다.

악몽 같던 저녁이 끝났다.

여기저기서 병사들의 신음이 들려왔다. 무사한 병사들은 불을 끄고 시신을 수습하느라 바삐 뛰어다니기 시작했다. 연합군은 밤을 꼬박 새워, 2리 밖에 진영을 새로 구축했다. 기습에 대해서도 절서히 방비했다.

각 제후들이 번갈아가며 군사를 내어, 진채의 바깥쪽에 자리를 잡기로 한 것이다. 적의 기동성을 감안해 척후를 운용하는 범위도 더욱 늘렸다.

하지만 소 잃고 외양간 고치는 꼴이었다.

며칠이 지났다.

첫 번째 기습 이후, 호진의 군사는 사수관에 단단히 틀어박힌 채 움직임이 없었다.

다시 열린 작전회의는 착 가라앉은 분위기였다. 그럴 만도 한 것이, 한 번의 기습에 장수가 죽고 무려 이만의 병력을 잃었다. 십만이라는 대군에 들떠 잠시 방심한 대가치고는 컸다.

대신, 작은 소득도 있었다. 적의 강함을 깨달은 제후들이 일시적으로나마 반목과 견제를 멈추고 협력하기로 한 것이었다. 거만한 원소조차 자세를 낮추고 수긍했다.

"여포와 화웅은 확실히 용맹하나 더 경계해야 할 것은 가후입니다."

공손찬의 권한으로 회의에 참석한 용운이 말했다. 그 말에 제후들이 관심을 보였다.

"가후라…… . 그가 어떤 자인가?"

원소의 물음에 용운이 답했다.

"동탁의 사위 우보의 참모이며, 많이 알려지진 않았지만 매우 뛰어난 책사입니다. 동탁의 명으로 여포와 화웅에게 가세한 것 같습니다. 지난번의 기습도 그가 낸 계책이 분명합니다."

"흠, 그렇다면 섣불리 움직일 수 없겠군."

원소가 중얼거렸다.

기주목 한복이 용운에게 말했다.

"공손 태수에게 들으니 그대 또한 뛰어난 참모라던데, 뭔가 좋은 계책이 없겠소?"

잠시 생각하던 용운이 말했다.

"현재 적들은 모두 사수관으로 들어가 방어를 굳힌 상태입니다. 각 군에서 정예병을 뽑아, 교대로 연일 들이치면서 지치게 만드는 수밖에 없습니다. 우리가 비록 이만의 군사를 잃었다고 하나 여전히 수적으로 우위이니, 번갈아 쉬어가면서 공격할 수 있습니다. 곧 봄이 옵니다. 보급선을 탄탄히 하고 끈기 있게 공격한다면 결국 적이 먼저 싸움을 걸어 올 것입니다."

조조가 용운의 말을 받았다.

"가랑비에 옷이 젖게 만드는 격인가. 그러면서 빈틈을

찾아보는 것 정도겠군. 현재로선 최선의 계책인 듯하오."

부시령관인 조조의 발로 방침이 정해졌다. 당장 군사를 희생할 일이 없으니, 다른 제후들도 찬성을 표했다.

용운은 막사를 나오며 한숨을 내쉬었다.

밖에서 기다리고 있던 검후가 그를 위로했다.

"잘하셨습니다, 주군."

"들었어?"

"네, 어지간한 소리는 밖에서도 다 들리니까요."

"그따위 계책밖에 내놓을 게 없어. 난…… 가후한테 패했어."

"그가 있다는 걸 몰랐잖아요."

"그래도 진 건 진 거야. 은연중에 이 시대 사람들을 얕보고 있던 내가 부끄러워. 선비족한테 이겼다고 오만해 있기도 했고."

"주군 탓이 아닙니다. 변동사항이 많았어요."

용운이 눈살을 찌푸렸다. 심각한 표정을 지은 것이었지만 검후에게는 귀엽게만 보였다.

"맞아. 내 말이 그거야. 내가 알고 있는 역사적 사실만 믿기엔 위험해졌어. 그런데 이렇게까지 비틀어진 정확한 원인을 모르겠어. 단순히 공손찬이 거병했기 때문이라고 보기에는 변화의 폭이 너무 큰데……. 그 부분을 좀 고민해봐야겠어."

말하는 용운의 눈 밑에 그늘이 졌다.

검후가 걱정스러운 투로 말했다.

"너무 무리하지 마세요. 지난 며칠간 제대로 주무시지도 못했잖아요."

"응······. 난 먼저 들어갈게. 너희는 진영 안을 둘러보기라도 하는 게 어때?"

"그럴까요?"

계책을 짜기 위해 혼자 있고 싶다는 뜻이었다. 그래도 청몽만은 말없이 용운을 따라갔다.

용운을 막사로 들여보낸 후, 검후와 성월, 사린은 각자 뭘 할지 궁리하기 시작했다.

"난 검술 수련이나 해야겠어."

"후후, 난 장비랑 놀아야지."

"난 사냥하러 갈 테야! 곰 고기 먹고 싶어."

용운은 막사 바닥에 앉아서 여러 개의 죽간과 두루마리를 꼼꼼히 읽었다.

사수관의 병력에 대한 내용이었다. 낙양에 잠입시킨 공손찬의 첩자가 보내온 것이다.

"호진을 도독으로 하여, 부장으로는 여포, 화웅, 왕방,

서영……. 낙양의 수비는 이각과 곽사, 장제 등이…….”

용운의 표정이 어두워졌다. 역시 실제 역사와 많이 달라졌다. 파견된 병력이 만만치 않았다.

여포를 포함한 장수가 다섯에, 병력은 무려 오만. 거기에 가후가 도사리고 있었다.

사수관이 마치 넘을 수 없는 산맥처럼 느껴졌다.

‘아냐. 분명 뭔가 방법이 있을 거야.’

용운은 눈을 감고 정좌했다. 정신을 집중할 때 늘 취하는 자세였다. 기억의 탑을 헤매고 다니며 뭔가 조금이라도 쓸 만한 정보가 없는지 찾기 위해서였다.

특정 정보를 되새길 때는 별로 힘이 들지 않는다. 하지만 이렇게 샅샅이 모든 기억을 뒤지는 건 처음이었다. 한동안 그 자세를 유지하던 용운이 기우뚱했다. 불안하게 앞뒤로 흔들리다 뒤로 풀썩 쓰러졌다.

다행히 머리가 바닥에 부딪히진 않았다. 구석에서 용운을 지켜보던 청몽이 얼른 받쳐준 덕이었다.

“주군!”

깜짝 놀라 용운을 부르던 청몽은 안도의 한숨을 내쉬었다.

그는 작게 코를 골고 있었다. 사흘간 제대로 쉬지도 않고 머리를 짜내, 뇌가 과부하에 걸린 것이다. 결국 몸은 강제 수면을 명했다.

청몽은 무릎을 꿇고 용운을 눕혔다. 허벅지에 그의 머리를 조심스레 놓았다. 성월이 이렇게 하는 걸 보며 늘 부러웠다.

남자 주제에 너무도 가벼워 웃음이 났다.

"우웅……."

용운은 작게 웅얼거리며 옆으로 몸을 돌렸다. 그리고 양 팔로 청몽의 허리를 안았다. 청몽은 일순 굳어버렸다. 숨도 크게 쉴 수 없었다.

이렇게 움직임이 제한되는 자세는 암살자인 그녀가 싫어 하는 것이었다. 하지만 지금은, 최근 들어 사린이를 따라 계속 주워먹다가 배가 나오지나 않았는지가 더 고민됐다. 용운 의 얼굴이 그녀의 아랫배 바로 앞에 있었기 때문이다.

용운은 그 자세로 다시 깊은 잠에 빠졌다. 잠든 그를 가 만히 내려다보던 청몽이 말했다.

"하여간 미련하기는……."

그녀는 잠든 용운의 뺨을 손으로 가만히 쓸었다.

지금 이 순간만은 그는 온전히 그녀 자신의 것이었다.

"여기 와서야…… 겨우 틈을 보여주네."

이대로 시간이 멈췄으면 싶었다.

2

사수관 공략의 계

낙양, 황궁 심처의 밀실.

옥색 장포의 남자가 일어서서 벽을 보고 있었다. 긴 머리를 단정하게 묶어 두건을 썼다. 무표정한 얼굴이 얼음처럼 차가워 보이면서도 아름다웠다.

그는 '회' 내에서 '신기군사'라 불리는 주무였다. 신기군사(神機軍師)는 특기를 암시하는 별명으로, 신묘한 재주를 가진 군사란 뜻이다. 책략과 진법, 환술 등이 그의 능력이었다.

주무라는 이름은 그의 본명이 아니었다. 엄밀히 말해, 이름이라기보다 코드명에 가까웠다. 즉 지금의 주무가 병이나 사고로 죽을 경우, 그를 대신할 만한 능력과 성향을 가진 누군가가 새로운 주무가 되는 것이다.

주무는 본명을 기억에서 지운 지 오래였다. 현대에서 그는 중국 어느 학교의 교사였다. 본명과 함께 과거도 깨끗이 잊었다. 별의 기운을 받아 힘을 얻고 제국의 영광을 위해 일하는 대가였다.

벽의 오른쪽에는 일흔두 명의 이름이 적혀 있었다. 위원회 내에서 지위(地位) 혹은 지살(地殺)급이라 불리는 자리에 있는 이들의 명단이다.

맨 위가 지괴성(地魁星) 신기군사 주무.

그중 '지열성(地劣星) 활섬파(活閃婆) 왕정륙(王定六)'이란 이름 위에 검은 줄이 그어져 있었다.

주무는 오랫동안 빛을 못 봐 안색이 창백했다. 하루의 대부분을 이 밀실에서 보내는 까닭이다. 여러 개의 호롱불이 어두운 내부를 밝혀주었다.

그는 손에 세필(細筆, 가느다란 붓)을 들고 벽에 바삐 뭔가를 쓰는 중이었다. 정확히는 벽에 그려진 대형 중국 지도 위였다. 주와 군 단위로 나뉜 지도에는 각 지역의 제후 이름, 그 수하들, 현재의 상황 등이 빼곡히 적혀 있었다. 지역과 지역 사이엔 무수한 화살표가 그려졌다.

주무는 그중 공손찬, 원소, 원술, 조조, 손견 등의 이름에 동그라미를 쳤다. 모두 반동탁연합군에 참여한 자들이었다.

"흐음……."

그는 공손찬의 이름 위를 검지로 톡톡 두들겼다.

"왜……."

이어서, 손가락은 손견에게로 옮겨갔다.

"왜지?"

그의 예측을 벗어난 행동을 보이는 두 제후. 주무는 그들이 계속 마음에 걸렸다. 원래 역사에서는 연합군에 불참했던 공손찬이, 오히려 중심이 되어 먼저 격문을 발하고 군사를 일으켰다. 선봉에서 맹활약했던 손견은 연합군에 참전하긴 했으나 주변을 살피며 소극적 행보를 보였다.

역사의 변화를 제어하는 주체는 '회'여야 했다. 이 거사는 대담하면서도 극히 세밀하게 진행 중이었다. 아주 작은 어긋남 하나로도 전체가 무너져내릴 수 있었다. 그게 주무의 신경이 곤두선 이유였다.

"모든 일에는 원인이 있다."

이 둘이 아무 이유도 없이 그랬을 리가 없다.

그 와중에 위원회의 인원 중 첫 희생자까지 나왔다. 원래대로라면 바로 그 빈자리를 채웠어야 했다. 하지만 1800여 년 전의 과거로 와버린 지금은 그럴 수도 없었다. 왕정륙이 담당하던 북부 성혼단의 일도 다른 누군가에게 맡겨야 했다. 그만큼 부담이 늘고 전력이 약화된 셈이었다.

"역시 그 남자가 원인인가."

한때 동료였으나, 지금은 최악의 적이 된 자.

그의 독보적 재능이 필요했다지만…… 역시, 대중화(大中華)의 숙원에 오랑캐의 후손을 끌어들이는 게 아니었다.

주무는 위원회의 천위(天位) 36인을 존경했다. 지살 72위의 위에 있는 서른여섯의 초인들. 그들 중 한 사람 덕에 자신의 능력을 각성할 수 있었다.

그러나 단언컨대, 그 남자를 끌어들인 것만은 천위들의 실수였다. 어쩌면 천위들조차 그 남자가 이토록 방해물이 되리라곤 예상치 못했을 것이다. 겉보기에는 덩치만 크고 좀 맹한 고고학자에 불과했으니까.

주무는 그의 이름을 씹어뱉듯 말했다.

"진한성. 그가 이 변화의 원인인 것인가?"

진한성의 천기는 아직 정체조차 밝히지 못했다. 확실한 점은 감당키 어려운 위력을 가졌다는 것뿐이다.

그때 누군가가 밀실로 들어왔다. 밀실은 애초에 위원회의 일원이 아니면 출입이 불가능했다. 주무 자신이 설치해 둔 진법 때문이다. 이에 그는 놀라지 않고 상대를 확인했다.

"왔습니까, 시은."

"헤이요, 주무."

'시은'이라 불린 남자가 주머니에 손을 꽂은 채 가볍게 대꾸했다. 20대 중반 정도 돼 보이는 날렵한 몸매의 청년이었다.

그는 이 시대의 기준으로 봤을 때 매우 특이한 복장을 하고 있었다. 제일 먼저 눈에 들어오는 건 선글라스였다. 실내임에도 검은 스포츠 선글라스를 착용하고 있었다. 머리 모양 또한 예사롭지 않았다. 소위 '레게펌'이라고 하는 스타일로, 머리 전체를 굵은 밧줄처럼 꼬아서 붙였다. 옷은 골반까지 내려오는 청바지에 박스티, 신발은 농구화였다. 마무리로 이어폰을 귀에 꽂고 있었다.

21세기의 도시에서는 간혹 볼 수 있는 모습이지만, 여기서는 시선이 집중되다 못해 관에 끌려갈 수도 있는 차림이었다.

주무가 그린 듯한 눈썹을 찌푸렸다.

"그 차림 좀 어떻게 안 되겠습니까?"

시은은 고개를 끄덕대며 흥얼거렸다.

"응. 안 됨. 네버. 이 차림은 나의 정체성. 유(you)의 요구는 강제성."

"쓸데없이 사람들의 주의를 끌지 않습니까."

"노 프라블럼. 수틀리면 죽이면 되지, 브라더."

"그렇게 방심하다가 왕정륙이 당한 겁니다. 이 시대의 장수들을 얕보면 안 됩니다."

"헤이, 헤이, 왕정륙은 빨리 움직이는 것 말고는 겁나 약한 놈이잖아. 브라더. 왕정륙은 바이(bye), 조운인지 뭔지, 나한테 걸리면 창을 휘두를 틈도 없이 다이(die)."

"조운이 어떤 사람인지 알기나 하는지 궁금하군요. 그리고 그 이어폰, 음악은 나오는 겁니까?"

"무슨 소릴. 배터리를 아끼고 아껴야지. 여긴 전기도, 건전지도 없는 빌어먹을 월드이니까. 정말 중요한 순간에만 한 곡씩 들을 거야, 브라더."

주무는 한숨을 내쉬었다. 지적할 게 끝도 없었다. 가끔 저런 자가 회의 일원으로 선택됐다는 게 의아할 정도였다.

"그 브라더란 소리도 좀……."

"우린 다 별의 운명을 타고난 형제, 브라더. 우린 데스티니(destiny), 이곳은 데스 트랩(death trap)."

"……관둡시다. 여긴 무슨 일입니까?"

"공손찬 쪽 첩자에게서 메일 왔어, 브라더."

"오! 드디어 왔군요."

주무는 시은이 내미는 죽간을 잡아채듯 뺐었다.

"와우."

시은은 어깨를 으쓱하며 투덜거렸다.

주무에게는 드문, 격렬한 행동이었다. 그는 그 정도로 정보에 목말라 있었다. 클릭 몇 번이면 어지간한 정보를 다 구할 수 있는 세상에서 살았다. 그러다 전화조차 안 되는 곳에 오니 속이 터져 죽을 지경이었다. 연락은 오로지 서신과 파발을 통해야 했다. 의식주는 다 적응해도, 이 느린 정보 전달만은 도무지 참기가 어려웠다.

죽간을 훑어내리던 주무의 눈이 번쩍였다.

"진…… 용운? 그 소년의 이름이 진용운이라고?"

시은이 놀라서 호들갑을 떨었다.

"왓? 진용운이면, 그 남자의 아들 이름인데? 동명이인인가?"

"아뇨, 기이한 복색을 한 모습을 봤답니다. 설명으로 봐선 정장이나 교복 같군요. 머리카락도 짧다고 하고. 본인이 맞는 듯합니다."

"아들이 어떻게 이 세계에 온 거지? 설마 우리가 사용한 유적지로 찾아간 거?"

주무는 고개를 저었다.

"제가 알기로 진용운은 고등학생입니다. 일개 고등학생이 그곳을 찾아가기란 거의 불가능합니다. 설령 갔다 해도, 유적지는 한 번 사용하면 1년 동안 휴지기에 들어간다고 진한성이 직접 말했습니다. 그 시간과 인원의 제한 때문에, 일부 지살급들만 먼저 여기 오지 않았습니까."

"오우, 그랬지, 참. 역시 브라더의 기억력은 짱."

"그러고 보니 그쪽에서 처리했어야 할 일들 중에 진용운을 확보하는 것도 있었지요. 그 일로 파견된 회원이 분명……."

"지살 81위, 조도귀(操刀鬼, 칼 잘 쓰는 귀신) 조정(曹正). 크레이지 브라더지."

"조정은 아직 이쪽 세계로 오지 못했죠. 그때 아무래도 무슨 일이 벌어졌나 보군요. 진한성의 집을 찾아갔을 때."

주무는 붓으로 벽의 빈 공간에 그림과 글자를 마구 휘갈겨쓰기 시작했다. 동시에 소리 내어 중얼거렸다.

"진한성의 아들 진용운만 이쪽 세계로 왔다. 그리고 공손찬의 밑에 있다. 진림은 공손찬의 이름으로 격문을 썼다. 이제 의문이 풀리는군요. 변화의 원인은 진한성이 아니라 진용운이었어요."

"왓(what)? 그게 진용운이랑 무슨 상관?"

"모르시겠습니까? 진용운이 공손찬을 부추겨 진림을 등용하고 격문을 쓰게끔 한 겁니다."

"지저스! 고등학생이라며. 어떻게 그런 일을 벌였지? 난 고등학생 때 여자애들 꼬일 생각밖에 없었는데."

"진한성의 아들이지 않습니까. 호부(虎父) 밑에 견자(犬子) 없다고 했습니다. 하지만 이곳으로는 어떻게 온 걸까요."

주무는 점차 열에 들떠 혼잣말로 덧붙였다.

"유적의 힘에 버금가는 유물을 가지고 있다? 진한성이 뭔가 안배를 해두었다? 제 아비의 핏줄을 이어받아 타임슬립과 연관된 특별한 능력이 있다? 혹은 이것들 모두?"

그는 갑자기 붓놀림을 멈췄다. 이 정보에 대한 결론을 내린 것이다.

주무가 천천히 고개를 돌렸다. 그의 눈빛을 본 시은이 중얼거렸다.

"왓더헬. 싫은 예감."

"시은, 진용운을 데려오십시오. 마침 이번 전쟁에 참여했다니, 절호의 기회입니다. 사수관은 동북평보다 이곳에서 훨씬 가깝습니다."

"오우, 슬픈 예감은 틀린 적이 없지. 가까우면 뭐해. 거긴 전쟁터라고, 베리 데인저러스!"

"그래서 더 쉬운 거지요. 전쟁에서는 늘 사람이 죽으니까요."

말은 이렇게 해도, 시은은 주무의 명을 따라야 했다. 그는 현재 위원회 수장 대리인인 것이다.

"오케이. 하지만 나 혼자서는 역부족. 난 싸움 말고는 태부족. 회의 동료를 데려가도 되나, 브라더?"

"그러십시오. 어디…… 아무래도 눈속임이 필요할 듯하니."

주무는 오른쪽 벽의 이름들 중 하나를 가리켰다.

"혼세마왕 번서를 붙여드리지요."

달게 자던 용운은 눈을 떴다. 그러자 익숙한 풍경이 보였다. '삼국지 스페셜' 게임 포스터가 붙은 벽, 위쪽 창틀에 CCTV가 달린 창문까지. 기억에서 한 치도 어긋나지 않는 광경이었다.

"어?"

용운은 어리둥절해서 몸을 일으켰다.

그는 교복을 입고서 자기 방 침대에 있었다. '삼국지 스페셜' 게임을 실행해둔 채, 끄지 않은 모니터가 눈에 들어왔다. 다음 행동을 선택해달라는 메시지가 떠 있다.

순간, 상황이 이해가 갔다. 이제까지 꿈을 꾼 거였다. 《삼국지》 게임을 하다 잠든 탓에, 너무도 실감나는 꿈을 꿨다. 아마 그의 비정상적인 기억력이 작용한 듯했다.

'그럼 그렇지.'

용운은 허탈하게 웃었다. 유물에 의해 삼국시대로 타임슬립하다니. 그런 일이 가능할 리가 없었다. 꿈이라는 사실을 깨닫자 급격히 외로워졌다. 늘 옆에서 지켜주던 사천신녀, 의형제를 맺은 조운, 함께 적과 맞서 싸웠던 유비, 관우, 장비 삼형제와 잠시 상관으로 모셨던 공손찬까지, 그들도 모두 꿈속의 인물이었다. 다시 혼자가 된 것이다.

'원래내토 돌아온 것뿐이야.'

거실로 나온 용운이 멈칫했다. 문득 묘한 위화감이 들었다. 《삼국지》의 세계로 간 건 꿈이라 치자. 하지만 용운 자신과 그의 집이 정부의 특별 관리를 받아온 건 엄연한 사실이었다.

'그럼 요원 아저씨는……?'

용운이 살해당한 요원을 떠올린 순간이었다.

"나, 여기 있다."

셔츠에 청바지 차림의 요원이 소파 뒤에서 슥 일어섰다.

"아저씨! 괜찮아요? 그때 분명……."

용운은 반색했다. 그런데 뭔가 이상했다.

요원의 목 윗부분이 그림자가 드리운 것처럼 시커멓게 가려져 있었다. 얼굴이 보이지 않았다.

"괜찮을 리가 있냐? 너 때문에……."

요원의 뒷말에는 끄르륵 하는 이상한 소리가 섞였다. 목이 잘려 흘러내린 탓이었다.

"내가…… 끄어어, 이런 꼴이…… 됐……."

"헉!"

용운은 숨을 들이켰다. 요원이 풀썩 쓰러졌다. 그 뒤에서 목을 벤 장본인이 나타났다. 식칼 같은 무기를 든 예전의 그 남자가 아니다. 뜻밖에도 동탁의 수하인 화웅이었다.

"어?"

그 화웅의 옆에 홀연히 여포까지 나타났다. 여포는 당황하는 용운을 내려다보며 말했다.

"여자는 죽이지 않는다."

"……뭐요?"

"하지만 이자는 상관없겠지."

여포의 방천극에 한 남자가 몸이 꿰뚫린 채 축 늘어져 있었다. 그의 옆얼굴을 확인한 용운은 비명을 질렀다. 그는 바로 조운이었다.

"안 돼!"

"주군!"

"안 돼…… 으윽, 형이…….."

"주군, 진정하세요."

용운은 누군가가 자신을 품에 안았음을 느꼈다.

눈을 뜨자, 익숙한 얼굴들이 걱정스러운 표정으로 내려다보고 있었다. 사천신녀들이었다.

"정신이 들어요?"

청몽이 울먹이며 말했다.

용운은 조운의 죽음이 꿈이어서 다행이라는 생각이 드는 것과 동시에, 이 상황이 혼란스러웠다.

왜 다들 모여 있는 거지? 왜 저렇게 걱정스러운 표정들이고? 그는 얼떨떨해서서 되물었다.

"내가 어떻게 된 거야?"

안도의 한숨을 내쉰 검후가 답했다.

"주군께선 사흘간 깨어나지 못했습니다."

"사흘? 내가 사흘이나 잤다고?"

"네. 미열이 있긴 했지만 몸에 큰 이상은 없었는데, 아무리 부르고 흔들어봐도 반응이 없어서 걱정했답니다."

성월은 놀란 가슴을 쓸어내렸다.

"아휴. 무슨 잠을 그리 오래 주무셨어요?"

"난 그렇게 오래 잔 줄 몰랐는데……."

용운과 청몽의 옆에 쪼그리고 앉은 사린이 울먹이며 말했다.

"무서운 꿈을 꾸셨는지 막 신음하고 소리도 치고 그랬쪄여……. 그래서 둘째 언니가 주군을 안은 채로 사흘 내내 꼼짝도 안 했어요."

"뭐? 사흘 내내?"

용운은 벌떡 몸을 일으켰다. 순간 핑 하고 현기증이 일었다. 그는 이를 악물고 몸을 가눈 다음 외쳤다.

"설마 계속 그러고 있었던 거야? 먹지도 않고, 잠도 안 자고?"

이상하게 화가 났다. 화낼 일이 아닌데.

청몽이 입안으로 중얼거렸다.

"어휴, 저건 왜 쓸데없는 소릴."

"청몽!"

"니예니예, 그랬습니다. 제가 그랬어요."

"왜 그런 짓을 해?"

"배도 안 고프고 안 졸려서."

"나, 어차피 그냥 잔 거였다면서. 그럼 눕혀놔도 되잖아!"

그러고 보니 청몽이 여윈 것 같았다. 복면 때문에 정확히 알아볼 순 없었지만 용운이 기억하는 얼굴의 윤곽과 미묘하게 달랐다. 눈 밑에도 그늘이 져 있었다.

속이 상했다. 그래서 화가 난 모양이다.

청몽은 용운을 마주 노려보았다. 그 눈에 눈물이 그렁그렁해서 용운은 움찔했다.

"이씨. 걱정되는 걸 어쩌라고요."

"……."

"작전 계획인지 뭔지 짜다가 갑자기 주군이 쓰러졌어요. 그리고 잠들었기에 잠시 눕혀두고 있었는데, 시간이 지나도 일어나질 않잖아요. 내가 아무리 깨우고 흔들어도……. 무서워져서 언니랑 동생들을 불렀는데, 다들 이유를 모르겠다고 하고. 주군은 계속 안 깨어나고. 막 식은땀 흘리면서 비명도 지르고. 몸은 차가워지고. 걱정돼서 도저히 놓질 못하겠는 걸 어쩌라고요!"

그녀는 소리를 지르고 연기처럼 사라져버렸다.

성월이 중얼거렸다.

"뭘 또 특기까지 써가면서 도망쳐. 재능 낭비야."

사린은 안절부절못했다.

"흐엥, 싸우지 마여……."

용운은 잠시 멍하니 앉아 있었다. 청몽의 목소리와 눈물 맺힌 눈이 가슴에 와 박혔다. 검후가 그의 어깨를 다독였다.

"잠깐 토라져서 그런 거니까 너무 신경 쓰지 마세요."

"내가 울렸어."

"네, 그건 맞아요."

"컥……."

"호호, 곧 아무렇지 않은 얼굴로 나타날 거랍니다. 주군은 그런 존재니까요. 주군도 둘째가 걱정돼서 그런 거죠?"

"응. 보니까 얼굴도 상했고."

"사흘 아니라 일주일간 식음을 전폐하고 밤을 새워도 우리에겐 별일 아니랍니다. 만약 얼굴이 상했다면 마음고생 탓이겠죠."

용운은 어쩐지 쑥스러워졌다. 그는 얼른 말을 돌렸다.

"혹시 나 잠든 사이에 무슨 일 없었어?"

검후는 걱정스러운 표정을 지었다. 과로해서라기엔 용운의 증세가 이상했다. 난데없는 숙면의 원인을 알아봐야 할 듯하지만 당장은 단서도, 방법도 없었다.

'반성해야겠다. 내가 소홀했어. 청몽이한테도 더 유심히 관찰해보라고 해야지.'

생각을 정리한 검후가 답했다.

"네, 특별한 일은 없었습니다. 주군의 작전대로, 돌아가며 사수관을 공격하고 있습니다."

용운은 문득 악몽의 내용을 떠올렸다. 찜찜하기 짝이 없는 꿈이었다.

"자룡 형님도 별일 없고?"

"그렇게 알고 있습니다."

"그간 적의 대응은?"

"화살이 겨우 닿을 정도의 거리에 진영을 펼쳐놓은 까닭에, 사수관에서 군사가 나오면 반드시 척후의 눈에 띕니다. 따라서 더 이상 기습은 불가능합니다. 전군이 나와 공격하기에는 병력이 턱없이 열세고요. 그렇다 보니 방어 일색이었습니다."

"그랬구나."

상황은 아직 용운의 예상을 벗어나지 않았다. 그는 안도의 한숨을 내쉬었다.

검후가 말했다.

"그 가우라는 남자가 아무리 대단하다고 해도, 이제 딱히 할 수 있는 일이 없지 않겠습니까? 첫 기습 때는 운 나쁘게 허를 찔렸습니다만."

용운은 심각한 얼굴로 고개를 저었다.

"아니, 가후를 얕봐선 안 돼. 정사에서도 연의에서도 불패의 군사라고. 절대 이대로 가만히 있지 않을 거야. 어쩌면 벌써 뭔가 손을 썼을지도 모르고."

용운은 잠자느라 사흘이나 까먹은 자신이 원망스러웠다.

"나도 뭔가 해야겠어."

"다른 계책이 있습니까?"

"응, 일단……."

용운이 이어서 한 말에, 늘 감은 듯한 검후의 눈이 살짝 뜨였다.

"단합대회를 열 거야."

"단합대회…… 말씀입니까?"

"그건 1단계. 이럴 때가 아니야. 얼른 준비해야지!"

용운은 서둘러 막사를 뛰쳐나갔다.

다음 날 저녁이었다.

진영 전체에 커다란 화톳불 수백 개가 놓였다. 화톳불을 중심으로 장수들과 병사들이 둥그렇게 둘러앉았다. 지휘부는 빠진, 현대로 치자면 하사관 정도의 장수들이었지만 병사들은 그들과 함께 섞여 앉아 있다는 게 신기했다.

병사 천 명에 장수가 꼭 두세 명씩은 포함되어 있었다. 그런 각각의 무리에 술과 고기가 푸짐하게 주어졌다.

평소 어렵게만 느껴지던 장수들이었다. 그들이 직접 술을 따라주었다. 병사들은 놀라고 감격했다.

장수들은 함께 술잔을 나누며 말했다.

"날이 추워서 힘들겠지만 조금만 버티세. 이기면 큰 포상이 있을 테니."

"여름에는 무사히 고향으로 돌아가야지."

"혹시 뭐 불편한 게 있으면 말해보게."

그런 격려에 힘입어 병사들은 더듬더듬 고충을 털어놓기 시작했다. 대부분 아주 사소한 것들이었지만, 그래도 병사들에게는 무엇보다 큰일이었다. 입은 옷이 해어져 추위를 견디기 어렵다거나 쓰던 창의 이가 나가서 다음 전투가 걱정된다거나 집에 두고 온 노모가 염려스럽다거나 하는 것들이었다.

간단한 일들은 바로 처리해주겠다고 약속했다. 물론 당장 해결할 수 없는 문제들도 많았다. 하지만 병사들은 하소연한 것만으로도 마음이 어느 정도 가벼워짐을 느꼈다. 자연 표정이 밝아졌다. 장수들에게 고마워하는 마음도 생겼다.

상수들은 상수들대로, 병사들에게도 각자의 고민과 감정이 있음을 새삼 깨달았다. 워낙 병력의 규모가 크다 보니, 어느새 병사들을 소모품으로만 여기고 있었다.

지휘부는 중앙 막사 앞에 큰 불을 피워놓고 나와 앉았다. 원소의 배다른 동생인 원술이 짜증스러운 얼굴로 투덜거렸다.

"이게 뭐하는 짓인지 모르겠군. 이러다 또 기습이라도 당하면 어쩌려고."

용운이 그의 잔에 술을 따르며 말했다.

"후장군, 걱정 마십시오. 오히려 평소보다 경계병의 수는 더욱 늘렸습니다."

"이런 교착상태를 계속 질질 끌 수 없다는 그대의 말에 공감해서 시키는 대로 하긴 한다만, 이, 단합대회라고 했나, 이런 짓이 무슨 의미가 있지? 병사들의 기강만 해이해지는 게 아닐지 걱정이야."

원술은 쉴 새 없이 불평을 늘어놓았다.

용운은 속으로 생각했다.

'네 기강이나 걱정하라고! 지금 이건 사령관이 결정한 일이잖아! 다른 제후들도 찬성했고!'

정말 한 대만 때렸으면 소원이 없을 것 같았다. 그는 화내지 않으려고 최대한 노력하며 말했다.

"지난번 기습에서 드러났듯, 각자 소속이 다르다 보니 지휘전달 체계에 문제가 있습니다. 소속이 다르다는 것은 소속감도 약하다는 뜻이죠. 이 자리는 병사와 병사들 간은 물론, 장수와 병사의 단합을 높이고 떨어진 사기를 북돋우기 위한 겁니다. 또한 적을 도발하는 의미도 있습니다."

"흥."

원술은 코웃음을 쳤다. 용운의 관자놀이에 핏대가 섰다.

'네가 나랑 진정 갈등을 빚고 싶은 게로구나.'

다행히 동군태수 교모가 적절히 끼어들었다.

"그건 그렇고, 저기 큰 솥에서 아까부터 끓고 있는 건 뭔가? 냄새가 아주 좋구먼."

"특별한 자리를 위해서 제가 준비해봤습니다."

용운은 예전에 제육덮밥을 먹은 하인 왕 씨의 호감도가 올랐던 일을 기억하고 있었다. 거기다 여러 사람들이 다 같이 맛있는 음식을 먹는다면 분위기가 좋아질 수밖에 없다.

확인해보니 보급품 중에 양고기와 쇠고기가 조금씩 있었다. 어차피 겨울이 다 가기 전에 소비해야 할 품목들이었다. 그것들을 최대한 얇게 썰었다. 버섯과 채소류는 주변의 농가와 시전에서 넉넉하게 돈을 주고 사왔다.

재료를 준비한 다음, 불 위에 솥을 올리고 물을 끓였다.

물속에서는 미리 넣어둔 소뼈와 생강, 말린 버섯이 밤새 우러나고 있었다. 거기에 굵은 돌소금과 후주, 부주, 산초 능을 넣었다. 육수가 끓는 중에, 각 제후들에게 그릇을 나눠주었다. 고기며 채소가 가득 담긴 큰 그릇과 정체불명의 노란 양념이 담긴 작은 그릇이었다. 마지막으로 긴 젓가락까지 모두 돌렸다.

공손찬의 허가를 받아, 어제 숙수 출신의 병사들과 함께 종일 준비한 것들이었다.

"자, 이제 솥 가까이 오십시오. 데지 않게 조심하시고요."

"흠, 이것은 우리 고향의 탕 같은데?"

손견의 말에, 용운은 웃으며 고개를 저었다.

"탕과 비슷하지만 아닙니다. 솥뚜껑을 열면, 접시에 있는 고기나 채소를 솥에 넣어서 담가 살짝 익힌 뒤에 드시는 겁니다. 아, 따로 담아드린 장에 찍어 드십시오."

"오호. 이건 찍어 먹는 장이었나."

용운이 준비한 것은 전골요리였다. 샤브샤브 혹은 중국식으로 '훠궈'라고도 불렸다. 중국 고대국가 시대부터 있었던 요리라고도 하는데, 유목민족에게서 유래됐다는 설이 유력했다.

또 칭기즈칸 유래설도 존재했다. 정벌 전쟁 당시, 몽골 병사들은 쉴 틈 없는 전격전 탓에 느긋하게 끼니를 먹을 수 없었다. 이에 자신의 철모를 뒤집어 물을 넣고 끓였다. 거기에 북방 특유의 저장식품인 육포와 어디서나 손쉽게 구할 수 있는 야채 등을 넣어 먹었다. 그 음식이 변하여 훠궈가 됐다는 주장이다.

확실한 것은, 중국 명·청대에 이르러서야 하나의 음식이자 요리로 널리 전파됐다는 사실이다. 만들기도 크게 어렵지 않은 데다, 지금처럼 추운 때에 먹으면 그만이었다.

제일 먼저 공손찬이 음식을 맛봤다. 양고기 하나를 집어 끓는 육수에 담갔다. 즉시 고기가 연한 갈색으로 익었다.

'고기를 이렇게 종잇장처럼 얇게 썬 이유는 금세 익도록 하기 위해서였군.'

익힌 양고기를 노란색 장에 찍어 입에 넣었다. 그의 눈이 살짝 커졌다가 부드럽게 휘어졌다.

맛있는 음식은 사람을 웃게 만든다.

"맛있구먼. 이 달고 고소한 장은 뭔가?"

"콩소스…… 아니, 두장(豆醬)입니다."

원래 땅콩소스가 있어야 제 맛이다. 하지만 땅콩은 포르투갈 상인을 거쳐, 명나라 대에나 중국에 들어오니 어쩔 수 없이 콩으로 대체했다. 그래도 말린 콩을 절구에 빻아서 물에 푼 다음, 꿀과 식초, 약간의 소금을 섞으니 얼추 땅콩소

스와 비슷한 맛이 났다.

공손찬의 반응을 본 다른 제후들도 전골을 먹기 시작했다. 다들 마음에 드는 눈치였다.

시간이 지나자, 알아서 채소와 고기를 함께 먹기도 하고 마음에 드는 채소만 익혀 먹기도 했다. 고기와 채소가 끓을수록 육수의 맛이 더욱 깊어졌다. 다 같이 한 솥의 음식을 먹는 기분도 나쁘지 않았다.

얼마 후, 제후들의 몸 위에 일제히 정보창이 떠올랐다. 붉은 톤의 정보창에 변화가 생긴 호감도 부분은 더욱 빨갛게 표시가 되어 있었다.

'왔구나, 왔어!'

용운에 대한 전원의 호감이 적게는 5, 많게는 10까지 올랐다. 그는 속으로 쾌재를 불렀다.

"어허, 본초 님, 그 양고기는 제가 먹으려고 좀 전에 담가 둔 거요."

"흐흠, 그랬소? 빨리 안 가져가고 놔두니 그런 거 아니오. 양고기는 너무 오래 익히면 질겨진다오."

공손찬과 원소는 이런 말을 주고받기도 했다.

용운은 묘한 기분이 들었다. 역사상에서 둘은 동탁 토벌전이 끝난 후, 장기간의 전쟁에 돌입했다. 그 전쟁에서 패배한 공손찬은 가솔들을 제 손으로 죽이고 자살하는 비극적인 최후를 맞이하게 된다. 그런 두 사람이 농을 나누며 함께 식사 중이었다.

연주자사 유대와 동군태수 교모도 그랬다. 둘은 고기를 씹으며 두런두런 대화를 나눴다. 정사에 의하면, 유대는 훗날 교모를 죽인다. 하지만 지금은 한 솥의 요리를 나눠 먹으며 웃음을 띤 채 얘기를 하고 있었다.

유비, 관우, 장비도 손견과 함께 술잔을 기울였다. 아주 먼 훗날, 저 손견의 차남이 관우를 사지로 몰아넣는다는 걸 꿈에도 모른 채.

어쩐지 마음이 아려왔다. 이대로 모두 더 이상 싸우지 말고 지금처럼 사이가 좋길 바라는 건 헛된 꿈일까?

'역시 그렇겠지…….'

당장 용운 자신만 해도, 원소의 세력을 흡수하여 부흥의 발판을 구축하라고 진언하지 않았던가.

그래도 이 순간, 용운의 가슴속에 처음으로 작은 싹이 텄다. 훗날 그가 이루려 한 목표가 이때 처음으로 어렴풋이 윤곽을 드러냈다. 아직은 막연한 상상일 뿐이지만.

전골요리까지는 아니었으나 병사들에게도 충분한 음식이 지급되어 다들 기분이 좋았다. 흥취가 오른 한 장수가 아내를 그리는 노래를 불렀다.

인생은 아침 이슬같이 짧고, 세상살이 고통은 많기만 하네.

（人生譬朝露, 居世多屯蹇）

슬픈 일은 항상 일찍 닥치고, 기쁜 일은 항상 늦게 오네.

（忧艰常早至, 欢会常苦晚）

조정 일 받들 걸 생각하니, 그대와 날마다 더욱 멀어지겠구나!

（念當奉时役, 去尔日遥远）

수레를 보내 아내를 불렀으나, 공연히 빈 수레만 오고 갔네.

（遣车迎子还, 空往復空返）

답장을 보니 마음은 슬퍼지고, 음식을 두고도 먹지 못하네.

（省书情凄怆, 临食不能饭）

홀로 빈방에 앉아 있으니, 누구와 함께 서로 위로할까?

（独坐空房中, 谁與相勸勉）

긴 밤 잠을 못 이루고, 베개에 엎어져 홀로 뒤척이네.

（长夜不能眠, 伏枕独展转）

근심은 계속 쌓여가고, 돗자리가 아니니 근심을 그칠 수가 없네.

（忧来如循環, 匪席不可卷）

누군가가 그 노래를 따라 부르자 거기에 울음이 섞이기 시작했다. 결국 장수들도, 병사들도 하나가 되어 울고 웃고 하는 풍경이 펼쳐졌다.

어느새 적군들도 노래를 듣고 있었다. 사수관의 성벽 위에서 연합군 진영을 감시하던 동탁군 병사가 중얼거렸다.

"저거, 나도 아는 노래인데."

조용히 노랫소리를 듣던 조조도 혼잣말을 했다.

"좋군."

그의 시선이 자기도 모르게 용운을 향했다. 이런 주술 같은 순간을 만든 자, 용운은 공손찬과 뭔가 열심히 얘기 중이었다.

'다들 기이할 정도로 아름다운 학사 정도로만 생각하는 모양이지만……'

조조는 용운을 처음 본 순간부터 이상했다.

연합군 수뇌부의 첫 회동 때였다. 막사 안에서, 누군가 자신을 낱낱이 들여다보는 듯한 기괴한 감각에 소스라치게 놀랐다. 그것은 말로 설명하기 어려운 기분이었다. 자신의 역량과 장기가 모두 읽히는 듯했다.

분명 불가능한 일이라는 걸 안다. 그래도 그런 느낌이 들었다. 그 시선의 끝에 용운이 있었다. 그가 자신을 뚫어져라 바라보고 있었던 것이다.

그 후로 조조는 용운을 주시해왔다. 보급선을 탄탄히 하면서, 각 제후가 교대로 정예병을 차출하여 사수관을 압박하자는 작전은 정론이었다. 실망스럽지도, 크게 놀랍지도

않았다.

　적의 장수는 모두 양주 출신의 기병대장들이었다. 즉 성을 지키는 싸움에는 익숙지 않다는 뜻이다. 그러다 보면 빈틈이 드러나게 마련이었다. 그런데 이 '단합대회'라는 의식은 단순히 병사들의 사기를 올리려는 목적이 아닌 듯했다.

　'공손찬에게 붙여두긴 아까워.'

　조조는 유난히 인재에 대한 욕심이 많았다. 그리고 저 진용운이라는 자는 그가 가진 재주가 아니더라도 이상하게 끌리는 면이 있었다.

　그렇게 단합대회의 첫날 밤이 깊었다.

　밤의 어둠을 틈타, 두 인영(人影)이 연합군 진영 속으로 스며드는 것을 아무도 눈치채지 못했다.

3

비무대회와 고백

며칠 후.

연합군은 아침부터 비무대회 준비로 바빴다. 단합대회의 연장 겸, 용운이 짠 계책의 일부이기도 했다.

원래 대규모의 부대가 장기간 주둔할 때는 군기가 흐트러지지 않는 선에서 소소한 행사가 열리긴 했다. 부대별 활쏘기 시합이라든가 사냥대회 같은 것들이다. 이는 병사들의 체력을 단련하고 사기를 높이기 위한 목적이었다.

용운은 제후들을 설득하여 그 규모를 조금 더 키웠다. 덕분에 비무대회는 전장에서 열리는 것치곤 제법 성대하게 치러질 예정이었다.

마침 공손찬군이 진영의 경계를 설 차례였다. 때문에 조운과 태사자는 자동으로 대회에서 빠지게 됐다. 각각 부대를 이끌고 진영 외곽을 지켜야 했기 때문이다.

둘은 아쉬워했지만 이는 용운의 계산이었다. 두 사람이, 특히 조운이 검후나 성월과 싸우는 모습을 보기 싫었던 것이다. 설령 비무라 해도.

용운은 사천신녀와 함께 순식간에 비무장이 만들어지는 광경을 보고 있었다. 병사들은 부지런히 바닥을 고르고 울타리를 세웠다.

문득 용운이 말했다.

"너희들 힘이 필요해."

그의 입에서 하얗게 입김이 나왔다. 뒤에서 장포로 그를 감싼 검후가 조용히 웃었다.

"무슨 말씀입니까. 새삼스럽게."

"지금까진 최대한 너희를 싸우지 않게 하려고 했어."

"알고 있습니다."

"하지만 이제 어쩔 수 없이 도와줘야겠다. 내 능력이 부족한 탓에…… 미안."

듣고 있던 청몽이 중얼거렸다.

"답답하기는."

"응? 둘째, 아직도 삐쳤어?"

"아니거든요! 우리 자체가 주군의 힘이잖아요. 그걸 왜 떼어놓고 생각해요? 애초에 우리가 주군에게서 일정거리 이상 떨어지지 못하는 게 그 증거라고요. 우리를 그렇게 보호하고 싸고돌 거면 왜 만들었담."

"아……."

용운은 정신이 번쩍 들었다. 청몽의 말이 옳았다. 그녀들은 분명 소중하지만, 또한 자신이 가진 특기의 일부이기도 했다.

성월이 용운의 머리를 쓰다듬으며 말했다.

"주군에겐 나쁜 버릇이 있죠오. 타인에게는 가시를 세우면서, 자신이 소중히 여기는 사람이 쬐끄으음이라도 상처 입거나 힘든 건 절대 못 보는."

용운은 위를 올려다보며 눈을 깜빡였다.

"내가 그래?"

"완전 그래요. 말하는 거랑 표정에서부터 차이가 난다고요. 후후. 그래서 좋기도 하지만 그게 지나치면 우린 가끔 바보가 된 느낌이에요오."

"알았어. 그래도 너희가 다치는 게 싫은 건 어쩔 수 없어. 그러니까 최대한 조심해."

육포를 열심히 씹던 사린이 말했다.

"넵. 조심! 그래서 우리가 할 일이 뭐예요?"

"그 힘이 어느 정도인지를 내게 보여주는 것."

"넹?"

사린이 고개를 갸웃거렸다. 용운은 기습 때 확인해둔 화웅의 정보창을 떠올렸다.

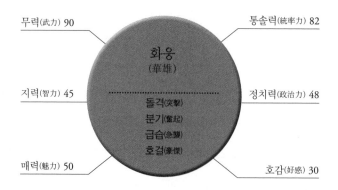

무력(武力) 90

통솔력(統率力) 82

화웅
(華雄)

지력(智力) 45

정치력(政治力) 48

돌격(突擊)
분기(奮起)
급습(急襲)
호걸(豪傑)

매력(魅力) 50

호감(好感) 30

무력이 조운과 불과 1밖에 차이가 나지 않았다. 또한 강력해 보이는 특기도 가졌다. 용운은 그것이 못내 불안했다. 게임에서도 자신의 장수가 전사하거나 포로가 되는 걸 못참는 그였다. 사천신녀의 경우도 불안하긴 마찬가지였다. 그녀들의 정보창은 대인통찰로도 보이지 않았다. 이유는 정확히 알 수 없지만 그랬다.

용운이 늘 주변에 있는 그녀들의 능력치를 확인해보지 않았을 리 없다. 몇 번을 시도해봐도 결과는 같았다.

혹시 특기에다 특기를 써서 그런가? 이런 엉뚱한 생각까지 했었다. 물론 자신이 그녀들을 만들었을 당시의 수치는 다 기억하고 있었다. 그래도 과연 그게 제대로 구현됐는지 확신이 서지 않았다. 그녀들의 능력치를 구성할 때, 에디트 프로그램을 썼기 때문이다.

'시험 삼아 사린이한테 무력이 얼마냐고 물어봤더니, 그게 뭐예요? 먹는 거예요? 란 답을 들었지…… 쩝.'

그래서 구상한 것이 단합대회의 일환으로 비무대회를 여는 것이었다. 다른 장수를 해치지 않으면서, 또 죽고 죽이는 적과의 실전이 아니면서 사천신녀의 실력을 확인할 수 있는 기회. 그게 필요했다. 그녀들의 전력을 제대로 활용하기 위해서라도.

'예전에 성혼단 지부라는 곳에서 전투력을 확인하긴 했지만, 그들은 완력만 셌지, 제대로 훈련받은 군인이 아니니까…….'

그 기억을 떠올리자 눈앞에 참상이 펼쳐졌다. 삼백에 달하는 남녀노소의 시체들, 몸 어딘가가 잘려나갔거나 통째 짓눌린 참혹한 모습의 시신들이 온 바닥에 널린 모습이었다.

보통 사람은 아무리 끔찍한 광경을 봐도 시간이 지나면 잊어버린다. 그게 감당하기 어려울 정도일 때는 뇌에서 아예 삭제해버리기도 한다.

하지만 용운은 그게 불가능했다. 죽은 물고기의 그것 같은 망자들의 눈이 일제히 그를 응시했다.

용운은 검후의 장포자락에 얼굴을 파묻었다.

'그땐, 그때는 어쩔 수 없었어.'

조운만 해도 그랬다. 용운에겐 한없이 자상한 형이지만, 적에게는 인정사정없었다. 그게 옳은 것이라 했다.

그 삼백 명의 목숨을 살리는 대신, 조운과 사천신녀가 죽어야 한다면? 용운은 절대 용납할 수 없다고 대답할 터였다. 그래, 분명 생명은 다 평등하다고 배웠다. 하지만 그런 한편 상대적인 것이기도 했다.

'다른 생각을 하자, 제발.'

용운은 비무대회 생각에 집중하려고 애썼다. 비무대회는 앞으로 그가 사천신녀의 힘을 쓰기 전에 아군에게 선보이는 무대이기도 했다. 일종의 리허설이라고나 할까.

'지난밤의 연회에 이어, 사수관 쪽에 보여줄 거리도 되겠지. 분통이 터진 여포나 화웅 등이 참다 못해 뛰쳐나올 거리가.'

현대의 한국에서도, 북한이 제일 질색하는 건 한국군의 군사훈련이었다. 아군의 전력을 과시함과 동시에 여유로움을 알리는 행위.

공손찬에게는 적군을 도발하는 목적 외에도 아군의 사기 진작 및 원소와 조조 등 주요 제후들이 거느린 전력을 확인할 수 있음을 역설했다. 여기에 언변 특기가 작용하여 공손찬은 쾌히 승낙했다. 상품으로 지니고 있던 보검을 내놓기까지 했다.

제후들도 의외로 흥미를 보였다. 능력과는 별개로, 그들은 모두 전쟁을 경험했다. 적을 사수관 밖으로 끌어내야 한다는 걸 이해한 것이다. 각자 자신의 강함을 과시하고 싶은 마음도 한몫했다.

"우승 상품으로 검 한 자루는 부족하지. 내 이 책을 더하겠네."

원소가 가문의 병법서 한 권을 보탰다. 여기에, 원소에게 지기 싫었던 원술도 거들었다.

"난 20만 전을 내놓겠다."

상품까지 더해지니 비무대회는 더욱 그럴듯해졌다. 그리고 마침내 개시 직전이 되었다.

잠시 후, 중앙 막사 앞으로 제후들이 모였다. 그들은 출전시킬 장수의 이름을 써냈다. 이름이 적힌 죽간 조각을 섞어서 추첨하여 대진표를 정했다.

제후별로 장수는 2인까지 출전 가능토록 했다. 유비는 관우와 장비를 내보냈다. 그는 병사 수도 적고 관직도 낮으며 영지도 없는 자신이 한차례 이름을 떨쳐볼 괜찮은 기회라 여겼다. 특히 여기에는 여자가 둘이나 출전하여 이목을 끌었다. 바로 검후와 성월이었다.

"허허, 이거 손을 살살 쓰라고 해야겠는걸."

"눈요기를 하는 것도 괜찮겠지."

제후들은 그녀들의 출전을 그저 흥미를 돋우기 위한 여흥 정도로 여겼다. 가장 급진적이며 사고가 깨였다고 할 수 있는 조조마저도 그랬다.

1차 대진표는 아래와 같았다. 앞은 장수의 이름, 괄호 안은 그가 섬기는 사람이다.

관우(유비) - 국의(한복)

검후(공손찬) - 위자(장막)

조인(조조) - 주령(원술)

한당(손견) - 한거자(원소)

하후돈(조조) - 교유(원술)

성월(공손찬) - 장합(한복)

우금(포신) - 정보(손견)

장비(유비) - 한호(왕광)

중앙 막사 앞, 임시로 만든 연무장 울타리에 대진표가 나붙었다. 용운은 한 세력의 대표가 아니라 공손찬의 가신이었기 때문에 사천신녀들도 공손찬에게 속한 것으로 처리됐다.

대신표를 보던 용운의 입이 살짝 벌어졌다.

'응?'

조조가 조인과 하후돈 등을 거느렸다는 사실이야 이미 알고 있었다. 손견의 장수들인 정보와 한당도 놀랍지 않았다. 하지만 장합과 우금이 튀어나올 줄은 몰랐다.

'아차! 맞아. 이때 장합이 한복의 밑에 있었지. 우금도 포신의 부장이었고.'

대진표에서 그들의 이름을 보자, 스위치가 켜진 것처럼 곧바로 기억이 났다. 주군인 제후들의 위명이 상대적으로 약했던 탓에 미처 감안하지 못한 것이다.

일단 검후는 그다지 걱정되지 않았다. 그녀의 첫 상대 위자(衛玆)는 장막의 부장이다. 장군으로 참전하긴 했으나, 무예보다 정치와 내정 쪽에서 이름을 얻은 인물이었다.

그런데 성월의 상대가 장합인 게 마음에 걸렸다. 장합(張郃). 자는 준예(儁乂)이며, 현재는 한복의 수하로 있다. 황건의 난 때부터 전장에서 두각을 드러냈다. 훗날 역사대로라면 원소를 거쳐 조조에게 항복한다. 그 후로는 위나라의 장군이 되어 수많은 전장에서 활약했다.

'변화의 법칙을 잘 깨우치고 있었으며, 진영의 통솔에 능하고 상황이나 지형에 따라 계략을 짜는 데 명수라 했던가.

그래서 위나라의 지휘관들 중 유비가 가장 두려워한 인물이라고…….'

그뿐만이 아니다. 장합은 먼 훗날, 제갈량의 부장 마속을 패퇴시켜 '읍참마속(泣斬馬謖)'이란 고사성어를 생겨나게 한 장본인이었다. 또 제갈량이 기산에서 출전했을 때, 그에 호응하여 남안군, 천수군, 안정군에서 반란이 일어났는데 장합이 이를 모두 무찔러 평정했다.

그 후 진창을 공격하던 제갈량을 다시금 격퇴하여, 그 공으로 거기장군(車騎將軍)에 올랐다. 거기장군은 대장군과 비슷한 최상위 군직이다. 문관에 비교하면 삼공(三公)과 동급이었다. 그야말로 무인으로는 최고의 자리까지 올랐다고 할 수 있었다.

'하, 하지만 딱히 무력이 강하다는 기록은 없어.'

용운은 이런 생각을 하며 마음을 진정시키려 했다.

그러나 이 시대 장군의 역량은, 장군 자신의 무력과도 깊은 연관이 있었다. 관우와 장비가 그랬고, 조운도, 태사자도 그랬다. 게임상에서 장합의 무력은 전성기 때 수치가 92~94 정도였다. 즉 지금의 조운이나 화웅보다 강했다.

'이따가 대인통찰로 확인해봐야지. 성월이 꼭 이겨야 할 텐데…….'

용운은 비무대회의 분위기를 최대한 시끌벅적하게 만들

어줄 것을 병사들에게 주문했다. 안 그래도 어제의 연회로 사기가 올라 있었다. 거기다 맹장들의 대결까지 본다는 생각에 신이 났다.

병사들은 큰북을 치고 솥을 두드렸다. 자기 세력 장수의 이름을 연호하며 함성을 질렀다. 박자에 맞춰 발을 구르기도 했다. 급기야 그 소리에, 사수관 성벽 위로 병사들이 늘어섰다. 그중에는 장수들도 끼어 있었다.

"저건 뭐하는 수작이지?"

중랑장 서영(徐榮)이 중얼거렸다.

그는 사수관으로 출진한 네 장수, 즉 동탁군의 사천왕 중 한 사람이었다. 떡 벌어진 어깨에 목이 굵고 짧았다. 게다가 덩치까지 커서 한 마리의 곰처럼 보였다. 두건을 눌러쓰고 그의 뒤에 서 있던 가후가 답했다.

"첩자의 말에 의하면, 비무대회를 할 것 같다더니 사실인가 봅니다."

낙양에서는 공손찬을 비롯해, 조조와 손견, 원소 등 주요 제후들의 첩자가 활동 중이었다. 여포가 눈에 띄는 대로 잡아도 근절되질 않았다.

마찬가지로 연합군 내에도 동탁군의 첩자가 존재했다. 십만에 달하는 수에 광범위한 진영, 거기다 여러 세력이 뭉쳐 있어, 그 속에서 첩자를 구분하기란 거의 불가능했다.

"비무대회? 우리를 앞에 두고?"

서영은 어이없다는 듯 내뱉었다.

그때였다. 근처에서 우득! 하고 부서지는 소리가 났다. 호진이 성벽 일부를 움켜쥐어 부순 것이다. 화강암 재질의 난간이 가루가 되어 떨어졌다.

그는 원래 아귀힘이 세기로 유명했다. 손으로 잡아 뜯는 공격이 마치 늑대가 문 것 같다고 하여 '낭구수(狼口手)'란 별명이 있을 정도였다. 그 때문일까. 체격에 비해 가는 편인 허리를 약간 굽힌 자세와 늘 충혈된 눈 하며, 전체적인 모습도 이리를 닮았다.

호진은 낮은 목소리로 말했다.

"어제의 연회에 이어 오늘은 비무대회라. 저것들이 정녕 우리를 우롱하는구나."

화웅이 기다렸다는 듯 대꾸했다.

"대독호(大督護), 지금 들이치는 게 어떻소이까? 우리 철기는 최강이오. 바삐 몰아치면 진영을 또 한 번 뒤집어놓을 수 있을 거요."

그가 말을 끝맺기가 무섭게 가후가 단정했다.

"안 됩니다."

김이 샌 화웅은 눈살을 찌푸렸다. 호진이 가후를 향해 고개를 돌렸다.

"……이유를 말해보라."

"저건 기만책이고 도발입니다."

"우리를 의도적으로 도발하고 있다는 건가?"

"그렇습니다. 여기서 진영을 파악해보면 얼핏 무질서한 것 같지만 그건 가운데의 일부일 뿐, 바깥쪽은 빈틈없이 돌아가고 있습니다."

맨 마지막에 성벽으로 올라온 여포가 말했다.

"별것 아니다. 도발 따위. 돌격한다. 무시하고."

"물론 복병이 있어도 장군들의 솜씨로 돌파하는 거야 일도 아니겠죠. 하지만 문제는 병사들입니다. 장군들 휘하의 직속 철기를 제외한 나머지 다수의 병사들은 장군들의 돌파를 따라가지 못합니다."

"데리고 간다. 나의 흑호대(黑虎隊)만."

"그러니까 그게……."

가후는 관문 밖으로 뛰쳐나가려는 장수들을 말리느라 진땀을 뺐다. 통제가 안 되는 야수들을 상대하는 느낌이었다.

그러고 보니 네 장수는 각각 야수를 닮았다. 대독호 호진은 늑대, 도독 화웅은 독사, 중랑장 서영은 곰, 가장 위험한 여포는 호랑이였다. 검은 호랑이. 늑대, 곰, 독사, 흑호, 네 마리의 야수가 연합군을 찢어발기기만 갈망하고 있었다.

문득 가후는 이런 생각이 들었다.

'혹시 연합군에 이들의 성향까지 계산하여 도발해오고 있는 책사가 있는 것인가?'

정확히 이유는 모르겠지만 갑자기 한 여인이 떠올랐다. 기습전 당시, 적장들이 보호하려고 애쓰던 여자. 중원에서는 보기 드문 짧은 갈색 곱슬머리의 미인이었다.

'그 여자는 대체 누구지?'

처음에는 공손찬의 애첩 정도 되나 생각했다. 그 여인이 공손찬의 막사에서 나왔기 때문이다. 혹은 유비가 마음에 둔 여인이거나.

하지만 그렇다고 보기에는 뭔가 이상했다. 유비가 공손찬과 막역한 사이라는 것은 가후도 잘 알고 있었다. 그가 여색을 좋아한다는 것도. 그러나 그 유비는 결코 공손찬의 첩실 따위를 위해 목숨 걸고 싸울 남자가 아니었다. 또한 위험해지면 자신의 처자식도 팽개치고 도주할 위인이다. 가후가 파악한 유비는 그랬다.

'그런 남자지만, 눈독 들인 인재에게는 아낌없이 허리를 굽히고 가진 것을 베푼다. 처자식은 버려도 능력 있는 부하를 위해서는 목숨을 건다. 관우와 장비 같은 걸출한 무인들이 곁에 있는 건 그래서다.'

결국, 그 여자에게 뭔가 있다는 의미였다. 뜬금없이 그 여자가 떠오른 것도 이상했다. 하지만 그게 뭔지를 짐작하기가 어려웠다.

그때, 호진이 가후의 상념을 깼다.

"아무튼 이대로 틀어박혀 있기는 어렵다. 명색이 군사라 하여 동행했으니 계책을 내보라."

"이미 시작했습니다."

"응? 무엇을 말인가?"

"며칠 내로 보이지 않는 원군이 우리를 도와 적군의 수를 줄여줄 것입니다."

보이지 않는 원군이라니. 호진은 고개를 갸웃거렸다. 하여간 책사란 것들은 쉬운 말도 어렵게 한다.

가후는 호진이 고민하게 내버려두고 여포에게로 몸을 돌렸다.

"봉선 님께도 부탁할 일이 있습니다. 아마 지금처럼 지루하시진 않을 겁니다."

가후는 검은 호랑이가 으르렁대는 모습을 보며 웃었다.

그는 정체 모를 적의 책사를 향해 마음속으로 말했다. 좋다, 어디 대결해보자꾸나.

그때, 용운은 북쪽 비무대 근처에 서 있었다. 장막군의 부장 위자와 검후의 시합이 열릴 곳이었다.

비무대는 동서남북에 하나씩, 총 네 개가 세워졌다. 병사들이 최대한 많이 볼 수 있게 하기 위해서였다. 평평하게 닦은 바닥에 사각형으로 울타리를 세운 간단한 형태였다.

"응?"

용운이 사수관 쪽으로 고개를 돌렸다.

옆에서 양고기 꼬치를 먹던 사린이 물었다.

"왜여?"

"아니. 방금 누가 노려보는 것 같아서."

"우웅? 주군, 독수리 눈이에요?"

사린의 말대로였다. 상식적으로 불가능했다. 사수관에서 본영까지의 거리는 약 500보. 높은 곳에서 쏜 화살이 바람을 타고 날아와도 닿지 않을 정도의 거리에 자리 잡았다.

또한 이는 사수관에서 병력이 나왔음을 확인할 수 있는 거리이며, 철기의 속도가 절정에 이르지 못할 지점이기도 했다. 그러고도 모자라서 군데군데 목책도 세웠다. 두말할 필요 없이 며칠 전 기습이 낳은 결과였다.

가깝다면 가깝지만, 육안으로 시선을 확인할 수 있는 거리는 결코 아니었다.

'이상하네. 분명 누가 보는 것 같았는데.'

그때, 요란한 함성이 용운의 주의를 돌렸다.

드디어 비무가 시작된 것이다. 규칙은 간단했다. 어떤 무기를 써도 상관없다. 졌다고 선언하거나 정신을 잃으면 패배나. 또한 비무장 밖으로 밀려나도 패배로 간주했다. 단, 상대를 고의로 죽였을 때는 즉시 실격되며 엄한 처벌을 가하기로 했다.

"와아아! 예쁘다!"

"키 크다!"

검후를 본 병사들이 탄성을 내질렀다. 검후는 늘 그렇듯, 눈을 반쯤 감은 채 미소 짓고 있었다. 그녀는 용운과의 대화를 생각하는 중이었다. 시합 전, 용운은 그녀에게 말했다.

"실력 발휘해. 죽이진 말고."

"그래도 되겠습니까? 입장이 난처해지실 수도 있습니다만."

"상관없어. 원한은 내가 아니라 공손찬에게 돌아가겠지. 여기서 깨졌다고 덤벼드는 좀생이면, 그냥 그때 아작을 내도 되고."

용운은 눈에 보이는 모든 것을 기억한다. 그중에는 사천신녀를 향한 음흉한 시선들도 포함됐다. 그나마 늘 은신해 있는 청몽은 덜했다. 검후와 성월, 심지어 소녀로밖에 안 보이는 사린에게까지도 가는 곳마다 끈적한 시선이 따라붙었다. 가끔 지위가 좀 되는 부장들은 대놓고 추근거리기도 했다.

"전에 수학 선생님이 남자밖에 없는 군대에 가면 식당 아줌마도 여자로 보이니 어쩌니 하는 얘길 했었지. 게다가 너희는 엄청나게 예쁘니까 어쩔 수 없는 현상…….”

이라고 이해하려 해도.

“은 개뿔! 아, 정말 저 눈들을 확 다 뽑아버리고 싶네.”

그때마다 매번 시비를 걸 수도 없다. 또 사천신녀를 두고 다니는 것도 불가능했다. 결국, 용운은 결론을 내렸다.

“이왕 힘을 드러내기로 했으니, 함부로 못 덤비게 실력을 보여주는 거야. 이 비무대회는 그런 목적도 있어.”

용운에게 힘을 증명함과 동시에 과시한다. 수많은 병사들이 보는 앞에서 그녀들이 얼마나 강한지를 보여준다. 이 시대가 약육강식의 시대라면, 그래서 힘없는 여인은 먹잇감이 될 뿐인 세상이라면, 어느 쪽이 강자인지 알려주는 것이다.

‘후후. 주군이 화내는 모습, 귀여웠지.’

그 얼마 후에는 조운이 찾아왔었다. 마침 용운은 비무대 설치 문제로 자리를 비웠다. 청몽은 그런 용운을 호위하러 암중에 동행했다. 성월과 사린은 식량을 저장하는 막사로 갔다. 즉 절묘하게 검후가 혼자 남았을 때였다.

“주군은 지금 안 계십니다.”

검후의 말에, 막사 안을 둘러본 조운이 말했다.

"지금은 검후 님을 뵈러 온 것입니다."

"저를요?"

"예, 비무에 나가신다고 들었습니다."

검후는 고개를 끄덕였다.

잠시 망설이던 조운이 입을 열었다.

"뛰어난 실력을 가지셨다는 건 압니다. 하지만 조심하십시오. 마음 같아선 제가, 하다못해 자의(태사자)가 나가도록 하고 싶습니다만. 운이는 왜 굳이 검후 님을……."

"제가 걱정되어서 오신 겁니까?"

"아…… 그……."

조운은 검후의 돌직구에 당황했다. 말을 더듬는 그의 얼굴이 붉게 상기되었다. 검후는 자상하게 웃어 보였다.

"상냥한 분이시군요, 자룡 님은."

"아뇨, 그런……."

"혹시나 제가 지면, 주군과 태수님이 망신당할까 염려되신 거죠?"

"네?"

"최선을 다해 두 분의 체면이 손상되지 않게 하겠습니다. 그러니 걱정 안 하셔도 됩니다."

"……알겠습니다. 무운을."

조운은 몸을 돌려 막사를 나갔다. 그의 어깨가 힘없이 처져 있었다. 검후는 그런 조운의 뒷모습을 보며 생각했다.

'미안. 아직 연애를 할 때도, 그럴 기분도 아니라서.'

그런데 비무장에 서자 갑자기 조운이 생각났다. 저절로 미소가 떠올랐다. 늘 짓고 있는 방어적인 미소나 표정을 감출 때의 미소가 아닌, 진심에서 우러난 것이었다.

누군가 자신을 걱정해주는 게 기분 나쁘지 않았다. 설령 그게 쥐가 고양이 생각해주는 격이라 해도. 용운 외의 사람을 생각하며 웃은 건 처음이었다.

한편, 검후의 반대편 끝에 선 위자는 심기가 불편한 듯 헛기침을 했다.

"흐음."

오랜만에 손에 든 검이 어색했다. 그는 예전에 조정에서 삼공(三公)이 초빙한 것으로도 알 수 있듯, 무인이라기보다 정치가였다. 더구나 나이도 제법 많았다. 물론 소싯적에 검술을 어느 정도 익히긴 했다. 하지만 한 세력의 대표로 비무에 나설 정도의 실력은 단연코 아니었다.

위자 자신도 그 사실을 잘 알았다. 체면치레이며 구색 맞추기일 뿐이라는 장막의 부탁으로 어쩔 수 없이 참여한 것이다. 원래는 적당히 지고 물러날 생각이었다.

'여인이 첫 상대이니 잘되었다고 해야 하나, 아니면 봉변이라고 해야 하나?'

이겨도 본전, 지면 망신이다. 그래도 다른 장수들을 상대하
는 것보다는 이길 확률이 높아졌다. 이왕 나섰으니 1승이라도
올리는 게 낫지 않겠는가. 설령 그 상대가 여인이라 해도.

용운은 위자의 정보창을 확인했다. 검후의 승리를 확신
했지만 만에 하나를 대비하기 위해서였다.

무력(武力) 42   통솔력(統率力) 45

위자 자허
(衛玆 子許)

지력(智力) 78   정치력(政治力) 84

논파(論破)
분발(奮發)

매력(魅力) 75   호감(好感) 50

'저런.'

확인 결과, 그 만에 하나도 있을 수 없게 됐다. 전형적인
문관 계열의 특기와 능력치. 왜 비무대회에 나왔는지 의아
할 정도였다. 문관치곤 무력과 통솔력이 높긴 했으나 그게
다였다.

장막에게 그 정도로 쓸 만한 무장이 없다는 의미가 된다.
굳이 찾자면 동생인 장초(張超) 정도인데, 용운의 기억엔 그

또한 무인이라기보다 책사였다.

다른 제후들도 그 사실을 파악한 듯했다. 장막은 그리 좋지 않은 선택을 한 셈이었다.

둥! 북이 울림과 동시에 비무가 시작됐다. 이런저런 목적으로 비무대회를 열긴 했다. 하지만 이곳은 엄연히 전장이다. 유흥을 마냥 오래 끌 수 없음은 당연했다. 이에 동서남북, 네 곳의 비무장에서 동시에 시합이 시작되었다.

1차로 앞의 네 조가 먼저 예선을 치른다. 2차로 다음 네 조가 비무를 벌일 것이다.

용운은 다른 비무장에서 열리고 있는 시합들, 특히 관우의 비무가 궁금했다. 그러나 제일 중요한 건 당연히 검후의 비무였다. 아무리 승리를 확신해도 봐주는 게 의무다. 이에 자리를 비우지 않고 북쪽 비무대에 머무르고 있었다.

다행히 관우의 시합도 보고 싶다는 용운의 바람은 곧 이뤄졌다. 장수들끼리 일대일의 대결 시, 무기를 한 차례 부딪쳐 어우러지는 것을 한 '합'이라 한다. 두 합 만에 검후가 위자의 검을 동강 낸 것이다.

비무가 시작되자마자 검후는 순식간에 위자 앞으로 쇄도했다. 이어서 짧고 넓은 총방검을 수직으로 내리쳤다. 장신에서 뿜어져나오는 내리치기는 압권이었다. 코앞에 있던 위자는 공기의 파동까지 느꼈다. 관우가 봤다면, 여포에게 결코 뒤지지 않는 공격이라고 말했을 것이다.

위자는 반사적으로 검을 수평으로 들어 막았다. 태어나서 취한 가장 빠르고 훌륭한 방어였다. 그의 머리 위에 '분발(奮發)'이라는 글자가 떴다. 위급상황에 잠시 동안 평소 이상의 능력을 발휘하게 해주는 특기였다.

물론, 위자는 특기를 쓴다는 의식조차 없었다. 오직 용운의 눈에만 보이는 현상인 것이다.

쩌엉! 막는 순간, 위자는 자신이 이 장신 여무사의 상대가 되지 못함을 분명하게 깨달았다.

그의 귓가에 검후의 낮은 음성이 와닿았다.

"처음 공격을 막은 건 칭찬해드리겠습니다."

다음 공격이 정확히 같은 자리에 떨어졌다. 위자의 검은 그 충격을 이기지 못하고 부러져버렸다. 검후가 한 발 뒤로 물러나서 물었다.

"무기를 바꿔서 계속 하시겠습니까?"

위자는 부러진 검 조각을 물끄러미 바라보다가, 한숨을 내쉬고 말했다.

"졌네."

잠시 멍해 있던 심판이 황급히 기를 들었다.

"고, 공손찬군의 검후 승!"

호쾌하고 일방적이며 빠른 승리였다. 엄청난 함성이 터져야 정상이건만, 북쪽 비무대 근처만 쥐 죽은 듯 조용했다. 검후의 승리가 믿기지 않는 것이다. 아니, 용납할 수 없는 것이었다.

병사들 중 하나가 옆의 동료에게 수군거렸다.

"위자 공의 검이 낡았던 모양이네."

"맞아, 그리고 저 여자가 든 검은 척 봐도 보통 검이 아니구먼."

"쯧쯧. 안됐군. 무기 때문에 여인에게 졌으니, 위 공의 속이 쓰리겠어."

용운은 주변의 말을 신경 쓰지 않았다.

장담컨대 내일 해가 지기 전에 저런 소리는 쑥 들어갈 것이다. 그는 비무대를 나오는 검후를 향해 환하게 웃었다.

"잘했어! 정말 대단해."

사린도 폴짝폴짝 뛰며 기뻐했다.

"우왕, 역시 큰언니 최고! 멋졌어요."

검후는 사린의 머리를 쓰다듬으며 용운에게 고개를 숙여 보였다.

"과찬이십니다."

"그런데 성월은 어디 갔지?"

"글쎄요. 술이라도 마시러 간 게 아닐까요?"

"헉, 곧 장합과의 대결인데……. 장합은 강해."

"셋째는 그 이상입니다. 걱정 마세요."

"음, 하지만 취하면……. 오후의 2차 비무니까 괜찮으려나? 아무튼 검후가 일찍 끝나서, 다른 시합을 보러 갈 수 있겠어."

"어느 시합을 보고 싶으십니까?"

"관우."

용운의 말이 떨어지자마자 검후는 그를 업고 내달렸다. 관우의 비무 또한 오래가지 않을 것임을 알았기 때문이다.

진영이 넓다 보니 각 비무장 간의 거리도 꽤 되었다. 놀란 병사들이 길을 비켜주었다. 사린이 허겁지겁 그 뒤를 따랐다.

"끄앙, 같이 가!"

다행히 세 사람이 도착했을 때는, 관우와 국의의 대결이 절정에 치달았을 때였다. 확연히 열세인 쪽은 예상대로 국의였다.

국의(麴義)는 오랫동안 양주 국경에 주둔하여, 강족의 전술에 능통한 장수였다. 현재는 한복을 섬기고 있으나, 정사에서는 훗날 배반하여 원소의 수하가 된다. 그 후 원소와 공손찬의 전쟁 때 크게 활약했다. 공손찬의 부하인 기주자사 엄강을 베기도 했다.

전공에 자만하여 멋대로 행동하다가 숙청당했다고 하니, 확실히 실력은 있는 장수였다. 자만할 만한 전공을 세웠다는 소리니까.

용운은 관우와 국의에게 대인통찰을 사용했다.

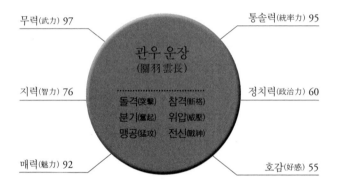

무력(武力) 97

통솔력(統率力) 95

관우 운장
(關羽 雲長)

지력(智力) 76

돌격(突擊)　참격(斬格)
분기(奮起)　위압(威壓)
맹공(猛攻)　전신(戰神)

정치력(政治力) 60

매력(魅力) 92

호감(好感) 55

용운은 관우의 정보창을 보고 경악했다.

'이게 훗날 신으로 추앙받는 무인의 위엄이구나.'

말 그대로 눈이 호강하는 기분이었다. 무려 여섯 개나 되는 특기부터, 최상급의 능력치까지. 《삼국지》 최강의 장수들 중 하나다웠다.

다음은 국의의 정보창을 확인할 차례였다.

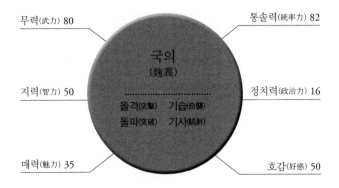

무력(武力) 80　　　　통솔력(統率力) 82

국의
(麴義)

지력(智力) 50　　　　정치력(政治力) 16

돌격(突擊)　　기습(奇襲)
돌파(突破)　　기사(騎射)

매력(魅力) 35　　　　호감(好感) 50

　정치력과 매력을 제외하면 장수로선 양호했다. 최상급
은 아니어도 전선에서 활용 가능한 수준. 그러나 역시 관우
에게는 한참 역부족이었다.

　'정치력이 낮은 걸 보니, 처신을 잘 못했을 거라는 확신
이 커지네. 대신, 매력만 높았더라도 그간 세운 공이 있으니
원소에게 숙청당하지는 않았을 텐데.'

　용운은 각각의 지수가 개별적인 게 아니라 서로 연관되
어 있음을 깨달았다. 예를 들어 똑같이 무력이 90인 장수라
면, 지력이 높은 쪽이 유리했다. 머리가 좋아야 싸움도 잘한
다. 싸울 때 상대의 버릇이나 약점 등을 더 잘 기억하고 실
전에 적용할 수 있기 때문이다.

　'박지성 선수만 해도 엄청난 체력과 성실함이 부각됐지

만, 진가를 아는 사람들은 축구 지능이 높다는 평가를 했지.'

무한정 그라운드를 뛰어다녀봐야 있어야 할 장소에 서 있지 않는다면 무용지물이었다. 공이 자신에게 없어도 미리 가야 할 자리가 있다. 머리가 좋아야 그 지점을 더 빨리, 더 잘 파악하는 것이다.

통솔력이 동일한 장수의 경우에는, 무력과 매력이 높은 쪽이 더 많은 병사들을 수월하게 지휘했다. 병사들은 생존 확률이 높은 강자에게 이끌린다. 또한 인간적인 매력에도 반할 수 있다. 따라서 무력과 매력이 통솔력에 영향을 주었다.

그렇다고 지력이 100이라 해서 10 수준의 무력을 커버하진 못한다. 생각을 실행할 기본적인 힘과 속도가 필요한 것이다. 그런 면에서도 관우는 진정한 강자였다.

용운이 이런저런 생각을 하는 사이, 관우와 국의의 대결이 다섯 합을 넘어섰다.

누가 봐도 국의가 밀리고 있었다. 그러던 중 국의는 갑자기 등을 돌리고 비무장 구석으로 달아나기 시작했다. 비무장은 한 변의 길이가 꽤 길었다. 대각선으로는 약 25보 정도의 넓이. 열 걸음이면 무기를 맞대지 않고 마주 보기에 충분했다. 25보는 어느 정도 보법도 쓸 수 있었다.

국의는 달리면서, 품에서 짧은 활을 꺼냈다. '기사(騎射)' 특기로 보아, 그는 활쏘기를 잘했다. 기사는 달리는 말 위에

서 활을 쏜다는 뜻이다. 거기다 그게 특기일 정도면 명중률도 높을 터였다. 불안정하게 흔들리는 말 등에서도 활을 쏘는데, 달리면서 쏘는 건 일도 아니었다. 국의는 활을 쏘려고 거리를 벌린 것이다.

그러나 관우는 국의보다 지력도 한참 높았다. 그는 이미 국의의 속셈을 눈치챘다. 국의가 상체를 돌려 활을 쏘자마자 들고 나온 언월도를 휘둘러 화살을 쳐냈다.

화살을 막은 관우의 거구가 훌쩍 날아 국의의 코앞에 떨어졌다. 언월도의 날 끝을, 얼어 있는 국의의 목젖에 댄 관우가 말했다.

"수고하셨소."

"……한 수 배웠소이다."

국의는 이를 악물고 관우를 노려보았다. 무명에다 관직조차 없는 자에게 패한 게 분했다.

용운은 그런 국의를 보며 생각했다.

'전장에서 만났으면 죽었어요, 이 아저씨야. 그나저나 이제 중식 후에는 성월의 차례인데…… 진짜 어디 간 거야?'

성월은 진영에서 좀 떨어진 나무 위에 앉아 술을 마시고 있었다. 병사는 당연히 함부로 진영을 이탈하면 안 됐다. 하지만 그녀는 병사라기보다 '공손찬군 참모의 개인 호위' 같은, 애매한 위치였다. 그래서 눈길을 줄망정 행동을 통제하진 않았다. 또 성월의 실력이라면 아무도 눈치 못 채게 진영을 빠져나오는 것 정도는 일도 아니었다.

"뭐 이쪽 세상도 나름 괜찮은데. 마음대로 술 마시기가 쉽지 않단 말이야아."

성월은 허리에 차고 다니는 술병을 입에 댔다. 그때, 아래쪽에서 목소리가 들려왔다.

"술을 진짜 좋아하시네요."

장비였다. 그는 한 손에 삶은 닭을 들고 있었다.

"안주는 있어야죠. 둘이 마시면 더 좋고."

둘은 그사이 몇 번 같이 술을 마셨다. 장비는 주량으로 자신을 이기는 여자가 있다는 사실에 경악했다.

"제법 센스 있네."

"세…… 뭐요?"

"눈치 빠르다고."

"아아, 네."

성월이 가볍게 뛰어내렸다. 두 사람은 나무 아래에 나란히 앉았다.

"잔은 없어?"

"아……."

장비가 머리를 긁적였다.

성월은 술병들 중 하나를 끌러 던져주었다.

"마시고 돌려줘. 안주 가져왔으니까 주는 거야."

"감사합니다."

"닭은 오랜만이네에. 그럼 이건 치맥, 아니 탁주니까 치탁인가?"

"네?"

"아냐, 그냥 헛소리."

"성월 낭자는 알아듣지 못할 말을 많이 하네요."

"낭자라고 하지 마아아아. 닭이 될 것 같으니까! 그냥 성월이라고 해."

"왜, 왜 닭이 되죠?"

"닭살이 돋아서."

"아아…… 하하!"

한바탕 웃은 장비는 잠시 말없이 술을 마시다가 불쑥 말했다.

"왜 나예요?"

"뭐가아?"

"사귀자고 한 거요."

"네가 마음에 드니까."

"관우 형님이 훨씬 멋있잖아요. 풍채도 좋고. 유비 형님은 귀인상에 똑똑하고 야망도 있고……. 하지만 난 나이도 어린 데다 사내답게 생긴 것도 아니고 관직도 없어요. 그런데 왜…….."

"흠, 글쎄. 내가 알던 것과 실제와의 괴리감이 매력이랄까?"

"나를 알고 있었어요?"

"아아, 우리 동네에서는 네가 산적 같은 팔자수염에, 되게 험상궂고 무서운 외모로 소문이 나 있거든."

"왜죠……?"

"몰라, 나도. 후후. 그런데 실제로 보니까 착하고 귀여워서 마음에 들었어. 술도 잘 마시니까 나랑 대작하기 좋을 거 같고."

성월은 아래로 처진 눈꼬리를 곱게 휘며 웃었다.

홀린 듯 바라보던 장비가 별안간 그녀를 덥석 안았다. 그는 부드럽고 따뜻한 여체에 정신이 아찔해졌다. 이성을 잃을 뻔한 것을 간신히 억눌렀다.

성월은 장비의 등을 토닥였다.

"어이구, 익덕. 취했어어?"

"어, 어린애 취급하지 마요! 내가 당신보다 좀 어리긴 하지만 그래도 다 큰 사내라고요."

장비는 성월을 더욱 힘주어 안고 목소리를 낮춰 속삭였다.

"성월, 우리 두목은 아직 근거지를 정하지 못했어요. 관직도 땅도 없고. 지금은 공손찬 밑에 있지만 언제 다른 데로 갈지 몰라요."

"응."

"그렇게 떠나면, 아마 다시 북평으로 돌아가지 못할 거예요. 그러니까…… 아니, 좀 빠르다는 건 아는데, 당신 같은 여자는 생전 처음 봐서 놓치기 싫어서 그래요. 두목이 어딜 가든 당신이랑 같이 다니고 싶어서."

"그래서?"

꿀꺽 침을 삼킨 장비가 말했다.

"나랑…… 혼인할래요?"

4

하늘 위의 하늘들

멀리서 비무대회의 2차 예선을 알리는 북소리가 울렸다.

하지만 장비의 귀에는 들리지 않았다.

"나랑, 나랑 혼인할래요?"

긴장한 장비가 빠른 투로 고백을 쏟아냈다.

성월은 생긋 웃으며 대답했다.

"아아니."

"……."

그녀는 넋이 나간 장비를 두고 가버렸다.

오후의 2차 예선.

장합과 성월의 비무가 시작됐다. 성월은 붉은색 활을 들고 나갔다. 살짝 상기된 얼굴에, 술 냄새를 좀 풍기긴 했지만 멀쩡해 보였다.

'적예궁(赤羿弓).' 용운은 활의 이름을 떠올렸다. 정보창을 볼 순 없지만, 자신이 게임 속에서 만들어 부여한 아이템이라 이름과 성능을 알았다.

검후의 쌍검인 총방도과 필단검, 청몽의 낫인 부유낭겸(浮游銀鎌), 사린의 망치인 뇌신추(雷神鎚)도 마찬가지였다.

적예궁은 중국 고대의 영웅 '예(羿)'가 쓰던 활에서 유래됐다. 상고시대의 요(堯) 임금 때에 열 개의 해가 떴다. 그 바람에 곡식과 초목은 말라죽고 '알유, 착치, 구영, 대풍, 파사, 봉희'라는 여섯 마리 괴물이 나타나 사람들을 해쳤다. 이에 요 임금은 활의 명수인 예를 불렀다. 예는 아홉 개의 해를 쏴 떨어뜨리고 여섯 마리 괴수를 모두 제거했다. 그때 쓴 활이 바로 적예궁이었다.

보통 사람은 시위를 당기기도 불가능한 활이었다. 그만큼 엄청난 파괴력과 사정거리를 가졌다. 성월의 높은 능력치에 적예궁이라는 기보까지 가졌으니 패할 리 없었다. 그런데 생각은 이렇게 하면서도 용운은 못내 불안했다.

장합이 워낙 맹위를 떨친 명장이었기 때문이다. 그의 정보창을 확인하자 불안은 더 커졌다.

무력(武力) 92 통솔력(統率力) 89

장합 준예
(張郃 儁乂)

지력(智力) 72 정치력(政治力) 56

돌격(突擊) 기습(奇襲)
매복(埋伏) 통찰(洞察)
복병(伏兵)

매력(魅力) 65 호감(好感) 50

'이건 뭐, 올라운드 플레이어잖아.'

용운은 입맛을 쩝 다셨다. 높은 무력과 통솔력. 지력도 괜찮았다. 저 정치력과 매력 수치면 영지도 맡겨둘 만할 것이다. 무엇보다 두려운 건 특기들이었다. 일단, 장합에게는 매복 공격이나 기습이 안 통할 확률이 높았다. 그 자신이 매복과 복병, 기습 특기를 가졌으며 거기에 통찰까지 더해졌기 때문이다.

전장에서 적장으로 만나기엔 최악의 상대였다. 그나마 대인전의 특기가 아니라는 점이 다행스럽다고나 할까.

장합의 무기는 한 자루의 극(戟)이었다. 손잡이 끝에 창날이 붙었고, 거기에 창대와 수직으로 돌출된 '원(援)'이란 날이 덧붙여진 무기다. 날만 보면 한글의 'ㅏ'자 같은 형태였다. 길이는 현대의 단위로 약 3.6미터에 달했다.

태사자의 단극은 이 극의 손잡이를 짧게 자른 것으로, 수극(手戟)이라고도 했다.

"여흥이라 생각하고 적당히 끝내게."

장합의 주군인 한복은 이렇게 말했다.

하지만 장합은 성월을 보는 순간, 결코 쉽지 않은 상대, 전력을 다해야 할 상대라는 걸 느꼈다. 그는 본래 냉철한 편이었다. 여자라고 봐주는 성격이 아니었다. 설령 성월이 강자가 아니라, 눈요기를 위해 나왔다 해도 마찬가지였다.

비무가 시작되자마자 성월은 뒤로, 장합은 앞쪽으로 빠르게 돌진했다.

'거리를 넓히려고 하겠지.'

단기전에 활을 들고 나온 상대에 대한, 당연한 예측이었다.

선제공격은 성월이었다. 그녀는 입으로 가볍게 바람소리를 내며 화살을 날렸다.

"슛."

쩡! 쩌엉! 쾅!

극을 휘둘러 화살을 쳐낸 장합의 표정이 굳었다. 화살에 실린 힘이 생각 이상이었다. 무엇보다도…….

'세 발이었다니.'

용운은 가볍게 탄성을 질렀다. 성월의 속사도 대단했고 그걸 막아낸 장합도 놀라웠다.

'통찰 특기 덕이구나.'

장합이 활을 쳐내는 순간, 그의 머리 위로 통찰이란 글자가 떠올랐다. 통찰은 전장에서 적의 계책뿐만 아니라, 일대일 전투 때 상대의 공격을 파악하는 데도 위력을 발휘하는 듯했다. 또 용운이 보기에, 책사 계열의 통찰과 장군 계열의 통찰은 조금 다르게 작용하는 모양이었다.

화살을 쳐내며 따라붙은 장합이 극을 내찔렀다. 성월이 아름다운 곡선을 그리며 상체를 눕혔다. 극의 날이 아슬아슬하게 명치 위로 지나갔다.

그때, 예기치 못한 사태가 벌어졌다.

"헛."

냉정하던 장합의 표정이 흔들렸다. 손잡이와 수직으로 뻗은 칼날에, 하필 성월의 가슴께 옷깃이 걸린 것이다. 찌익 소리와 함께 옷이 찢어졌다.

"오오!"

병사들이 알 수 없는 탄성을 질렀다. 가뜩이나 풍만한 가슴이 드러나려는 찰나 성월은 재빨리 뒤로 공중제비를 넘었다. 그녀가 일어섰을 때는 화살 하나가 옷섶 양쪽을 꿰어 아슬아슬하게 가리고 있었다.

'그 짧은 사이에……'

장합은 한층 긴장했다.

용운의 눈에 불꽃이 튀었다. 성월의 하얀 가슴에 길게 핏자국이 났음을 본 것이다.

"이런······."

그가 막 장합에게 소리를 지르려던 차였다. 그보다 족히 몇 십 배는 큰, 천둥이 치는 듯한 외침이 울려퍼졌다. 그 바람에 용운의 목소리는 묻혀버렸다.

"야, 이 개 후레자식아아아아아아아!"

외친 장본인은 바로 장비였다. 자신의 비무를 끝내고 이리로 달려온 것이다. 그의 상대였던 한호(韓浩)는 제법 뛰어난 무장이었다. 훗날, 원술 밑에서 기도위에 있다가 조조의 수하가 된다. 특히 '둔전제(屯田制)'를 제안한 것으로 이름을 남겼다. 둔전제란, 전투를 수행하지 않을 때 병사들로 하여금 점령지를 개간케 하여 군량을 확보하는 토지제도였다.

즉 한호는 행정에 능한 문관형 무인이었다. 일대일 대결로 장비의 상대가 될 리 없었다. 그런데도 초반에 장비는 속절없이 밀렸다.

"아니, 저 녀석 왜 저래?"

지켜보던 유비가 황당해서 중얼거릴 정도였다.

장비는 멍한 얼굴로 아슬아슬하게 공격을 피해낼 뿐, 창한 번 제대로 휘두르지 못했다. 그의 머릿속에서는 계속 한마디 말이 맴돌고 있었다.

— 아아니.

다른 비부대 쪽에서 큰 함성이 울려, 몇몇 병사들이 그리로 뛰어가며 지껄인 말을 듣기 전까진.

"대체 무슨 일이래?"

"저쪽에서 활을 든 엄청난 미녀가 비무에 나왔는데 옷이 홀랑 벗겨졌다나 봐, 클클."

"일부러 그런 거 아니여?"

"역시 여흥으로 출전한 거였구먼."

"우리 좀 더 빨리 뛰어가자고, 친구."

순간, 장비는 아예 발을 멈췄다. 한호가 불쾌한 표정으로 검을 찔러 왔다.

"진지하게 임하는 게 좋을 것이오. 안 그러면……."

퍼억!

그는 말을 채 끝맺지 못했다. 장비의 주먹이 정통으로 얼굴에 꽂혔기 때문이다. 그 한 방에 한호는 의식을 잃었다.

"유비군의 장비 승!"

심판이 비무를 끝내려 할 때, 장비는 이미 그 자리에 없었다. 그리고 곧장 성월과 장합의 비무대에 모습을 드러냈다.

"빌어먹을 놈아, 너 일부러 그런 거지?"

흥분한 장비가 비무대로 뛰어들려고 했다. 주위의 병사들이 온 힘을 다해 뜯어말렸다. 하지만 십여 명이 넘게 매달렸는데도 질질 끌려갈 지경이었다.

용운은 그를 멍하니 바라보았다.

'왜 장비가 저렇게 화를 내지?'

장비를 흘깃 본 성월이 고개를 설레설레 저었다.

"바아보."

물론 그녀도 장비가 마음에 들긴 했다. 잘생긴 데다 순진하기까지 한 점이 좋았다. 하지만 만난 지 며칠 만에 대뜸 청혼해올 줄은 몰랐다. 숫기 없는 모습만 봐와서 더욱 그랬다. 솔직히 살짝, 아니 꽤 설렜다.

'유비가 공손찬 곁에서 떠나면, 나와 영영 헤어지게 될까 봐 그런다는 건 알겠지만.'

하지만 이는 성월이 이 시대에 대해 정확히 몰라서 한 생각이었다. 사내에게 난세라면, 여인에겐 지옥인 세상이다. 장비 같은 객장은 마음에 드는 여자가 있을 경우 납치해서 취하면 그만이었다. 저명한 가문의 여식이 아닌 이상, 속수무책으로 당할 수밖에 없었다.

장비는 나름 진심으로 고백한 것이었다. 힘으로 성월을 갖고 싶지 않았기 때문에. 어딜 가든 그녀와 함께 있고 싶었기에. 태어나서 처음 해본 구애였다.

그런데 장합이란 놈이 그런 여자의 옷을 찢어 구경거리로 만들었다. 예쁜 가슴에 상처까지 냈다. 고의이든 아니든, 눈이 돌아갈 수밖에.

결국, 상비는 헐레벌떡 달려온 유비와 관우한테 꾸지람을 듣고서야 발악을 멈췄다.

그때 이미 장합의 평정심은 깨졌다. 현대식으로 표현하면 소위 멘붕이 온 것이다. 얼굴은 간신히 무표정을 유지하고 있었으나 기(氣)의 흐름이 흔들렸다.

그것을 느낀 성월은 작게 혀를 찼다. 제법 실력이 좋은 장수였다. 본신의 능력을 약간 써보고 싶었는데 저래서야 글렀다. 타인보다 자기 자신의 실수에 크게 영향 받는 성격인 듯했다.

'그냥 빨리 끝내자.'

성월은 극을 휘둘러 치는 장합의 공격을 피해 바닥에 낮게 엎드렸다. 그 자세에서 위쪽으로 활을 쐈다. 얼굴은 들지도 않은 채, 직각으로 활을 잡고 시위를 당겨 쏜 것이다.

"헉!"

턱 밑에서 날아오는 화살에 장합이 기겁했다. 그는 다급히 고개를 젖혔다. 그때 성월은 튕기듯 일어나서 활대와 시위 사이에 장합의 머리를 끼웠다. 그리고 다른 쪽 손으로 화살을 쥐고 화살촉 끝을 드러난 목에 갖다 댔다.

장합의 주군인 한복마저 무심코 탄복했을 정도로, 물 흐르듯 빠른 동작이었다.

"졌소."

장합은 여전히 무표정한 얼굴로 말했다. 그리고 그대로 뒤를 돌아 비무장을 나갔다. 이번에도 함성은 일지 않았다. 하지만 성월을 비롯하여, 참관 중이던 검후며 사린을 보는 병사들의 눈빛은 많이 달라졌다.

용운은 괜히 어깨가 으쓱했다.

'봤냐? 함부로 집적댈 여자들이 아니라고.'

용운은 다른 비무의 결과도 확인했다.

조조의 가신 하후돈과 원술 측 교유의 대결에서는 하후돈이 이겼다. 포신의 장수 우금과 손견의 부장 정보의 대결에서는 접전 끝에 정보가 승리를 거뒀다. 우금도 뛰어난 장수였지만 경험에서 밀리고 말았다.

이렇게 해서, 다음 날 대진표가 확정됐다.

관우(유비) – 검후(공손찬)

조인(조조) – 한당(손견)

하후돈(조조) – 성월(공손찬)

정보(손견) – 장비(유비)

비무대가 넷이니 준결승이 한 번에 치러지는 셈이다. 용운은 살짝 눈살을 찌푸렸다.

'하필 검후의 2차전 상대가 관우네. 언젠가 붙어야 하겠

지만 그래도…….'

그때, 용운의 옆에 한 사내가 다가왔다. 아직 앳된 모습을 다 벗지 못한 청년이었다. 가죽으로 만들어진 가벼운 갑옷을 입고 있었다. 영리해 보이는 이마에, 눈에선 총기가 흘렀고, 검은 곱슬머리가 풍성했다.

"군사님."

용운이 참모로서 참전한 이상, 그와 공손찬, 또 유비 사이에는 긴밀한 정보교환과 연락이 필요했다. 청년은 그 일을 위해 공손찬이 붙여준 자였다. 전령 겸 비서의 역할을 하는 셈이었다.

이름은 전예(田豫), 자는 국양(國讓)을 썼다. 올해로 딱 스무 살이 되는 청년이었다.

"국양 님, 오셨습니까."

"말씀 편하게 하십시오, 군사님."

전예가 웃으며 말했다.

그는 이번에 참전하기 전까지는 현위로 일했는데, 현위는 현대로 치면 파출소장 격이었다. 동북평도위인 용운보다 원래도 직급이 낮았다. 하물며 지금은 전시(戰時)였다. 참모를 겸한 용운에게 정중한 것은 당연했다.

용운은 용운대로, 전예에게 살갑게 대하는 이유가 있었다. 사실 전예는 대단한 인물이었다. 지금이야 그 사실을 전예

본인도 모르지만. 그가 공손찬 밑에 있을 때는 능력이 있음에도 중히 쓰이지 못했다. 그러다 공손찬 멸망 후, 조조를 섬기면서 두각을 드러내기 시작한다.

전예가 익양 태수가 되어 지역을 평온하게 다스리던 중, 오환족의 난이 일어났다. 이에 그는 조조의 아들 중 하나인 조창(曹彰)과 함께 오환족을 물리쳤다.

조비(曹丕)가 즉위하고 오환족이 재차 반란을 일으키자, 전예는 반란군의 수장이면서 오환족의 왕인 골진(骨進)을 죽여 또 한 번 난을 종식시켰다. 그 뒤로 9년간 변방을 안정시켜, 여남 태수 겸 중랑장이 되었다. 204년에는 흉노를 토벌했고 병주자사, 위위(衛尉)로 승진했다.

82세로 죽기 전. 전예는 최종적으로 태중태부(太中泰府) 자리까지 오른다. 태중태부는 황제를 시중하며 자문에 응하는 직책이었다. 명예직에 가깝지만 황제의 최측근이라고 할 수 있었다.

'전예는 합병하려는 자의 움직임을 간파하고 교활한 자의 힘을 분산시키며, 오랑캐가 되어 관에 불이익을 준 자는 반드시 죽이거나 이간하여 혼란스럽게 하고, 음모는 사전에 알아내 막았으며, 모여 사는 오랑캐들이 있으면 안정되지 못하게 만들었다고 했지.'

《삼국지》 정사는 한족 입장에서 쓰인 역사서다. 따라서 이민족들을 일괄하여 오랑캐라 표현했다. 그들에겐 고구려도 마찬가지로 오랑캐일 뿐이었다.

용운은 그게 몹시 거슬렸다. 그렇다고 고쳐 쓸 수도 없는 노릇이었다.

'자기들 빼면 다 오랑캐지. 내가 《삼국지》를 좋아하긴 하지만 그런 부분은 딱 질색이라니까.'

아무튼 상대적인 면을 감안해도, 전예의 행적은 마치 현대의 정보국장 같은 면이 있었다. CIA(미국 중앙정보국)나 SIS(영국 비밀정보국)의 활동처럼. 전예는 전형적인 책략형 장군 부류였다. 개인 무력은 다소 낮지만, 지략이 뛰어난 장군.

공손찬은 그를 지척에 두고도 중용하지 않았다. 공손찬은 사람을 쓰는 데 있어 이상하게 서툴고 완고한 고집이 있었다. 그 탓에 조운과 전예라는 두 인재를 잃고 말았다.

'최염이나 진림처럼 밖에서도 인재를 데려오는 판에, 원래 있던 인재는 절대 놓쳐서는 안 되지.'

용운은 전예가 배속된 후부터 일관되게 예의를 다하면서도 친근하게 대했다. 또 가끔 맛있는 음식을 해먹이기도 했다. 덕분에 용운에 대한 전예의 호감도는 무려 90에 달해 있었다.

"태수님께서 비무대회에 크게 만족을 표하셨습니다. 특히 태수님 소속으로 출전한 검후 님과 성월 님께서 연달아

승리한 게 흡족하신 모양입니다."

"그러셨군요. 사수관 쪽 움직임은 어떻습니까?"

"아직까지는 잠잠합니다. 외부로 나온 군사도 없었고요. 성벽 위에서 아군 진영을 주시하는 정도가 전부입니다. 그래도 여전히 외곽 경계는 철저히 하고 있습니다."

"흠…… 이 정도로는 부족하단 말이지?"

중얼거린 용운이 전예에게 말했다.

"알겠습니다. 감시 늦추지 말고, 경계조는 적당히 교대시켜주세요."

"그리하도록 전하겠습니다."

전예는 공손히 고개를 숙였다. 그 또한 이 젊고 아름다운 군사를 존경했다.

다음 날, 용운의 막사에는 아침부터 소동이 벌어졌다. 성월이 밤새 배탈이 난 것이다. 원인은 사린이 가져온 정체불명의 고기. 그것을 전날 밤 술과 함께 먹은 게 문제였다.

"아아, 이러언…… 수, 술을 마셔야 하는데."

성월은 파래진 얼굴로 계속 어디론가 사라졌다 나타나기를 반복했다.

"죄송해요, 주군. 제가 어리석었…… 갸악!"

그녀는 말하다 말고 다급히 막사를 뛰쳐나갔다. 도저히

비무를 할 상태가 아니었다. 검후가 한숨을 내쉬었다.

"성월이는 아무래도 어렵겠습니다. 송구합니다."

용운은 씁쓸하게 웃었다.

"아니야. 잘못이 있다면 성월이가 사린이의 위장을 과소 평가한 거겠지."

그의 뒤에 앉아 있던 청몽이 사린에게 말했다.

"바보, 이 사고뭉치야."

사린은 고개를 숙인 채 발끝으로 땅을 긁었다.

"잘못했쩌여……. 하지만 난 멀쩡한데?"

"너야 큰언니의 검을 먹어치워도 멀쩡하겠지, 이 돼지야."

"끵…… 꿀꿀……."

"이 불가사리야."

"부, 불가 불가……?"

용운이 그런 청몽을 말렸다.

"그만해, 청몽아. 일부러 그런 것도 아니잖아. 할 수 없지. 기권하는 수밖에."

그가 성월의 참가를 포기하려 할 때였다. 검후가 조용히 말했다.

"주군, 혹시 우승 상품 중에 돈 20만 전이 있지 않았습니까?"

"응, 있어."

용운은 새삼 아쉬움을 삼켰다. 보검이나 무술 교본 따위는 필요 없었다. 제일 탐나는 상품은 돈이었다. 그것도 현금. 늘 자금에 쪼들렸기 때문이다.

이 비무대회는 분명 책략의 일부지만 이왕이면 다홍치마라고, 사천신녀들이 우승해서 위명도 떨치고 집적대던 놈들도 떨어져나가고 상금까지 가지면 일석삼조가 아닌가.

잠시 생각하던 검후가 말을 이었다.

"사린이를 성월이 대신 내보내면 안 될까요?"

"막내를?"

"예, 셋째는 속병이 난 거니까 대리 참가 얘기라도 해보시는 게 어떻습니까? 사린이의 겉모습을 보고 딱히 경계하진 않을 듯한데요."

"으음……."

고민하던 용운이 말했다.

"사린이, 괜찮을까?"

그 말에 청몽이 등 뒤에서 깔깔대며 웃었다.

"주군, 소오름……. 지금 설마 사린이 걱정하신 거예요?"

"막내는 애기잖아……."

"휴. 그럴 일은 없지만 예를 들어서 우리끼리 싸워야 할 일이 생긴다면, 제가 제일 상대하기 싫은 게 쟤예요."

"뭐? 왜?"

"왜긴요. 제일 무지막지하게 세니까 그렇죠."

"……정말?"

용운은 의외라는 표정으로 사린을 보았다. 그녀는 그저 생글생글 웃을 뿐이었다.

제후들은 사린의 대리 참가를 받아들였다. 성월이 기권하자, 이번에야말로 눈요기를 위해 사린을 출전시킨 거라고 여기는 분위기였다. 그도 그럴 것이, 그녀는 아무리 봐도 열서너 살 이상으로는 보이지 않았다. 최대한으로 잡아봐야 열다섯 정도일까.

비록 용운이 거느린 여무사들이 파란을 일으켰다 하나, 어린애인 사린마저 강하진 않으리라 믿었다.

공손찬에게는 미리 귀띔해두었다. 그래도 못내 불안해하는 눈치였다. 용운은 그런 제후들을 보며 생각했다.

'하긴, 그런 반응을 이해는 한다. 시각 정보가 주는 믿음과 오해는 엄청나니까. 당장 나부터가 불안한데.'

조식 후, 예정대로 비무대회가 계속됐다. 다만, 진영 외부의 경계 병력은 더욱 늘렸다. 전예가 용운의 명을 충실히 이행한 듯했다.

남쪽 비무장에서는 관우와 검후의 대결이 시작되기 직전

이었다. 용운이 생각하기에는 실질적인 결승이었다.

두 사람이 비무대에 가까이 마주 보고 섰다. 용운은 숨도 크게 못 쉴 지경이었다. 그뿐만 아니라 관전 중인 모든 제후와 병사들이 긴장했다. 관우는 뭔가 못마땅한 듯 수염을 쓸어내렸다.

"아녀자의 몸으로 어찌 검을 들었는가?"

그의 중얼거림에, 검후는 미소 지은 채 답했다.

"아녀자가 든 검도 똑같은 검이랍니다."

"……선공을 양보하도록 하지."

"후회하실지도 모릅니다."

"그럴 일이 생긴다면 그것은 내가 감당할 일."

"원하시는 대로."

선공을 양보한다는 말은, 첫 번째 공격은 무조건 방어만 하겠다는 의미였다.

무기를 한 번 맞대고 각자 뒤로 물러선 직후였다.

후웅! 검후가 그 자리에서 사라졌다. 일전에 왕정륙과 싸울 때 보였던 쾌속의 보법. 보던 이들이 놀람과 감탄의 탄성을 질렀다.

"으음."

관우는 언월도를 들어 내밀었다. 그러자마자 검후의 총방도가 정면으로 들이쳤다. 쩌엉! 두 사람이 한 발씩 물러섰다.

유비는 용운의 근처에서 비무를 보고 있었다.

"허어?"

그가 헛바람소리를 내며 눈을 크게 떴다. 그는 관우가 뒤로 밀리는 모습을 지금까지 한 번도 본 적이 없었다. 더구나 그 첫 상대가 여자라니.

"이것 봐, 관 형. 너무 봐주는 거 아니야?"

유비가 중얼거렸다.

그가 맏형 대접을 받고 있긴 하나, 사실 관우가 한 살이 많았다. 또 유비가 관우에게 의존하는 바가 훨씬 컸다. 유비에게 관우는 좋은 상담자이자 무적의 전신(戰神)이었다. 그런 존재가 여자에게 진다는 건 있을 수도 없고 있어서도 안 되는 일이었다. 설마 아니겠지, 하는 불안한 예감이 유비의 뇌리를 스쳤다.

검후가 다시금 관우에게 쇄도했다.

쾅! 쫘앙! 검후는 연신 총방도를 휘두르고 관우는 막았다. 두 걸음, 세 걸음. 관우는 계속해서 비무장 끝으로 밀려났다.

"선공은 오래전에 양보하셨습니다."

검후가 말했다.

그때, 관우가 눈을 부릅떴다. 섬뜩함을 느낀 용운이 자기도 모르게 외쳤다.

"검후, 조심해!"

관우의 머리 위로 붉은 글자가 떠올랐다. 그가 특기를 발한 것이다.

참격(斬格)

쓰엉! 기이한 소리와 함께 허공이 대각선으로 길게 찢어졌다. 그 경로에 검후가 있었다.

한순간 용운은 검후가 비스듬히 잘렸다고 생각했다. 그의 안색이 창백해졌다. 찢어졌던 허공이 다시 하나로 합쳐졌다. 다행히 검후는 멀쩡히 서 있었다.

다만, 가느다란 손목이 부어오르기 시작했다. 총방도로 공격은 막아냈으나, 충격을 다 해소하지 못한 결과였다.

관우가 놀랍다는 투로 말했다.

"보통 칼이 아니군."

"인정하지요. 솔직히 무기 덕을 좀 봤습니다."

"그러나 막아낸 건 사실. 대단하오."

관우는 진심으로 검후를 칭찬했다. 이미 여인이라 경시하는 마음은 사라진 후였다. 그는 비무가 이걸로 끝났다고 여겼다. 검후의 오른쪽 손목이 부러진 걸 안 것이다.

하지만 검후에게는 끝이 아니었다.

"이제 제 차례입니다."

"계속할 셈……."

말하던 관우가 황급히 언월도를 치켜들었다. 검후에게서 심상치 않은 기운이 풍겨나왔다.

"이것까진 안 쓰려고 했는데, 주군 앞에서 제대로 망신을 주셨네요."

검후가 웃으며 말했다.

늘 감다시피 한 눈의 한쪽이 가늘게 뜨여 있었다. 그녀의 몸을 중심으로 돌풍이 불기 시작했다.

관우가 아연히 중얼거렸다.

"이 무슨……."

"아무쪼록 잘 막으시길."

특기 발동, 일진검풍(一陣劍風)

휘이이이이잉!

"으앗!"

비무대 근처에 있던 병사들이 비틀거렸다. 검후는 돌풍 그 자체가 되어 관우에게 들이닥쳤다. 관우는 악몽을 꾸는 듯한 기분이었다. 그는 젖 먹던 힘을 다해 언월도를 휘둘렀

다. 그때마다 팔이 떨어져나가는 듯한 충격이 엄습해왔다. 세찬 바람에 서 있기도 힘들었다.

이미 울타리는 죄다 부서져 떨어져나갔다.

'사술인가? 아니, 아니다. 이것은 검풍…… 말 그대로, 검으로 일으킨 바람이다. 이 정도의 바람을 일으키려면 얼마만 한 속도와 힘으로 검을 휘둘러야 한단 말인가?'

그런 공격을 받아치고 있으니, 팔이 아플 수밖에 없었다. 이제 감각도 사라질 지경이었다. 손이 떨리고 팔이 저렸다. 공격이 영원토록 계속되는 것 같았다.

그러던 어느 순간, 문득 바람이 멎었다.

반격을 개시하려던 관우가 멈칫했다. 그는 아래를 내려다보았다. 한 발이 비무장 밖으로 나가 있었다.

잠시 굳어 있던 관우는 돌연 크게 웃었다.

"하하하하!"

그는 성큼성큼 검후에게 다가갔다. 그리고 정중히 포권을 취했다.

"그대 덕에 내 오늘 개안(開眼)을 했소. 지금까지 자만하고 있었군. 하늘 위에 또 하늘이 있는 것을."

"과찬이십니다. 전력을 다한 공격이었습니다."

"훌륭하오."

관우는 후련한 마음으로 비무대를 내려갔다.

하지만 그가 미처 몰랐던 사실이 있었다. 그걸 알았다면 마냥 후련하지는 않았을 것이다. 일진검풍은 본래 두 자루의 검을 사용하는 특기였다. 하지만 검후는 왼손만으로 특기를 발동했다. 즉 방금 공격은 원래 위력의 절반이었다.

"와아아아아아!"

처음으로 우렁찬 함성이 비무장을 흔들었다. 수준이 다른 둘의 공방은 병사들을 감동시켰다.

"검후! 검후! 검후!"

병사들이 발을 구르고 주먹을 휘두르며 검후의 이름을 연호했다. 비로소 그녀의 실력을 순수하게 인정한 것이다.

용운에게 다가온 유비가 웃으며 말했다.

"시녀가 아니라 대단한 무사였구나. 축하한다."

"감사합니다."

인사하던 용운은 유비의 웃는 얼굴이 평소와 미묘하게 다름을 알았다. 순간기억능력을 가진 그였기에 알아챈, 극히 미세한 변화였다. 눈이 가늘어지긴 했으나 웃고 있진 않았다. 유비는 입 끝만 올려 웃는 표정을 만들었다. 눈동자는 한없이 차가웠다. 용운의 팔뚝에 살짝 소름이 돋았다.

한편, 검후가 관우를 이기기 얼마 전이었다.

조조군 대표로 나온 하후돈은 기가 찼다. 그는 부사령관 조조의 사촌이자 심복이었다. 덕분에 비무대회의 내막에 대해서도 들었다. 병사들의 사기를 올림과 동시에, 동탁군을 도발하려는 목적이라고 했다.

그래도 이왕이면 조조의 이름으로 우승하고 싶었기에 출진을 자원했다. 그런데 참가자 중에 여인이 둘이나 껴 있었다. 여자가 비무대회에 나온 것 자체가 마음에 안 들었다. 여자 둘만 내보낸 공손찬이 제정신인가 싶을 정도였다.

그랬다가 검후의 첫 비무를 본 후 생각이 바뀌었다. 병사들은 위자의 검이 낡아서 그렇다고 믿었다. 그러나 하후돈은 알 수 있었다. 검후라는 여인이 검의 약한 부위를 두 번 연속 두드려서 부러뜨렸다는 것을.

놀랍도록 정묘한 솜씨였다. 저런 여인이라면 싸워보고 싶었다. 성월이란 여궁수 또한 놀라운 활솜씨로 이겼다고 들었다. 그녀들과 맞붙는다는 기대에 잠을 설치기까지 했다.

그런데 웬 꼬맹이 계집애가 나온 것이다. 자기 몸보다 큰, 자루 달린 쇳덩이를 들고서. 이게 무슨 상황인지는 아는지, 연신 웃고만 있다.

시작을 알리는 북이 울린 후에도 하후돈은 공격을 하지 않았다. 아니, 차마 할 수가 없었다.

그가 사린에게 말했다.

"꼬마, 그거 들 수나 있겠냐?"

"넹."

사린이 자신의 애병, 뇌신추를 한 손으로 번쩍 들어 보였다. 웃으며 떠들던 병사들이 조용해졌다. 이번엔 사린이 하후돈에게 물었다.

"아저씨는 비무 시작했는데 왜 안 공격요?"

"어? 어어……."

"그럼 제가 할래요. 배고프니까."

사뿐히 다가온 사린이 망치를 휘둘렀다. 꽈아앙! 하후돈의 거구가 검과 함께 공중으로 붕 떴다. 반사적으로 공격을 막았다가 날아간 것이다.

그는 직접 겪으면서도 믿을 수가 없었다. 황급히 정신을 수습했을 때는 이미 비무장 밖의 바닥을 딛고 있었다.

"이런 씨벌!"

하후돈의 입에서 절로 욕설이 튀어나왔다. 하지만 결과에 승복할 수밖에 없었다.

참관하던 조조는 어이없다는 듯 웃어버렸다.

"돈, 제대로 망신을 당했군. 그러게 방심하지 말았어야지."

사린을 보는 그의 눈이 예리하게 빛났다.

이렇게 해서 오전의 비무가 끝났다.

성월은 여전히 측간을 들락거리느라 바빴다. 울상이 된 사린이 말했다.

"주군! 저 너무 배고파요. 이겼으니까 밥 먹으러 가도 돼
요?"

용운은 그녀가 단 한 합에 하후돈을 장외패시켰다는 말
을 듣고 흡족했다. 검후의 대결이 끝나기도 전에 이긴 것이
다. 검후는 관우를, 성월은 장합을, 사린은 하후돈을 패퇴
시켰다. 셋 다 내로라하는 맹장들이었다.

뚜껑을 연 사천신녀들의 힘은 기대 이상이었다. 과연, 이
정도라면 그녀들을 믿고 적재적소에 활용할 수 있을 듯했다.

"하하, 그래. 다녀와. 난 검후 손목 좀 보러 갔다 올게."

"꺄륵. 큰언니, 치료 잘해!"

"그래. 치료할 것도 없어. 많이 먹으럼."

"웅웅!"

사린은 희희낙락해서 중식을 먹으러 달려갔다.

용운은 그녀의 뒷모습을 보며 중얼거렸다.

"청몽이의 말이 진짜였네. 저 녀석, 하후돈을 한 방에 이
길 줄이야."

"그렇다니까요. 호호."

"손목…… 많이 아프지?"

"아뇨. 괜찮습니다."

"얼른 치료하러 가자."

"혼자 해도 됩니다. 주군도 식사하러 가세요."

"한 손으로 붕대는 어떻게 감으려고?"

"붕대 안 감아도 됩니다."

"어허, 말 안 듣네."

두 사람이 아옹다옹할 때였다. 전예가 빠른 걸음으로 다가왔다.

"군사님."

"아, 국양 님. 무슨 일입니까?"

"태수님께서 급히 찾으십니다. 이후의 대응에 대해 의논하실 게 있다고……."

"아……."

주저하는 용운에게 검후가 말했다.

"가보세요."

"알았어. 그럼 얼른 다녀올게. 가서 치료 잘하고 있어. 응?"

"네네, 그럴게요."

용운은 하필 이때 부르냐며 속으로 투덜댔다.

'그나저나, 역시 관우. 검후의 손목을 부러뜨리다니. 그 참격이라는 특기는 관우한테서밖에 못 봤는데. 필살기 같은 건가? 엄청난 위력이었어.'

그는 검후와 관우의 비무를 되새기며, 앞장 선 전예의 뒤를 열심히 따랐다.

진영을 가로질러 중앙 막사 부근에 다다랐을 때였다. 고개를 갸웃거리던 용운이 말했다.

"전예 님, 오른쪽 무릎은 다 나으신 겁니까?"

"예?"

"전에 다쳤던 곳이 도졌다고 하시지 않았습니까?"

"아아, 예. 여기 와서 바삐 움직이다 보니 괜찮아졌습니다."

순간, 용운은 그 자리에 우뚝 멈춰섰다. 전예도 걸음을 멈췄다. 용운이 그에게 차가운 목소리로 말했다.

"역시 가짜구나. 당신, 누구야?"

전예, 아니 전예의 모습을 한 누군가가 천천히 몸을 돌렸다.

5

역습과 반격

"어떻게 알았나? 내 둔갑술은 완벽한데."

전예의 모습을 한, 정체불명의 남자가 말했다.

그의 말은 사실이었다. 용운도 처음에는 깜빡 속았을 정도였다. 그만큼 전예의 형상을 완벽하게 카피한 것이다. 하지만 미세한 움직임까지 따라하진 못했다. 걸을 때의 보폭, 호흡의 길이, 손동작 등. 그런 작은 차이들이 더해지자, 용운은 확연한 위화감을 느꼈다.

그래도 겉모습이 워낙 똑같으니 시험을 해봤다. 몸살에 걸렸다거나 긴장한 탓에 평소와 움직임이 달랐을 수도 있으니까.

상식적으로, 이렇게 똑같이 생긴 사람이 있다는 게 믿기질 않았다. 얼굴은 변장이라 쳐도 목소리까지 완벽하게 동일했다. 쌍둥이라 해도 이럴 순 없을 정도였다.

그 시험이 바로 무릎 부상에 대한 질문이었다. 사실 전예는 무릎을 다친 적이 없다. 따라서 그런 얘기를 용운에게 한 적도 없었다. 그러나 상대는, 이제 많이 괜찮아졌다며 덥석 미끼를 물었다. 용운에게 속아넘어간 것이다.

"누구야, 당신?"

용운의 목소리가 냉랭해졌다.

묻는 용운의 눈앞에서 남자의 모습이 차츰 변해갔다. 머리 주변에 희끄무레한 안개가 꼈다. 이어서 얼굴 부분만 다른 사람으로 바뀌었다. 몸은 전예의 것인데, 얼굴만 변한 것이다.

기괴한 현상에 용운이 눈을 치떴다.

그 상태에서 남자가 말했다.

"널 데리러 왔다. 우리와 같이 가줘야겠다."

용운은 두려웠지만 드러내지 않고 대꾸했다. 무엇보다도 근처에 청몽이 있었다.

"당신이 누군데 내가 그래야 하지?"

용운은 답하면서 이미 상대의 정보창을 봤다.

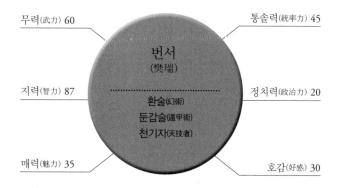

무력(武力) 60

통솔력(統率力) 45

번서
(樊瑞)

지력(智力) 87

정치력(政治力) 20

환술(幻術)
둔갑술(遁甲術)
천기자(天技者)

매력(魅力) 35

호감(好感) 30

'번서.'

그 이름을 보는 순간, 용운은 확신했다. 그 전까지는 막연히 추측만 해오던 생각이었다.

'거기에 천기자라는 특기까지.'

왕정륙 그리고 용운 자신의 것과 같은 특기다. 아직 정확히 어떤 효과를 가졌는지는 알 수 없지만.

처음 왕정륙의 정보를 봤을 때는 긴가민가했다. 왕정륙이라는 이름은 중국에서 간혹 쓰였다. 정자 돌림을 쓰는 왕씨 집안의 여섯째란 뜻이다. 따라서 '용운이 생각한 경우'와 우연히 이름이 같을 가능성도 없진 않았다.

그러나 왕정륙에 더해, 그가 말했던 제10위(十位) 시진, 거기에 지금 나타난 번서까지 셋 모두 한 소설 속에 등장하는 인물들이었다. 한곳에 속한 인물들의 이름이 우연으로 이렇게까지 겹칠 가능성은 없었다. 이건 마치 영국으로 유학을 갔는데, 같은 반에 '해리 포터', '헤르미온느 그레인저', '론 위즐리'라는 학생들이 다 있는 것과 비슷한 확률이었다. 아니, 그보다 더했다. 이곳은 1800년 전의 세계이니까. 즉 저 이름들은 의도적인 것이었다.

'그렇다면 가명이겠군.'

용운이 떠올린 소설은 바로 《수호지》였다. 중국 명나라 때 시내암(施耐庵)이 쓴 소설이다. 《삼국지》, 《서유기》, 《금병매》와 더불어 중국 4대 기서 중의 하나였다.

주인공은 별의 운명을 타고난 108명의 협객들. 그들이 '양산박'이라는 산채를 만들어 부패한 조정에 맞서 싸운다는 내용이다.

용운은 기본적으로 《삼국지》 마니아다. 하지만 중국 역사와 문화를 연구하는 아버지의 영향을 받아 《수호지》도 즐겁게 읽었다. 《수호지》 자체가 매우 재미있는 소설이기도 했다. 그가 읽었다는 것은 곧 내용을 모조리 기억하고 있다는 뜻이다.

왕정륙, 시진, 번서 등은 《수호지》의 108 협객들 중 일부의 이름이었다. 일례로, 왕정륙이 '10위'라 칭한 시진은 《수호지》 내에서도 마찬가지로 열 번째 두령이었다.

용운은 결론을 내렸다. 위원회라는 모종의 집단은 《수호지》를 본떠 조직을 구성했거나 서열을 정한 것이라고.

'굳이 그렇게 한 이유가 있을 거야.'

위원회는 용운과 마찬가지로 과거로 넘어왔다. 어찌 보면 동지가 될 수도 있는 사이였다. 지금의 용운에게, 21세기를 배경으로 대화할 수 있는 대상은 그들뿐이기 때문이다.

하지만 위원회는 타임슬립을 하기 직전에도, 또 이 세계에 온 후에도 용운과 악연이었다.

현대에서는 집을 감시하던 정보요원을 살해했다. 그런 뒤, 용운의 팔을 잘라 끌고 가려 했다. 이쪽 세계에서의 행보도 바람직하진 않았다. 사람들을 모아 세뇌하여 뭔가를 꾸미고 있었다. 대립하게 된 조운에게 거리낌 없이 총을 쐈다.

'역시 적……이겠지.'

용운은 《삼국지》의 세계로 오기 전, 집에 침입했던 살인귀를 떠올렸다. 그의 손목 안쪽에는 별 문신이 있었다.

아버지가 남긴 문자에서 언급한 별이다. 별 아래에는 81이라는 숫자가 새겨져 있었다. 그때는 의미를 몰랐지만, 이젠 짐작이 갔다.

'그 숫자가 아마도 서열, 즉 그자는 여든한 번째, 조도귀(操刀鬼) 조정(曹正)일 거야.'

이름을 알아봐야 크게 달라지는 건 없었다. 그래도 막연하던 대상이 구체화된 기분이었다.

조정으로 짐작되는 남자는 이렇게 말했었다.

— 가자. 너. 아버지. 필요.

행방불명된 아버지가 뭘 어쨌다는 거였을까?

그런데 놀랍게도 시공을 이동해온 이곳에서도 위원회 소속의 인물들이 나타났다. 그게 용운을 긴장시키면서도 기대하게 했다.

'어쩌면 아버지도…… 아니, 단정은 이르다. 좀 더 뭔가를 캐내야 해.'

따라갈 생각은 당연히 없었다. 반항하자 팔을 자르려 한 놈들이다. 어차피 번서가 위협적인 행동을 취하면 청몽이 나설 것이다.

용운은 일부러 번서에게 이죽거렸다. 그로부터 더 많은 정보를 끌어내기 위해서였다.

"당신도 위원회 맞지?"

"……왕정륙에게 들었나? 안다면 굳이 부정할 필요는 없다."

"왜 날 데려가려고 하는 건데?"

"같이 가보면 알게 된다."

"혹시 《수호지》 놀이라도 하는 거야?"

"……!"

번서의 표정이 확 변했다. 용운은 제대로 짚었음을 직감했다.

"왜, 현대의 부적응자들이 떼로 몰려와서 이 세계에 양산박이라도 만들려고?"

"닥쳐라. 몸 성하게 따라오고 싶으면. 아니지, 굳이 몸이 성할 필요도 없겠구나. 말만 할 수 있으면 되니까."

험악한 얼굴이 된 번서가 한 발 앞으로 나섰다. 주춤 물러서던 용운의 등이 누군가와 부딪쳤다.

용운은 깜짝 놀라 뒤를 돌아보았다. 레게 머리에, 셔츠와 청바지 차림의 청년이 고개를 까딱해 보였다.

"요, 보이(boy)."

"큭!"

용운은 재빨리 대인통찰을 사용했다. 레게 청년의 이름은 시은(施恩)이었다.

'금안표 시은.《수호지》에서 여든다섯 번째 두령에 해당하는 자다.'

또한 시은도 왕정륙이나 번서와 마찬가지로 천기자라는 특기를 가지고 있었다. 그도 위원회의 일원이 분명했다. 용운은 재빨리 달아나려 했다.

그때, 시은이 말했다.

"역시 진한성의 아들답다고 해야 하나. 번서 브라더의 둔갑술을 단번에 알아보다니."

용운의 발이 순간 멈췄다. 그는 떨리는 목소리로 물었다.

"당신들, 내 아버지를 알아?"

위원회라는 집단이 아버지와 나쁜 쪽으로 얽혔을 거라는 생각은 이미 했다. 그래도 막상 이름을 듣자 충격을 받았다.

"와우, 그나저나 미리 아들이라는 얘길 못 들었으면 걸 (girl)로 착각할 뻔한걸. 그것도 프리티걸. 그건 아버지와 또 다른걸?"

시은은 나름 라임을 노린 말을 했다. 하지만 용운의 귀에는 들어오지 않았다.

"아버지를 아냐고 물었잖아!"

레게 청년 시은이 낄낄 웃었다. 이 예쁘장한 소년이 진한성의 아들임이 확실해졌다.

"아냐고? 알지, 잘 알고말고. 퍽킹 진 사부. 아주 지긋지긋한 몬스터거든."

슉! 시은의 얼굴이 순식간에 코앞에 다가왔다. 그가 쓴 선글라스에 용운의 얼굴이 비쳤다.

"그래서 보이, 유(you)가 좀 필요해."

시은이 용운의 어깨를 움켜잡으려는 찰나였다.

"더러운 손 딱 치워라. 죽기 싫으면."

슉! 우둑! 땅속에서 검은 형체가 솟아올랐다. 그 형체는 시은이 내민 오른팔에 휘감겼다. 시은이 정신을 차렸을 때

는, 이미 팔이 뒤틀린 형태로 부러진 뒤였다. 최소 네 군데의 복합 다중 골절이다.

"끄아악! 퍽킹! 크레이지 헬!"

시은은 한 박자 늦게 비명을 질렀다. 땅속에 은신해 있던 청몽이 튀어나오면서, 그의 팔을 걸레 짜듯 비틀어버린 결과였다.

"제기랄, 이건 또 뭐냐!"

위기를 느낀 혼세마왕 번서가 천기를 사용했다. 그게 용운에게는 특기를 발동하는 걸로 보였다. 번서의 머리 위에 '환술(幻術)'이란 글자가 떴다.

용운은 급한 김에 외쳤다.

"청몽, 조심해! 저자가 환술을 쓸 거야."

번서가 눈썹을 꿈틀했다.

'이 녀석 또다…… 내 둔갑술을 알아본 것도 그렇고. 혹시 정탐 계열의 천기라도 가졌나?'

용운의 말을 들은 청몽은 아예 눈을 감아버렸다. 환술이란 곧 눈속임의 일종. 시각 정보를 차단하면 그만이다. 암살자 클래스인 그녀는, 암흑 속에서도 소리와 냄새만으로도 충분히 활동이 가능했다.

눈을 감은 청몽이 움찔했다.

'아차, 주군에게도 눈을 감으라고 말해주는 걸 깜빡했

네?'

용운의 눈앞에 별안간 끔찍한 광경이 펼쳐졌다. 사천신녀와 아버지 그리고 조운 등이 갈가리 찢기다시피 하여 피투성이가 된 채 쓰러져 있었다. 사랑하는 이들이 다양한 형태로 죽는 모습이 끝없이 반복되었다.

그는 공포에 질려서 비명을 질렀다.

"으아아악!"

당황한 청몽의 움직임이 멈췄다.

"주군, 진정하세요. 그거 다 허상이에요!"

"아아아악!"

용운은 청몽처럼 시각을 차단해도 다른 감각으로 활동하는 능력이 없다. 그래서 눈을 감을 생각까진 못했다. 그래도 환술이란 말에, 단단히 마음의 준비는 하고 있었다. 하지만 직접 당한 환술은, 이건 다 가짜라고 되뇐다 해서 극복될 만한 게 아니었다. 결코.

"주군! 괜찮아요?"

듣다 못한 청몽이 뒤에서 용운을 안았다. 그사이 시은이 움직였다. 그는 오른팔을 축 늘어뜨린 채 청몽에게 슬금슬금 다가갔다. 등에서 식은땀이 났다. 상대에 대한 두려움과 고통 때문이었다.

'갓 뎀, 이 계집은 또 뭐야?'

번서와 시은은 아무 대책도 없이 무작정 용운을 끌고 가려 한 건 아니었다. 용운은 일개 사병이 아니라 참모로 참전했다. 그를 납치하려는 게 눈에 띄면 당연히 병사들이 반응할 터였다. 어찌 진영을 벗어난다 해도, 곧 외곽에 있는 기병대의 추격을 받게 될 게 뻔했다. 발각되기 전에 최대한 멀리 벗어나는 게 관건. 이에 둘은 용운의 행적을 철저히 관찰했다.

일단, 세 여인이 호위무사로 그림자처럼 붙어 있었다. 그다음으로 자주 접촉하는 인물이 전예였다. 번서의 특기, 둔갑은 반드시 한 번은 본 대상이어야 변신이 가능했다. 그는 둔갑할 대상으로 전예를 점찍었다.

다음은 일을 실행할 장소였다. 지난 며칠간 용운이 가장 빈번히 지나다닌 지점으로 정했다. 그의 막사에서 중앙 막사로 가는 도중이다. 이곳에 번서가 미리 결계(結界)를 쳤다.

결계란 본래 불교에서 유래된 용어였다. 승려가 수행하는 데 장애가 없도록 의식주의 제한을 둔 지역. 혹은 특별한 의식을 행하는 장소를 결계라 했다. 즉 수도와 의식에 방해가 될 만한 것들, 가령 술, 여자 등을 들이지 않는 지역은 결계지가 된다. 거기서 의미가 변해, 부적이나 술법 등으로 다양한 효과를 내며 통제하는 일정 범위 내의 지역도 결계라 칭하게 됐다. 간단히는 그저 들어오거나 나가지 못하게 하는 결계에서부터, 허상을 보여주거나 날씨가 변화하는 결계 등 종류와 위력도 천차만별이었다.

그중에서 번서가 만든 것은 특정 지역을 한동안 외부와 차단하는 결계였다. 평범한 공간의 일부로 인식되게 하는 것이다.

천위의 한 사람, 제4위(四位) 공손승이 사사한 강력한 결계, 균열(龜裂). 일단 균열이 발동하면 바깥쪽에서는 거의 이상함을 느낄 수 없다. 설령 뭔가 위화감을 느꼈다 해도, 결계의 효력이 다하기 전에는 결코 안으로 들어오지 못했다.

다음은 용운이 혼자 있을 때를 노려야 했다. 그들은 세 여인이 떨어진 틈을 간신히 포착했다. 그사이 전예로 변한 번서가 용운을 유인했다. 결계에서 용운을 기절시킨 다음, 번서가 그의 모습으로 변신한다. 아무튼 계획은 그랬다.

'다음은 내가 보이를 업고 짐처럼 위장한 다음 달아나면 끝이었는데. 하나가 더 있었다니. 쉿(shit)……..'

검은 무복의 여인이 여기 나타났다는 건, 결계 효과를 발동하기 전에 용운과 함께 이 안으로 들어왔다는 뜻.

하지만 시은은 물론이고 결계를 친 번서 본인조차 여인의 기척을 전혀 느끼지 못했다.

'이런 여자들이 근처에 넷이나 있다는 정보는 듣지 못했다고. 브라더 주무, 일을 제대로 해야지.'

여인은 앞으로도 회의 일에 큰 방해가 될 게 분명했다. 시은은 기회가 왔을 때 여인을 제거하기로 결심했다. 이 한 명만이라도.

'지금 죽여야 돼. 롸잇 나우(right now).'

반응을 보니 진한성의 아들 녀석은 번서의 환술에 제대로 걸렸다. 그나마 다행이다. 특정 대상을 지정하여 가장 두려워하는 것을 보여주는 환술이었다.

'움직임이 멎은 걸 보니, 저년도 환술에 같이 걸려든 것 같긴 한데……'

너무 조용해서 확신이 서지 않았다. 그저 용운을 꼭 안고만 있었다. 어쩌면 환술임을 알고 이겨내려고 애쓰는 건지도 몰랐다. 아무튼 천기 한번 못 써보고 물러나기에는 회의 자존심이 허락하지 않았다.

'난 대제국을 위해 천명(天命)을 받은 초인이다!'

시은은 선글라스를 벗었다. 그의 두 눈이 금색으로 노랗게 빛났다. '금안표(金眼彪, 노란 눈의 표범)'라는 별칭대로.

후웅! 시은은 청몽의 등으로 강맹한 왼발 앞차기를 날렸다. 청몽은 등에 와닿는 공기의 파동을 느꼈다. 그녀는 눈을 감은 채 용운을 붙잡고 왼쪽으로 회전했다. 순간, 디딤발을 바꾼 시은의 오른발 돌려차기가 청몽의 왼쪽 옆구리를 향해 날아왔다. 청몽은 왼팔을 들어 돌려차기를 막아냈다.

아니, 막으려 했다. 갑자기 오른발의 궤적이 허공에서 바뀌었다. 중단 돌려차기에서 순식간에 하이킥으로 변했다. 쩍! 발등이 청몽의 왼쪽 관자놀이에 꽂혔다. 청몽은 살짝 비틀거리며 뒤로 물러났다.

시은은 가볍게 스텝을 밟으며 말했다.

"보인다. 너의 리듬이."

시은의 천기는 '견율안(見律眼)'. 모든 살아 있는 존재가 가지고 있는 고유의 파동을 보는 힘이다. 견율안이 발동되면 그 파동으로 상대의 다음 움직임을 예측할 수 있었다.

그가 말을 마친 직후였다.

빡! 강렬한 충격이 안면에 꽂혔다. 시은은 그대로 정신을 잃고 뒤로 넘어졌다. 뒤로 물러난 청몽이 곧장 앞으로 튀어나오며 주먹을 날린 것이다.

"난 들린다, 새꺄. 네가 폴짝대는 소리가."

청몽이 시은에게 결정타를 먹이려 할 때였다.

"으으…… 청몽아, 나…… ."

용운의 비명이 잦아드나 했더니 온몸을 와들와들 떨기 시작했다. 급기야 신음을 토하며 쓰러지고 말았다.

"이런!"

청몽은 얼른 용운을 받쳐 안았다. 그의 몸이 불타는 듯 뜨거웠다.

시은이 쓰러져 당황하던 번서가 크게 웃었다.

"하하하하! 뭘 봤는지는 모르겠지만 내 환술을 정통으로 받았으니 광인이 되어버릴 것이다. 우리가 써먹지 못할 재능이라면 없어져야 한다!"

청몽이 눈을 뜨고 번서를 노려보았다.

"짖고 있네, 망할 놈의 새끼. 니들,《수호지》어쩌고 라고 했냐? 주군한테 무슨 일이 생기면 아주 108조각을 내서 젓갈을 담가버릴 테다."

그 눈에 어린 살기에 번서가 주춤할 때였다. 청몽의 품 안에서 가냘픈 목소리가 들려왔다.

"천기 발동……."

"주군! 정신이 드세요?"

"반천기(反天技)."

그 말을 끝으로, 용운은 다시 정신을 잃고 고개를 툭 떨 어뜨렸다.

'반천기?'

동시에 번서가 갑자기 처절한 비명을 질렀다.

"끄아아아아악!"

청몽은 깜짝 놀랐다. 번서의 두 눈에서 피가 분수처럼 뿜 어져나왔다. 번서는 양손으로 얼굴을 감싸고 절규했다.

그때, 청몽의 옆으로 뭔가가 빛살처럼 지나갔다. 한 팔을 축 늘어뜨리고 코와 입에서 피를 철철 흘리고 있는 시은이 있다.

"어어……."

따라잡을 만한 속도였지만, 청몽은 그를 붙잡을지 말지 망설였다. 기절한 용운 때문이었다.

그사이, 시은은 번서를 붙잡아 어깨에 짊어졌다. 그리고 순식간에 멀어져버렸다. 후웅! 공기가 가볍게 떨렸다.

청몽은 자신들을 둘러싸고 있던 뭔가가 사라졌음을 감지했다.

"히익!"

다급히 뛰어가던 병사 하나가 기함했다.

그는 아무것도 없던 공간에서 갑자기 불쑥 나타난 청몽을 보고 창을 찔렀다. 청몽은 고개를 틀어 창을 피했다. 그녀가 화가 나서 외쳤다.

"죽을래? 여기 군사님이신 거 안 보여?"

그는 유비군의 병사였던 것이다. 용운을 본 병사는 손을 떨며 어쩔 줄을 몰라했다. 그러고 보니 분위기가 뭔가 이상했다. 멀지 않은 곳에서 창칼 부딪치는 소리와 아우성이 들려왔다.

청몽이 병사에게 버럭 소리를 질렀다.

"아 좀! 정신 차리고 뭔 일인지 말해보라고요."

"화, 화, 화웅군이…… 화웅의 군대가 진영 바깥쪽을 덮쳐서……."

"아주 타이밍 봐라. 미치겠네."

청몽은 용운을 들쳐업고 막사로 달려갔다. 그녀가 막사 근처에 다다랐을 때였다. 마침 검후가 안에서 나왔다. 오른쪽 손목에 붕대를 감은 채였다. 휴식 중 이상을 느끼고 나온 것이다.

검후는 굳은 표정으로 청몽에게 물었다.

"어떻게 된 거야?"

"이상한 놈들이 공격해와서……. 그 위원회란 놈들 있잖아. 마을에서 언니가 해치웠던."

검후는 서둘러 용운을 건네받아 가볍게 안았다. 그녀는 입술을 질끈 깨물었다. 너무도 가벼워서 새삼 가슴이 아렸다. 용운의 온몸이 불덩이처럼 뜨거웠다.

만약 용운에게 입에 담기조차 싫은 불상사라도 생긴다면, 그 위원회란 자들을 지옥 끝까지라도 쫓아가서 쳐 없애리라.

검후가 눈을 치떴다. 늘 웃던 눈이 반개한 채 차갑게 식어 있었다.

"다치신 거야?"

청몽은 몸을 오소소 떨었다.

"아니. 부상은 없어. 그런데 환술에 걸렸을 때 충격을 받으신 것 같아."

그녀가 주눅 든 기색으로 말했다. 용운의 최종 호위를 책임진 그녀는, 그를 제대로 보호하지 못한 데 대한 죄책감을 느끼고 있었다.

검후가 중얼거렸다.

"하필 환술에 의한 충격이라니."

용운은 시각 정보에 매우 예민했다. 평소에도 그의 뇌는 눈으로 보는 모든 것을 받아들여 기억하고 저장하고 있었다. 환술로 충격을 받았다면, 십중팔구 뭔가 끔찍한 것을 보여준 것일 터. 그것은 용운의 정신을 오랜 시간에 걸쳐 야금야금 갉아먹을 게 분명했다.

'외상이면 치료라도 하련만.'

그때, 눈을 뜬 용운이 힘없이 중얼거렸다.

"검후."

"주군! 괜찮으십니까?"

"나, 여기 말고…… 중앙 막사로."

"네? 하지만……."

"어서. 아군 진영에 뭔가 문제가 생겼어."

"주군!"

"난…… 군사야."

비록 목소리는 힘이 없었으나, 그에게서는 굳건한 의지가 느껴졌다.

결국, 검후는 고개를 끄덕였다. 그녀가 청몽에게 말했다.

"둘째야, 중앙 막사가 어딘지 알지?"

"으, 으응."

"우린 주군이 아니면 뭘 할지 모른다. 전술에 대한 이해도가 없으니까. 그래서 성월이랑 사린이는 지금 일단 식량고 쪽에 가 있어. 혼란을 틈타 적이 불이라도 지르면……."

"작살나겠네."

청몽이 중얼거렸다.

전쟁에는 사기도 중요하고 무기도 중요하다. 하지만 대군(大群)의 생명은 결국 보급이다. 십만 대군의 전쟁은 보급과의 전쟁이기도 했다. 하루에 소모되는 군량의 양은 엄청났다. 배고픈 병사는 싸우지 못하고 사기도 떨어진다.

아무리 전술에 무지한 청몽이라도 이 정도는 알 수 있었다. 그간 옆에서 쭉 봐왔기 때문이다.

'그러고 보니 성월이와 사린이 둘이서 식량고 쪽으로 자주 돌아다녔던 것은 위치를 익혀두기 위해서였나? 난 사린이가 뭔가 먹을 걸 찾으려고 그러는 줄만 알았더니.'

사실, 그 이유도 없진 않았다.

검후가 청몽의 말을 받았다.

"응. 그러니까 넌 잠깐 그쪽에 들렀다가, 중앙 막사로 와서 나시 주군을 호위해줘. 내가 미리 가 있을 테니."

"알았어."

즉시 청몽의 모습이 사라졌다. 검후도 중앙 막사로 달리기 시작했다. 중앙 막사는 밖에서도 들릴 정도로 시끄럽게 고성이 오갔다.

"큭. 안긴 채로…… 들어갈 순…… 없지."

용운은 검후의 부축을 받아 안으로 들어갔다. 그가 들어서자마자 원술이 호통을 쳤다.

"참모! 어디 있다 이제야 온 겐가?"

"죄송합니다. 갑작스럽게 몸이 아파서……. 상황이 어떻게 된 겁니까?"

조조가 침착한 목소리로 말했다.

"오후 비무가 시작되려는데 화웅이 뛰쳐나왔네. 자네의 예상대로 분을 못 이긴 게지."

들어보니 용운이 가짜 전예를 따라갔다가 일이 벌어진 후인 모양이었다.

"그리고 싸움을 걸어왔겠지요."

"맞네."

"설마 거기 응하셨습니까?"

원술이 다시 고함을 질렀다.

"당연한 소리를! 우리를 그토록 욕보이며 단기전을 걸어오는데 무서워서 꼬리를 말라는 건가?"

"누가 나갔습니까?"

다시 조조가 답했다.

"원공로(원술)의 상장(上將) 교유 공이 나섰네."

교유는 어제의 비무대회에서 하후돈과 대결하여, 분전 끝에 패배한 장수였다. 정사에서는 원술의 밑에서 대장군직에까지 오르나, 훗날 조조와 싸우다 우금(于禁)의 손에 죽는 자이다.

용운이 말했다.

"죽었겠네요."

"……그렇다네."

원술은 재차 노호성을 발했다.

"저자가 감히!"

화웅이 도발해왔을 때, 원술은 첫 전공을 세울 좋은 기회라고 여겼다. 이에 다른 제후들의 만류를 뿌리치고 교유를 내보냈지만 결과는 최악이었다. 아끼던 장수를 잃은 분노를 풀어야 했다. 동시에 자신의 잘못된 판단을 감춰야 했다. 도발책을 제안한 용운은 최적의 대상이었다.

열에 들뜬 용운이 힘겹게 말을 이었다.

"제가 분명 말씀드린 걸로 압니다. 적군이 도발에 이끌려 나오더라도 함부로 싸움에 응하지 말라고 말입니다. 특히, 그 대상이 여포나 화웅이라면 더더욱."

"그, 그 단기전에 이겨서 기세를 꺾어놔야 하는 게 아닌가! 쥐새끼처럼 틀어박혀 있던 놈들을 겨우 나오게 했는데 그 기회를 저버리란 말인가!"

"이겨야 그게 되지요. 졌잖습니까."

"이……."

용운은 원술을 무시하고 장내를 둘러보았다.

'제길. 그사이에 화웅이 공격해오고 벌써 장수들이 죽어 나갔다니. 왜 이렇게 시간이 흘렀지?'

평소의 그라면, 본래의 성격을 죽이고 행동을 조심했을 것이다. 이제까지는 그러려고 최선을 다해 노력해왔다. 여긴 현대의 법과 상식이 안 통하는 '다른 세계'였으므로.

하지만 지금은 도저히 그럴 기분이 아니었다. 몸 상태가 지극히 나빴을 뿐만 아니라 못 견디게 불쾌했다. 자리를 비운 사이, 제후들이 자신의 말을 듣지 않은 것. 기어이 장수들을 내보내 죽게 한 것. 그놈의 전공이, 자존심과 체면이 대체 무엇이기에 애꿎은 목숨을 죽게 하는가.

용운의 목소리는 절로 냉랭해졌다.

"더 있을 텐데요?"

"……부장 이원(李源)."

기주목 한복의 말에, 손견이 피로한 목소리로 덧붙였다.

"나의 상장인 조무도 죽었네. 그게 마지막이네."

"……그렇군요."

조무(祖茂)는 정사 및《삼국지연의》에서, 동탁군과 싸우다 위기에 처한 손견 대신 그의 상징인 붉은 두건을 쓰고 적들을 유인한 장수였다. 덕분에 손견은 목숨을 건졌으나, 그후 조무의 행적은 알려진 바가 없었다.《삼국지연의》에서는 손견의 두건을 추적해온 화웅을 조무가 공격했다가 오히려 죽음을 당하는 걸로 묘사됐다.

'아무래도 조무는 정사에서도 그때 즈음에 죽은 모양이야. 하지만 손견은 또 왜 그를 내보낸 거지? 그럴 사람이 아닌데.'

의아했지만 그 원인을 파악할 때가 아니었다. 장수를 셋이나 잃었으니 적은 기세등등해졌을 것이다. 그만큼 아군은 사기가 꺾이고 당황했다.

그 틈에, 화웅은 철기를 몰아 또 진영의 외곽을 들이쳤다고 했다. 마치 벌떼가 큰 개를 쏘듯. 꼬리를 만 개는 비명을 지르기만 했다. 아까 용운과 청몽이 있던 진영 남쪽 외곽이었다.

그때 유비가 다가와 용운의 어깨에 팔을 둘렀다.

"군사, 몸은 괜찮은 건가? 안색이 영 아닌데?"

뒤에 서 있던 검후가 그의 팔을 붙잡아 내렸다. 그녀는 좀 전부터 분노를 억누르고 있었다.

"안 좋아 보이면 부담을 주지 마십시오."

"아차, 내가 실수했군. 아무튼 말이야, 그 화웅이라는 장수가 강한 건 알고 있었는데 문제는 그것만이 아니라고. 자리가 텅 비어 보이지 않나?"

모인 제후들이 본래의 반 정도밖에 되지 않았다. 용운은 그들이 각자의 진영에서 전투를 준비 중인 거라고 생각했었다.

한데 이어진 공손찬의 말은 청천벽력과 같았다.

"포신 공, 유대 공, 도겸 공까지 다들 철수하겠다고 난리네."

용운은 자기도 모르게 휘청거렸다. 검후가 얼른 뒤에서 받쳐줬을 정도였다.

"네? 어째서입니까?"

"포신 공과 유대 공은, 황건의 잔당들이 성을 공격해왔다고 하네. 잔당이라고는 해도 그 규모가 수십만에 달하는 모양일세. 도겸 공도 마찬가지로 서주에서 황건적들이 일어났다는 연락을 받았고. 북부 쪽도 오환과 선비족이 동맹을 맺고 함께 쳐들어왔다고 하는데, 사령관인 나까지 떠날 순 없으니 범(공손범公孫範, 공손찬의 사촌동생)과 사기(관정)를 믿어보려 하네. 아무튼 그런 상황이라 마냥 못 가게 붙잡을 수도 없네."

공교로우면서도 절묘한 시기. 순간, 용운은 한 사내의 이름을 떠올렸다.

'가후다.'

정확한 방법은 알 수 없었다. 하지만 분명 그가 관여됐다는 생각이 들었다.

각 지역의 황건 잔당들과 이민족들에게 연락을 취하여 부추긴 것인가? 주인과 대군이 빠져나간 성을 공격하라고? 그랬다면 그 시점은, 최소 용운이 적 도발을 위해 단합대회를 준비하기 전이었다.

가후는 또 한발 앞서 가 있었던 것이다. 엎친 데 덮친 격으로 전령이 뛰어들어와 외쳤다.

"아룁니다! 여포군과 서영군도 사수관에서 나왔습니다. 각각 화웅군과 다른 방향에서부터 공격해오고 있습니다."

기다렸다는 듯한 파상공격이 시작됐다. 게다가 이끄는 것은 하나같이 맹장들이었다. 용운은 저도 모르게 분통을 터뜨렸다. 마음 같아서는 바로 명령하여, 사수관 밖으로 나온 적들을 쳐부수고 싶었다.

하지만 그에게는 전군의 명령권도, 통제권도 없었다.

"제기랄! 아오, 빡쳐!"

용운은 마음을 가라앉히려고 애썼다. 아직 역전의 기회는 분명히 있나. 제후들이 전부 철수하기 전에 전세를 뒤집을 수 있는 방법. 그러면서 공손찬의 위명을 드높일 수 있는 방법.

그래, 갑자기 위원회란 자들이 침입해오는 바람에, 그사이 예기치 못한 희생이 있긴 했지만, 애초의 노림수대로 진행하면 되는 것이다. 다만, 여기에는 백 퍼센트 확신할 수 있는 검(劍)이 필요했다.

"손견 님, 여포군을 막아주실 수 있겠습니까? 절대 정면으로 맞서지는 말고 방어 진형을 굳히면서 화살 공격을 해주십시오."

손견은 얼떨결에 고개를 끄덕였다.

"현덕 님, 서영군을 부탁합니다. 운장 님과 익덕 님의 실력이라면 충분할 것입니다."

"그러지."

"그리고 검후."

"예."

"화웅을 처치할 수 있겠어? 손목이……."

"화웅이라는 자가 지난번에 여포와 함께 공격해왔던 적장이 맞습니까?"

"응, 맞아."

"그자 정도라면 한쪽 팔로도 충분합니다."

그 말에 조조는 헛웃음을 지었다.

원술은 또 한 번 광분했다. 벌써 몇 번째인지. 지치지도 않는 모양이었다. 고혈압은 아닌 게 확실했다.

"감히 계집 주제에 어디서 허풍을 떠느냐? 군영에서는 허언이 통하지 않음을 알아야 할 게다."

검후는 가볍게 대꾸했다.

"제 목을 걸지요."

"저, 저것이……."

원소는 좀 전부터 팔짱을 끼고 눈을 감고 있었다. 듣기만 하던 그가 입을 열었다.

"스스로 목을 걸겠다고 하니 내보내보세. 우리가 손해 볼 일이야 없지 않은가. 그나저나 아쉽구나. 내 상장들인 안량과 문추를 데려왔다면 손쉽게 처리했을 터인데."

"없는 사람들 말해서 뭐합니까?"

용운은 가벼운 대꾸로 원소를 다시 침묵시켰다. 그러고는 검후에게 말했다.

"기세가 오른 지금은 어떤 단기전에도 응할 거야. 더구나 그 상대가 여자라면."

그사이 용운의 열은 거의 내렸다. 아직 좀 기운이 없긴 했지만. 아무래도 회복 능력이 있는 나비상 덕인 듯했다.

검후를 보는 용운의 눈빛에 미안함이 어렸다.

'그런 눈, 하지 않으셔도 됩니다. 우리는, 나는, 오직 당신을 위해 다시 태어난 존재이니까.'

검후는 입가에 미소를 머금은 채 한쪽 눈을 가늘게 떴다. 그리고 공손하고 침착하게 답했다.

"명을 받듭니다."

6

악몽의 비장(飛將)

"이게 그대가 말한 안 보이는 원군이었나?"

동탁군의 대독호 호진이 말했다.

그는 성벽 위에서 전장을 바라보고 있었다. 연합군 진영이 술렁이는 게 한눈에도 보였다. 일부는 진채를 해체하기도 했다. 적당한 틈을 타 회군하려는 움직임이었다.

"달랑 서신만 보냈다고 곧이곧대로 듣진 않았을 텐데. 어떻게 황건병과 이민족들을 움직였지?"

호진의 물음에 가후가 답했다.

"간절히 원하는 것을 건드리면 사람은 움직이게 마련. 지금은 한창 식량이 부족할 때입니다. 약간의 식량을 지원해주면서 더 큰 보상을 미끼로 내걸었으니 솔깃했겠지요."

가후는 늘 본래 능력의 삼 할을 숨겨 자중했다. 출전을 명받은 직후, 연합군 제후들의 본거지로 세작을 파견했다는 말은 굳이 하지 않았다. 그 세작들이 가후의 서신에 믿음을 더해주었다.

시기를 맞춰, 서신의 내용과 일치하는 소문을 퍼뜨린 것이다. 흔히 유언비어(流言蜚語)의 계라 하는 거였다. 다만, 이 경우 근거 없는 뜬소문이 아니었다. 그래서 효과는 더 컸다. 실제로 공격하고 안 하고는 상관없었다. 제후들을 불안하게 만들기만 하면 되었으니까.

화웅이 단기전에서 연이어 승리해준 것은 가후로서도 다행스러운 일이었다. 사실 더 억눌렀다간 군령을 무시하고 뛰쳐나갈 듯하여 마지못해 허락한 것이다.

"그대의 공이 크다. 돌아가면 상국님께 이를 아뢰어 괜찮은 자리에 오르도록 해주지."

가후는 고개를 조아렸다.

"제가 뭐 한 게 있겠습니까. 모두 장군님들의 용맹함 덕입니다."

그는 늘 그렇듯 겸손했다. 적어도 겉으로는.

'관직 따위 별로 관심 없다. 내 책략을 펼치고 그것이 적중할 때의 쾌감을 맛볼 무대가 필요할 뿐. 그나저나 이 정도

에서 끝이라면 실망이군. 상대가 누군지는 몰라도 조금은 더 놀 수 있을 줄 알았는데.'

호진이 명을 내렸다.

"이 기회를 놓칠 순 없지. 화웅의 승리와 가후의 책략으로 적의 기세가 크게 죽었소. 여포 장군과 서영 장군은 즉각 출진하여 적의 동쪽과 서쪽을 공격하시오."

"끝났소. 준비."

"알겠소이다."

여포와 서영이 거의 동시에 답했다. 화웅의 활약을 보며 피가 끓어오르던 차였다.

한편, 화웅은 신이 나서 연합군 진영 남쪽을 두들겨대고 있었다. 그간 사수관 안에서 웅크리고 있던 울분이 조금은 풀리는 듯했다.

'네놈들이 감히, 보란 듯이 연회를 열고 비무대회 따위를 했겠다? 고작 이러려고 그렇게 까불어댄 거냐?'

얼마 후에는 다른 방향에서 전투 중인 듯한 여포와 서영 등에 대한 경쟁심도 더해졌다. 여포는 최근 동탁이 가장 총애하는 장수였다. 소위 대세라고 할 수 있었다. 양아들로 삼았을 정도이니 말이 필요 없다. 서영은 일찍부터 동탁을 섬겼다. 북방 전선에서도 많은 공을 세웠다. 둘 다 화웅에게는 만만치 않은 경쟁 상대였다.

'난 이미 적장 셋을 베었다.'

이것만도 큰 공이었다. 하지만 더 확실한 전공이 필요했다. 원소나 공손찬 등의 목은 어려워도 장수 하나 정도는 더 죽이고 싶었다.

화웅이 수풀을 헤치고 다니는 뱀처럼 진영 남쪽을 돌아다닐 때였다. 적군이 좌우로 갈라지더니 그 사이로 인마(人馬) 한 기가 천천히 걸어나왔다.

'옳지. 또 먹잇감이 제 발로 걸어들어오는구나.'

쾌재를 부르던 화웅이 눈을 부릅떴다.

키가 크고 위풍이 당당하여 미처 몰랐다. 가까이 와서 보니 상대는 분명한 여자였다.

화웅은 첫 번째 기습 때 그녀를 봤음을 기억해냈다. 공손찬의 애첩인 듯한 호족 계집을 수행하던 시녀가 아닌가. 유난히 큰 키 때문에 기억에 남았다.

순간, 화가 머리끝까지 치밀어올랐다. 대도(大刀)를 든 그가 걸걸한 소리로 외쳤다.

"꺼져라, 계집. 도발은 충분히 먹혔다. 어차피 네년도 시켜서 나온 것일 터이니, 지금이라면 목숨을 부지하게 해주마."

검후는 가늘고 긴 필단검을 빼들었다. 검을 든 손은 왼손이었다. 이어서 코웃음을 치며 검 끝을 화웅에게 겨눴다.

"지금 사수관 안으로 돌아가면 목숨을 부지하게 해드리지요, 라고 말하고 싶습니다만, 저의 주인이 당신의 목을 원합니다. 그냥 여기서 죽어주셔야겠습니다."

결국 화웅이 폭발했다.

"미친년! 원대로 죽여주겠다!"

그는 대도를 휘두르며 전력으로 말을 몰아왔다. 전투마가 달려오는 속도에 대도의 무게와 휘두르는 원심력이 더해졌다. 앞서 당한 교유와 조무 등은 이 첫 일격을 맞받은 순간부터 흔들리기 시작했다. 그러다 결국 빈틈을 드러내어 죽고 말았다.

검후는 굳이 공격을 받아칠 생각을 하지 않았다. 하긴, 받아쳤어도 밀리지 않았겠지만. 그녀는 말의 속도를 올리며 필단검을 내밀었다.

'응?'

화웅이 멈칫했다. 검의 길이도, 팔의 길이도 검후가 길었다. 예상보다 훨씬 빠르게 검 끝이 다가왔다. 이미 돌이킬 수 없었다. 화웅은 이를 악물었다.

'계집의 완력 따위. 저런 검은 쳐낸다!'

그는 대도를 크게 치켜들었다.

순간, 검후가 한쪽 눈을 떴다. 안광이 번쩍였다.

"가자꾸나."

부드러우면서도 나직한 속삭임. 그녀와 말이 순간적으로 가속했다.

특기 발동, 일검양단(一劍兩斷)

검후는 자세를 낮추며 화웅의 왼편으로 달렸다. 그가 대도를 든 반대쪽이었다. 그러면서 필단검을 대각선 위로 휘둘렀다. 조금의 흔들림도 없는 단호한 검세.

화웅의 목이 피를 뿌리며 허공을 날았다. 결의에 차 찌푸린 표정 그대로였다.

검후는 동시에 총방도를 뽑아 자신의 오른쪽 겨드랑이 아래로 찔러넣었다. 도 끝이 아래로 떨어지던 화웅의 머리를 찍었다. 총방도에 찍은 머리를 치켜든 검후가 외쳤다.

"적장의 목을 베었다!"

정적이 감돌던 전장에 거대한 환호성이 터졌다.

"우와아아아아아아!"

지켜보던 조조는 감탄을 금치 못했다.

"비록 몸은 여인이지만 진정한 무신이로구나!"

그는 심복들과 함께 진영 남쪽으로 와 있었다. 화웅을 한 팔로 상대하겠다는 검후의 호언장담에 호기심이 생겨서였다. 그의 눈앞에서 검후는 당당히 약속을 이행했다. 이 정도면 여인이라 해도 찬사 받아 마땅했다.

조조는 돌아오는 섬후를 직접 맞이했다. 그가 박수를 치며 말했다.

"정말 대단한 실력이오."

조조를 힐끗 쳐다본 검후가 말했다.

"제 두 아우들은 저보다 더 강합니다. 둘째 청몽은 마음만 먹으면 반경 5미터…… 아니, 16자 안에 아무도 들어오지 못하게 할 수 있으며, 셋째 성월은 만취한 상태에서 활을 쏴도 5리 위를 나는 기러기의 눈을 맞춰 떨어뜨립니다."

조조는 크게 놀라서는 옆에 있던 수하에게 즉시 일렀다.

"청몽과 성월이라 했나? 그 이름을 잊지 않도록 적어두어라."

검후는 그 모습을 보며 생각했다.

'그래. 앞으로 전장에서 만날지도 모르지.'

그녀는 용운에게 보고하기 위해 걸음을 옮겼다.

한편, 서쪽을 공격하던 서영은 고전 중이었다. 관우와 장비의 협공이 원인이었다.

정사에서 서영은 동탁군 무장으로 맹활약했다. 그는 예주에서 조조와 포신의 군세를 격퇴했다. 이듬해 양현에서는 손견군도 물리쳤다. 그 사실을 기억한 용운은 일부러 조

조나 손견이 아닌 유비를 붙였다. 가능하면 역사의 물결을
거스르도록.

'어디에서 이런 놈들이…….'

서영은 관우와 장비를 보며 이를 갈았다. 곰 같은 체구
곳곳이 피로 얼룩졌다.

그는 두 자루 도끼를 다뤘다. 괴력으로 휘두르는 쌍도끼
의 위력은 엄청났다. 어지간한 장수들은 일격을 받아내지
못했다. 대부분 머리가 쪼개지거나 팔이 날아갔다.

하지만 관우와 장비는 여느 장수들과 달랐다. 먼저, 장비
를 상대하던 서영의 부장 이몽(李蒙)이 급격히 흔들렸다.

조운의 창격이 빈틈없이 유기적으로 몰아친다면, 장비
의 그것은 공격 하나하나가 패도적이었다. 찌르기에도, 휘
두르기에도 천 근의 힘이 실렸다.

이몽은 창날이 넓은 언월도를 쓰고 있었다. 관우와 같은
무기였으나 위력은 한참 부족했다. 장비가 휘두르거나 내
찌르는 점강창에 한 번 부딪칠 때마다 언월도가 손에서 빠
져나가려고 했다.

"크아!"

견디다 못한 이몽이 몸을 빼낼 때였다.

"실연 찌르기이이!"

장비가 알 수 없는 외침과 함께 창을 내찔렀다. 단숨에

명치를 꿰뚫린 이몽이 절명했다.

지켜보던 유비는 만족스러운 표정을 지었다.

'그래, 이게 내 아우들의 힘이다. 그 여인들에게는 단지 방심했을 뿐이야.'

한 차례 언월도를 휘둘러 서영의 도끼를 쳐낸 관우가 장비에게 말했다.

"전투는 신성한 것이다. 경박스럽게 굴지 마라."

"아, 젠장. 형님이 제 맘을 알기나 해요? 혼인하려던 여인에게 까인 제 마음을!"

"술 마셨느냐?"

둘이 잠시 대화하는 사이, 서영은 재빨리 말머리를 돌렸다. 관우 한 사람도 감당키 어려운데 장비까지 가세하면 필패였다. 진의 외곽이니 틈만 생기면 몸을 빼낼 수 있다.

"어딜 달아나려는가, 역적!"

관우가 노호성을 지르며 뒤를 쫓았다.

마침, 사수관 성벽 위에 큰 북소리와 함께 깃발이 올랐다. 이변을 알아챈 가후의 퇴각 지시였다. 화웅이 전사하고 얼마 지나지 않아서였다.

그때였다. 도주하는 서영군의 앞을, 다른 방향으로 우회하여 진격해온 장수 하나가 가로막았다. 양손에 손잡이를 자른 단극을 든 자, 무인으로서의 기량이 한층 무르익은 태사자였다.

용운의 진언으로 공손찬이 별동대를 움직인 것이다.

"꺼져라!"

쌍도끼를 든 서영이 흉악한 기세로 달려들었다. 태사자는 팔을 십자로 교차시키며 단극 끝으로 도끼를 막았다.

쩌엉! 서영이 눈을 부릅떴다. 교차한 팔 사이로 태사자의 눈빛이 형형하게 번쩍였다. 태사자의 무력이 강하다 하나, 온 힘을 다한 서영의 도끼를 이렇게 쉽게, 그것도 단극의 날 끝으로 막아낼 정도는 아니었다. 등자를 단단히 밟고 버틴 덕에 안정감이 더해진 것이다.

'또 네 덕 한번 본다, 용운.'

태사자가 속으로 되뇌는 짧은 순간, 서영은 생각했다. 범을 피하려다 이리의 우두머리를 마주친 걸지도 모르겠다고.

그게 서영이 한 마지막 생각이었다. 태사자는 양팔을 휘둘러 서영의 팔을 젖혀냈다. 이어서 쌍단극의 날을 안쪽으로 돌려, 곧바로 그의 목 양쪽을 깊이 찔렀다. 퍼퍽!

"끄으으으……."

피거품을 물고 신음하던 서영이 낙마했다.

관우와 장비가 한발 늦게 달려왔다. 관우가 태사자에게 말했다.

"훌륭한 솜씨요, 자의."

"과찬이십니다."

유비가 공손찬에게 의탁하고 있는 까닭에 둘은 안면이 있는 사이였다.

"자의, 그거 내 밥이라고오."

"하하, 미안하게 됐소, 익덕."

장비의 투덜거림에 태사자가 웃으며 답했다.

반면, 진영 동쪽의 상황은 연합군에게 그리 좋지 않았다.

"삼백아흔둘."

병사 하나를 찔러 죽인 여포는 무심하게 수를 세었다. 손견이 치를 떨었다.

"으으, 저 괴물 같은 놈!"

이미 여포의 손에 손견이 아끼는 무장인 황개와 한당이 쓰러졌다. 다행히 죽진 않았으나 중상을 입었다. 병사들이 그들을 허겁지겁 끌고 뒤로 빠졌다.

지금은 정보가 맞서 필사적으로 싸우고 있었다. 하지만 언뜻 보기에도 열세였다. 여포가 마음만 먹었다면 정보도 이미 쓰러졌을 것이다. 여포는 정보를 적당히 상대하면서, 틈날 때마다 주변의 손견군 병사들을 참살하고 있었다. 정보가 굴욕감에 몸을 떨며 외쳤다.

"제대로 싸우지 못하겠느냐!"

천천히 그를 돌아본 여포가 말했다.

"죽는다, 네놈. 그러면."

정보는 소름이 오싹 끼쳤다. 저게 진정 사람의 눈인가?

"죽여주마. 소원이라면."

방천극이 바람을 가르며 정보에게 날아왔다. 극을 들어 막은 정보의 몸이 붕 떠 낙마했다. 적토마가 달려와 앞발을 높이 들었다. 이미 그 발에 밟혀 죽은 병사가 수십이었다. 그야말로 절체절명의 순간.

"덕모(德謨, 정보의 자)!"

손견이 애타게 외칠 때였다.

창이, 아니 창과 하나가 된 사람이 날았다. 그는 말 그대로 허공을 날다시피 하여 여포를 덮쳤다.

공손찬의 명으로 별동대를 끌고 온 조운이었다. 공손찬은 서쪽으로 태사자의 부대를, 동쪽으로 조운의 부대를 각각 보낸 것이다. 그 자신은 남쪽에서 지휘관을 잃은 화웅의 부대를 정리 중이었다.

"흠……."

여포는 그 기세를 경시하지 못하고 적토마의 고삐를 당겼다. 조운의 창격이 여포의 오른쪽 어깨를 스쳤다. 조운은 착지하자마자 뒤로 회전하며 말의 다리를 노렸다. 상대적으로 반응하기 어려운 뒷다리였다. 그런데 놀랍게도 적토마는 창을 피해내면서 뒷발질을 했다.

"읏!"

말발굽과 창대가 충돌했다. 적토마는 앞으로, 조운은 뒤로 주욱 밀려났다. 말의 무게에, 거기 탄 여포까지 감안하면 조운의 창격에 얼마나 강한 힘이 실렸는지 알 만했다.

말머리를 돌린 여포가 말했다.

"이름은?"

그가 상대를 인정했다는 의미였다. 조운이 답했다.

"상산의 조운 자룡이오."

"나는 여포 봉선이다."

"알고 있소."

"기억해주마. 네 이름을."

말을 끝맺자마자 방천극이 조운의 정수리로 날아왔다.

'저 거리에서?'

조운은 경악하여 양손으로 철창을 들었다. 거기에 방천극의 날이 수직으로 떨어졌다. 콰득!

"큭!"

단 한 수에 철창의 가운데가 움푹 휘었다. 조운의 무릎이 덜컥 꺾였다.

"과연."

여포가 중얼거렸다.

두 번, 세 번, 연이은 공격.

가후는 조금 전부터 계속해서 퇴각 지시를 내리고 있었다. 북소리가 그의 마음처럼 애타게 울렸다. 하지만 여포는 그 소리를 무시했다. 아직 피가 채 뜨거워지지도 않았다.

'화웅, 서영. 죽었나.'

이런 생각이 잠깐 뇌리를 스쳤을 뿐.

모처럼 괜찮은 먹잇감을 만났다. 이걸 두고 가긴 아까웠다. 그는 조운을 공격하고 또 공격했다. 주변을 병사들이 둘러쌌으나 감히 끼어들지 못했다. 아니, 끼어들 수가 없었다.

'틈이…… 없다.'

악문 조운의 잇새로 피가 흘러나왔다. 그의 창은 이제 형체조차 알아보기 어려운, 뭉그러진 고철이 되고 말았다. 충격을 채 해소하기도 전에 더 큰 충격을 주는 다음 일격이 날아왔다.

'이게 여포…….'

급한 마음에 말 등을 박차면서 몸을 날린 것이 패착이었다.

중요한 연합군인 손견의 장수, 정보를 구하는 데는 성공했다. 하지만 곧 높이의 차이가 결정적인 불리함으로 작용했다. 더구나 적토마는 보통 말보다 머리 하나는 더 컸다. 그만큼 타점이 높다는 뜻. 이를 극복하기 위해 말을 먼저 공격했는데 오히려 반격을 당하고 말았다.

'이게 적토마.'

여포를 태우고 다니는 영물과도 같은 말의 소문은 들었다. 그러나 이 정도일지는 몰랐다. 적토마는 여포와 일심동체처럼 움직였다. 그 위에서 내리쳐지는 여포의 방천극은 그저 강맹하다는 말로는 부족했다. 뼈가 흔들리고 근육이 뒤틀렸다. 이제 육체뿐만 아니라 의지마저 꺾으려고 했다.

"누가 저 무사를 구하라!"

손견이 애타게 외쳤다. 정보는 그가 처음 거병했을 때부터 따른, 가장 오래되고 충직한 장수였다. 손견은 신의가 있는 자였다. 그런 정보를 구해준 무사가 죽는 모습을 구경만 할 순 없었다.

정보, 황개, 한당. 모두 부상당했다. 조무는 죽었다. 그리고 늘 선봉에 서던 손견 자신은…….

두려웠다. 두려워서 나아가지 못했다. 그저 외칠 뿐.

손견은 피가 나도록 입술을 깨물었다.

'뭐하는 거냐, 손문대여! 움직이란 말이다! 늘 그랬듯 병사들의 앞에 서서 싸우란 말이다!'

하지만 그의 다리는 무정하게도 움직이지 않았다.

여포가 선언했다.

"끝이다. 이제."

마지막 일격이 막 조운에게 떨어지려는 차였다. 누군가가 손견의 옆을 스치고 튀어나갔다. 엄청나게 빠른 속도는 아니었지만 필사적인 뭔가가 느껴지는 움직임이었다. 그의 정체를 확인한 손견은 큰 충격을 받았다.

'군사…… 진용운?'

처음 봤을 때, 여인으로 착각할 뻔했던 자였다. 검을 들 수나 있을지 의심스러운 가느다란 손목. 작은 키에 여린 몸의, 청년이라기보다 소년에 가까운 사내였다.

그가 자신조차 얼어붙게 만든 저 여포의 투기를 극복하고 뛰어나간 것이다.

"안 돼!"

용운이 온 힘을 다해 외쳤다.

그를 본 여포의 방천극이 머리 위에서 멎었다. 출진하기 직전, 가후의 당부가 떠올라서였다.

— 혹 지난번에 본 호족 여인이 눈에 띄면 꼭 생포해서 데려오십시오. 이상하게 마음에 걸리는 게 있습니다. 물론 가능할 때의 일입니다. 절대 무리는 하지 마십시오.

절대 무리는 하지 말란 말이 묘하게 거슬렸다. 꼭 그게 아니더라도, 가후 정도 되는 자가 마음에 걸린다고 했으면 뭔가 있음이 분명했다.

'잡아갈까. 눈에 띈 김에.'

그사이 달려온 용운이 조운의 앞을 막아섰다. 양팔을 벌리고 작은 몸으로 그를 가리려 했다. 떨리는 다리로 힘껏 버티고 서서.

"운…… 비켜……. 네가 감당할 수 있는 상대가 아
니……."

일어서려던 조운의 무릎이 덜컥 꺾였다. 용운은 고개를
힘껏 저었다. 그 서슬에 눈물이 방울져 떨어졌다.

"싫습니다."

"운……."

조운은 자신과 같은 이름을 가진, 처음 본 순간부터 이상
하게 마음이 끌렸던 소년을 불렀다.

"물러나라, 용운."

"죽어도 싫습니다."

여포가 말을 몰아 다가왔다. 조운이 눈을 부릅떴다. 뿌드
득! 그는 어금니가 깨지는 것도 모르고 일어섰다.

여포가 말했다.

"아서라. 죽는다. 조자룡."

조운은 답하지 않았다. 지금 그의 눈에는 용운의 등만 보
였다. 이제는 동생이 된 소년이었다. 그 작은 손을 잡은 순
간, 무슨 일이 있어도 지켜주겠다고 다짐했다. 그 소년이 자
신 때문에 위험에 처해 있었다.

하지만 간신히 일어섰을 뿐, 조운은 손끝 하나 까딱할 수
없었다.

'제발, 하늘이여, 제발……!'

여포는 방천극을 반대로 빙글 돌렸다. 그리고 창대 끝으로 용운의 턱을 들어올렸다.

"특이한 여인이군."

용운은 눈물을 글썽이며 여포를 노려보았다.

다음 순간, 여포는 깜짝 놀랐다. 귓가에서 갑자기 여인의 음성이 들려온 것이다. 단언컨대 태어나서 이토록 놀라긴 처음이었다.

"특이한 여인은 나고, 넌 뒈졌고."

어느새 한 여자가 목말을 타듯 여포의 어깨 위에 올라타 있었다. 늘 용운을 경호하고 있는 청몽이었다.

여포는 황급히 목을 젖혔다. 본능적인 움직임이었다. 서늘한 기운이 목젖을 스치고 지나갔다. 그 정체는 시퍼렇게 예기를 발하는 낫이었다.

"오호, 그걸 피해?"

청몽은 늘씬한 양다리로 여포의 목을 휘감았다.

"그럼 못 피하게 해야지."

"컥!"

여포의 얼굴이 벌게졌다.

용운을 위협하고 동료인 조운을 죽이려 한 적. 청몽의 아름다운 눈에 확연한 살의가 떠올랐다. 그때, 낫의 날 끝이 여포의 정수리로 떨어졌다. 왼손을 들어 청몽의 다리를 떼어내려던 여포는, 다리 대신 낫의 목 부위를 붙잡았다. 사슬과 연결된 부위였다.

"어쭈?"

여기에는 청몽도 놀랐다. 무서울 정도의 반사신경과 순발력을 가진 적이었다.

"조심해, 청몽!"

용운이 조마조마한 심정으로 외쳤다.

청몽이 시간을 벌어준 덕에, 병사들이 창을 내밀고 주춤주춤 다가서고 있었다. 조금만 더 있으면 검후도, 성월도, 사린도, 다른 제후들의 군사도 달려올 것이다.

용운은 조운이 모는 말을 타고 이리로 왔다. 검후는 말을 몰아 성월과 사린을 데리러 갔다. 조운과 청몽이 있었기에 이쪽을 맡긴 거였다.

그때까지 그저 여포를 막기만 할 생각이었다. 그런데 정보가 죽기 직전이었고 상황은 불리했다. 조운은 용운이 말릴 틈도 없이 싸움에 뛰어들어버렸다.

청몽은 여포를 향해 중얼거렸다.

"씨, 넌 죽었어."

그녀가 막 특기를 발동하려는 차였다. 한발 앞서 여포의 특기가 먼저 발동됐다. 그의 머리 위에 붉은 글자가 연이어 떠올랐다.

비장(飛將)
포박(捕縛)
돌파(突破)
인마일체(人馬一體)

여포는 낫을 놓고 청몽의 머리를 움켜쥐었다. 청몽은 황급히 특기 발동을 취소하고 공격했다. 급강하한 낫의 날 끝이 여포의 머리를 찍어갔다.

콰득! 날이 한 치가량 박혀들어간 순간, 여포는 청몽의 머리를 잡은 채 끌어내렸다. 이어서 왼팔로 몸통을 단단히 끌어안았다.

청몽은 여포를 마주 본 자세로 품에 갇혔다. 양팔이 자신과 여포의 몸 사이에 끼어버렸다. 옴짝달싹 못하게 된 청몽이 외쳤다.

"야, 야! 너 이거 못 놔? 콜록!"

'비장' 특기가 발동된 여포의 힘은 엄청났다. 게다가 '포박' 특기까지 발동되었다. 아무리 청몽이라도 뿌리치기가 어려웠다. 모든 특기가 아무 때나 발동되는 건 아니었다. 발동할 수 있는 조건을 충족해야 한다.

양쪽 팔을 붙잡힌 건 청몽에게 치명적이었다. 특기의 발동까지 봉쇄되어버렸기 때문이다.

용운의 불안이 현실이 된 것이다. 여포의 이마로 피가 흘러내렸다. 얼굴을 가로지른 피는 턱으로 뚝뚝 떨어졌다. 맞닿은 몸 사이로 피가 젖어들었다. 뜨겁고 축축한 그 감촉에 청몽은 몸서리를 쳤다.

"청몽!"

뛰어나가려는 용운을 누군가 힘껏 붙잡았다. 다급히 달려온 손견이었다.

"안 되네. 자네를 잃을 순 없네."

"놓으십시오!"

"걱정 말게. 저자는 이미 겹겹이 포위됐네. 아무리 여포라도 어쩔 수……."

그때, 여포가 나직하게 말했다.

"가자. 적토."

히이이이잉! 순간, 길게 울부짖은 적토마가 날아올랐다.

"없을……."

말하던 손견의 표정이 멍해졌다.

적토마는 병사들의 포위망을 훌쩍 뛰어넘었다. 해자도 뛰어넘는 적토마였다. 병사의 키 높이 정도는 일도 아니었다. 다만, 병사들의 수가 워낙 많다 보니 착지한 곳도 그가운데였다. 적토마는 일단 내려서면서 병사 둘을 밟아 죽였다.

동시에 여포가 방천극을 휘둘렀다. 목 여러 개가 한꺼번에 붕 떠올랐다. 공포에 질린 병사들이 분분히 뒤로 물러섰다.

여포는 덤덤하게 내뱉었다.

"삼백아흔셋, 넷, 다섯, 여섯, 일곱인가."

숨을 쉬기 힘들어진 청몽이 힘겹게 웅얼거렸다.

"미친……놈. 네가 에너자이저냐?"

여포는 알 수 없는 소리는 무시하고 말했다.

"거기에 생포 하나. 잡아버렸군. 엉뚱한 걸."

느슨해진 포위망으로 적토마가 달려들자 그를 막아설 것은 아무것도 없었다. 그는 맹렬한 속도로 포위망을 뚫고 빠져나갔다.

"청모오오오오옹!"

안타깝게 부르짖는 용운을 뒤로한 채.

7

승리했으나 빼앗기다

청몽을 붙잡은 여포가 사라진 직후, 한발 늦게 검후와 성월, 사린이 도착했다. 그녀들은 쓰러져 있는 용운을 향해 달려왔다. 성월이 다급히 용운을 부축해 일으켰다.

"주군! 괜찮으세요? 이런, 피가……."

여포를 쫓아가려다 넘어진 용운은 무릎이 돌에 찍혀 일어나지 못하고 있었다. 상처가 제법 깊은지, 바지 위로 피가 번졌다.

그는 이를 악물고 말했다.

"난 괜찮아. 그보다 둘째가…… 청몽이 여포에게 붙잡혀갔어."

이럴 때는 자기 자신이 원망스럽기 짝이 없었다. 제대로 싸우지도 못하고 말도 못 탄다. 결국, 두 눈을 빤히 뜨고 청몽을 뺏겨버렸다.

여포의 무력은 용운의 계산 그 이상이었다. 특히, 동시에 특기 네 개를 발동하던 모습은 상상초월이었다. 그 순간 용운은 전율할 수밖에 없었다.

검후와 성월, 사린은 용운의 말에 크게 놀랐다. 둘째를 납치해갈 수 있는 자가 존재할 줄이야. 사태를 파악한 사린이 울며불며 외쳤다.

"으아앙! 얼른 둘째 언니 찾아와야 돼요!"

"그래, 그래야지. 진정해, 사린아."

검후가 사린을 달랬다. 그사이, 성월은 용운의 무릎을 술로 씻어내고 천으로 감쌌다. 검후는 재빨리 전황을 살폈다.

몇몇 장수들이 힘껏 여포의 뒤를 쫓고 있었다. 하지만 이미 가로막기에는 늦은 후였다. 여포는 보란 듯이 포위망을 뚫었다. 그리고 외곽에서 필사적으로 버티던 친위대와 합류, 사수관을 향해 퇴각해갔다.

양쪽 날개에서 연합군 부대가 추격을 시작했다. 각각 조조와 공손찬의 기마부대였다. 여포의 부대를 감싸려는 진형이다. 그러나 거리는 점점 벌어지는 중이었다.

'아직 사수관 안에 들어가지 못했으니 완전히 늦은 건 아

니다.'

그때, 결국 한계에 이른 조운이 쓰러졌다. 가까이 있던 검후는 반사적으로 그를 받쳤다. 왜일까. 창백해진 그의 얼굴을 보는 순간, 검후는 가슴 한편이 덜컹 내려앉았다. 처음 객잔에서의 수줍어하던 표정, 막사에 찾아왔다가 머쓱해서 돌아가던 표정들이 떠올랐다. 이 남자가 그녀의 마음속에 생각보다 깊이 들어와 있었던 듯했다.

"형님!"

그 옆으로, 용운이 절룩거리며 다가왔다.

"형님, 정신 차리세요!"

용운은 검후에게서 조운을 받아 안았다.

조운은 그보다 훨씬 큰 체구에 무장을 했다. 더구나 정신을 잃기까지 한 상태였다. 당연히 용운이 무게를 감당하기 어려웠다. 비틀거리던 그가 털썩 주저앉았다. 그래도 끝까지 조운을 놓지 않았다.

"형님……."

용운은 그를 자신의 다리 위에 눕혔다.

조운은 눈을 꼭 감은 채 말이 없었다. 문득, 불길했던 꿈이 떠올랐다. 여포의 방천극에 찔렸던 조운의 모습. 그 꿈이 암시한 일이 이것이었나.

조운의 가슴이 미약하게 오르내렸다. 온몸이 피로 젖어

있었다. 사투의 흔적이었다.

'난 또 아무것도 지키지 못했어.'

조운의 얼굴 위로 용운의 눈물이 뚝뚝 떨어졌다. 용운은 검후를 향해 침통하게 말했다.

"부탁해, 검후. 청몽을 구해줘. 난 가봐야 할 수 있는 게 없으니까. 대신 여기서 형님을 살려야 해. 내가 지금 할 수 있는 일을……."

검후는 결연히 말 위에 오르며 답했다.

"당연한 말씀. 청몽은 우리의 소중한 자매이기도 합니다. 바로 이행하겠습니다."

동시에, 그녀는 마음속으로 되뇌었다. 올곧은 눈길로 자신을 바라보던 한 사내를 향해.

'미안합니다. 지금 나에게는 당신보다 먼저 지켜야 할 것들이 있습니다. 그래서 당신이 죽을지도 모르는 이 상황에서도 옆에 있어주지 못합니다. 그게 나입니다.'

사린이 뒤에 냉큼 올라앉았다.

"나도 갈래!"

그런 두 사람을 향해 성월이 말했다.

"난 여기 남아 주군을 지키면서 활로 지원할게. 가까이 붙으면 아무래도 본래 실력을 발휘하지 못하니까."

검후는 고개를 끄덕였다. 적들이 퇴각하고 있다곤 하나,

청몽도 없는 지금, 용운을 보호할 사람 하나는 반드시 곁에 있어야 했다.

"끼럇!"

검후가 앞으로 힘차게 달려나갔다.

성월은 즉시 근처의 막사 위로 뛰어올라갔다. 거기서 시위에 화살을 걸고 당겼다.

'여포인지 쥐포인지, 네가 형부가 될지도 모르는 자룡 씨를 피떡으로 만들어? 그리고 그것도 모자라서 감히 둘째 언니까지 납치해?'

그녀의 머리 위로 붉은 글자가 떠올랐다.

특기 발동, 천관일시(天貫一矢)

끼기기긱, 활대가 한껏 휘어지며 소리를 냈다. 한쪽 눈을 감은 성월의 시야에 여포의 등이 크게 확대되어 잡혔다. 힘없이 늘어진 청몽의 다리도 보였다.

성월은 작게 혀를 찼다.

'쳇, 둘째 언니가 끌어안기다시피 붙잡혀 있어서 쏠 부위가 제한되어 있잖아. 그렇다면.'

성월이 안광을 빛냈다. 그녀의 풍성한 머리카락이 스르르 떠올랐다.

'머리를 노린다. 죽일 거야. 중간에 낀 놈들도 다 죽일 거다.'

검후와 사린이 맹렬히 말을 몰아 뒤쫓는 가운데, 앞서 여포의 부대를 쫓아간 인원들 외의 제후들과 병사들은 급격히 멀어지는 두 여인의 뒷모습을 보며 멍하니 서 있었다.

대부분 손견 휘하의 병사들이었다. 그들은 여포 단 한 사람에게 농락당하다시피 하고 넋이 나갔다. 게다가 그 여포는 붙잡기에는 이미 너무 멀리 가 있었다. 따라잡는다 해도 붙잡을 자신도 없었지만.

그때, 전령의 보고를 받은 손견이 외쳤다.

"적은 장수를 둘 잃었다! 지금 몰아쳐야 한다!"

그는 곧장 검후의 뒤를 따랐다. 상처가 비교적 가벼웠던 정보도 이를 악물고 함께 말을 달렸다. 그게 시발점이었다. 머뭇거리던 병사들이 손견의 독려에 힘입어 움직였다.

뒤이어 도착한 유대, 한복, 원소 등의 군사들도 사수관을 향해 진격을 시작했다.

"차앗!"

그때쯤 검후는 먼저 출발한 연합군 부대를 추월했다.

그녀가 가진 '기병 특성화' 능력 덕분이었다. 말이 달릴 때의 진동에 맞춰 반응한다. 말에게 가해지는 부담을 줄이며 교감한다. 말이 본래의 신체능력 이상을 발휘하게 해준다.

이론은 이렇지만, 이것 또한 어차피 이론으로는 다 설명할 수 없는 능력이었다. 용운 및 다른 사천신녀들의 특기나 마찬가지로.

기병 특성화의 영향을 받은 말은, 달리는 속도에 한해서는 짧은 시간이나마 적토마에 준하는 능력을 부여받았다.

단기로 달리는 것도 속도를 높이는 데 도움이 됐다. 아무래도 여럿이 뭉쳐서 달리거나 진형을 짜서 달리는 것보다는 훨씬 빨랐다. 방해가 되는 것도, 다른 사람과 보조를 맞출 필요도 없기 때문이다. 거기에 검후의 집념과 집중력이 더해졌다.

그녀는 마침내 흑색철기대의 뒤까지 따라붙는 데 성공했다. 이제 적들도 그녀의 존재를 눈치챘다. 흑색철기의 일부가 속도를 줄이더니 선회했다. 검후를 막아, 여포를 무사히 퇴각시키기 위함이었다.

검후가 한쪽 눈을 가늘게 떴다.

"상황이 상황인지라 자비는 없습니다."

촤악! 검후는 쌍검을 빼들고 휘둘렀다. 철기 하나는 허리가 동강나고 다른 하나는 등뼈가 부러져 낙마했다. 각각 필단검에 베이고 총방도에 찍힌 결과였다.

흑철기병들은 상대의 실력이 심상치 않음을 깨달았다. 더 많은 자들이 기수를 돌려 검후를 막았다. 검후는 적이 앞을 막아설 때마다 베어 넘겼다. 그녀의 실력은 분명 가공했지만 미미하게 시간이 지체되고 있는 것도 사실이었다.

이제 여포는 사수관의 해자 바로 앞에 다다랐다. 사나운 기세로 허공을 가르며, 한 발의 화살이 날아온 건 그때였다.

성월의 특기, 천관일시를 발동하여 쏜 화살. 하늘을 꿰뚫는 한 발의 화살이란 의미였다. 슈르르르륵! 화살은 맹렬히 회전하면서 여포에게 날아갔다.

"큭!"

"으아악!"

경로에 있던 철기 두 명이 말에서 떨어졌다. 화살에 관통당했는데, 몸이 꿰뚫린 게 아니라 터져버렸다. 화살은 그러고도 힘이 남았다.

적토마의 귀가 불안하게 쫑긋거렸다. 덩달아 여포도 이상한 예감을 느꼈다.

특기 발동, 위기감지(危機感知)

그가 다급히 머리를 비트는 순간, 거대한 충격이 오른쪽 귀 언저리를 스치고 지나갔다. 성문에 맞은 화살이 폭발과 함께 사라졌다. 거리가 가까웠다면 성문이 부서졌을 듯했다.

스치기만 했는데도 오른쪽 귀가 반이나 찢어졌다. 한순간 눈앞이 캄캄해졌다.

"으음!"

여기에는 천하의 여포도 비틀거렸다. 그가 위태롭게 흔들리자, 이를 느낀 적토마가 속도를 줄였다. 그 모습을 본 사린이 눈을 빛냈다.

"큰언니, 날 저놈한테 최대한 세게 던져줘여."

검후는 괜찮겠느냐는 말 따위, 묻지 않았다. 넷 중 단기 (일대일) 검술로 최강인 사람은 자신이었다. 궁술로 최고인 사람은 성월. 다수와의 근접전 및 기습에서 가장 강한 이는 청몽이다. 하지만 그저 제일 강한 존재는 사린이었다. 설정상 가장 어린 그녀에 대한 용운의 걱정이 반영된 결과였다. 특히, 그녀는 먹을수록 강해졌다. 괜히 먹을 것에 집착하는 게 아닌 것이다.

"고기 많이 먹었니?"

"웅웅!"

검후는 총방도를 도집에 꽂아넣었다. 이어서 자유로워진 왼손을 뒤로 뻗어, 사린의 허리춤을 잡고 힘껏 앞으로 휘둘렀다.

"끄아아아아웅아앙, 무서워!"

사린은 앞으로 붕 날아가다가 철기 하나의 머리를 밟고 다시 도약했다.

으드득! 밟힌 철기병의 목이 어깨 안으로 파묻혔다. 그

의 눈에서 순식간에 빛이 꺼졌다.

뛰고 또 뛰고. 사린은 적병의 머리를 징검다리 삼아 죽음의 뜀뛰기를 거듭했다. 그러기를 얼마 후였다. 그녀는 마침내 여포의 등 바로 뒤까지 접근했다.

사린이 여포에게 힘껏 외쳤다.

"언니! 울 언니 내놔, 나쁜 놈아!"

청몽은 여포의 왼팔에 붙잡혀 있었다. 사린의 부름에도 축 늘어진 채 반응이 없었다. 아무래도 호흡곤란으로 정신을 잃은 듯했다.

"······여자인가. 또."

여포가 지겹다는 투로 내뱉었다. 사린은 허공으로 훌쩍 뛰어올랐다. 그리고 급강하하며 금빛 망치를 힘껏 내리쳤다.

특기 발동, 괴력난신(怪力亂神)

"으음!"

여포는 대기가 짓눌리는 듯한 기분을 느꼈다. 이미 한 번 낭패를 봤다. 이제 그도 여자라고 방심하지 않았다. 여포는 상체를 힘껏 비틀었다. 인간의 허리가 이토록 짧은 시간에 저 정도까지 뒤틀릴 수 있나 싶을 정도였다. 이어서 그 원심력을 이용하여 방천극을 뒤로 크게 휘둘렀다.

부웅! 콰아앙! 망치와 방천극이 충돌하며 굉음이 일었다. 순간, 놀라운 일이 벌어졌다. 적토마가 여포를 태운 채, 옆으로 붕 떠오른 것이다. 여포가 방천극을 휘두른 반대 방향이었다. 오른쪽 손바닥이 찢어져 피가 흘렀다.

여포는 눈을 부릅뜨고 사린을 보았다.

'오늘 다 놀라는구나. 평생 놀랄 것을.'

반면, 사린은 아무렇지도 않은 얼굴로 재차 공격을 시도했다.

"이씨, 막았쪄?"

그녀는 키가 작은 데다 말도 타지 않았다. 적토마 위의 여포를 맞히려면 뛰어올라야 했다.

"이야아압!"

사린이 망치를 쳐들고 몸을 날린 직후였다. 성벽 쪽에서 화살 한 발이 그녀에게 날아왔다. 화살은 정확히 몸통 한가운데를 노리고 있었다. 동시에, 해자에 다리가 놓이고 성문이 열렸다.

사린은 이미 몸이 허공에 뜬 터라 화살을 피할 수 없는 상태였다. 찰나의 순간, 사린은 고민했다.

'우웅…… 그냥 맞기에는 너무 아파 보여. 아, 한 대만 때리면 되는데. 아아아아!'

사린은 팔다리를 웅크려 망치머리 뒤로 숨었다. 쩡! 묵직한 충격음과 함께 화살이 튕겨나갔다. 대신, 그녀도 아래로 떨어질 수밖에 없었다.

사린은 망치를 잡아채고 다시 뛰어나가려 했다. 그러자 철기병들이 분분히 앞을 막았다.

"이이잇! 다 비켜어어어!"

사린은 닥치는 대로 망치를 휘둘렀다. 말과 사람이 사방으로 어지러이 튕겨나갔다. 그리로 검후와 연합군의 군세가 돌격해왔다.

그때, 여포는 이미 성문 안으로 들어가버렸다. 사린이 분한 마음에 발을 굴렀다.

"끄아아앙! 놓쳤어!"

연합군은 여세를 몰아 사수관 앞까지 들이쳤다. 그 직전에 아슬아슬하게 성문이 닫혔다.

가후는 여포가 복귀하자마자 성문을 닫았다. 이어서 곧장 방어태세로 들어갔다.

해자를 뛰어넘으려는 사린을 검후가 붙잡았다. 사린은 버둥거리며 몸부림쳤다.

"이잉, 안 돼! 둘째 언니 데려갈 거야!"

검후는 피를 토하는 심정으로 말했다.

"사린아, 이만 물러나야 한다."

사천신녀의 힘은 분명 초인적이었다. 하지만 상처를 입

는 인간의 몸을 가졌기 때문에 화살이 박히고 창칼에도 찢긴다. 맞기 전에 피하거나 막아낼 뿐. 해자를 뛰어넘는 순간은 무방비 상태가 된다. 성벽 위에서부터 비 오듯 쏟아져내리는 돌덩이와 화살 앞에선 물러나는 수밖에 없었다.

마침 본진에서 퇴각 신호가 울리기도 했다. 검후와 사린 그리고 연합군은 성문을 코앞에 두고 퇴각해야 했다.

"아깝게 놓쳤어요……."

막사 지붕에서 뛰어내린 성월이 말했다. 늘 느긋한 그녀가 풀이 죽어 있었다.

조운을 돌보던 용운이 고개를 끄덕였다. 술로 상처 부위를 씻어내는 등 응급처치는 했다. 하지만 무조건 의원이 필요해 보였다.

"검후와 사린이는 무사해?"

"네에."

"내게서 멀리 떨어지면 안 된다는 거, 성 하나 정도의 범위는 괜찮다고 했지?"

"맞아요."

"만약 그 거리 이상 벗어나면 어떻게 되는 거야? 알아서 멀리 안 가겠지만, 이번처럼……."

용운은 숨을 삼키고 말을 이었다.

"이런 일이 생기면."

잠깐 생각한 성월이 답했다.

"일단 기본적으로 주군에게서 일정거리 이상 벗어나면 약해지기 시작해요. 그게 한계를 넘고 그 상태에서 계속 머물렀을 때는 저희도 어찌 될지 몰라요. 아마…… 죽지 않을까요?"

조심스러운 성월의 말에 용운은 눈앞이 아찔했다.

'죽는다고? 청몽이?'

그는 다급히 고개를 흔들었다. 충격을 받았다고 넋 놓고 있을 때가 아니었다.

'화웅과 서영이 죽었고 여포의 기병대도 큰 타격을 입었다. 진영을 사수관 쪽으로 더 접근시켜서 압박을 주자고 건의해야겠어. 혹시 모르니까.'

그때 용운의 옆에 누군가 다가왔다. 유비였다. 늘 그렇듯 뒤에서는 관우와 장비가 따랐다.

"괜찮아, 군사?"

"현덕 님, 저는 괜찮습니다."

"이런! 자룡이 엉망진창이 됐잖아!"

유비는 옆에 쭈그리고 앉아 조운을 살펴보았다.

"이거, 상태가 심각한데? 여포한테 당한 거야?"

"네……."

"함부로 옮기기도 어려워 보이니 어서 의원을 불러와야

겠군."

"이미 불렀습니다. 곧 도착할 겁니다."

"그래? 자, 그럼."

유비가 고개를 돌렸다. 그러자 그와 용운의 시선이 정면으로 마주쳤다. 차가울 정도로 가라앉은 눈빛이었다. 용운은 자기도 모르게 섬뜩함을 느꼈다.

유비가 용운에게 물었다.

"이제 우린 뭘 해야 하지?"

"……네?"

"장수 하나 다쳤다고 그러고 앉아 있을 건가? 용운, 너는 군사야. 지금은 너의 지시가 필요한 때고. 나에게 계책을 내놓으란 말이다."

유비가 거대하게 부풀어올랐다. 그의 본모습은 시커먼 용이었다. 하늘을 다 뒤덮을 듯한 용. 물론 실제가 아니라, 용운에게 그리 느껴졌다.

그 기세에 성월마저 순간적으로 굳었다. 이는 단순히 무력의 우위로 극복할 성질의 것이 아니었다.

장비가 성월의 눈치를 보며 나서려 했다.

"저기, 큰형님, 그, 그, 자룡은 형님도 아시다시피 군사의……."

"닥치거라, 익덕."

관우가 준엄한 목소리로 장비를 막았다. 장비는 찔끔해서 입을 다물었다.

관우는 알고 있었다. 저것은 유비 특유의 방법이었다. 자신이 눈독 들인 인재를 몰아붙여 각성시키는.

진용운이라는 저 청년은 분명 특별했다. 까다로운 관우도 그 사실을 인정했다. 분명 비상한 기지와 통찰력을 가지고 있었다. 하지만 이대로라면 저 청년의 발전은 없다. 언제까지나 자신이 거느린 여무사들의 등 뒤에 숨어, 적당한 재주를 뽐내다 사그라져갈 것이다.

지금 진용운에게 무엇보다 필요한 것은…… '냉철함'.

의형제가 아니라 부모가 죽어가도 계략을 짠다. 언제, 어떤 환경에서라도 상황을 판단한다. 용운에게는 그런 냉철함이 필요했다. 유비는 그 냉철함을 강제로 꺼내려는 것이다. 유비 자신이 써먹을 수 있도록.

유비는 한없이 인자했다. 단, 필요할 때는 혹독할 정도로 엄격했다. 관우 자신만 해도 그랬다. 유비는 누상촌(累想村, 유비의 고향) 뒷골목의 두목 자리를 놓고 싸우러 온 관우에게 물었다. 언제까지 살인자로 쫓겨다닐 것이며, 소금을 밀매하는 불한당으로 살 것이냐고. 그 강대한 무(武)를 낭인 무리의 대장 노릇이나 하며 허무하게 썩혀도 좋으냐고.

진정으로 안타까운 듯이 호통을 쳤다. 그의 호통에 벼락을 맞은 듯한 충격을 받았다.

그때, 관우는 유비의 등 뒤로 용을 봤다. 정신을 차렸을 때는 이미 무릎을 꿇고 있었다.

그 후 가진 재산을 모두 털어 의용군을 모았다. 황건의 난을 거치며 전장이란 전장은 어디든 달려갔다. 그게 방랑의 시작이었다. 그 일 이후로 유비는 단 한 번도 관우에게 화를 낸 적이 없었다.

관우는 굳게 믿었다. 지금 이것은 그저 방랑이 아니다. 천하를 움켜잡기 위한 여정의 일부일 뿐이다.

한편, 용운의 시야에 칠흑 같은 암흑이 펼쳐졌다. 유비와 자신을 제외한 모든 세상이 어두웠다. 순간, 그는 유비의 머리 위로 붉은 글자를 봤다.

결의(決意)

뜻을 정하여 마음을 굳게 먹는다는 것이다.

용운도 자신의 상태가 정상이 아님은 알고 있었다. 격동이 밀려왔다. 유비에게 고개를 숙이고 싶었다.

'이 특기는 타인에게 결심을 행하도록 만들 수도 있는 것이었나?'

유비에게 '결의'라는 단어를 연결 짓자 자연스레 도원결의가 떠올랐다. 그 유명한 복숭아밭에서의 맹세다. 유비, 관우, 장비가 천하를 향해 큰 뜻을 품고, 복숭아밭에서 의형제가 되기로 맹세했다는 일화.

'그럼, 설마…….'

용운의 뇌리로 한 가지 생각이 스쳤다.

유비는 관우와 장비에게도 이 '결의' 특기를 사용, 소금 밀매꾼과 방랑 무사에 불과했던 두 사람을 자신의 심복이자 호걸로서 각성시킨 게 아닐까? 훗날, 숨어 살던 방통과 제갈량도 마찬가지로…….

'능력을 각성하는 대신, 유비에게 감화된다.'

두려웠다. 평소의 부처 같은 얼굴은 온데간데없이 무시무시한 형상으로 윽박지르는 유비가.

미웠다. 조운에게 그토록 살갑게 대한 주제에, 그의 부상은 아무것도 아니라는 듯 말하는 유비가.

화가 났다. 그럼에도 불구하고 그가 말하는 모든 것들이 옳다는 사실이.

용운의 어깨 뒤에 푸른 나비의 형상이 나타났다. 신비한 느낌을 주는 몇 마리의 푸른 나비들이 그의 몸 주변을 맴돌기 시작했다. 용운은 눈물을 닦고 유비를 마주 노려보았다. 유비의 눈에, 이것 봐라? 하는 듯한 빛이 스쳤다.

용운의 지력 수치는 96이었다. 물론 이는 그 자신이 게

임상에서 설정한 것이다. 또한 그가 알고 있는 역사에 대한 지식,《삼국지》인물들에 대한 정보 등이 감안된 것이기도 했다. 어쨌든 그의 지력이 96임은 변함이 없었다.

'삼국지 스페셜' 기준으로는 주유(周瑜)나 곽가(郭嘉)와 동일하다. 주유는 후일 적벽에서 조조를 격파하는 오나라의 도독이다. 오나라를 세우는 데 지대한 공을 세웠고 오의 모든 사령관을 통틀어 가장 뛰어난 무장이었다. 곽가는 조조가 가장 아끼던 일급 참모로, 천재적인 통찰력을 지닌 군사였다.

지금 용운은 그들에 버금가는 지력의 소유자인 것이다. '기억의 탑'의 문이 열렸다. 용운은 그 안에서도 손꼽힐 정도로 거대한 방인 《삼국지》의 방'으로 들어갔다. 반동탁연합군의 전투와, 거기에 대한 모든 정보들이 그의 눈앞을 스치고 지나갔다.

잠시 후, 용운이 말했다.

"계책을 드리죠. 공을 세우게 해드리겠습니다. 단, 세 가지 조건이 있습니다."

유비는 궁금한 듯 물었다.

"조건? 그게 뭐지?"

"첫 번째 조건은, 제 계획을 공손 태수님의 이름하에 행하여 전공이 그분께 가도록 할 것."

유비는 한 손을 들어, 언짢은 심기를 드러내려는 관우를 막았다.

"그거야 상관없지. 지금도 따지고 보면 백규 형님 소속이니까. 알아서 내 몫은 챙겨줄 양반이고."

"두 번째는, 왜, 어째서 그래야 하느냐고 묻지 말고 저의 계책에 절대적으로 따를 것."

"……그 결과에 대한 자신은 있나?"

"있습니다."

잠시 용운을 응시하던 유비가 말했다.

"좋다. 그렇게 하지."

"마지막 세 번째입니다."

"뭐냐?"

"이게 제일 중요한 조건이기도 합니다. 여포가 제 호위 무사인 청몽을 붙잡아갔습니다. 그녀가 자력으로 탈출하든 혹은 우리가 빼내오든, 그녀를 찾기 전에는 결코 여길 떠나지 않을 겁니다."

"뭐야? 그때까지 얼마나 걸릴 줄 알고, 고작 계집 때문에……."

"싫으면 마십시오. 전 이후로 단 하나의 계책도 내놓지 않을 거니까."

혀를 차던 유비는 입을 다물었다. 그는 자신이 상대를 강하게 설득하거나 일깨우는 데 자질이 있음을 알고 있었다. 또 그것을 언제 발휘하면 좋을지도 어렴풋이 감이 왔다. 그런 느낌이 왔을 때, 진심을 다해 설득하거나 으박지르면 대개 원하는 바를 얻어냈다. 능력이 뛰어난 자일수록 충성했다.

맨 처음 그 사실을 깨달은 것은 누상촌 뒷골목의 건달들을 대상으로 했을 때였다. 그다음에는 상인인 소쌍과 장세평으로부터 말과 무기를 지원받았을 때.

한눈에 탐났던 관우와 장비를 거뒀을 때는 거의 확신을 가졌다. 자신에게 만인을 따르게 하고 복종시키는 자질인 '천자(天子)의 힘'이 있다는 것을. 하지만 그 '느낌'이 왔을 때 용운을 설득했는데도 그는 세 가지 조건을 제시했다. 즉 용운에게는 완전히 통하질 않은 것이다. 이를 거부하면, 그를 손에 넣는 일은 영영 요원하리라. 더불어 그가 거느린 무장들도.

유비는 결국 고개를 끄덕였다.

"알았다. 그때까지 기다리지. 고작 계집이란 말도 취소."

비로소 용운의 얼굴이 어느 정도 풀렸다.

"그럼 말씀드리죠."

"벌써? 생각해두고 있었구나?"

"현덕 님께서 우선 제일 먼저 하실 일은……."

이어서 용운의 입에서 나온 말은, 어떤 계책도 따르겠다고 약조한 유비마저 당황하게 만들었다.

"당장 군사를 정비해서 떠날 준비를 하십시오."

"뭐? 설마 달아나라고?"

"아니요. 다른 곳을 노릴 겁니다."

"다른 곳 어디?"

관우가 조심스런 어조로 거들었다.

"설마 여길 버리고 바로 낙양을 치려는 건가. 그랬다간 낙양의 병력과 사수관의 병력을 양쪽으로 상대해야 하네."

잠깐 뜸을 들인 용운이 말했다.

"목표는 사수관이 아니라 함곡관입니다."

함곡관은 사수관과 거의 반대 방향에 있는 관문이었다.

그렇다고 함곡관을 통해 낙양으로 가는 것이 여포가 버티고 있는 사수관을 지나는 것보다 딱히 쉽지도 않았다. 함곡관은 그야말로 철벽의 요새, '천하제일험관'이라 불리는 관문이므로.

"……으잉?"

유비와 장비의 입에서 동시에 헛바람이 새어나왔다.

8
교차하는 마음

피와 뇌수로 젖은 적토마가 성안으로 들어섰다. 여포는 피투성이가 된 채 무표정한 얼굴이었다.

성문 근처에 있던 병사들이 주춤주춤 물러났다. 아군임에도 불구하고 공포를 느낀 것이다.

그는 친위대를 해산시키고 부대를 정비했다. 그리고 적토마의 귀에 속삭였다.

"씻어주마. 곧."

여포는 적토마를 절대 남의 손에 맡기지 않았다. 왼팔엔 여전히 청몽을 감아 안고 있었다.

청몽이 가느다란 목소리로 힘겹게 말했다.

"힘 좀…… 빼라고. 무식한 놈아……. 누굴 질식시켜…… 죽일 셈이야?"

여포가 대꾸했다.

"함부로 풀지 않는다. 사나운 개의 목줄은."

"……누가 개야. 엿이나 먹어."

"뭔가. 엿이."

"관두자."

청몽에게 있어서는 최악의 전투였다. 조운은 중상을 입고 자신이 붙잡히기까지 했으니.

하지만 이번 교전의 결과는 연합군의 승리였다. 화웅과 서영이라는 두 마리 대어를 잡은 데다가 압도적이었던 여포마저 패퇴시켰기 때문이다. 병사 몇 백을 잃은 건 큰 문제가 아니었다. 연합군은 아쉽게 물러나면서도 의기양양했다.

여포의 귀환을 본 가후가 성벽에서 내려왔다. 그의 표정은 태연했으나 심기는 좋지 않았다. 바로 호진을 비롯한 장군들 때문이었다.

'내 계책을 내키는 부분만 수용하는구나.'

적들은 연회와 비무대회로 동탁군을 도발했다. 단순한 수법이었으나 그만큼 효과도 확실했다. 북방의 거친 장군들은 무시당함을 못 견뎠다. 제일 미쳐 날뛴 이는 호진과 화웅이었다. 이에 단기전을 조건으로 화웅만 내보냈다.

사실 가후는 그것도 별로 내키지 않았다. 더 막았다간 그가 폭주할 듯해 허락한 것이다. 다행히 화웅은 적장 셋을 베는 기염을 토했다. 당시는 가후도 공격이 옳다고 판단했다. 호진의 출격 명령에 동의한 이유였다.

그러나 얼마 후, 화웅이 갑작스럽게 죽었다. 그때라도 즉각 전원 퇴각했어야 했다. 하지만 호진은 가후의 요청을 묵살했다. 서영과 여포가 활약 중이라는 까닭에서였다.

'그때 퇴각하기만 했어도 화웅 하나를 잃는 걸로 끝났을 것이다.'

원래 가후의 복안은 이랬다. 가만히 시간을 끌면서 증원군을 요청한다. 증원군은 황제의 칙명을 받아 출진한 걸로한다. 동탁이 황제를 주무르고 있으니 그쯤은 쉬웠다. 거기에 황제를 이용, 역도로 만들어버린다.

천명을 내세우는 군대지만 애초에 천명은 없다. 수십만에 달하는 황건군이 패배한 이유와 같다. 천명이란 곧 나아갈 길을 의미했다. 장각이 병으로 죽자, 황건군은 천명을 잃었다. 백성을 위한 혁명군에서, 같은 백성을 수탈하고 죽이는 폭도이자 역도의 무리로 전락했다.

연합군도 마찬가지였다. 가후는 그들이 각자의 실리를 위해 모였음을 꿰뚫고 있었다.

'흔들어놓는 데도 성공했건만.'

가뜩이나 근거지가 어수선해 동요하던 상황이었다. 계획대로만 했어도 적군은 저절로 와해됐으리라. 그런 자들에게 등을 보이기가 수치스러웠다.

그랬다. 가후는 퇴각해야 할 때라고 판단했다. 장군 넷 중 둘을 잃었다. 그 바람에 자신의 유언비어로 당황하던 적들의 기세가 다시 살아났다. 관문에 기대 방어하는 데는 한계가 있었다.

그가 여포에게 물었다.

"그 여자는 뭡니까?"

"포로다. 경호병이다. 네가 말한 여자의."

"그렇다면 목을 잘라서 성벽에다 걸어놓는 게 좋겠습니다."

가후는 잔인한 소리를 태연히 내뱉었다.

청몽이 말했다.

"네 목이나 잘라서 후드에 담아. 미친……."

가후가 그녀를 힐끗 보았다.

'후두(後頭)? 이상한 소리를 하는 여자로군.'

물론 심심해서 그러자는 게 아니었다. 그사이 여자의 정체를 고심해보았다. 또 전황이 급변한 이유도 생각했다. 공손찬은 호남이라 여자가 많이 따랐다. 애첩을 전장에 데리고 올 가능성이 없진 않았다.

하지만 화웅과 여포의 말에 따르면, 여자는 적의 본진인 중앙 막사 쪽에서 나왔다고 했다. 모든 제후들이 모여 작전 회의를 하는 장소였다. 거기까지 첩실을 출입시킬 이유가 없었다. 더구나 호위병이 셋이나 딸렸다. 유비와 장비, 관우 등이 왜 그토록 그녀를 지키려고 애썼는지도 이해가 안 갔다. 그런 모든 의문에 부합하는 이유가 없었다.

그게 가후를 고민케 했다. 그의 고민은, 그 호위병들 중 하나가 화웅을 베었으며 호위병을 보낸 여자가 진영의 다른 방향으로 이동해 여포와 조우했다는 말에 정리됐다. 쫓겨온 여포가 성문에 다다랐을 즈음 얻은 깨달음이었다.

'그 여자가 책사다!'

그게 바로 위화감의 정체였다. 앞장서 싸우거나 군사를 이끄는 장군은 아니다. 실제로 전장의 앞에 나서지도 않았다. 머리를 쓰는 것뿐이라면 여자라도 가능했다. 중앙의 한 족들이라면 그조차 불가능하다 할 것이다. 그러나 가후는 그 정도까지 편협하진 않았다.

'그래서 같은 여자들로 호위케 하되, 화웅을 이길 정도의 강자를 붙인 것이었구나. 물론 상대가 여자라고 화웅 장군이 방심한 탓이겠지만. 그렇다 해도 대단한 일이다.'

가후는 상대의 책략에서도 이질감을 느꼈었다. 신중하고 견실한 반면 미묘하게 소심했다. 또 진영의 운용이나 도발행위에서조차 장수들과 병사들을 아끼려는 기색이 역력했다. 이제 그 부분도 이해가 갔다.

'여자여서였군. 설마 여인을 책사로 썼을 줄이야. 공손찬 아래에 인재가 없다더니, 재능이 있다면 따지지 않고 쓰기로 한 것인가?'

어쨌든 그런 성정이라면, 호위병의 목을 내걸었을 때 분명 심적 타격을 입을 것이다. 가후의 책략은 기본적으로 상대를 흔드는 것. 그에게는 자연스럽고 합리적인 사고 과정이었다. 여포에게 청몽의 참수를 제안한 배경이었다.

목을 베자는 가후의 말에 여포가 대꾸했다.

"거절한다. 그 생각은."

"그 여자를 취하시기라도 할 겁니까?"

"심문하겠다."

그는 청몽을 안은 채 안쪽으로 들어가버렸다.

'제대로 말을 듣는 자가 하나도 없군.'

한숨을 내쉬는 가후에게 호진이 다가왔다.

"이제 어쩔 건가?"

가후는 그의 뻔뻔함에 짜증이 났다. 하지만 내색하지 않고 답했다.

"퇴각해야지요."

그래도 호진은 가후를 탓하지는 않았다. 일말의 양심은

있는 모양이었다.

"으음, 상국님(동탁)께서 뭐라 하실지…….."

"물론 그냥 순순히 퇴각해줄 생각은 없습니다."

가후의 말에 호진이 반색했다.

"오! 뭔가 방법이 있는가?"

"이 작전에는 일단 봉선 님의 힘이 필요합니다."

"여 장군이야 당연히 수락할 테지. 이제 장수도 나와 그 밖에 안 남지 않았나. 방금 싸우고 온 데다 약간의 부상도 입은 모양이니, 잠시 쉬고."

"예."

답하는 가후의 눈빛이 예리하게 빛났다. 아직 이 전투는 끝난 게 아니었다.

여포는 청몽의 손발을 결박하여 옥에 가뒀다. 손목은 그녀가 가진 사슬낫으로 묶었는데, 팔을 뒤로 돌려 휘감은 것이다. 알고 한 건지 우연인지는 몰라도 공교로웠다. 다른 줄이었다면 어떻게든 끊어버렸을 테니까.

그녀는 갇힌 채 한동안 힘을 비축하고 있었다.

'제길. 하필 부유낭겸의 사슬로 묶다니……. 그런데 그게 대체 뭔 느낌이었지?'

청몽은 여포에게 붙잡혔을 때만 해도, 힘을 완전히 잃진 않았다. 특기 봉쇄에서 온 딜레이로 당황했을 뿐이다. 틈을 봐 어떻게든 몸을 뺄 생각이었다.

하지만 여포가 퇴각하면서 이변이 일어났다. 무력감이 전신을 휘감았다. 머리도 흐릿해졌다. 지금은 많이 나아졌으나 그래도 원래만 못했다.

'이게 주군에게서 멀어졌을 때 나타나는 현상?'

1급수에 살던 물고기가 2급수로 가면 이렇게 되지 않을까, 하고 청몽은 생각했다.

'그 목소리'는 말했었다. 용운에게서 멀어지면 점차 힘이 약해지고, 그러다 결국 소멸을 맞이하게 된다고.

어차피 멀리 떨어질 생각도 없었다. 그랬기에 그 말을 깊이 생각하지 않았다. 그런데 이런 일이 벌어질 줄이야.

'내 실수야.'

청몽은 복면 안으로 입술을 깨물었다. 주어진 힘을 지나치게 믿었다. 또한 여포라는 남자를 너무 무시했다. 명색이 《삼국지》 최강의 무장이 아닌가. 자매들이 올 때까지 시간을 끌면서 기다리기만 했어도 붙잡혀오는 일은 생기지 않았으리라.

'완전 민폐구나, 나. 하지만 그놈이 자룡이를 죽도록 패고 창끝으로 주군을 건드렸는걸.'

생각하니 또 화가 났다. 청몽이 여기까지 떠올렸을 때였다. 골방 문이 열리더니 병사 하나가 들어왔다. 손에 먹을 것이 담긴 질그릇이 들려 있었다.

청몽은 손발이 묶인 채 몸을 띄워올렸다. 발끝과 허리로 튕겨올린 것이다. 뚜둑! 발목을 묶은 밧줄이 끊어졌다.

당황하는 병사의 뒤통수에 발차기가 박혔다. 병사는 눈이 뒤집히며 쓰러졌다.

청몽이 착지한 직후였다. 갑자기 들어온 여포가 그녀의 뒷덜미를 잡았다. 이어서 자기 쪽으로 돌리더니 꽉 끌어안았다. 청몽은 발버둥 치며 외쳤다.

"으윽! 개자식아, 이거 안 놔?"

"이것밖에 없다. 경험상. 널 제압할 방법은."

"아, 힘 더럽게 세네. 숨 막힌다고!"

"그러라고 잡은 거다."

여포의 팔 안에서 청몽이 경련했다. 그녀의 몸에서 점차 힘이 빠져나갔다. 여포는 결국 축 늘어진 그녀를 바닥에 던졌다. 기절한 병사를 본 여포가 말했다.

"내가 해야 할 판이군. 식사 담당도."

"……귀찮으면 풀어주든가."

"안 된다."

"이렇게 묶어놓으면…… 난 어차피 죽어."

"죽이지 않는다. 생각해보겠다. 말하면."

"뭘 말해? 아오, 좀 한 번에 순서대로 말해!"

"뭐냐. 그 여인은."

말투 바꾸기를 체념한 청몽이 내뱉었다.

"뭐, 누구, 뭐?"

"네가 모시는 여인 말이다."

"내가 여인을 모셔? 뭐래, 얘가."

"들었다. 가후에게서. 그 여인의 도발책으로 화웅을 끌어냈으며 그 여인의 호위병들 중 하나가 그를 베었다고. 내가 공격해간 방향으로 그 여인이 왔다. 그럴 이유가 없다. 보통의 아녀자라면 오히려 피해야 한다. 반대쪽으로. 아마 살피러 왔겠지. 약해진 진영을. 어찌 책사가 된 건가? 여인의 몸으로."

청몽은 살짝 고개를 갸웃거렸다. 듣다 보니 말의 위치뿐만 아니라, 내용도 뭔가 어긋나고 있었다.

그러고 보니 여포가 이상한 말을 했었다.

'특이한 여인이군, 이라고 했지? 이 자식, 설마 진짜 주군을 여자로 알고…….'

청몽은 힘든 와중에도 폭소했다.

"푸하하! 꺄하하하!"

여포는 잠깐 어리둥절해졌다. 저런 식으로 웃는 여인은 한 번도 본 적이 없다.

"왜 웃는 거지?"

낙낙거리며 웃던 청몽이 숨찬 소리로 답했다.

"그래, 주군이 좀…… 아니, 엄청 예쁘게 생기긴 했지. 그렇다고 여자라니……. 너도 참 둔하다."

"남자란 말인가? 그럼?"

"말해줘도 못 믿네."

"여자의 외모였다. 누가 봐도. 또한 그 조운 자룡이라는 자. 지키려 했던 게 아닌가? 자신의 연인이기에. 필사적으로."

"무슨 드라마 쓰냐?"

"드라마? 처음 듣는다. 그런 말(馬)은."

"……말을 말자. 자룡이는 주군이 엄청 아끼는 의형이라고. 그래서 막아선 거야. 자룡이 주군을 지키기 위해 끝까지 일어선 것도 마찬가지……."

말하던 청몽이 갑자기 몸을 용수철처럼 튕겼다. 그러곤 공중에서 옆으로 한 바퀴를 돌았다. 손목에 묶인 사슬낫이 원심력에 의해 떠올랐다. 수평으로 떠오른 낫의 날이 여포의 눈을 노렸다.

"정말 방심할 수 없는 계집이구나. 한 순간도."

동시에 여포가 사슬 가운데를 차올렸다. 사슬낫은 방향이 바뀌며 허공을 갈랐다. 그 바람에 딸려간 청몽이 바닥을 뒹굴었다.

"얌전해져 있거라. 다시 왔을 때는."

차갑게 말한 여포가 골방을 나갔다.

엎어진 청몽이 지르는 소리가 등 뒤로 들렸다.

"아아아 짜증나! 너 꼭 죽여버릴 거야!"

여포는 참 알 수 없는 여자라는 생각이 들었다. 자신이 아는 어떤 장수보다 강하고 위험하다. 그러면서도 누군가를 닮아 적개심이 안 생겼다.

걷던 여포가 흠칫 놀라 멈췄다. 그랬다. 저 여자는……

그녀를 닮았다. 검은 불꽃을 담은 아름다운 눈동자도. 거리낌 없이 급소를 공격해오는 흉포함도. 화나면 고래고래 소리를 지르는 것까지.

"죽여버릴 거라고오오오오!"

여포는 피식 웃었다. 그러더니 놀라서 제 얼굴을 만져보았다.

'웃었나. 내가 지금.'

그녀를 보낸 그날, 처음으로 살인을 했다. 동시에 웃음을 잃었다.

— 꼭…… 살아남아야 한다. 봉선.

그녀가 남긴 마지막 말이었다. 그 후 한 번도 웃은 적이 없었다. 여포는 자신이 웃었다는 사실을 부정하듯, 얼굴을 딱딱하게 굳히고 그 자리를 떴다.

길었던 하루가 지나고 밤이 깊었다. 막사의 등잔불 아래 용운이 앉아 있었다. 그의 마음은 바짝바짝 타들어가는 중이었다. 붙잡혀간 청몽도, 눈앞에 누워 있는 조운도 걱정이었다.

조운은 여전히 정신을 잃은 채 고열에 시달렸다. 찢기고 터지고 부러진 상처들 탓이었다.

처음 의원이 왔을 때, 용운은 기겁을 했다. 다른 환자들의 피고름이 묻은 손으로 조운의 환부를 만지려 했기 때문이다. 나름 한의학이 발달했다 하나, 위생과 세균의 관념에 대해서는 아직 일천한 시대였다.

용운은 크게 화를 내며 의원에게 손을 씻으라고 말했다. 그 후로는 볼일이 있을 때만 빼고 계속 자신이 지켜보며 간호하는 중이었다. 그래봐야 찬 물수건으로 열을 식혀주고, 상처를 덮은 고약과 천을 갈아주는 정도가 전부였다

'지금 하다못해 페니실린, 아니 소독약이라도 있었으면……'

일단 공손찬을 만나, 대치 상태를 유지하도록 하는 데는 성공했다. 다행히 설득이 크게 어렵지는 않았다. 그가 오늘

의 승리에 고무되어 있었기 때문이다. 근거지가 위험하다는 소식에 불안해하던 제후들도 빨리 이기고 끝내자는 쪽으로 바뀌었다.

문제는 동탁군의 퇴각이었다.

'여포가 패배했다는 소식이 들어가면, 동탁은 즉시 낙양을 불태우고 장안으로 천도할 거야. 그 과정에서 지금 사수관을 지키고 있는 호진과 여포도 당연히 퇴각할 테고. 더 이상 낙양을 지킬 필요가 없어지니…….'

그때 청몽까지 끌려갈 가능성이 높았다. 현재의 거리는 괜찮다지만 더 멀어지면?

성월의 말대로라면 목숨을 보장할 수 없었다. 꼭 그게 아니더라도 온갖 망상이 그를 괴롭혔다. 여포가 이미 그녀를 죽였으면 어떡하나. 가뜩이나 인권이 낮은 시대였다. 포로, 그것도 여자에 대한 대우가 어떨지는 뻔했다. 끔찍한 일을 당하고 있을지도 몰랐다.

마음 같아서는 당장 전군을 진격시키고 싶었다. 사수관을 때려부수고 청몽을 구출하고 싶었다. 하지만 제후들이 그런 무모한 제안에 따를 리 만무했다.

그렇다고 남은 세 자매에게 명령하기도 망설여졌다. 화웅과 서영이 죽었다고 하나, 여전히 여포와 호진은 건재했다. 거기에 측정불가의 불안요소인 가후도 있었다. 그들이

만 단위의 병력으로 방어 중이었다. 아무리 자매들이 강해도, 자칫 사지로 몰아넣는 꼴이 될 수 있었다.

그녀들 중 누구를 잃어도 아픔의 강도는 같았다. 다만, 그 종류가 다르다는 걸 알았다. 땅속이든, 서까래든, 지붕 위든, 청몽은 어떤 장소라도 가리지 않고 불편함을 감수했다. 오직 용운 자신을 지키기 위해서였다. 숙식도 그런 곳에서 해결하며 경호에 전념했다.

청몽이 자신에게 얼마나 큰 의미였는지, 그녀를 잃은 후에야 새삼 깨달았다.

"제길, 빌어먹을!"

용운은 양손으로 머리를 쥐어뜯었다. 청몽이 죽거나 몹쓸 일이라도 당한다면, 스스로를 제어할 수 없을 것 같다는 확신이 들었다. 그의 눈빛이 순간적으로 스산하게 번득였다. 그를 아는 사람이라면 누구나 놀랄 정도로.

'만약 그런 일이 생긴다면 내가 알고 있는 지식을 총동원하여, 무슨 수를 써서라도 동탁군을 몰살시켜버릴 테다. 여포와 가후뿐만 아니라 동탁의 세력을 모조리!'

그 순간 용운은 자신이 무슨 마음을 먹었는지를 깨닫고 몸을 움찔했다. 청몽은 용운에게는 누구보다 소중한 존재였다. 하지만 타인에게는 한낱 호위병일 뿐이었다. 즉 자신의 개인적 원한으로 한 세력을 말살할 생각을 한 것이다. 거기 속한 수십만의 사람들까지. 혹시 전쟁은 이런 이유로도 일어날 수 있는 게 아닐까, 하는 생각이 뇌리를 스쳤다.

그때, 휘장이 젖혀지고 누군가 들어왔다.

"잠시 실례하겠네."

용운은 크게 놀라거나 경계하지 않았다. 막사는 검후와 성월이 단단히 지키고 있었으니까. 그녀들이 들여보낸 걸로 보아, 위험하지 않은 사람이 분명했다.

방문자는 뜻밖에도 손견이었다.

"장군님."

일어나려는 용운에게 그가 손짓했다.

"괜찮으니 앉아 있게."

"어쩐 일로 여기까지……."

다가온 손견은 조운을 물끄러미 내려다보았다.

"중태로군. 안타깝네."

"예……."

"자네와 이 친구에게 감사의 인사를 하러 왔네."

"저는 인사받을 일이 없습니다."

"아니."

손견은 자신이 여포의 살기에 눌려 굳어 있을 때 용감히 뛰쳐나갔던 용운을 떠올렸다. 덕분에 겨우 정신을 차리고 부대를 진격시킬 수 있었다. 또 조운이 용운에게 어떤 존재인지도 들었다. 고마움과 미안함이 더욱 커졌다. 그는 용운에게 정중히 포권을 취했다.

"그대들 의형제의 용기와 희생에 이 손문대가 진심으로 감사하네. 덕분에 덕모(정보)를 살렸고 나 또한 후퇴하는 여포군을 쫓아 체면치레를 했네. 그대들의 용기에 깨달은 바가 컸다네."

"과찬이십니다."

용운은 마음속으로 손견에게 감탄했다. 일부러 찾아와 감사 인사를 하다니. 그가 진심으로 수하를 아낀다는 게 느껴졌다. 손견은 자신의 휘하에서 가장 뛰어난 의원을 보내주겠다고 약속하고 막사를 나갔다.

잠시 후 조운이 눈을 떴다. 그가 힘없는 목소리로 용운을 불렀다.

"……운이냐?"

"형님! 정신이 드십니까?"

"방금 누가 왔다 갔느냐?"

"아, 예주자사가 감사의 인사를 하고 갔습니다."

"손문대 님인가. 그는…… 수하를 아낄 줄 알며 덕이 있는 인물 같더구나."

"예, 그런 것 같았습니다. 몸은 좀 어떠세요?"

조운은 그 말엔 답하지 않고 엉뚱한 소릴 했다.

"운아, 만일 내게 무슨 일이 생기면…… 그분 또한 염두에 둬보거라. 네가 의탁할 주군으로서."

"왜 그런 말씀을 하세요!"

조운이 손을 뻗어 용운의 앞머리를 어루만졌다. 그의 손끝에서 은은한 열기가 느껴졌다. 피부가 바짝 말라 거칠었다. 그 정도로 열이 심한 것이다.

"10년의 시간을 두고 지켜보자 했으나…… 그건 내가 곁에서 널 지켜줄 수 있을 때의 이야기였다. 안타깝게도 백규 님은…… 너를 품을 그릇이 못 된다. 현덕 님에게는 나도 강하게 끌린 게 사실이다. 하지만 내 마음이 간 주군이라면…… 온갖 고초를 겪더라도 함께 떠돌아다닐 수 있는 나와 달리, 너는 그러기가 쉽지 않을 거야."

"형님, 말씀 그만하세요. 제발."

뭔가 유언 같은 말에, 용운은 불안했다. 조운은 유비와 교류하고 그에게 끌리면서도 용운을 걱정하고 있었던 것이다.

'난 형님을 빼앗기기 싫다는 생각만 했는데.'

갑자기 왈칵 눈물이 났다. 어린애라도 돼버렸나. 조운 앞에선 늘 아이가 된 기분이었다. 용운은 얼른 소매로 눈물을 훔쳤다.

"하나 물자가 풍부한 강동에 세력을 두었으며, 수하를 자식처럼 아끼는…… 스스로가 선봉에 서는 문대 님이라면, 보다 안전한 곳에서 네 재능을 꽃피울 수 있을 게다. 내가 보기에 그분은…… 천하를 염두에 둔 분이다."

"형님이 없는 천하 따위 필요 없습니다!"

용운이 외쳤다. 이는 그의 진심이었다.

"녀석."

희미하게 웃은 조운이 고개를 툭 떨어뜨렸다. 용운의 가슴이 덜컹 내려앉았다.

"형님……?"

그는 덜덜 떨면서 조운의 가슴에 귀를 댔다. 심장박동이 느껴지지 않았다. 심한 부상의 쇼크로 인한 급성심부전이었다.

"안 돼…… 형님!"

용운의 비명에 검후가 뛰어들어왔다. 사태를 파악한 그녀의 얼굴이 파랗게 질렸다. 용운은 기억나는 대로 심폐소생술을 시도했다. 하지만 몸이 따라주질 않았다.

"제가 하겠습니다."

용운의 의도를 눈치챈 검후가 나섰다. 힘도 지구력도 그녀가 훨씬 나았다. 그녀는 양손을 모아 조운의 가슴을 압박했다.

용운이 떨리는 목소리로 말했다.

"분당 100회 정도의 속도로 서른 번 강하게 압박하고…… 인공호흡을 두 번 해야 해. 그 전에 머리를 젖혀서

기도를 개방시킨 후……."

지금은 폐지된, 인명구조 예능 프로에서 본 것이다.

검후는 묵묵히 기계처럼 정확한 동작으로 압박을 시작했다. 30회를 실시한 다음, 조운의 입에 입술을 대고 숨을 불어넣었다. 입을 맞추는 검후의 동작에는 망설임이 없었다. 살리기 위한 입맞춤이었다. 조운의 입술에서는 쇠비린내와 송진 맛이 났다.

'당신은 이렇게 죽어선 안 됩니다. 주군의 은인이자, 소중하기 그지없는 사람이니까요. 그리고…….'

다시 서른 번. 조운의 심장은 여전히 뛰지 않았다.

'그리고 아직, 나는 당신의 마음에 답하지 못했습니다. 남자가 되어서 이 정도도 못 기다린단 말입니까?'

용운도 용운대로 필사적으로 머리를 굴렸다.

문득 늘 소지하고 있는 나비상이 떠올랐다. 그 정체는 금강벽옥접이란 이름의 고대 유물. 거기에는 분명…….

'급속회복!'

조운이 예전에 했던 말이 곧바로 귓가에 울렸다. 관련된 파일을 재생하듯이.

— 진 공자의 회복력도 대단한 것 같습니다만. 늑골도 부러졌다고 생각했는데 괜찮으신가 봅니다. 혹시 선술 같은

게 아닐까 생각될 정돕니다.

그때의 조운은 용운을 업고 밤새 걸어도 멀쩡할 만큼 강
인했다. 그렇게 되돌릴 것이다, 반드시. 용운은 얼른 나비
상을 품에서 꺼냈다. 소유자가 아닌 대상에게도 효과가 있
는지는 불분명했지만 지금은 할 수 있는 모든 수단을 써볼
때였다.

"심장이 다시 뜁니다!"

이마에 땀이 맺힌 검후가 외쳤다. 용운이 들어본, 그녀의
가장 큰 목소리였다. 용운은 그때를 놓치지 않고 나비상을
조운의 명치에 갖다 댔다.

검후는 중요한 순간임을 본능적으로 알았다. 조용히 뒤
로 물러나 조심스레 지켜보았다.

곧바로 신비로운 일이 벌어졌다.

슈우우우. 나비상이 은은한 푸른빛을 뿜어내기 시작했
다. 그 빛은 허공에서 뭉쳐, 몇 마리의 나비가 됐다. 파란 나
비들이 용운과 조운의 몸 주변을 날았다.

"으음……."

조운이 낮게 신음했다. 상처가 곧바로 낫는 기적이 일어
나진 않았다. 하지만 점차 호흡이 안정되고 있었다. 비정상
적인 열도 조금씩 가라앉았다.

"됐어요!"

검후가 기쁨에 찬 목소리로 속삭였다. 용운은 말없이 고개를 끄덕였다. 그 상태로 얼마간 시간이 흘렀다.

조운은 마침내 편안한 표정으로 깊이 잠들었다. 거기까지 본 용운과 검후는 함께 막사를 나왔다.

순간, 용운이 비틀거렸다. 깜짝 놀란 검후가 그를 부축했다.

"주군, 어디 불편하십니까?"

"아니. 갑자기 일어섰더니 현기증이 나서."

용운은 거짓말을 했다. 나비상을 조운에게 접촉시킨 직후였다. 자신의 몸에서 뭔가가 급격히 빠져나가 그에게로 흘러들어가는 게 느껴졌다. 그것은 일종의 생명력, 혹은 수명으로 짐작됐다. 그 에너지를 이용해 조운을 회복시킨 듯했다.

'그럼 그렇지. 죽기 직전이던 사람을 살리는데, 그런 엄청난 일에 대가가 없을 순 없어.'

아무 상관없었다. 오히려 감사했다. 그 사실을 알았더라도 같은 선택을 했을 것이다.

용운이 지친 음성으로 검후에게 물었다.

"검후, 솔직하게 말해줘. 청몽은 무사할까?"

검후는 용운의 피로를 느꼈으나, 오랜 긴장이 풀려서라고 짐작했다. 거기다 청몽의 문제도 있으니, 마음고생이 심할 것이다. 그녀가 일부러 더 자신 있게 고개를 끄덕였다.

"예, 무사합니다."

"어떻게 확신해?"

"우리끼리는 어느 정도 심령이 통합니다."

"생각을 읽는 거야?"

"그 정도까지는 아니지만, 각자의 상태는 대강 짐작할 수 있습니다. 넷이 하나나 마찬가지니까요. 특히 저는 중추 역할이라, 다른 세 사람의 감정도 어느 정도 감지합니다."

"그럼…… 아무 일도 없는 거겠지? 그…… 청몽이는 예쁜 여자잖아. 여긴 남자들만 득실거리는 전쟁터고."

용운의 눈동자가 불안하게 떨렸다.

예쁜 여자라. 그의 걱정을 이해한 검후가 살짝 웃었다.

"기력이 좀 떨어지고 불안, 초조, 분노 등의 감정은 희미하게 느껴집니다. 그래도 그 이상 나쁜 일은 없는 것 같습니다."

"휴, 다행이다……."

"일단 본인이 원치 않는다면 그 아이를 건드리는 것 자체가 거의 불가능합니다. 억지로 뭔가 하려 들었다가는 같이 죽을 각오를 해야 할 겁니다. 그래도 이 상태로 계속 시간이 지나면 위험하겠지요. 조금씩 힘이 약해지는 터라."

"얼마나 버틸 수 있을까? 음, 그러니까 지금의 청몽이가 자룡 형이나 태사자 님보다 약해지는 데 어느 정도 시간이 걸릴까?"

잠산 생각하던 검후가 답했다.

"일주일 정도일 것 같습니다."

"일주일…….."

일주일이라면 새벽에 출발할 유비군이 함곡관에 닿기에
충분했다. 유비는 결국 용운의 계책을 수용키로 한 것이다.
용운이 선언하듯 말했다.

"일주일 내로 청몽이를 구출하고 사수관을 함락시켜야
겠어. 도와줘, 검후."

검후는 고개를 숙였다.

"기꺼이."

"그런데 사린이는 어디 간 거야?"

그때, 막사 지붕에서 성월이 중얼거렸다.

"응? 내 술병 하나가 없어졌네."

9

너를 가져야겠다

그 시각, 관우는 홀로 영내를 순찰 중이었다. 군데군데 피운 화톳불만이 주변을 밝히고 있을 뿐 구름까지 잔뜩 낀 하늘엔 달빛조차 없었다.

'적 몰래 떠나기에 좋은 날씨로구나.'

두 시진 후면 유비, 장비와 함께 함곡관으로 떠난다. 그런데도 자신이 맡은 임무를 시행하는 중이었다. 그는 성격상, 규율이 어긋남을 참지 못했다. 최근 기강이 해이해진 탓에 숨어서 술을 마시는 병사들이 늘어났다. 심지어 공성전에 실패했는데도 마찬가지였다. 한번 흐트러진 군기는 좀체 잡히지 않았다. 동탁군이 곧 퇴각할 거라는 소문도 한몫했다.

관우는 버릇처럼 수염을 쓰다듬으며 생각했다.

'고작 한 차례 이긴 걸로 이 모양이라니. 역시, 여러 곳에서 모인 군사라 어쩔 수 없는가. 내가 황건군과 싸웠을 때는……'

그때였다. 어디선가 이상한 소리가 들려왔다.

"히익……"

여자가 흐느끼는 듯한 소리. 대담한 관우도 살짝 놀랐다.

'군영의 기강이 해이해지니 잡귀마저 스며든 것인가.'

신과 귀신, 요괴의 존재를 믿는 시대였다. 어쩌면 이때만 해도 실재했는지도 모른다.

관우는 소리를 따라 천천히 걸음을 옮겼다. 소리는 진영 바깥쪽의 바위 뒤에서 나고 있었다. 이윽고 소리가 점점 가까워졌다.

"히익. 흐끅. 흑흑. *끄앙.*"

관우는 언월도를 겨눈 채 바위 뒤쪽을 확인했다. 소리의 정체를 확인한 그가 혀를 찼다. 군사 진용운을 호위하는 여인들 중 하나였다. 가장 어린 계집애가 거기 앉아 울고 있었다.

관우가 그녀를 못 알아볼 리 없다. 화웅이 단기전을 걸어오기 직전, 그녀가 비무에서 하후돈을 쓰러뜨렸기 때문이다. 검후가 자신을 이겼을 때보다 더 놀랐었다.

'사린…… 이라 했던가. 저 아이가 왜 여기서.'

생각하던 관우는 눈살을 찌푸렸다. 사린의 옆에 뒹구는 술병을 본 것이다. 그러고 보니 술 냄새가 진동을 했다.

그때, 사린도 관우의 기척을 느꼈다. 그녀는 고개를 들고 말했다. 얼굴이 온통 눈물로 젖어 있었다.

"어? 큰언니한테 깨진 긴 수염 아저씨네?"

"……누가 깨졌…….."

마음을 다스린 관우가 엄히 말했다.

"여기서 뭘 하고 있느냐? 진영을 이탈하여 술을 마시는 행위는 군법 위반임을 모르는가!"

"헤에, 그거 위반하면 어떻게 되는데요?"

"사형이다."

"우와, 술 마셨다고 죽여요? 짱 무서운 아저씨다. 생긴 건 멋지게 생겼는데…….."

"뭣이?"

"특히 그 수염. 완전 저 취향저격이요."

"무슨 저격? 군법 위반을 은폐하려고 날 활로 쏘겠다는 거냐?"

"뭔 소리람. 가만히 있어봐요."

사린은 헤실거리며 손을 뻗었다. 그러더니 관우의 수염을 잡아 제 얼굴을 덮었다.

잠시 멍해졌던 관우가 호통을 쳤다.

"네 이년! 진정 죽고 싶으냐?"

남의 수염을 만지는 행위는 엄청난 결례였다. 이 자리에서 관우가 당장 사린의 목을 베어 죽여도, 아무도 그를 나무라지 않을 정도였다. 더구나 계집이!

관우의 수염으로 얼굴을 가린 사린이 대꾸했다.

"네, 죽고 싶어요. 속상할 때는 술을 마시면 된다고 해서, 성월 언니 술을 훔쳐와서 마셨는데 다 거짓말이었어요. 더 속상하기만 해요."

"취한 것이냐? 약관도 아득한 계집이 왜 죽고 싶다는 소리를 함부로 하는 게냐?"

"아까는 죽인다더니."

"내, 내가 언제 죽인다 했느냐?"

"언니를 찾아오지 못했어요."

진용운의 호위병 중 하나가 여포에게 생포됐단 말은 관우도 들었다. 그 일로 그가 크게 상심했다는 것도. 익히 알고 있던 검후, 성월, 사린 외에 하나가 더 있었던 모양이다. 보아하니 그 넷은 자매처럼 가까운 듯했다.

마치 유비, 관우, 장비…… 자신들처럼. 갑자기 그녀의 아픔이 느껴져서 관우는 놀랐다. 사린은 수염으로 얼굴을 가린 채 울고 있었다. 작은 어깨가 가늘게 떨렸다. 장비를 이겼다고는 도무지 믿기지 않았다. 그만 화낼 마음이 사라져버렸다.

"그게 어찌 너의 잘못이겠느냐?"

"아니요. 흑흑. 제 잘못이에요. 그깟 화살, 그냥 몸으로 받아버리고 그 여포라는 놈을 한 번만 더 내리쳤으면…… 그랬으면 언니를 데려올 수 있었는데. 매일 안 보이는 곳에 숨어서 주군을 지키느라 고생만 한 우리 언니인데……."

'자기 몸으로 화살을 받아내지 못했음을 자책하고 있는가. 이 아이가 병사들보다 낫구나. 무(武)도 마음도.'

머뭇거리던 관우가 손을 뻗었다. 그리고 사린의 머리를 조심스레 쓰다듬었다.

"울지 말거라. 덩치도 작은 녀석이. 그리 울다가 온몸의 물이 다 빠져나오겠구나."

사린은 관우의 수염을 놓고 억지로 웃어 보였다.

"헤에, 무서운 아저씨인 줄 알았는데, 상냥하네요. 감갸 합니다."

"너의 언니는 꼭 구할 수 있을 게다. 아니, 그 전에 자력으로 탈출할지도 모르지. 검후 소저와 너, 사린이 같은 실력이라면 결코 붙잡힌 채 있지 않을 테니까."

사린은 눈물 맺힌 눈을 동그랗게 떴다.

"어? 제 이름을 아세요?"

그 표정이 귀여워, 관우는 부드럽게 웃었다.

"당연히."

문득 곧 떠나야 한다는 사실이 아쉬워졌다. 이유는 자신도 정확히 알 수 없었다.

그 시각, 낙양의 황궁.

주무의 집무실은 여전히 어두웠다. 다만, 벽의 지도에 쓰인 글이 좀 더 늘어 있었다.

주무는 레게 패션의 청년을 물끄러미 바라봤다. 지살급 제85위, 금안표 시은은 풀이 죽어 있었다. 부러진 팔은 붕대를 감았고 얼굴도 엉망이었다. 그러나 그런 데 신경 쓸 마음의 여유가 없었다.

"미션 실패. 면목 없다, 브라더."

"빨리 복귀했군요. 가깝다곤 해도 거리가 제법 되는데."

"근처에 나와 있던 백승 브라더가 헬프."

"아아, 그랬겠군요."

주무는 가볍게 고개를 끄덕였다. 백일서(白日鼠) 백승(白勝), 서열 106위. 전투력은 전무하다시피 한 청년이다. 대신, 은신과 이동에 일가견이 있었다. 용운을 납치한 다음, 빠른 복귀를 위해 추가로 투입한 자였다.

"번서의 상태는 어떻습니까?"

"닥터 안이 베리 열심히 치료하고 있는데……."

호랑이도 제 말 하면 온다던가. 쾅 하고 문이 열리더니, 한 여자가 들어왔다. 그녀는 기세 좋게 들어오자마자 넘어질 뻔했다. 문턱에 발이 걸려 휘청한 것이다. 팔을 허우적거리다 겨우 몸을 바로 세웠다.

주무는 무표정하게 바라보았고 시은은 애써 시선을 돌려 못 본 척했다. 여자의 나이는 대략 20대 후반 정도. 몸의 곡선이 그대로 드러나는, 흰색 치파오를 입고 있었다. 허리 바로 아래까지 옆이 트여, 눈부신 허벅지가 드러났다.

아직 이 시대에는 없는 옷이라고 주무가 말해줬는데도 그녀는 이 옷만을 고집했다. 어차피 안경을 쓰고 목에 청진기까지 걸었다. 다른 옷을 입어도 눈에 띄기는 매한가지였다. 거기다 단발은 덤이었다.

그녀는 시은과 더불어, 주무가 포기한 인물들 중 하나였다. 바로 시은이 닥터 안이라 칭한 신의(神醫) 안도전이었다.

주무는 이마에 손을 댔다.

"이제 아무나 들락거리는군요."

안도전이 발끈해서 주무에게 다가섰다.

"뭐? 내가 아무나야?"

"제가 안 부른 사람은 다 아무나입니다."

"번서의 상태에 대해 알려주려고 왔는데, 확 그냥 갈까?"

"……실언했습니다. 말해보세요."

안도전은 능력의 특성상 누구라도 함부로 다루기 어렵기도 했다. 그녀는 평소엔 덜렁대고 경박했다. 하지만 엄청난 의료기술을 가졌다. 오죽하면 '신의'라는 별명이 붙었을까. 그 의사로서의 능력 자체가 그녀의 특기였다.

또한 안도전은 이쪽 세계로 넘어오면서 상당한 양의 백신이며 약품을 가져왔다. 덕분에 약한 전투력에도 불구하고 56위라는 높은 위치에 있었다. 회의 모든 이가 그녀에게 밉보이길 꺼렸다. 이래저래 위원회에는 소중한 인재였다.

어깨를 으쓱한 안도전이 시은에게 말했다.

"대체 무슨 짓을 당했기에 그 꼴이 된 거야?"

"어, 그…… 뭐가 파파팍 하면서……."

"그러면 내가 알아? 아무튼 한쪽 눈은 피가 터져나오면서 안구가 튀어나가 완전히 끝장났어. 다행히 다른 한쪽은 살리긴 했는데, 여전히 정신 상태가 불안정해."

"으음……."

주무가 낮게 신음했다. 최악의 결과였다.

지살급 제61위, 혼세마왕 번서. 그는 직위에 비해 매우 요긴한 인물이었다. 바로 그가 가진 특기인 둔갑술 때문이다. 어떤 상대로도 똑같이 변할 수 있다는 것, 그것은 첩보전에서 엄청난 이점이었다.

주무는 되도록 역사에 직접적인 관여를 피해왔다. 원래

일어날 일을 좀 더 앞당기거나, 늦어지게 하는 것 정도가 전부였다. 본래 가려고 했던 시간보다 너무도 앞서 온 탓에, 준비한 예측 데이터와 시뮬레이션이 모조리 쓸모없어져버렸다. 이에 최대한 신중하게 움직이기로 한 것이다. 굳이 이 시대의 사람들로 성혼단을 조직하는 이유도 그래서였다. 그 원칙이 아니었다면, 번서를 이용한 것만으로도 손쉽게 적의 수장을 암살할 수 있었다.

그런 번서를 이번 작전에 투입했다. 그만큼 용운의 존재가 중요한 까닭이었다. 그런데 이제 그 이점을 잃게 생겼다.

"반천기……."

문득, 시은이 멍하니 중얼거렸다. 주무가 반문했다.

"네?"

"반천기. 라이트(right)! 분명 반천기라고 했어."

"알아듣게 설명하십시오."

"진용운이라는 녀석이. 그 말을 한 순간, 번서 브라더의 눈에서 피가 터지고 진법도 깨졌어."

주무의 얼굴이 심각해졌다. 반천기라. 시은은 실없긴 해도 말을 지어내진 않았다. 이름만으로 보자면, 천기를 되돌리는 기술이다. 또한 효과도 비슷했다.

위원회의 인물들이 이 세계에서 가진 이점들은 다양했다. 미래와 역사에 대한 지식, 현대의 문물 등등. 그중에서도 가장 강력한 게 바로 천기였다.

천기는 유적, '성혼마석(星魂魔石)'에 손댄 후 갖게 된 일종의 초능력이었다. 성혼마석은 거대한 비석의 형태였다. 소설이나 전설인 줄로만 알았던 《수호지》 속 108인의 명단이 거기 새겨져 있었다. 누군가 손을 대면, 그 성혼마석에서는 크게 두 가지 현상이 벌어졌다. 아무 일도 일어나지 않거나, 108인 중 특정인의 이름에 빛이 나거나. 이름에서 빛이 나게 한 사람만 초능력이 생겼다.

위원회의 수장은 그 이능에, 하늘이 준 힘이라는 뜻으로 천기라고 이름 붙였다. 또한 각자가 빛나게 한 이름을 새 이름으로 부여했다. 위원회의 인원이 108인으로 정해진 것도, 양산박의 구성을 따른 것도 그게 시초였다.

주무도 당연히 그런 과정을 거쳤다. 그때는 아직 주무가 아니었지만.

그가 성혼마석에 손을 댔을 때, '신기군사 주무'란 이름에서 빛이 뿜어진 것이다. 비록 상위 36인인 천강급은 아니었으나 선택된 것만으로도 감격스러웠다. 그 빛을 몸으로 받았을 때의 희열은 아직도 잊을 수가 없었다. 순간, 주무는 확신했다. 이는 하늘의 명이라고.

첫 번째 유적, 성혼마석. 두 번째 유적, 신병마용(新兵馬俑). 거기에 마지막으로 진한성이 발굴한 세 번째 유적, 시공회랑(時空回廊)이 더해졌다. 그때 비로소 위원회의 장대한 프로젝트가 구체화되었다. 그 과정에서 진한성의 배신으로 트러블이 있었다. 그야말로 뼈아픈 배신이었다.

'따지고 보면, 예정에도 없던 삼국시대로 오게 된 것부터 당신 덕분이죠, 진한성.'

주무는 새삼 쓴 입맛을 다셨다. 그 탓에 대대적으로 계획을 수정해야만 했다. 행동에도 큰 제약이 생겨버렸다.

본래 위원회가 이동하려 했던 시간은 명대였다. 그중에서도 명나라 초기 무렵이다. 역사 공부, 카오스 시뮬레이션, 적응 훈련 등 모두 그 무렵에 대해서만 집중적으로 했다.

명은 몽골족이 세운 원을 멸망시키고 한족이 세운 마지막 영광의 통일왕조였다. 물론 청나라가 중국 최후의 왕조인 건 맞았다. 하지만 만주족 따위가 세운 청나라는 부적합했다. 명 초기, 근대에서 지나치게 멀지 않으면서, 모든 것들을 바로잡고 기다리기 적합한 때. 그 시간에서부터 시작해 조국을 진정한 제국으로 거듭나게 할 수 있었는데…….

'이제는 그 아들까지 우리를 방해하는 겁니까?'

시은은 주무의 눈치를 보며 말했다.

"그뿐 아니라 베리 하드하게 강한 여자들이 호위로 붙어 있어서 미션이 베리 하드. 그걸 안 알려준 주무 브라더의 책임도 있어. 최소 넷은 갔어야 미션 석세스. 안 그러면 미션

임파서블."

주무는 말없이 고개를 끄덕였다. 그게 그가 시은을 용서하는 이유였다.

'내가 성급했다.'

들기로 그 여자들은 비무에서 관우, 하후돈, 장합 등을 모두 이겼다고 했다. 그야말로 놀라운 일이 아닐 수 없었다.

"여자들이라면…… 몇 명이었습니까?"

"셋인 줄 알았는데 넷."

"넷이라고요?"

주무는 눈을 가늘게 떴다. 진한성이 가져간 하나를 제외하고 신병마용에서 사라진 병사들의 수 또한 넷. 비정상적으로 강한 네 명의 여자. 과연 이게 우연일까? 진용운이란 이름을 들었을 때부터 불안했다.

그는 회의 수칙 중 하나를 천천히 읊었다.

"이용할 수 없는 재능이라면, 없애라."

주무는 붓을 들어 붉은 염료를 찍었다. 이어서 벽의 빈 공간에 이름을 썼다. 진용운이라는 이름이 빨간색으로 쓰였다. 그 위에는 진한성이란 이름과 동탁이란 이름 또한 적혀 있었다.

여포의 퇴각 후, 닷새가 지났다.

다행히 조운은 빠르게 회복했다. 전투에는 아직 참여하지 못했으나 일어나 앉을 정도는 되었다. 의원이 놀라 까무러칠 정도의 회복 속도였다. 물론 용운이 소유한 금강벽옥접 덕이었다.

'내 수명을 나눠줘가면서 치료한 건데, 이 정도도 안 되면 서운하지.'

용운은 조운의 상태를 살피는 한편, 사천신녀와 전예를 활용하여 끊임없이 정보를 수집했다.

그사이 연합군은 연일 사수관을 맹공격했다. 용운의 제안이 아닌, 제후들 스스로의 의지였다. 조금만 더 공격을 가하면 무너뜨릴 수 있을 것처럼 느껴졌기 때문이다.

해자 위로 나무를 엮어 만든 다리를 댔다. 공병 부대가 목숨을 걸고 그 다리를 건너, 성벽에 사다리를 걸쳤다. 그러면 동탁군은 사다리를 쳐내거나 끓는 물을 부었다. 올라오는 병사들을 공격하기도 했다. 해자에 시체가 점점 들어찼다.

밤낮없이 공격하기를 5일. 양측에서 무수한 병사들이 죽어나갔다. 피해가 더 큰 쪽은 연합군이었다. 사수관의 동탁군은 무너질 듯 무너질 듯 하면서도 끝내 버텨냈다. 여포와 호진의 용맹 그리고 가후의 절묘한 지휘 덕이었다. 마지막까지 최선을 다하던 원소와 조조마저 치를 떨고 물러났다. 그들의 뇌리에는 가후라는 이름이 깊이 박혀버렸다.

"오늘로 6일이 지났어."

용운은 검후, 성월, 사린을 모아놓고 말했다. 늦은 밤이었다. 세 여인이 긴장한 얼굴로 고개를 끄덕였다.

청몽은 여전히 무사했으나 약해지고 있었다. 일주일이 되는 날, 즉 내일이 그 한계점이 될 터였다. 청몽이 태사자 정도의 장수보다 약해지는 때. 그녀의 신변에 실질적인 위협이 닥칠 수 있었다.

그간 용운은 전투에 나서지 않았다. 공손찬의 지시가 없어서이기도 했지만 딱히 계책도 없어서였다.

'끌어낼 방법이 없었다. 침입할 틈도.'

그저 정면에서의 공격이 유일한 방법이었다. 용운은 가후라는 이름에 짓눌리는 기분이었다.

'무섭다.'

수로를 이용하여 물로 공격하는 수법도, 성에 몰래 불을 지르는 작전도, 간자를 침투시키는 것도 고민하거나 시도해봤다. 그러나 모조리 파악당해 실패했다. 공성전에 유용한 기술을 연합군 측에 조금씩 전해주는 정도가 다였다.

예를 들면 공성 병기의 설계였다. 속이 빈 거대한 상자 형태의 구조물에 끝을 뾰족하게 깎은 통나무를 넣는다. 거기 뚜껑을 덮은 다음, 병사 십여 명이 들어가 돌진하는 형태였다. 불과 기름, 화살을 모두 막을 수 있는 병기다.

덕분에 한때 성문을 거의 부술 뻔했다. 하지만 동탁군이 거대한 바위를 떨어뜨렸다. 약점을 즉각 파악한 가후의 대처였다. 안에 있던 병사들은 모두 짜부라져버렸다.

"만약 오늘도 사수관을 함락시키지 못하면, 내일은 너희를 침투시킬 거야. 그동안 내가 계속 정보를 수집한 건 알지?"

모두를 대표해 검후가 답했다.

"네, 주군."

"그 덕에 청몽이가 갇힌 대략의 위치와, 그리로 가는 최단 코스를 파악했어. 지금 청몽이는 약해진 상태라 지둔술(地屯術, 땅을 파고 들어가는 수법)과 은신술 등의 특기는 봉인됐지만, 일단 해방되면 충분히 전력이 될 거야."

"그렇죠. 아니면 벌써 혼자 빠져나왔을 텐데."

용운은 종이 한 장을 폈다. 사수관의 대략적인 구조가 그려진 종이였다. 그는 종이 위 동쪽 구석의 한 지점을 짚었다.

"여기야. 전예의 정보에 의하면, 이 벽 너머에 청몽이가 감금된 골방이 있대. 성벽의 두께에 골방의 두께까지 더해서 뚫어야 할 석벽은 대략 3미터. 사린아, 할 수 있겠어?"

사린은 힘차게 고개를 끄덕였다.

"네! 배만 부르면요."

"물론 작전 시작 전에 고기는 실컷 먹게 해줄……."

용운이 말하는 와중에, 막사 바깥에서 별안간 수런대는

기색이 일었다.

"무슨 일이지?"

"제가 알아보겠습니다."

검후가 일어서자마자 전예가 뛰어들어왔다. 용운은 자기도 모르게 그에게 대인통찰을 사용했다. 한 번 당했던 게 트라우마가 된 것이다.

'진짜구나. 휴.'

전예는 침착하지만 빠른 투로 말했다.

"군사님, 적의 움직임에 변화가 생겼습니다."

용운은 가슴이 철렁했다.

"설마 퇴각하나요?"

"아니요. 곧 그럴 것 같긴 합니다만, 전면적인 퇴각은 아닙니다. 다름이 아니라, 여포가 관문을 나왔습니다."

"……뭐라고요?"

"여포가 관문을 나와서 앞을 어슬렁거리고 있습니다. 휘하의 흑철기 삼백여 기와 함께요."

여포? 아니, 이건 가후의 지시다. 며칠 시달리다 보니 그런 촉이 왔다.

'이 늦은 시간에? 또 무슨 수작이지?'

마음이 급했으나 무시할 수 없었다. 무엇보다 여포는 청몽을 생포해간 장본인이었다. 그의 움직임에 따라, 청몽의 위치에 변화가 생길 수도 있었다.

"가보죠."

용운과 사천신녀 세 사람이 몸을 일으켰다.

몇 시진 전, 여포는 조용히 가후의 계책을 듣고 있었다. 다 듣고 난 여포가 말했다.

"그러니까 거점이 되라는 말인가? 나 자신이?"

"그렇습니다."

가후는 고개를 끄덕였다. 역시 이 남자, 여포는 생각보다 영리했다. 큰 전략에는 어두울지 몰라도, 소규모 전투에서는 황궁의 뛰어난 장군들 못지않았다. 황보숭이나 주준 같은.

"저들을 끊임없이 괴롭히고 긴장시키면서, 여차하면 바로 퇴각할 수 있는 부대. 적이 추격해오면 오히려 깨뜨릴 수 있는 소수정예. 그것은 장군과, 장군이 이끄는 흑철기가 유일합니다."

여포의 얼굴에 자부심이 스쳤다.

"버틸 수 있다. 나의 흑철기는. 안 먹고 안 자고도. 말 위에서 7일이다."

"엄청나군요. 그렇게까지 하실 필요는 없습니다만."

"그렇게 훈련시켰다. 내가. 나도 함께. 그리고 사수관으로 퇴각하는 게 아니니, 그런 형태도 감안해야 한다."

"맞는 말씀입니다. 제 착각이었습니다."

여포의 말내로였다. 여포군이 괴로워질수록 연합군도 고통받는다. 즉 그가 사수관 바깥에서 오래 버틸수록 동탁군에게는 유리해지는 것이다.

가후는 잠깐 생각했다. 이 남자가 조금만 더 기반을 닦고 좀 더 자신의 말에 귀를 기울여준다면, 더불어 천하를 도모해도 좋을지 모르겠다고.

가후가 세운 작전의 골자는 이것이었다. 여포는 삼백의 친위 흑철기를 이끌고 성 밖으로 나간다. 이때, 열흘간 버틸 수 있는 최소한의 식량을 지참한다. 핵심은 연합군의 주의를 끄는 것이었다. 동시에 틈만 나면 적 진영 외곽을 기습한다. 그때마다 철저히 취약한 시간대를 노린다.

연합군의 최대 약점은 지나치게 큰 규모였다. 여포가 주변을 빙빙 돌면서 유격전을 걸어와도 결코 전체가 추격할 순 없다. 기껏해야 천 단위의 병력을 보낼 수 있으리라.

그렇다고 너무 적은 수를 보내면? 말할 것도 없이 여포에게 역으로 몰살당한다. 천 단위라 해도 몇 번 반복하면 만 명이다. 결국, 여포가 연합군 본영에서 떨어진 황무지로 퇴각하는 걸 구경하는 수밖에 없다. 그가 또 언제 기습해올지 불안에 떨면서.

이는 승리의 계책은 아니었다. 말이 일만이지, 이런 식으로 여포가 한껏 활약해도 적병 일만을 실제로 쓰러뜨리긴 어렵다. 하지만 확실하게 신경을 곤두서게 할 순 있었다.

그때 가후는 차근차근 퇴각을 개시할 참이었다. 자고로 군대가 가장 큰 피해를 입는 때는 퇴각할 때이기 때문이다. 여포는 안전한 퇴각을 위한 살아 있는 거점이었다. 그리 되어달라 부탁했다.

"장군에게 모든 게 달렸습니다."

"준비하겠다."

여포는 걸음을 옮겼다. 청몽이 갇힌 방 쪽이었다. 잠시 후, 골방 문을 연 그의 얼굴에 짜증과 초조함이 떠올랐다.

"먹지 않았나? 또?"

그가 직접 넣어준 음식이 바닥에 그대로 있었다. 청몽은 누운 채 눈을 감고 있었다. 그녀의 기운이 약해진 게 확연히 느껴졌다. 여포는 성큼성큼 걸어서 그녀에게 다가갔다.

"왜 먹지 않나?"

"……난 오직, 주군이 주는 것만 먹어."

지난 며칠 동안 무수히 들은 소리였다. 울컥 화가 치밀어 올랐다.

"주군, 주군! 대체 어떤 자이기에, 그 진용운이!"

청몽은 조용히 대답했다.

"나의 모든 것."

"⋯⋯."

잠시 말없이 서 있던 여포가 몸을 숙였다. 음식이 담긴 그릇을 주운 것이다. 그러곤 누운 청몽의 옆에 앉았다. 그는 한 손으로 그녀의 상체를 안아 일으켰다. 강제로 먹이기라도 할 심산이었다. 청몽은 기다렸다는 듯 머리로 힘껏 들이받았다. 여포는 반사적으로 고개를 숙였으나 상당한 충격이 왔다. 그 탓에 머리의 상처가 터져 피가 흘렀다.

며칠 전 청몽이 낫으로 찍어 입힌 상처였다. 여포는 다시 고개를 젖히는 청몽의 뒤통수를 다른 한 손으로 붙잡았다. 그리고 그릇을 놓더니 청몽의 복면을 만졌다.

"이것 때문인가?"

"⋯⋯뭐하는 짓이야."

"쓰고 있어서. 이따위 것을. 그래서 안 먹는 건가."

"그거 벗기면 너 죽는다, 진짜."

이미 더 심한 소리도 무수히 들었다. 여포는 무심히 청몽의 복면을 내렸다. 미처 그녀가 고개를 돌릴 틈도 없었다.

순간, 여포의 눈이 커졌다. 그는 골방 안이 순간적으로 확 밝아진 듯한 착각에 빠졌다. 미추(美醜)의 차이가 있다 해도, 여인들의 얼굴은 대개 비슷하다고 생각했다. 오직 한 사람, 오래전 잃어버린 '그녀'의 얼굴만이 또렷이 다를 뿐. 그 외에 기억에 남는 여자의 외모는 초선 정도였다. 그것도 아름다워서라기보다 강렬해서였다.

그런데 그런 생각이 산산이 깨졌다. 투명하도록 창백한 가운데 붉은 기를 띤 뺨. 살짝 깨물고 있는 도톰한 입술. 그런 것들이, 흔들리는 긴 속눈썹 아래의 눈과 더해졌다.

거기에 여포가 본 절대의 아름다움이 있었다. 너무 놀란 나머지 그의 손에서 힘이 빠졌다. 그 틈에 청몽이 또 고개를 힘껏 젖혔다.

"이익……."

여포는 충격을 예상하고 눈을 질끈 감았다. 그러나 공격은 없었다. 눈을 떠보니, 청몽은 고개를 최대한 숙인 채 가만히 있었다. 마치 얼굴을 자신의 가슴에 묻은 듯한 자세였다.

"왜 그러고 있나?"

여포의 말에, 그녀가 울먹이며 답했다.

"나쁜 자식. 개자식. 내 복면을 벗겼어."

"이유라도 있나? 못 벗을?"

"……내 얼굴을 아무에게도 보이고 싶지 않아."

"어째서?"

"난 너무 못생겼으니까."

순간, 여포는 자기도 모르게 버럭 소리를 지를 뻔했다. 무슨 말도 안 되는 소리냐고. 그는 소리치는 대신 조용히 말했다.

"아름답다. 너는."

"……헛소리 하지 마."

"진심이다."

"그래도 이건 안 먹어."

여포는 말하면서 그릇을 내밀고 있었던 것이다. 불현듯 또 화가 치밀어올랐다. 얼굴을 보여주지도, 주는 것을 먹지도 않는다. 이 여자를 보면 늘 이랬다. 놀랐다가, 화가 났다가, 안타까웠다가 또 화가 났다.

여포는 돌발적으로 청몽을 쓰러뜨려 눕혔다. 그녀가 비로소 고개를 들었다.

"이건 또 무슨 공격……."

말을 채 끝맺기도 전, 부욱 하는 소리와 함께 흰 가슴이 드러났다. 여포가 그녀의 옷을 찢어버린 것이다. 그는 야수처럼 으르렁댔다.

"가져야겠다. 너를."

청몽은 여포를 빤히 노려보다가 내뱉었다.

"불쌍한 자식."

"뭐라고?"

"너, 이제까지 여자들을 죄다 이런 식으로 가졌냐? 사랑한다는 소리 한 번도 못 들어봤지? 이러는데 진심으로 사랑해줄 리 없지. 여자들도 엄청 해쳤지?"

"해치지 않는다. 난. 여자를⋯⋯."

"꼭 때리고 죽이는 것만이 해치는 게 아니야. 이런다고 해서 내가, 네가 주는 걸 먹을 것 같아?"

"⋯⋯."

여포는 잠시 그녀 위에 엎드린 자세로 있었다. 그러다 몸을 일으키더니 자신의 상의를 벗었다. 그 옷을 청몽에게 툭 던져주며 말했다.

"입어라."

"놀리냐? 발로 입을까?"

"⋯⋯깜빡했다. 하도 공격을 잘해대기에."

여포는 청몽을 일으켜 앉힌 다음, 자신의 상의를 덮어주었다. 그의 벗은 상체가 청몽의 눈 바로 앞에 있었다. 근육이 탄탄한 몸은 온통 거미줄 같은 흉터였다.

청몽이 작은 소리로 말했다.

"꽤 고달프게 살긴 한 모양이네."

"이제 나랑 가자."

"뭐? 어딜 가려고? 나 여기서 더 멀어지면 진짜 죽는데?"

"그토록 중요한가. 주군이."

청몽은 사실 그대로를 말한 것이다. 여포는 비유적인 표현으로 이해한 듯했다. 뭐, 어느 쪽이든 상관없었다.

청몽은 고개를 끄덕였다. 여포의 눈으로 뭔가가 살짝 스치고 지나갔다. 그것을 본 청몽이 움찔했다.

한숨을 쉰 여포가 말했다.

"걱정 마라. 떠나지 않을 것이다. 이 주변을."

여포는 한 팔로 그녀를 번쩍 안아들었다.

"찾으러 오겠지. 그자가. 네가 그자를 생각하듯, 그도 너를 생각한다면."

청몽은 처음으로 반항하지 않았다. 계속 약해지는 와중에, 아까의 박치기에 마지막 힘을 쏟아부은 탓이었다. 일주일 가까이를 꼬박 굶은 탓에 더욱 힘이 없었다. 그래서이기도 했지만…… 방금 여포의 눈동자를 스치고 지나간 감정이, 잠깐 반항하길 망설이게 했다. 그것은 분명 아픔이었다.

청몽을 안고 나온 여포를 본 가후가 당황했다.

"장군, 설마 그 여자를 데려가시려는 겁니까?"

"그렇다."

"속도가 무엇보다 중요한 작전입니다. 방해만 될 겁니다. 결국 그 여자의 식량만큼 짐도 늘어나고……."

"무겁지 않다. 이 여자는. 먹지도 않는다. 내가 주는 것을."

"장군……."

"데려갈 것이다. 먹게 할 것이다."

가후는 잠시 여포의 뒷모습을 보며 서 있었다. 그가 계산한 여포와 연합군의 역량이라면 실패할 수 없는 작전이었다. 문제의 책사를 감안한다 해도 마찬가지였다.

가후는 그 책사가 남자라는 사실을 여포에게 들어 알았다. 진용운이라 했던가. 공손찬이 새로 맞아들인 젊은 문관이라 했다.

'봉선 장군의 힘을 믿지만 이상하게 마음이 불안하구나.'

잠시 후, 여포는 자신의 뒤에 청몽을 앉힌 채 성문을 나왔다. 두 사람은 함께 적토마에 타고 있었다. 그녀는 등을 맞댄 채 여포의 몸에 단단히 묶인 상태였다. 삼백 기의 흑철기가 뒤를 따랐다. 그의 충직한 수하들은 아무 의문도 표하지 않았다. 대장이 하는 일이니 뭔가 이유가 있으리라 여길 뿐.

청몽이 기막히다는 듯 웅얼거렸다.

"야, 복면 다시 씌워준 건 고마운데, 이건 뭔 시추에이션이냐? 너 나 여러 번 당황하게 한다."

"모른다. 그런 말은. 입 다물어라. 혀를 깨문다."

말을 마친 여포는 적토마를 몰아 달려나갔다.

10

아버지와 아들들

여포는 보무도 당당하게 출격했다. 달빛을 받은 적토마가 신비롭게 빛났다. 그 뒤를, 윤곽만 보이는 흑철기가 음산하게 따랐다. 마치 신장(神將)을 좇는 귀신들 같았다.

부랴부랴 모여든 병사들이 수런거렸다.

"여포다."

"흑철기다."

그들의 목소리에 공포가 묻어났다.

고작 삼백여 기의 적. 아군은 아직 칠만이 넘었다. 아무리 천하무적의 맹장이라도 할 수 있는 일이 없음을 알고 있다. 이성은 알지만 본능이 두려움을 호소했다.

그게, 그렇게 만드는 게 여포라는 사내였다.

그때, 용운과 자매들이 진영 앞쪽에 도착했다. 용운은 겁도 없이 맨 앞으로 나섰다. 여포라는 이름이 상기시킨 그때의 무력감. 그 기억이 그에게 분노를 불러일으켰다.

용운을 알아본 병사들이 길을 터주었다. 만일에 대비해, 검후와 성월 그리고 사린이 세 방향에서 그를 단단히 지켰다.

여포는 눈으로 알아볼 수 있을 만한 거리에서 보란 듯 배회하고 있었다. 연합군은 무슨 꿍꿍이인지 몰라 섣불리 덤벼들지 못했다.

여포를 본 용운이 눈을 부릅떴다. 여포 때문이 아니었다. 뒤에 앉은, 너무도 익숙한 실루엣을 본 것이다. 달빛 아래에서도 그녀를 알아볼 수 있었다.

'청몽!'

목이 터져라 외치지 않은 것은 극한까지 발휘한 자제심 덕이었다. 청몽이 자신에게 절실함을 드러내봐야, 아군에게는 불리해지고 그녀만 위험해질 뿐이었다.

성월이 용운의 손을 가만히 잡았다.

'잘 참았어요, 주군.'

사린은 그녀답지 않게 분노에 찬 목소리로 중얼거렸다.

"나쁜 놈. 언니를 인질로 잡았어!"

그런 건가? 청몽을 화살받이로 쓰려는 건가? 하지만 그런 행동은 어쩐지 여포라는 사내에게 어울리지 않았다. 용운은 고개를 갸웃거렸다.

'갑자기 왜 성을 나온 거지?'

배회하던 여포의, 정확히는 적토마의 걸음이 조금씩 빨라졌다. 그 움직임을 보던 검후가 낮게 말했다.

"곧 옵니다."

말과 동시에 그녀는 용운을 뒤로 끌어당겼다.

사린이 함께 물러나며 외쳤다.

"언니야! 지금이면 우리 셋이서 둘째 언니를 구해올 수 있쪄!"

대답은 어느새 침착해진 용운이 대신했다.

"아니, 사린아, 진형을 봐봐."

"꿍?"

"흑철기들이 뒤에서부터 여포의 양쪽을 감싸듯 늘어서 있어. 즉 여포의 등과 흑철기 사이에 청몽이 있다. 앞쪽으로는 여포와 싸우면서, 양옆의 흑철기까지 상대해야 해."

"큰언니가 여포를 맡고, 제가 말 탄 검은 아저씨들을 때리면 돼요!"

"그러다 흑철기들 중 하나가 뒤에서 청몽을 찌르거나, 여포가 갑자기 몸을 돌리면?"

"그……."

검후가 엄한 투로 말문이 막힌 사린을 꾸짖었다.

"주군의 명이다. 네가 주군보다 전술을 잘 안단 말이냐?"

"잉…… 아니요. 잘못했쪄여……."

용운은 풀 죽은 사린의 머리를 쓰다듬었다.

"잘못 아냐. 무슨 속셈인지는 모르겠으나, 여포가 청몽이를 데리고 나왔다는 건 그만큼 우리에게 가까워졌다는 뜻이야. 분명 기회가 있을 테니 방법을 찾아보자."

"네!"

사린이 금세 씩씩하게 대답했다. 말과는 달리, 용운은 불안하기 짝이 없었다. 행여 청몽이 다칠까 걱정되어서였다.

그때, 누군가가 큰 소리로 외쳤다. 보고를 받고 급히 말을 달려온 조조였다.

"뭣들 넋 놓고 있는가! 즉시 활을 쏴라!"

용운은 눈살을 찌푸렸다.

'젠장, 역시 상황판단이 빠르네.'

여포와 흑철기대를 봤을 때, 용운이 제일 먼저 한 생각도 화살 공격이었다. 하지만 일부러 지시하지 않았다. 그러지 못했다. 말할 것도 없이, 청몽의 안전 때문이었다. 그렇다고 지금 조조를 말리는 것도 이상했다.

용운은 나직하게 성월을 불렀다.

"성월."

"옛, 알겠어요."

그녀는 이미 용운의 마음을 헤아리고 있었다.

성월은 근처의 적당한 막사 지붕으로 잽싸게 올라갔다. 그리고 바로 엎드렸다. 이 일련의 동작이 어찌나 빨리 이뤄졌는지, 용운 일행을 제외한 누구도 눈치채지 못했다. 성월은 엎드린 자세에서 활을 수평으로 눕혔다. 그러고는 화살을 시위에 걸었다. 그녀는 어떤 장소, 어떤 자세에서라도 활을 쏠 수 있었다.

용운은 여포를 보며 생각했다.

'맞지 마라. 청몽이 다치면 안 되니까.'

궁병 부대가 대열을 정비했을 때. 여포와 흑철기는 속도를 내기 시작한 후였다. 조조의 먼 친척이자 활의 명수인 하후연이 지휘하는 궁병 부대였다.

"쏴라!"

파파파파파팟!

하후연의 명이 떨어지는 순간, 천여 발의 화살이 밤하늘을 수놓았다. 하지만 적중률은 그리 좋지 못했다. 어두운 밤인 데다가 달리는 대상을 맞히기란 훈련받은 궁병이라도 쉽지 않았다. 거기다 흑철기는 이름 그대로 검었다. 말에게 입힌 갑주부터 기병 자신이 입은 갑옷이며 투구까지, 죄다 검게 칠한 것이었다. 그러니 더욱 맞히기 어려울 수밖에.

화살은 자연히 여포에게 집중되었다. 맨 앞에서 달리고 있으며 적토마가 눈에 잘 띄기도 하는 데다, 여포만 쓰러뜨리면 끝나기 때문이다.

"훙."

여포는 방천극을 휘둘러 화살들을 쳐냈다. 그 모습을 가만히 보던 하후연이 활을 겨눴다.

하후연(夏侯淵), 자는 묘재(妙才). 조인, 하후돈, 조홍과 더불어 소위 조조의 사천왕 중 한 사람이다. 물론 사천왕이란 별칭이 따로 주어진 적은 없다. 그러나 그 넷은 초기부터 조조를 따랐고 늘 조조군 무관직위의 최상위였다. 이에 정사에서도 같은 편에 수록되었다.

하후연은 조조를 따라 거병, 관도 전투에서 활약하여 원소를 격파했다. 그 후 연주, 예주, 서주의 군량미를 관리하며 차질 없이 수송했다. 이는 조조군의 세력이 커지는 데 큰 도움을 주었다. 특히 기습공격이 장기였는데, 언제나 적이 예상치 못한 시기와 장소에서 공격했다. 그 때문에 '하후연은 사흘에 500리, 엿새에 1,000리를 간다'는 소문이 돌 정도였다.

기습 외에도 장기가 있었으니 바로 궁술이었다.

끼이익, 한껏 시위를 당긴 하후연이 화살을 날렸다. 그는 쏘는 순간 명중했음을 직감했다. 초일류 궁수들은 가끔 느끼는 감각이었다.

'맞았다.'

또 한 차례 날아드는 화살들을 쳐낸 후, 여포가 순간적으로 움찔했다. 다른 화살들 속에 숨어서 날아오는, 특별한 한 발의 화살 때문이었다. 훨씬 더 강하고 빨랐다. 거기다 절묘한 시간차가 있었다. 못 막으면 피하면 된다. 피해내지 못할 정도는 아니었다. 문제는, 그가 피하면 뒤의 청몽이 맞을 수도 있다는 거였다.

'내줘야 하나. 왼쪽 어깨를. 몸을 틀어서……'

찰나지간, 여포가 멈칫할 때였다.

쩌엉! 미묘하게 다른 방향에서 날아온 화살이, 여포의 가슴으로 날아오던 화살을 쳐내버렸다. 정확히는 맞혀서 튕겨낸 것이다. 여포는 그대로 달려서 그 자리를 통과했다.

그는 고개를 갸웃거렸다.

'설마, 일부러 맞힌……? 아니, 그럴 리가. 들어본 적 없다. 천하에 그런 궁술을 가진 자는. 우연이겠지, 아마도.'

여포의 등 뒤에 묶인 채 고개를 숙이고 있던 청몽이 씩 웃었다. 성월은 새 화살을 시위에 메기며 중얼거렸다.

"여포인지 육포인지, 네가 예뻐서 도와주는 거 아니거든. 우리 언니가 위험해질까봐서야. 곱게 모시고 다니다가 우리한테 내놔. 언니를 다치게 했다가는 진짜 육포처럼 잘

근잘근 씹어버릴 테니."

여포보다 더욱 놀란 사람은 하후연이었다. 그는 다급히
주위를 두리번거렸다. 하지만 누가 자신의 화살을 맞혀 튕
겨냈는지 짐작조차 가지 않았다.

'그런 일이 일어날 수 있단 말인가? 아니면 내 계산이 틀
린 것인가? 계산은 틀려도 감각은 그럴 수가 없는데⋯⋯.'

이제 여포는 사수관 정면을 기준으로 하여, 완전히 연합
군 진영의 왼편으로 돌아갔다. 활로 공격하기에는 늦었다.
더구나 아군에게 너무 가까이 와 있었다.

'가까이⋯⋯?'

하후연은 또 한 번 놀랐다. 빗나간 화살 탓에 당황하여
시간을 허비했다. 잘 훈련받은 군마가 달리는 속도는, 현대
의 기준으로 1초에 약 13미터다. 몇 초에 불과했으나, 그 몇
초는 적의 기마가 무려 백 자를 넘게 다가오기에 충분한 시
간이었다.

그는 목이 터져라 외쳤다.

"물러나! 궁병들은 물러나라!"

이미 늦었다. 측면으로 돌아간 여포와 흑철기들은, 왼쪽
모서리에서부터 깎아내듯 궁병들을 쳐내고 바깥쪽으로 비
스듬히 달려나갔다. 궁병이 기마병의 천적이라 하나 근거
리에서는 무력했다. 단 한 차례의 공격에, 대열의 왼쪽 끝에

있던 궁병 백여 명이 쓰러졌다.

"이런 빌어먹을!"

하후연이 분통을 터뜨렸다. 그가 다급히 궁병들을 물린 후였다. 조홍(曹洪)이 지휘하는 창병들이 앞으로 나섰다.

조조의 종제(사촌 혹은 육촌)인 조홍은 본래 기춘현의 현령으로 있었다. 조조가 반동탁연합군에 참여했을 때, 양주자사 진온(陳溫)이 조조에게 충성을 맹세했다.

그 진온과 절친한 친구였던 조홍은, 현령 자리를 버리고 며칠 전 조조군에 합류한 차였다. 하지만 궁병을 베고 달려 나간 흑철기대는 왼쪽 측면으로 다가오지 않았다. 대신 더 먼 지점에서 기수를 돌려, 재차 돌진해오기 시작했다. 그 각도와 위치로 보아……

"진영 뒤쪽이다."

검후의 어깨 위에 목말을 타고 있던 용운이 신음했다. 진영이 워낙 넓으니, 정확히 뒤편은 아니었다. 말하자면 '조홍이 창병을 내세운' 지점의 뒤편이었다. 여태 제대로 전열도 못 가다듬은 병사들이 서 있는.

연합군 병사들이 또 우르르 쓰러졌다. 어림잡아도 백 명이상. 차 한 잔 마실 시간에 이백의 희생자가 났다.

반면, 여포군의 전사자는 전무해 보였다. 여포군은 미련없이 등을 돌리더니 달려갔다.

"어라?"

사수관이 아닌, 연합군 진영 왼편의 황무지였다. 순간, 용운은 본능적으로 눈치챘다.

'설마, 여포 혼자 유격전을 하려는 건가?'

이는 그가 군사 경험이 많거나 병력 운용에 능해서가 아니었다. 머릿속에 들어 있는 《삼국지연의》와 정사는 물론, 수많은 《삼국지》 전략 시뮬레이션 게임들의 데이터, 거기에 96이라는 지력이 작용한 결과였다.

이게 얼마나 무서운 작전인지 깨닫는 순간, 등에 찬물을 끼얹은 듯 소름이 돋았다. 이제 여포군은 언제, 어디서 돌진해올지 알 수 없게 되어버렸다. 칠만에 비해 이백이 적은 수라 하나, 이 공격이 거듭될수록 정신적·육체적 피로가 쌓인다. 게다가 사수관 쪽에 집중하기도 어려워진다. 그러다 후방이라도 공격당하면, 아무리 적의 수가 적어도 엄청난 피해를 입을 것이 뻔했다.

여포는 아예 성 밖에서 별개의 부대를 운용하며, 연합군을 농락하려는 게 분명했다.

과연 용운의 짐작대로였다. 그로부터 이틀간, 여포가 이끄는 흑철기는 여섯 번이나 공격해왔다. 각각 왼쪽 후방, 오른쪽, 오른쪽 전방, 후방, 후방, 왼쪽 전방이었다. 사망한 연합군 병사의 수는 약 삼천오백 명. 특히 다섯 번째의 공격에 큰 피해를 입었다. 후방에는 마침 원소의 군대가 주둔해 있었다.

"여포, 이 약삭빠른 놈!"

화가 머리끝까지 치솟은 원소가 추격대를 내보냈다. 삼천의 기병이었다. 고작 삼백을 삼천으로 쓸어버리지 못할까 하는 생각에서였다. 자신의 군사에 대한 자신감도 있었다.

그 결과는, 육천으로 늘어난 피해였다. 삼천의 기병 중 이천오백이 죽은 것이다.

견디다 못한 공손찬이 전예를 시켜 용운을 호출했다.

"군사, 뭔가 방법이 없겠는가?"

분명 동북평도위로 출진한 용운이었다. 하지만 어느새 자연스레 군사라 불리고 있었다. 한 차례의 승리에 그의 역할이 컸음을 아는 까닭이었다.

물론 용운의 호위무사인 검후가 화웅을 벤 것이 결정적이긴 했다. 그래도 도발책이 성공하여 화웅이 뛰쳐나왔으며, 검후를 적소에 내보내 그를 잡았다. 또 공손찬에게 진언하여 두 개 부대를 양익으로 보내게 했다. 그 결과 태사자가 서영을 쓰러뜨렸다. 손견의 중신인 정보를 구하는 데도 기여했다.

용운의 조언을 듣지 않은 공성전에서는, 성과는 없이 큰 피해만 입기도 했다. 용운은 이래저래 제후들 사이에서 인

정받기 시작했다. 특히 손견과 조조가 그랬다.

사실, 용운은 공손찬이 한시라도 빨리 불러주길 고대하고 있었다. 오늘이 지나면 청몽의 기력은 급격히 떨어진다. 지난 이틀 동안 머리 아프게 고민한 끝에 대응도 이미 생각해두었다.

가후가 저런 계책을 내놓은 것은 여포와 그가 이끄는 흑철기의 기량에 의존한 결과라는 것이, 용운이 내린 결론이었다.

'분명 무서운 작전이긴 해. 하지만 잘 생각해보면 근본적으로 아군을 이기진 못한다. 이는 곧 가후도 한계에 달했다는 뜻. 승리를 위한 작전이 아니라, 버티기 위한 작전인 거야!'

그렇다면 그 이상의 기량을 가진 소수정예로 여포의 별동대를 추격한다. 그 순간 이 작전의 전제는 붕괴된다. 꼭 이기지 않아도 좋았다. 몰아대며 압박하기만 해도 상관없었다. 요는, 저들이 아군 진영을 함부로 공격하기 어렵도록 고립시키는 것이다.

가후는 분명 연합군에는 그럴 수 있는 장수와 병사들이 없다고 여겼을 터였다. 있더라도 한데 모으기 어려울 것이고.

원래는 가후의 생각이 맞았다. 하지만 용운은 최소한 한 가지 면에서는 그보다 앞섰다. 바로 아직 두각을 나타내지 않은 숨은 강자들을 안다는 것. 능력이 뛰어나다고 반드시 빨리 출세하진 않는다. 조운만 봐도 그렇지 않은가. 지위가 낮은 장수 정도라면 제후들도 어렵지 않게 내줄 것이다.

용운은 잠깐 뜸을 들인 후에 입을 열었다.

"대응법은 있습니다."

"오! 그게 뭔가? 얼른 말해보게."

"여포의 부대는 지금 지친 용을 공격하는 들개떼의 형상입니다."

길게 늘어진 연합군 진영을 용이라 좋게 표현하고 여포는 들개로 비하한 것이다. 제후들 중 가볍게 웃는 자가 나왔다. 이후의 작업을 수월하게 하기 위한 말장난이었다.

용운은 계속 말을 이었다.

"그렇다면 용은 호랑이 무리로 하여금 들개를 쫓아버리게 하면 됩니다. 제가 말하는 부장들을 차출하여 별도의 정예부대를 꾸리게 해주십시오."

공손찬이 흥미롭다는 투로 물었다.

"차출한 부장들로 별도의 부대를?"

"예. 사실 비무대회를 연 것은, 만일의 경우 소수정예의 별동대를 조직하기 위해 장수들의 기량을 살펴보기 위함도 있었습니다."

"호오, 그때부터 벌써? 그래, 누구를 원하는가?"

"여기 명단을 적어왔습니다."

공손찬은 용운이 내민 죽간을 받았다. 제후들의 시선이 일시에 쏠렸나. 어쩐지 자신의 부장이 저기에 포함되어야 체면이 설 것 같았다. 용운이 호랑이니, 정예니 하는 말들로 포장한 까닭이었다.

"음, 어디…… 공손찬군에서는 태사자와 검후. 조조군에서 하후돈, 하후연, 조홍. 한복군에서 장합과 국의. 원소군에서…… 으음? 원소군은 없군. 계속하겠소. 원술군에서 장훈. 손견군에서 정보. 포신군에서 우금……."

장시간 말을 탄 채 이뤄지는 추격전이기에 성월과 사린은 제외하고 검후만 보내기로 했다. 이런 식으로 호명한 장수의 수는 총 오십이었다. 물론 장수라고 무조건 개인의 무력이 높진 않았다. 지휘에 탁월한 인물도 있었다. 용운은 그런 점들까지 고려하여 뽑았다.

원소의 얼굴이 붉으락푸르락했다. 공손찬이 일부러 자신의 장수가 없다고 언급했음을 안 것이다. 원소는 그 화살을 용운에게 돌렸다.

"왜 나의 부장들은 포함시키지 않은 것인가?"

"네? 딱히 없었습니다."

"이 무엄한! 내 비록 안량과 문추를 두고 오긴 했으나, 그래도……."

원소는 자신이 데려온 무장들의 이름을 읊었다. 용운은

시큰둥한 표정으로 듣고 있었다.

'그놈의 안량과 문추.'

그중에는 그가 아는 이도, 모르는 이도 있었다. 모르는
자는 고려할 필요조차 없고, 아는 이도 별로 내키지 않았다.

사실 원소가 가진 인재의 강점은 책사에 있었다. 나중에
는 그들끼리 견제하고 다투는 바람에 몰락을 부추기긴 했
지만. 원소의 말을 다 듣고 난 용운이 말했다.

"그다지…… 그것보다 지금 한시가 급합니다."

"……오늘의 일을 기억해두는 게 좋을 것이다."

원소는 몸을 돌려 막사를 나갔다. 용운은 그런 그의 뒷
모습을 차갑게 바라보았다. 원소는 분명 《삼국지연의》에서
필요 이상으로 우유부단하고 무능한 인물로 묘사됐다. 정
사에서도 마찬가지로 좋은 평가를 못 받았다. 또한 20세기
부터 활발해진 조조 재평가 운동도 원소를 더욱 깎아내리
는 데 한몫했다. 그가 조조의 가장 큰 적이었기 때문이다.
하지만 《후한서》에서의 평가는 달랐다.

《후한서》의 저자, 범엽은 원소를 이렇게 평했다.

본디 원소는 호협한 기백으로써 따르는 무리를 얻었으
며, 마침내는 웅패의 뜻을 마음에 품었다. 천하의 승병
(勝兵, 이기는 군사)들을 이끌며 이로써 위명을 떨치지 않

는 것이 없었고 시험에 직면함에 이르러서는 과감히 결단하여 맞섰으므로 이에 날랜 장정들은 목숨을 다투어 그를 따랐으며, 깊은 꾀를 가지고 또한 의론에 뛰어나 지혜 있는 선비들도 그에게 마음이 기울어졌다. 성재는 여기서 비롯된 것이 아니겠는가!

하지만 그는 자긍심이 강해 오만하며 스스로의 기량을 지나치게 과신했으므로 다른 사람의 간언을 받아들이며 선을 행하는 데에 문제가 있었다. 그렇기에 관도에서 패하기에 이른 것이다.

즉 원소는 결코 싹수없는 군웅이 아니었다. 오히려 천하를 놓고 다툰 영웅에 가까웠다. 그래서 더 위험했다. 아주 작은 차이와 큰 운이 조조를 승자로 만들었지만 원소에게도 기회는 얼마든지 있었다. 용운 자신이 만든 변화가 잠재력을 가진 원소를 승자로 만들어버릴 수도 있는 것이다.

용운은 본래, 이 세계에서 적을 만들지 말자는 주의였다. 하지만 어느 순간부터 원소에게는 유독 조심성 없게 대했다. 바로 그를 적으로 돌리기로 결심한 까닭이었다. 적이 자신을 미워하고 하찮게 볼수록 유리하다.

용운은 임관 때 공손찬에게 한 말을 늘 기억하고 있었다.

— 원소를 잡아먹는 방법을 알려드리겠습니다.

사사로운 원한은 없었다. 굳이 따지자면 조운의 능력을 알아보지 못한 정도. 그건 공손찬도 마찬가지였다. 그러나 용운이 당분간 공손찬에게 정착하여 세를 키우기로 결심한 이상, 원소와의 대결은 숙명이었다. 그 시작은 동탁 토벌전에서부터였다.

'우선 원소가 전공을 세울 기회를 최소화한다.'

제후의 전공은 여러 경로로 천하에 알려진다. 이는 의탁할 주군을 찾는 재인(才人)들의 관심을 끄는 요소가 되었다. 현대식으로 표현하자면 스펙이라고나 할까. 그 스펙을 더 쌓을 기회를 차단하는 것이다. 그게 아무리 작은 것일지라도.

또한 원소를 미묘하게 자극하여 화를 돋운다. 결과적으로 화는 판단력을 흐리게 만든다. 원소가 자리를 박차고 나간 것만 해도 그랬다.

일부의 제후들은 용운이 심하다고 생각했다. 그 이상의 제후들이 원소가 경솔하다 여겼다. 자신에게 쓸 만한 장수들이 없는 것을 왜 고군분투 중인 군사 탓을 한단 말인가?

공손찬은 용운을 흐뭇하게 바라보았다. 일부러 원소의 장수들을 제외하여 자신이 그를 조롱할 기회를 줬다고 여긴 것이다. 그의 생각은 반은 맞고 반은 틀렸다.

'진짜로 내보낼 만한 자가 없었다. 여기서의 원소에게는. 그래서 놀라웠어.'

있었다면 포함시켜서 죽게 했을지도, 라는 생각이 용운의 뇌리를 스쳤다.

'나도 뭔가 점점 독해져가는구나.'

용운은 쓴웃음을 지었다. 얼마 전 청몽의 일로 격분한 이후, 그런 현상이 두드러졌다.

'아니, 본래 성격이 돌아오는 건가?'

여포의 별동대에 맞서기 위한 특별부대는 총사령관인 공손찬과 제후들의 협조로 순식간에 조직됐다. 선발된 오십 명의 장수들에게는 가장 좋은 말이 주어졌다. 또 가려 뽑은 오백의 정병을 붙여주었다.

여포의 친위대인 삼백 흑철기는 물론 대단했다. 하지만 무려 칠만에 달하는 병사들 중에서 가려 뽑은 오백도 만만치는 않았다. 거기에 용운이 무의 기량 위주로 선발한 장수들만 오십이었다.

병사들의 능력이 비등하다고 가정했을 때. 오백의 기병이 삼백 흑철기와 싸우는 동안, 여포는 혼자 장수 오십을 상대해야 한다는 계산이 나온다.

'여포는 무적에 가깝지만 진짜 무적은 아니야. 그 증거로, 관우 한 사람을 끝내 쓰러뜨리지 못했다. 자룡 형을 이 겼다곤 하지만 형은 말도 안 탔던 데다 지금의 기량이 최고 도 아니고.'

사실, 용운은 검후 혼자서도 여포를 이길 수 있으리라 생 각했다. 청몽도 강하지만 그녀의 특기는 어디까지나 암습 과 경호다. 모습을 드러내는 순간, 이점의 반이 줄었다. 또 자신보다 수준이 낮은 다수의 적을 쓸어버리는, 소위 양학 (양민 학살)에 강한 면모를 보인다.

반면, 검후는 특급 장수 간의 일대일 대결에 최강으로 설 정되었다. 화웅을 벨 때 제대로 반영됐음을 확인했다.

'모르긴 해도 여포라도 화웅을 단칼에 베진 못했을 거 야.'

상대의 특기 발동에도 침착하게 대처한다. 거기에 기병 특성까지 가졌다. 태사자까지 더해지면 지려야 질 수가 없 을 것이었다.

마지막으로, 비장의 무기가 하나 더 있었다. 바로 용운이 개발하여, 공손찬군의 핵심부대가 대부분 쓰고 있는 등자였 다. 준비에, 준비에, 준비. 군사로서 용운의 개성대로였다.

이걸로 여포라는 야수를 잡을 덫이 완성됐다.

정예 별동대를 구성한 건 좋았다. 대신 연합군 본영에 남 은 장수가 확 줄어들었다. 장수는 곧 지휘관이다. 전력 저하만이 아니라, 지휘 전달 체계에 차질이 생긴다. 그러나 그것도 근 문세는 되지 않았다.

'무력 위주의 장수들로 선발했거든.'

실제로, 방어와 통솔에 뛰어난 조인, 맹장인 동시에 탁월한 지휘관인 손견, 연합군의 중심인 공손찬 등이 고스란히 남아 있었다. 제후들 자신 또한 곧 장수인 것이다.

그리고 어차피 남은 적장은 호진이 유일했다. 나머지는 모두 이름 없는 부장급이었다. 뛰어나오면 오히려 반길 판이었다.

그날 저녁, 여포군이 기습해온 직후였다. 미리 준비하고 있던 연합군이 대응했다. 하지만 어김없이 병사들을 잃었다.

흑철기의 치고 빠지는 공격은 무시무시했다. 알고도 피해 없이 막기 어려울 정도였다. 잠깐 교전하던 여포군은 퇴각을 시작했다. 이번에는 연합군도 구경만 하지 않았다.

"출발하세요!"

용운의 지시에, 오백오십의 별동대가 여포군을 추격하기 시작했다. 그들은 전원 최상의 준마를 타고 있었다. 용운은 맨 앞에서 달리는 태사자와 검후를 보며 기원했다.

'청몽이를 구출할 수 있길. 그리고 꼭 무사히 돌아오기를!'

그런 광경들을 바라보며, 열심히 뭔가를 기록하는 자가 있었다. 손견의 부장들 중 하나인 손분(孫賁)이었다. 성에서 알 수 있듯, 그는 손견의 친족이었다. 정확히는 조카가 된다. 본래 군의 현장을 지내다가 숙부 손견이 거병하자 관직을 버리고 그를 따랐다. 무예가 뛰어나지 못했고 장군감도 아니었다. 하지만 성격이 꼼꼼하고 재지(才智)가 있어, 다스리는 데 소질이 있었다.

이 전투에서 손분은 중요한 임무 한 가지를 맡고 있었다. 바로, 여기서 벌어지는 모든 일을 기록하여 한 사람에게 보내는 임무였다. 그 사람은 여강군 서현에 있었다. 오군보다 좀 더 서쪽 내륙에 위치했으며, 손견이 거병하며 아내와 아들을 두고 온 곳이었다.

며칠 후.

여강군의 서현은 난세임에도 불구하고 평화로운 분위기였다. 손견이 남긴 병력이 치안을 유지했으며, 그가 절대적으로 신뢰하는 누군가가 이곳을 살피고 있는 까닭이었다.

"선생님! 손분 님의 서신을 가져왔습니다."

파발꾼의 목소리에 한 남자가 부스스한 머리를 긁적이며 마당으로 나섰다. 작은 초옥의 마당이었다. 구석에 자그마한 텃밭이 있는, 얼핏 보면 평범한 마당이었다. 가운데 그려진 복잡한 도형만 아니라면.

"잇, 직접 나오신 걸 보니 이랑(伊琅) 님은 어디 가셨는지요?"

"장 보러 갔습니다. 그거 밟지 마세요."

남자가 말했다.

그는 큰 키에 체격이 훌륭했다. 덥수룩한 곱슬머리는 반백이었다. 그래도 피부에는 주름이 별로 없어 나이를 짐작하기 어려웠다.

"어이쿠, 죄송합니다. 새로운 걸 그리셨네요."

파발꾼이 당황하여 비켜섰다. 반백의 남자는 파발꾼에게서 한 보따리나 되는 죽간을 건네받았다. 그러더니 옆에 쌓아두고 그 자리에 서서 읽기 시작했다. 파발꾼은 이런 일이 익숙한 듯 조용히 마당을 나갔다.

잠시 외길을 따라 걸었을 때였다. 그의 맞은편에서 두 소년이 다가오고 있었다. 그들을 본 파발꾼이 정중히 인사를 했다.

"도련님들, 안녕하십니까."

둘 중 앞에 선 소년이 인사를 받았다.

"오랜만입니다, 송 아저씨. 아저씨께서 오신 걸 보니, 손분 형님이 보낸 서찰이 왔나 보죠?"

"맞습니다. 도련님."

"야호, 가서 읽어달라고 해야지!"

소년은 신이 나서 달려갔다. 그는 손견을 꼭 닮았다. 특히 강인한 부분을. 닮은 게 당연했다. 그 소년이야말로 손견의 장남인 손책(孫策)이었기 때문이다.

뒤에 남은 다른 한 소년이 파발꾼에게 난처한 듯 웃어 보였다. 관옥 같은 외모를 가진 소년이었다. 그 웃음을 본 이는 도저히 화낼 수가 없을 정도로.

"불쾌해하지 마세요, 송 아저씨. 아시다시피 백부(伯符, 손책의 자)는 뭐에 꽂히면 앞이 안 보이니까."

"하하, 알고 있습니다. 공근(公瑾) 도련님. 걱정 마세요."

"저한테까지 존칭을 하실 필요는 없는데……."

공근이라 불린 소년은 다시 머쓱하게 웃었다. 주유, 이것이 소년의 이름이었다. 훗날 성장하여 오의 대도독이 되는 천재다. 손책과는 피를 나눈 형제와 같은 벗이었다.

먼저 달려간 손책이 마당에 뛰어들었다. 죽간을 읽던 남자가 버럭 소리쳤다.

"책, 이 자식! 내가 그 그림 밟지 말라고 했지!"

"아차, 죄송합니다. 급해서 깜빡했어요."

"넌 뭐든 급하면 깜빡하는 그 성질, 고치라고 하지 않았느냐."

남자는 그 뒤에, 의미심장한 어조로 덧붙였다.

"그러다간 제 명에 못 죽을 게다."

"에이, 신 선생님. 또 무서운 소리 하시네. 그보다 서신이나 읽어주세요! 아버님과 연합군이 잘 싸우고 있나요?"

반백 곱슬머리의 장한, 진 선생이 피식 웃었다.

"뭐 그럭저럭. 그보다 재미있는 소식을 들었다."

"네? 뭔데요?"

뒤따라온 주유도 어느새 손책의 옆에서 눈을 반짝이고 있었다. 이때 손책과 주유의 나이는 둘 다 열다섯 살이었다. 요즘 둘의 가장 큰 낙은, 진 선생이라는 이 신비로운 사내에게서 전장의 소식을 듣는 거였다. 하지만 진 선생의 입에서 나온 말은, 두 소년의 기대와는 조금 다른 내용이었다.

"아무래도 내 아들이 거기 있는 모양이야."

11
여포의 패배

190년 1월 17일 새벽, 해가 뜨기 직전이었다. 천여 기의 인마가 연합군 진영을 빠져나갔다.

유비가 이끄는 부대였다. 물론 관우와 장비도 함께 있었다. 유비는 동탁 토벌전에 참여하기 전, 공손찬에게서 '별부사마(別府司馬)'라는 관직을 받았다. 별부사마는 독립부대의 대장이다. 총사령관 밑에 있으면서 개별 작전을 수행할 권한을 가졌다. 물론 그렇다고 해서 아예 군단에서 이탈할 수 있는 건 아니었다.

이에 유비는 미리 공손찬에게 말해두었다.

"백규 형, 나 병력 일천 정도만 가지고 따로 움직여도 되겠수?"

"뭘 하려고?"

"동탁 그놈을 식겁하게 해주려고. 난 어차피 형님 소속이니까, 잘되면 형님한테도 이득일 거요."

"뭐, 그런 건 상관없다만."

칠만 중 일천의 병력이었다. 공손찬은 설령 유비가 이대로 달아난다 해도 크게 개의치 않을 터였다.

"그래. 맘대로 해봐라."

그는 쾌히 승낙했다. 오히려 병력의 적음을 걱정하여 보태주려고까지 했다. 공손찬은 일생을 통틀어 유비에게는 한없이 관대했다. 좋고 싫은 사람의 구분이 너무나 뚜렷했다. 상대가 아무리 뛰어난 인재라도 마찬가지였다. 그게 공손찬이란 인간의 강점이자 약점이었다.

말의 몸뚱이에서 김이 무럭무럭 솟았다. 유비는 새벽길을 달리며, 며칠 전 용운과 나눈 대화를 되새겼다.

중상을 입은 조운을 의원이 데려간 후였다. 마음을 추스른 용운이 유비에게 말했다.

"앞서 화웅과 서영을 잡고 동탁군을 패퇴시켰을 때, 동탁군 깃발 몇 개와 갑옷 수백여 벌을 모아두었습니다. 그것들을 이용해 함곡관 안으로 들어가 점령하십시오."

"동탁군으로 위장하라는 소린가?"

"예. 일단 들어가면 끝난 거나 마찬가지입니다. 세 분의 무력이라면 안에서부터 점령하긴 생각보다 어렵지 않을 겁니다."

"왜 하필 함곡관이지?"

"머지않아 동탁은 반드시 낙양을 포기하고 장안으로 후퇴합니다. 아시다시피 함곡관은 장안으로 통하는 유일한 길목. 그곳을 점령해두었다가 동탁이 도착했을 때 앞뒤로 들이치면, 가장 큰 전공의 임자는 현덕 님이 될 것입니다."

용운은 자신의 호위무사를 구할 때까지 본영을 떠나지 않겠다고 선언했다.

"저도 곧 갈 테니 함곡관을 점령해두십시오. 기대해도 되겠죠?"

결국 유비가 먼저 출발하는 수밖에 없었다.

유비가 투덜거렸다.

"동탁이 낙양을 버리고 퇴각할 거라니. 게다가 장안으로……. 진짜 천도라도 하겠다는 건가. 이거, 정말 헛짓거리하는 거 아닐까? 믿을 거라곤 용운의 말뿐인데 거의 예언 수준이잖아. 이랬다가 동탁이 안 움직이면, 자칫 반란죄를 뒤집어쓸 수도 있다고. 관문을 무단 점령한 죄로."

옆에서 달리던 관우가 점잖게 대꾸했다.

"믿기로 했다면 끝까지 믿으시오. 어차피 되돌아갈 수도 없는 일 아니오."

"끙. 그건 그런데……."

이번에는 왼쪽의 장비가 말했다.

"그보다 형님들, 저는 함곡관을 점령할 수 있을지가 더 걱정인데요? 정말 이 깃발과 갑옷 가지고 하는 연극에 넘어갈까요? 안에 들어가기만 한다면야 자신 있긴 한데."

함곡관에는 수천의 병사들이 주둔하고 있을 터. 하지만 구조물 내부에서 그 수천이 한꺼번에 덤벼들기란 불가능했다. 지휘하는 자만 찾아서 굴복시키거나 제거한다. 그러면 병사들은 의외로 쉽게 항복시킬 수 있다.

갑옷은 이미 동탁군의 그것으로 갈아입었다. 유비와 관우, 장비의 안장 뒤에는 각자 깃발 두어 개가 실려 있었다.

"흥. 용운 녀석, 나를 시험하려는 게지. 계책은 줬으니 이걸로 함곡관을 점령하는 일 자체는 내 몫이라 이건가?"

유비는 씩 웃었다.

"걱정 마라. 그런 연기는 내 전문이니까. 그보다 이제 사수관에서도 어느 정도 멀어졌으니 슬슬 속도를 올리자. 건방진 군사 녀석이 오기 전에 보란 듯이 함곡관을 점령해둘 테니 말이야. 안 그런가, 관 형, 익덕?"

"물론이죠!"

장비가 신나서 대꾸했다.

'군사가 오면 성월도 올 거 아냐? 또 만날 수 있어! 난 아직 혼인…… 포기 안 했다고.'

관우도 엷은 미소를 띠었다. 그런 관우를 보던 유비가 고개를 갸웃거렸다.

"어? 그런데 관 형. 수염에 그 매듭은 뭐야?"

"무슨 매듭 말이오?"

"그, 턱수염 왼쪽에 묶인 것 있잖아. 아니, 얽힌 건가? 관형답지 않군. 수염을 엉키게 하다니."

"아 이거…… 별거 아니오. 눈도 좋으시군."

관우는 왼손으로 턱수염 끝을 어루만졌다. 거기에는 유비의 말대로 매듭이 있었다. 수염을 꼬아 작은 나비 모양으로 묶은 것이었다.

지난 새벽, 사린이 그렇게 만들어놓았다. 문득 그녀의 목소리가 귓가에 맴돌았다.

"아저씨가 얘기 들어줘서 짱 기뻤어요. 헤헤. 기분도 풀렸고요!"

"그렇다니 다행이구나."

"술은 같이 얘기하면서 마셔야 맛있는 거네요."

"앞으로 술 마시지 말거라. 어린 녀석이."

"끙…… 저 보기보다 나이는 안 어리다고요."

"그게 무슨 소리냐?"

"아이쿠, 언니들한테 혼나겠다. 아니에요."

말하던 사린은 갑자기 수염 끝을 묶기 시작했다.

"뭐, 뭐 하는 게냐?"

"요렇게, 요렇게. 헤헤. 저 까먹지 말라고 만드는 거예요. 아저씨는 수염을 무지 아끼는 것 같으니까, 이렇게 해놓으면 이거 볼 때마다 제 생각이 나겠죠?"

"내가 왜 널 생각해야 하는 거냐?"

사린이 눈을 동그랗게 뜨고 관우를 올려다봤다.

"우리 이제 친구잖아요. 술친구."

수염을 어루만지며 회상하던 관우는 또 웃었다.

'친구라.'

확실히 효과가 있긴 했다. 자꾸 그 녀석이 생각나는 걸보니.

옆에서 유비가 수상쩍은 눈길로 바라보았다.

'뭐야, 저거. 무서워. 관 형이 자꾸 웃어. 분명 뭔가 있는데? 계략인가?'

그로부터 약 보름 후였다. 사수관을 나온 여포군이 연합군 진영을 농락한 지 엿새가 지났다.

깊은 밤이었다. 여포와 흑철기들은 작은 개울가에서 휴식 중이었다. 오늘도 종일 말을 달리고 싸웠다. 검은 갑옷은 온통 먼지투성이에 피까지 묻어 엉망이었다. 얼굴에도 지친 기색이 역력했다.

몸까지 씻기에는 개울의 크기가 너무 작았다. 그나마 추운 날씨 탓에 반은 얼어 있었다. 흑철기들은 말이 개울 속에 발을 집어넣지 않도록 주의하면서 물을 먹이는 중이었다. 가뜩이나 식수가 부족한 상황에, 까딱 잘못하면 흙탕물이 되기 십상이었다.

"이제 백오십사 명 남았습니다."

조장의 보고에 여포는 묵묵히 고개를 끄덕였다. 적의 피해는 삼백 정도. 두 배에 가까웠다. 그러나 여포의 표정은 밝지 않았다.

적토마의 등을 어루만지던 손에 힘이 들어갔다. 몇 천의 적병도 피해 없이 괴멸시킬 수 있었다. 그게 그의 친위대의 능력이었다. 한데 사흘 동안의 추격전 끝에 무려 절반 가까이를 잃었다. 직접 훈련시키고 함께 먹고 잔 부하들이었다. 입맛이 썼다. 눈에 핏발이 섰다.

'빌어먹을.'

지난 사흘간 파악한 바에 의하면, 적은 약 오백오십 명. 그중에 장수급이 오십이나 있었다. 그들 하나하나가 서영의 부장 이몽보다 강했다. 생각지도 못한 조합에 허를 찔린 기분이었다.

먼저 적병 서넛이 흑철기 하나에 들러붙었다. 그러면 장수들 중 하나가 와서 공격을 가했다. 적 병사 두셋이 죽으면 흑철기 하나가 죽었다. 그렇다고 여포가 매번 도와주기도 어려웠다. 특별히 강한 자들 네다섯이 늘 견제한 탓이었다.

'알고 있었나, 가후? 생각보다 강하다. 중원의 저력은. 난…… 자만했었다. 제대로 이행하지 못했다. 나의 강함에 기댄 네 전략을…….'

여포는 특히 인상적인 자들을 기억해두었다.

우선, 늘 선두에서 자신들의 흔적을 귀신같이 쫓는 자가 있었다.

장합.

뛰어난 기마술을 자랑하며, 흑철기를 제일 많이 쓰러뜨린 자.

태사자.

죽음도 두렵지 않은 듯 끈질기고 우직하게 공격해오는 자.

우금.

한 발의 화살에 어김없이 흑철기 하나를 쓰러뜨리는 자.

하후연.

그 외에도 병사들을 적절히 통솔하여 늘 흑철기들을 고

립시키는 하후돈, 빈틈을 놓치지 않고 여우처럼 찔러오는 조홍 등이 경계 내상이었다.

하지만 가장 무서운 대상은 따로 있었다.

'검후…….'

여포는 검후와의 맞대결에서 두 번이나 밀렸다. 두 번째 싸움에서는 왼팔에 깊은 상처를 입었다. 놀랍게도 그녀는 두 번째 만났을 때 더 강했다. 다시 그녀를 만나면 이기리란 자신이 없었다. 하지만 곧 만날 터였다. 그게 느껴졌다.

"난 변방에 살았다. 어릴 때."

툭 던지듯 여포가 말했다. 적토마의 등에 드러누운 청몽을 향해서였다.

"…….."

청몽은 잠자코 여포의 얘기를 들었다. 기력이 점점 더 빠르게, 많이 빠져나갔다. 제한시간이 다가오는 탓이었다. 그 때문에 대답할 힘도 없었다.

하지만 꼭 그래서 듣기만 한 건 아니었다.

연합군의 별동대와 싸우는 추격전의 와중에도 여포는 청몽을 지극정성으로 돌봤다. 음식을 매번 직접 떠먹이는 건 기본이었다. 전투 중에도 다치지 않게 철저히 주의했다. 단기전에서 밀린 데는 그런 이유도 있었다. 물론 검후도 힘을 다 못 쓰긴 마찬가지였지만.

그 기억이 경계심을 조금이나마 줄여주었다. 이제 최소한 이 남자가 자신을 해치지 않으리라는 것은 알 수 있었다.

"흉노족이었다. 나의 어머니는. 아버지가 어머니를 붙잡아와서 태어난 게 나였다. 강제로 취해서."

그의 목소리는 밤의 황무지에 낮고 굵게 깔렸다.

"……."

"얼마 후 죽었다. 아버지는. 사소한 시비 때문이었다. 어머니가 날 키웠다. 기본을 어머니에게서 배웠다. 기마술도, 무예도. 흉노족의 것이다."

"……."

"그래서 여인을 해치지 않는다. 나는. 여인은 아이를 낳는다. 누군가의 어미가 된다. 보호해야 한다. 하지만 나는…… 그러지 못했다. 어머니를 잃었다. 눈앞에서."

청몽은 움찔했다. 잠시 후, 그녀가 말했다.

"안됐네."

여포의 손이 뻗어와, 그녀의 뺨을 어루만졌다.

"내가 유일하게 사랑한 여자였다. 나의 어머니는. 넌…… 나의 어머니를 닮았다."

청몽은 여포가 서투르게 말한 사랑의 의미를 이해했다. 어머니를 이성으로서 사랑한 게 아니다. 일종의 숭배와 같은 감정이었다. 그에게는 어머니야말로 이상적인 여인 그 자체였던 것이다.

"…… 이미니께서 겁나 미인이셨나 보네."

청몽의 말에 여포는 피식 웃었다.

"흉포했다. 너처럼. 그러면서 아름다웠다."

"그래, 고오맙다."

웃던 여포의 얼굴이 어두워졌다.

"느껴진다. 너의 기력이 쇠해가는 것이."

"그래서 내가 말했잖아. 멍청아."

"죽게 되는 건가? 이대로라면?"

"그 전에 네가 큰언니한테 죽을걸?"

"검후 말인가. 쌍검을 쓰는. 훗. 그럴지도."

청몽은 의아하다는 표정으로 고개를 들었다. 여포가 저런 약한 모습을 보인 건 처음이었다.

그때였다. 주변을 경계 중이던 수하가 달려왔다.

"옵니다!"

"벌써…… 빠르군."

여포는 청몽을 적토마에서 끌어내렸다. 이어서 팔을 묶고 있던 사슬낫을 풀었다.

"뭐 하는 거야?"

"죽을지도 모른다. 나는. 이번의 싸움에서."

"……그거 잘됐네."

"가만두지 않을 거다. 그러면. 그대를…… 죽일 것이다.
나의 부하들이."

확실히 이대로 묶여 있으면 당할 수밖에 없다. 싸우기는
커녕 달아날 기운도 없는 상태였다. 결박을 풀어주며 여포
가 물었다.

"무력이 뛰어난 장수들을 모아 별동대를 조직했다. 소수
의 장수로 정예병을 지휘하는 대신. 네 주군의 계략인가. 이
것은?"

"그럴걸? 주군은 완전 천재니까."

"그렇군. 궁금해졌다. 진용운이라는 자가."

여포는 강한 무력이야말로 최고라 생각했다. 하지만 가
후와 용운을 겪으면서 생각이 바뀌었다. 그는 청몽을 일으
켜 눈을 들여다보았다.

"가라. 싫다. 또 지키지 못하는 것은."

"……너 그러다 진짜 죽어. 언니가 나 때문에 제대로 못
싸운 건 알지?"

"마찬가지다. 나 또한."

"후회하지 마라?"

청몽은 여포의 손을 뿌리치고 비척비척 걸었다.

여포와 흑철기들이 말없이 그녀를 바라보았다. 걷던 그
녀가 고개를 돌려 외쳤다.

"그냥 튀어, 멍충아! 할 만큼 했잖아."

"걱정해주는 건가?"

"아니거든? 어쨌든 날 풀어줬으니까 찜찜해서. 빚진 기분이 드는 게 싫어서 그런다. 왜!"

"오지 않았다. 퇴각 신호가. 그리고 그 여인과 싸워보고 싶다. 서로 아무 제약 없이."

"어휴, 난 몰라. 모른다고!"

좀 더 걷던 청몽이 다시 뒤를 돌아보았다. 여포는 여전히 그 자리에 서서 그녀를 보고 있었다. 그녀가 작게 중얼거렸다.

"저 무식한 놈, 죽든 말든 알 게 뭐람."

말과 달리, 청몽의 눈동자는 흔들리고 있었다.

두 발의 불화살이 날아오른 건 그때였다. 사수관에서 쏘아올린 가후의 퇴각 신호였다. 흑철기들이 반색하며 미미하게 동요했다.

그때, 힘찬 기합과 말발굽소리가 사방에 울렸다. 연합군의 별동대가 추적해온 것이다. 맨 앞에 장합과 태사자 그리고 검후가 보였다. 흑철기들의 동요가 더욱 커졌다.

가후는 사수관 성벽 위에 결사대 수백을 남겼다. 그들로 하여금 각자 두 개씩의 횃대를 들렸다. 그 상태로 밤마다 분주히 성벽을 오가게 했다. 낮에는 교대한 병력이 깃발을 흔들고 빈틈없이 활을 겨누고 있었다.

연합군은 이미 공성전에서 큰 낭패를 봤다. 거기다 여포의 별동대가 유격전을 활발히 펼쳤다. 자연히 사수관을 공격할 엄두를 내지 못했다.

그렇게 시선을 돌린 가후는 퇴각을 개시했다. 매일 일정 시간을 두고 조금씩 병력을 내보냈다. 방금 전의 불화살은 동탁군 대부분이 관문을 빠져나갔다는 뜻이었다. 여포는 무사히 임무를 완수한 셈이었다.

하지만 그는 퇴각하지 않았다. 그 혼자라면 충분히 달아날 수 있었음에도.

잠깐 눈을 감았다 뜬 여포가 수하들에게 말했다.

"수치를 당했다. 우리는. 나는."

"……."

"내몰렸다. 사냥개에게 쫓기는 사슴들처럼. 최강이라 자부하던 우리가 말이다."

"……."

"이러고 도망치는 게, 너희의 대장이 등을 돌리는 게 너희가 바라는 일인가? 굴욕적으로 살아남는 것이?"

"아닙니다!"

흑철기들이 입을 모아 외쳤다. 여포는 방천극을 쥐고 적토마에 올랐다.

"싸운다, 나는. 마지막까지. 그게 여포 봉선의 방식이다. 달아나도 좋다. 살고 싶은 자는."

흑철기들이 달아나기에는, 실상 불화살이 오른 시점에서 이미 늦은 후였다. 전원 적토마를 탔다면 모를까.

여포는 그 사실을 알고 있었다. 이에 백오십의 수하를 버리고 혼자 달아나느니, 함께 싸우다 죽기로 결심했다. 하지만 그리 말하면, 수하들은 목숨을 바쳐서라도 자신을 도피시키려 할 것이다. 이에 일부러 퇴각이 수치임을 강조했다.

여포는 자신의 무를 믿어보기로 했다. 죽기 전까지는 죽은 게 아니니까.

"따르겠습니다!"

흑철기들은 다시 한 번 소리쳤다. 여포는 딱히 만류하지도, 칭찬하지도 않았다. 그는 숨을 크게 들이쉬어 가슴을 부풀렸다.

"흐아아아아!"

이어서 우렁찬 함성과 함께 튀어나갔다. 뭔가 털어낸 듯 상쾌하기까지 한 함성이었다. 그 뒤를 남은 백오십여 기의 흑철기가 따랐다. 가까워지는 그들을 마주한 장합이 중얼거렸다.

"뭔가 느낌이 달라졌군."

검후는 여포의 뒤에 청몽이 없음을 눈치챘다. 그녀의 마음이 조급해졌다.

'뭐지? 달아났나? 살아 있는 건 확실한데.'

이리 된 이상 여포를 제압하고 청몽을 찾는 수밖에 없다. 그녀는 빠른 투로 장합과 태사자에게 말했다.

"여포는 제가 맡겠습니다. 두 분께선 흑철기들을 막아주십시오."

검후는 일대일의 대결에서는 가히 최강. 하지만 옆과 뒤의 협공에 약해지는 경향이 있었다. 물론 약해졌다 해도, 일반 병사가 공격을 성공시키기는 어려운 수준이었다. 다만, 흑철기는 일반 병사의 수준을 상회했다.

여포와의 대결에 전념할 수 있는 환경이 필요했다. 장합과 태사자는 지난 사흘 동안, 검후를 한 사람의 무인으로서 진심으로 존경하게 되었다. 둘은 검후의 부탁에 쾌히 응했다.

"그러지요."

"알겠습니다."

두 무장이 각각 양옆으로 갈라져 나갔다. 곧 여포와 검후가 정면으로 격돌했다.

쩌엉! 여포의 방천극이 검후의 총방도와 부딪쳤다. 눈을 가늘게 뜬 검후가 여포에게 물었다.

"청몽이는 어디 있습니까?"

"죽였다. 내가."

"……거짓말을 하시는군요."

"딤버라. 그리 알고. 그대의 온 힘을 다해서."

"감당할 수 있겠습니까?"

순간, 적토마가 한 걸음 앞으로 나섰고, 투콱! 쩡! 방천극이 채찍처럼 날아왔다. 길이를 감안해도 비정상적인 사정거리였다. 더구나 분명 직선 무기임에도 불구하고 기묘하게 구부러졌다. 실제로 구부러진 게 아니라, 그리 느끼게 만드는 것이었다. 긴 팔 끝에서 방천극이 요동치는 까닭이었다. 이 두 가지가 상대를 현혹했다.

이는 여포의 유연한 상체에서 비롯되었다. 거기에 적토마의 높은 위치와 반응이 더해졌다. 즉 늘 팔 길이 하나는 더 멀고 머리 하나는 더 높은 위치에서 '한 발 한 발이 일격필살인' 공격들이 끝없이 날아오는 것이다. 공격을 받는 입장에서는 악몽과 같았다.

단, 상대가 검후라면 얘기가 달랐다. 그녀는 총방도로 충실하게 공격을 막아냈다. 특별히 빠르게 움직이는 것 같진 않았다. 그런데 정확하게 방어 포인트를 잡고 있었다. 여포는 마치 태산을 상대하는 느낌을 받았다.

'이 여인은 대체……'

그사이 별동대와 흑철기들은 사투를 벌였다. 흑철기 하나를 베어 넘긴 태사자가 외쳤다.

"조심하십시오. 준예(장합) 님! 적들의 기세가 만만치 않습니다."

장합은 특유의 침착한 음성으로 답했다.

"알겠습니다. 염려 마십시오."

둘 다 스물넷 동갑이었다. 태사자는 나이답지 않게 냉철하고 통찰력이 있는 장합에게, 장합은 고지식한 듯하면서도 필요할 때는 과감한 태사자에게 호감을 느꼈다. 그러다 보니 자연히 함께 싸우는 일이 많아졌다. 둘은 말머리를 나란히 하고 전장을 누볐다.

이 전투는 결과적으로 용운에게 뜻밖의 수확을 안기게 된다.

죽기를 각오한 흑철기의 위력은 무시무시했다. 연합군 별동대의 병사들이 계속 쓰러져갔다. 오십 인의 장수들 중에서도 사상자가 나왔다. 하지만 워낙 강자들만 모아놓은 부대였다. 검후가 여포를 철저히 봉쇄한 것도 한몫했다. 차가운 땅에 몸을 누이는 흑철기가 늘어났다.

청몽은 근처의 암벽 뒤에 숨어 전투를 지켜봤다. 검후의 승리를 믿어 의심치 않았기에 가능한 행동이었다. 또 섣불리 나섰다가 흑철기들이 자신을 인질로 삼기라도 하면 여포에게도, 검후에게도 방해였다.

'언니가 이길 거야. 하지만 저 자식이 죽는 건…… 어쩐지 싫어. 내가 왜 이러지?'

그러기를 두 시진(약 네 시간) 후, 희뿌옇게 동이 터올 때쯤 승부는 끝났다. 개울이 피로 시뻘겋게 물들었다.

여포는 어느새 혼자가 되어 있었다. 그는 탄복하다 못해 경악스러운 투로 말했다.

"진정 강자로구나. 그대는."

"……제가 하고 싶은 말입니다."

여포 못지않게 검후도 놀랐다. 그녀는 자신이 단기전에서는 누구에게도 지지 않는다는 사실을 알고 있었다. 용운에게 들은 것도 있지만 그 전에 본능적으로 깨닫게 됐다. 이 세계에 나타난 순간부터. 갓 태어난 아기에게 숨 쉬는 법을 가르치지 않아도 아는 것과 마찬가지였다. 거기에 관우와의 비무를 거치면서 확신이 더해졌다.

그런데 네 시간이 지나도록 여포를 쓰러뜨리지 못했다. 물론 필단검은 뽑지 않았고 최강의 특기도 쓰지 않긴 했다. 그래도 놀라운 일이 아닐 수 없었다.

"즐거웠다. 하지만 이제 끝내야겠지. 슬슬."

"저도……."

검후는 무심코 대답하다가 깨달았다. 자신 또한 여포와

의 대결이 즐거웠다는 것을. 그래서 그를 일격에 죽일 수 있는 특기를 발동하지 않았다는 사실을. 물론 청몽이 살아 있음이 느껴졌기에 한 행동이긴 했다. 그래도 그녀는 자신에게 화가 났다. 여포는 엄연히 적이 아닌가.

'이 무슨…… 주군께 폐가 될 일을!'

검후는 입술을 질끈 깨물었다.

촤촤촤촥! 어느새 여포를 둘러싼 장수들이 일제히 창검을 겨눴다. 다른 장수들은 좀 떨어진 위치에서 포위망을 만들었다. 적토마의 능력을 봤던 까닭이었다. 순식간에 이중, 삼중의 포위망이 만들어졌다.

여포는 주위를 둘러보며 말했다.

"하지 않아도 된다. 그렇게. 도망치지 않는다."

도망치지 않는다는 것은 이 상황에서도 싸우겠다는 뜻. 이때 용운이 있었다면, 여포의 머리 위로 일제히 떠오르는 붉은 글자들을 봤을 것이다.

비장(飛將)

분기(奮起)

돌파(突破)

인마일체(人馬一體)

위기감지(危機感知)

비장으로 여포의 모든 능력이 50퍼센트 상승. 분기로 자기 자신의 전투력 30퍼센트 상승. 돌파로 정면의 적을 분쇄하는 능력 부여. 인마일체로 적토마의 반응속도 및 능력 상승. 위기감지로 치명적인 공격의 자동 회피 추가.

여포가 가진 최고의 강점은 이것이었다. 한꺼번에 다섯 개까지 특기를 쓸 수 있다는 것! 특기 발동은 몰랐지만, 그의 기세가 폭발적으로 증가하는 것을 몇몇 장수들이 느꼈다.

그중 하나인 조홍이 외쳤다.

"모두 조심하시오!"

그 말이 끝나기 무섭게 여포가 돌진해왔다. 목표는 하후연이었다. 퇴각을 가정했을 때, 그의 궁술이 제일 위협적이라고 판단한 까닭이었다. 의도를 착각한 하후연의 얼굴이 벌게졌다.

"내가 만만하더냐!"

하후연은 활 대신 검을 뽑아들고 휘둘렀다. 돌파 특기가 활성화된 여포를 막기엔 역부족이었다. 그 검을 쳐낸 방천극이 하후연의 목을 노렸다.

하후연은 다급히 상체를 틀었다. 그의 목 옆에 길게 상처를 낸 방천극이 회수됐다. 이어서 곧바로 다시 튀어나왔다.

"헉!"

대경한 하후연의 얼굴을 창날이 찌르기 직전, 챙! 하후돈의 언월도가 방천극을 쳐냈다. 그때 왼쪽에서는 장합이, 오른쪽에서는 태사자가 여포를 공격해갔다.

인마일체. 길게 울부짖은 적토마가 몸을 90도로 틀었다. 자연 태사자를 정면으로 마주 보게 됐다. 그의 정수리로 방천극이 채찍처럼 떨어졌다. 동시에 적토마가 힘차게 뒷발질을 했다.

"치잇!"

태사자는 쌍극을 교차하여 급히 공격을 막았다. 쩌엉! 태사자의 상체가 크게 젖혀졌다. 생각 이상의 위력에 그가 눈을 부릅뜨는 순간, 장합이 탄 말의 머리가 퍼석 하고 터져나갔다. 적토마의 발길질에 맞은 결과였다. 즉사한 말이 고꾸라지며 장합도 균형을 잃었다.

휘잉! 적토마는 다시 180도를 돌았다. 앞으로 구르는 장합의 등에 방천극이 날아왔다. 막 그가 꼬치 꼴이 되기 직전, 수평으로 크게 휘두른 대도가 방천극을 튕겨냈다.

원술의 상장, 이풍이 끼어든 것이다. 튕겨나간 방천극이 허공을 한 바퀴 돌아 그대로 여포의 몸 주변을 휘몰아쳤다.

"허?"

이풍의 목이 둥실 떠올랐다. 몸뚱이는 말 아래로 떨어져 바닥을 뒹굴었다.

"이노옴!"

동료의 죽음에 분노한 장훈이 달려들었다. 이풍과 더불어 원술군에서 출진한 자였다.

"안 됩니다!"

검후가 다급히 나섰으나 이미 늦은 후였다.

우직! 장훈의 안면에 방천극이 꽂혔다. 부릅뜬 그의 눈에서 순식간에 빛이 사라졌다.

"……베겠습니다."

마침내 검후가 필단검을 뽑았다. 그녀는 왼손에 총방도, 오른손에 필단검을 들고 양팔을 펼쳤다.

여포가 이를 드러내고 웃었다.

"오라."

특기 발동, 일진검풍(一陣劍風)

죽음을 부르는 돌풍이 휘몰아쳤다. 다른 장수들은 감히 더 이상 끼어들지 못했다. 여포는 괴성을 지르며 거기에 맞섰다.

"크아아아아아!"

서경! 두 합 만에 방천극이 잘려 날아갔다. 콰득! 이어서 총방도가 왼쪽 어깨를 찍었다. 그러잖아도 부상당한 팔이었다. 여포의 왼팔이 축 늘어졌다.

적토마가 안타깝게 울부짖었다.

검후의 필단검이 여포의 허리를 가르기 직전.

우웅! 공기가 기이하게 떨리더니, 여포가 사라졌다. 적토마와 함께, 말 그대로 사라진 것이다.

"아니?"

여기에는 냉정한 검후도 놀라지 않을 수 없었다. 그녀는 다급히 주위를 둘러보았다. 그녀뿐만 아니라, 다른 장수들도 마찬가지였다. 다들 어안이 벙벙해진 채로 굳어버렸다.

하지만 어디에도 여포의 모습은 보이지 않았다. 적토마가 서 있던 자리에는 약간의 핏자국만 남아 있었다.

"이 무슨 기사(奇事)인가……."

떨리는 하후돈의 목소리가 모두의 마음을 대변해주었다. 차가운 바람이 휘몰아쳤다.

12
·
재회

여포군과 별동대의 전투가 벌어진 자리에서, 현대의 단위로 약 1킬로미터 밖. 좁은 협곡 사이에 한 무리의 인마가 나타났다. 거대한 붉은 말은 적토마요, 정신을 잃고 누군가에게 업힌 남자는 여포였다. 적토마의 고삐를 잡은 대머리 사내가 말했다.

"이 아이, 엄청 흉포하다더니. 제 주인을 구하려는 걸 아는지 얌전한데요?"

그는 근육질 몸에 험상궂은 인상이었다. 외모와는 달리, 말씨는 매우 사근사근했다. 사용하는 어휘도 부드러웠다. 목소리 톤 또한 남자치고 높고 가는 편이었다. 몸에 밀착된 흰색 반팔 셔츠를 입고 있었다. 한겨울의 차가운 바람에도 추운 기색이 없었다.

여포를 업은 남자는 긴 코트를 걸치고 있었다. 코트 안은 낡은 군복 차림이었다. 챙이 긴 모자를 깊이 눌러써서 얼굴은 잘 보이지 않았다.

"영물에 가깝다니 그럴 수도 있겠지……. 그나저나 초정, 내 옆구리 좀 살펴봐. 아오, 쌍. 엄청 뜨끔거리네. 나도 그 망할 년한테 당했나봐. 그 빌어먹게 엄청난 베기는 대체 뭐야? 왜곡시키는 중인 공간을 같이 잘라버렸어. 미친……."

대머리 사내 초정이 호들갑을 떨었다.

"어머! 팽기 형. 옆구리에 검상이 났어요!"

"내 그럴 줄. 씨발. 어느 정도인데?"

"여포는 내장이 튀어나오기 직전이고 형은…… 어머, 웬일이야. 속 근육이 드러났네요. 피도 엄청 나요. 아, 피 무서워……."

팽기라 불린 남자는 어이없다는 듯 웃었다.

"뭐 하고 섰어. 병신아. 얼른 닥터 안한테 받은 구급키트 써. 여포한테도 나한테도."

"아, 예, 예. 알았어요."

초정은 바지 주머니에서 캡슐 두 개를 꺼냈다. 반은 흰색, 반은 붉은색의 엄지손가락만 한 캡슐이었다.

"어, 누구한테 먼저 써야 해요?"

"여포한테 써. 내장 튀어나올 지경이라며. 이 인간 뒈지면 큰일 나잖아."

"예, 그럴게요."

초정이 여포의 옆구리에 대고 캡슐을 반으로 쪼갰다. 그러자 그 안에서 흰 액체가 분사되었다. 길게 갈라진 옆구리의 상처가 액체에 덮여 고정됐다. 출혈도 즉시 멎었다.

팽기가 초조한 투로 물었다.

"어때, 괜찮아?"

"예. 피는 안 나요. 이제 형도 치료할게요."

"얼른 해. 느려 터져가지고."

위원회 지살 제43위, 천목장(天目將) 팽기(彭玘).

위원회 지살 제98위, 몰면목(沒面目) 초정(焦挺).

이게 두 남자의 정체였다.

여포가 검후에게 반 토막 나기 직전. 팽기의 천기인 '공간왜곡(空間歪曲)'으로 그를 구해온 것이다. 공간왜곡은 일정 범위 내의 공간을 일그러뜨려 거리를 좁히거나 늘리고, 특정 대상에 닿는 가시광선을 반사시켜 투명화시킬 수 있는 능력이었다. 투명화, 왜곡으로 위치 변경, 거리 변경의 과정을 거쳐 여포와 적토마, 초정을 빼돌렸다.

지살급의 최고위는 37위인 주무다. 팽기는 그보다 여섯 계단 아래였다. 상당한 고위급인 셈이다. 그만큼 강력한 천기를 가졌다.

팽기가 중얼거렸다.

"벌써 죽으면 곤란하지, 여포 님. 우리 제국의 새로운 '왕' 후보자로 선택된 분이니 말이야. 일단 지금은."

용운은 아침부터 초조하게 진영 외곽을 어슬렁거렸다. 별동대를 기다리고 있는 것이다. 여포와 추격전을 시작한 지도 사흘째였다. 여포군은 생각보다 더 강인하고 끈질겼다. 도주를 거듭하면서 때로 날카로운 반격을 가했다. 별동대가 귀환할 때마다 사상자도 점점 늘어나고 있었다.

용운은 검후를 굳게 믿었다. 관우도 이긴 그녀가 아닌가. 하지만 눈앞에서 본 여포의 강함이 그를 불안하게 만들었다.

"주군, 막사 안에 들어가서 기다리세요. 그러다 감기라도 걸리시면……."

성월이 걱정스레 말했다. 아닌 게 아니라, 용운의 입술은 추위로 파랗게 질려 있었다.

"난 괜찮아. 에취!"

답하던 용운은 재채기를 하고 말았다.

그때, 등 뒤에서 반가운 목소리가 들려왔다.

"녀석. 벌써 감기에 걸린 게 아니냐?"

용운이 고개를 돌렸다. 시선이 닿은 자리에 미소를 머금은 조운이 서 있었다. 용운은 한달음에 달려가 그에게 매달렸다.

"형님!"

익숙한 손길이 부드럽게 머리를 쓰다듬었다.

"걱정을 끼쳐서 미안하구나."

"이제 다 나으신 거예요?"

"그래, 괜찮다. 나가서 싸워도 될 정도야. 의원의 말이, 놀랄 정도로 회복이 빠르다더구나."

"정말 잘됐어요! 그래도 아직 싸우시는 건 안 돼요."

"하하, 알았다."

용운은 조운에게 살짝 대인통찰을 사용해보았다. 그래도 못내 걱정이 되어서였다.

무력(武力) 93
통솔력(統率力) 78
지력(智力) 68
정치력(政治力) 55

조운 자룡
(趙雲 子龍)

조가창법(趙家槍法)
분기(奮起) 섬전(閃電)
냉정(冷靜) 불굴(不屈)
돌파(突破)

매력(魅力) 74
호감(好感) 97

데이터를 확인한 용운이 눈을 빛냈다.

'엇, 자룡 형의 능력치가 변했잖아!'

동탁 토벌전이라는 실전에서 활약한 덕일까. 무력이 91에서 93으로, 통솔력도 75에서 78로 올라 있었다. 지력도 3, 매력도 2만큼 상승했다. 게다가 '불굴(不屈)'이라는 특기도 생겼다. 다만, 정치력은 오히려 58에서 55로 떨어졌다.

'주군인 공손찬에 대해 실망한 까닭이겠지. 무관 쪽 직책을 받아 바로 참전하면서 정치에 관여할 일도 없었고.'

용운은 무엇보다 자신에 대한 조운의 호감도가 97이라는 게 뿌듯했다. 이 정도면 가족 이상이고, 상대를 위해 목숨도 걸 수 있는 수치였다. 하긴, 이미 실제로도 그랬다.

'나만 형을 귀히 여기는 게 아니었어. 기분 좋다, 헤헷!'

그때 진지한 표정이 된 조운이 말했다.

"운아, 그런데…… 얼마 전에 내게 뭘 한 것이냐?"

"네?"

"아무리 회복력이 좋아도 이렇게 빨리 나을 부상이 아니었다는 건 내가 제일 잘 안다. 당시엔 죽을 수도 있다고 생각했었으니까. 한데……."

조운은 용운의 앞에 한쪽 무릎을 꿇고 앉았다. 눈높이를 맞춘 그가 말을 이었다.

"누워 있는 동안 너를 느꼈다. 거의 숨이 넘어가기 직전이라고 생각했던 때였다. 네가 내 가슴에 뭔가를 올려놓자 숨쉬기가 편해졌고 그리로 따스한 기운이 밀려들어왔다."

"……."

조운은 그때 나비를 보았었다. 푸른 나비였다. 나비가 있을 수 없는 계절이었고 더구나 파란색 나비는 태어나서 한 번도 본 적이 없었다. 그는 자신이 헛것을 봤다고 생각하고 그 얘기는 굳이 하지 않았다.

"그리고 오늘 문득 널 처음 만났을 때의 생각이 나더구나. 비정상적으로 상처가 빨리 나았던……. 그것과 관계가 있느냐?"

조운의 눈빛이 걱정으로 흐려졌다.

"추궁하려는 게 아니다. 고통은 가셨지만 어쩐지 기분이 이상했다. 행여 나를 낫게 하기 위해 너에게 뭔가 부작용이 생기는 일을……."

"아니요! 아닙니다."

의외로 조운은 감이 예리했다. 용운은 뜨끔해서 얼른 손을 내저었다. 그리고 그의 주의를 돌릴 만한 얘기를 생각해 냈다.

'검후, 미안.'

마음속으로 사과한 용운이 조운에게 귓속말을 했다.

"형님, 그게 실은……."

"……."

듣고 있던 조운의 얼굴이 점점 붉어졌다. 그때, 경계를 서던 병사가 외쳤다.

"돌아옵니다! 별동대가 돌아오고 있습니다."

조운이 벌떡 일어섰다. 용운도 얼른 돌아서서 달리기 시작했다. 그의 눈에, 맨 앞에서 말을 몰고 오는 검후가 보였다. 뒤에서 손가락으로 브이 자를 그리고 있는 한 여인의 모습도.

"……청몽!"

청몽은 말에서 가볍게 뛰어내렸다. 그 움직임으로 보아, 완전히 회복됐음을 알 수 있었다. 용운에게 가까워진 덕이었다. 그녀는 머리를 긁적이며 수줍게 말했다.

"헤헤, 주군, 저 왔어요."

"청몽!"

용운이 자기도 모르게 팔을 뻗어 청몽을 안으려 할 때였다. 한발 먼저 뛰어나가 그녀에게 매달린 사람이 있었다. 바로 사린이었다.

"끄으으아아아아으아앙, 언니!"

"막둥아, 잘 있었어?"

"언니, 난, 흐끅. 그때 잡혀가서…… 못 구해서…… 이제, 언니…… 흐그엉!"

"그래그래, 알았어. 괜찮아."

청몽이 두서없이 웅얼대는 사린의 등을 쓸었다. 성월도 청몽의 옆에 가서 섰다. 그녀의 눈가에 살짝 눈물이 맺혔다.

"고생했어요, 언니."

"면목이 없다. 흐흐. 야, 뭐 먹을 것 좀 줘봐."

용운은 쓴웃음을 지으며 팔을 내렸다.

'이런. 난 꼴찌네.'

그래도 보기 좋은 광경이었다. 문득 청몽과 그의 눈이 마주쳤다. 얼굴을 살짝 붉힌 청몽이 고개를 숙여 보였다. 그녀가 무사히 돌아왔다는 것, 곁에 있다는 것, 그 사실만으로도 용운은 가슴이 벅차올랐다.

이제부터 그녀는 또 변함없이 늘 용운을 지킬 것이다. 가장 가까이에서.

'그래, 지금은 이걸로 만족하자.'

검후가 용운에게 다가와 보고를 올렸다.

"주군, 작전 끝내고 귀환했습니다. 보시다시피 부여받은 가장 중요한 임무인 청몽이의 구출에도 성공했습니다."

"응, 정말 수고했어."

"아군 부상자 127명, 사망자는 병사 210명, 부장 16명입니다."

"생각보다 피해가 크네……. 적은?"

"여포군 전원 사망했습니다. 단⋯⋯."

검후는 당혹스러운 표정을 지었다.

"여포는⋯⋯ 행방불명입니다."

"응?"

검후가 허리를 숙이고 목소리를 낮췄다.

"말 그대로 갑자기 사라졌습니다. 제가 보는 앞에서요."

그녀가 허언을 할 리 없었다. 또 본 사람이 그녀뿐인 것
도 아니라 했다.

잠시 생각하던 용운은 한 가지 결론을 내렸다.

'위원회가 개입했나?'

말과 사람이 눈앞에서 순식간에 사라졌다. 일종의 초자
연적인 현상이라고 할 수 있었다. 위원회 외에는 다른 이유
가 떠오르지 않았다.

용운은 위원회가 '천기'라는 초능력을 가졌다는 사실을
잘 알고 있었다. 왕정륙이라는 자는 인간을 넘어선 속도로
움직였다. 번서는 남과 똑같은 모습으로 변신했다. 그런 판
에 순간이동이라고 못하겠는가?

'어떻게 집단으로 그런 능력을 갖게 됐는지, 여전히 불가
사의하지만 말이야.'

그 외에도 마음에 걸리는 부분이 있었다. 왜 하필 여포를
구해갔느냐 하는 거였다.

'이것들이 또 무슨 수작을 부리려고…….'

여포를 회유하여 위원회의 편으로 만들기라도 하려는 걸까. 아니면 위원회는 동탁의 세력에 속한 것인가? 점차 그들의 움직임이 가시화되고 있었다.

어쨌든 여포는 무사히 빠져나갔다고 봐야 했다.

보고를 마치고 물러서던 검후와 조운의 눈이 마주쳤다. 검후가 잔잔히 웃으며 말했다.

"이제 다 회복되신 모양이군요. 다행입니다."

"예! 그, 저, 덕분에……."

조운은 당황해서 말을 더듬었다. 용운이 조금 전 알려준 사실 때문이었다.

— 형님, 실은…… 검후가 형님의 입을 통해서 숨을 불어넣은 거예요. 그게 우리 사문에 전해지는 비전의 치료법이거든요. 그래서 죽음 문턱까지 갔다가 생환하신 겁니다. 한때 심장도 멈췄었다고요.

'입을 통해서 숨을 불어넣어 나를 살렸다고? 저 여인이…… 검후 님이…….'

조운은 자기도 모르게 검후의 입술을 보았다. 그린 듯 아름답고 붉은, 촉촉한 입술이었다.

'며칠 밤새 추격전을 벌이셨다 들었는데, 어찌 저리 흐트러진 곳 하나 없는가. 저분은…….'

입술을 보던 시선이 그녀의 목덜미로 향했다. 순간, 조운의 얼굴이 불타는 듯 뜨거워졌다. 그는 얼른 눈을 내리깔고 고개를 푹 숙였다.

마침 조운을 본 검후는 고개를 갸웃거렸다.

'왜 저러시지?'

임무를 마친 별동대는 각자의 부대로 해산했다. 간단한 연회가 그들을 기다리고 있었다. 용운은 검후 및 태사자와 함께 공손찬의 막사로 향했다.

태사자가 대표로 공손찬에게 결과를 알렸다. 정중히 포권을 취한 그가 말했다.

"하여 적 병력 전원을 참살했으나 여포는 포위망을 뚫고 도주했습니다. 다만, 사수관 쪽은 아닙니다."

이리 말할 수밖에 없었다. 눈앞에서 사라졌다고 어찌 고하겠는가? 돌아오는 길에 이미 포위망을 구성했던 장수와 병사들에게도 일러둔 터였다.

하긴 어차피 알려져도 믿지 않을 얘기였다. 십중팔구 여포를 놓친 뒤의 변명이라 여길 터. 그럴 바엔 그냥 처음부터 놓쳤다고 말하는 게 낫다.

"거참, 번번이 잘도 달아나는구나. 적토마 덕분이겠지."

공손찬은 입맛을 다시며 아쉬워할 뿐 더 이상 캐묻지 않았다. 그는 장수들을 치하하고 상을 약속했다. 흑철기 삼백을 전멸시킨 것만도 큰 공이었다.

"하하! 놈들이 얕은 수를 쓴 걸 보니 더 버티기 어려워졌다는 뜻이다. 이제 곧 사수관도……."

그때, 용운이 조심스레 입을 열었다.

"태수님, 그 건으로 드릴 말씀이 있습니다."

"응? 뭔가."

청몽은 여포가 별동대와 조우하기 직전의 일을 용운에게 전했다. 밤하늘로 불화살을 이용한 신호가 올랐다고. 그것을 본 흑철기 중 하나가 무심코 "퇴각이 끝난 모양이구나"라고 내뱉었던 것이다. 죽음의 추격전 끝에 심신이 지쳐 나온 실수였다.

"아무래도 사수관의 적군은 이미 퇴각한 듯합니다."

"뭐라? 어느 틈에……. 혹시 잘못 안 게 아닌가? 그간 전혀 그런 기색이 없었네. 퇴각은커녕 밤낮을 안 가리고 경계를 철저히 하고 있었다네."

"그것 자체가 속임수일 수 있습니다. 여포군이 주의를 끄는 동안, 성벽 위에 경계병만을 남기고 조금씩 빠져나간 거지요."

"으음……."

듣고 보니 용운의 말이 그럴듯했다. 공손찬은 즉각 작전회의를 소집했다. 그리고 사수관으로의 진격을 건의했다.

"동탁군이 사수관에서 빠져나가 퇴각했다는 정보를 입수했소. 설령 아니더라도 확인해볼 필요는 있을 듯하오."

제후들은 반신반의하면서도 군사를 움직였다. 과연 용운의 말대로였다. 저항은 미미했다. 성벽 위에서 경계를 서던 병력 이백 남짓. 그것이 남은 전력의 전부였다. 그 뒤에 기다리고 있던 것은 텅 비다시피 한 사수관이었다.

어이가 없어진 조조가 크게 웃음을 터뜨렸다.

"하하! 또 한 방 먹었군. 이것도 가후라는 자의 머리에서 나온 것인가?"

한편, 원술은 화가 머리끝까지 치솟아 있었다. 교유에 이어 상장인 이풍과 장훈을 둘 다 잃었기 때문이다.

'으으, 왜 나만! 내 장수들만…….'

하지만 또 용운에게 트집을 잡기는 어려웠다. 자신이 작전에 동의하여 직접 장수를 차출했다. 별동대의 지휘를 용운이 한 것도 아니었다. 무엇보다 어쨌든 여포의 흑철기를 괴멸시켰다. 덕분에 용운의 존재감은 더욱 높아져 있었다.

그러던 중 드디어 핑곗거리가 생겼다. 그는 이 틈을 놓치지 않고 딴죽을 걸었다.

"그럼 진 도위는 아무것도 모르고 놀아난 게 아닌가?"

원술은 일부러 용운을 군사라 칭하지 않고 진 도위라고 불렀다. 용운은 또 시작이군, 이라는 듯한 표정으로 답했다.

"적의 본대가 은밀히 퇴각한 걸 몰랐던 것은 사실입니다만…… 여포군을 그대로 뒀을 경우 계속 아군의 피해가 쌓였을 겁니다."

"흥! 놈들은 버려두고 바로 사수관을 차지했으면 될 게 아닌가."

"그랬다면 사수관에 남아 있던 적병과 외부의 여포군으로부터 앞뒤로 협공을 당했겠지요. 그리고 사수관을 공략하려 한 것은 애초에 낙양으로 진격하기 위한 목적이었습니다. 며칠 일찍 관문을 차지해봐야 무슨 소용이 있겠습니까?"

"끄응……."

할 말이 없어진 원술이 입을 다물었다. 그저 가자미눈을 뜨고 용운을 노려보는 걸로 만족해야 했다.

분위기를 눈치챈 조조가 화제를 돌렸다.

"자, 어서 이곳을 수습하고 낙양으로 진격합시다. 동탁은 아마도 지금 등골이 서늘해져 있을 겁니다. 서영과 화웅을 베었고 자랑하던 여포도 물리쳤으니 말입니다."

몇몇 제후들이 조조의 말에 호응했다.

"맹덕 공의 말이 실로 옳소."

연합군은 사수관 점령 후의 뒷정리를 위해 바쁘게 움직였다. 용운은 일부러 동탁의 장안 천도와 낙양 방화에 대해서는 언급을 삼갔다. 그것은 누구도 상상조차 하지 못한 일이었다. 그래서 동탁이 그 일들을 감행했을 때, 모두가 경악해 마지않았다. 어차피 이제 용운의 능력으로도 사건 자체를 막기에는 글렀다. 대신 최대한 잘 이용할 생각을 해야 했다.

미리 알고 있으면 오히려 의심을 받을 만했다. 나중에 공손찬만 남았을 때, 적당한 핑계를 대 언질을 줄 생각이었다.

문득, 함곡관 쪽으로 보낸 유비가 떠올랐다. 기만책으로 무사히 함곡관을 점령했을까. 성공했다면 동탁을 잡는 최고의 전공을 세울 가능성이 커진다. 그것은 곧 공손찬의 전공으로 돌아갈 것이다. 그러기로 약속했으니까.

낙양으로의 입성 준비를 위해 제후들이 각자의 진영으로 돌아간 후였다. 용운은 자신도 함곡관으로 향하기로 마음먹었다. 아무것도 없는 낙양으로 가봐야 헛걸음일 테니.

그 전에 공손찬의 의사를 타진해봐야 했다.

'그래. 이왕 자리 잡기로 한 거…… 기회라도 줘보자.'

청몽이 무사히 돌아오고 조운도 회복되어서 기분이 좋은 참이었다.

공손찬은 성벽 위에서 아래를 내려다보고 있었다. 용운이 그에게 다가가 진언했다.

"태수님, 잠깐 주위를 물려주십시오."

용운의 진지한 표정을 본 공손찬이 호위병들을 물러나게 했다.

"무슨 일인데 그러는가?"

"혹 현덕 님의 움직임을 아십니까?"

"응? 아아, 그거 혹시 그대가 뭔가 귀띔해준 일이었나? 현덕 녀석, 뭔가 따로 해보겠다고 해서 어디론가 보냈네만."

"예. 아마 지금쯤은 함곡관에 있을 겁니다."

"함곡관? 거긴 왜……."

"동탁은 낙양을 버리고 장안으로 천도할 생각이라고 합니다."

"뭐라고?"

공손찬은 크게 놀랐다. 수도를 버린다는 것은 결코 가벼운 일이 아니었기 때문이다.

용운은 고개를 숙인 채 가만히 타이밍을 짚어보았다.

'화웅이 죽고 여포가 퇴각했다. 역사대로라면 그 소식을 들은 동탁이 낙양을 불태우고 장안으로 갈 시점이야. 여포의 패배라는 이벤트 발생 조건을 달성했으니 결과도 같게 나올 거다. 그나저나 천도한다는 말만으로도 저렇게 놀라

는데…… 불까지 지른다는 사실을 알면 기절하겠네.'

동탁은 천도를 감행하기 전, 자금 마련을 위해 낙양의 부호들을 죽이고 재산을 강탈했다. 또한 전대 황제와 황후들의 능묘를 파헤쳤다. 거기 함께 묻힌 보물들을 도굴하기 위해서였다. 노동력 확보를 위해 낙양의 백성들을 장안으로 강제 이주시키기도 했다. 마지막에는 낙양에 불을 질러 폐허로 만들었다. 이는 그가 저지른 온갖 만행들 중에서도 최악으로 꼽혔다.

표정이 진중해진 공손찬이 물었다.

"……근거는?"

"현덕 님을 보냈을 당시는, 낙양의 첩자에게서 들은 소식을 바탕으로 한 거였습니다만…… 이번에 죽은 여포의 수하들 중 하나도 같은 말을 했다고 합니다. 목숨과 정보를 거래하려 한 것이지요."

"믿을 만한 것인가?"

"첩자의 말과 적 정예병의 말이 일치하니, 제 판단으로는 사실일 가능성이 구 할 이상입니다."

"왜 하필 장안이지? 거기 뭐가 있다고……."

"장안은 동탁의 근거지인 양주와 가까워 방어하기가 더용이합니다. 또 낙양 내의, 동탁에게 반기를 든 자들을 솎아내는 효과도 있고요."

"으음……."

공손찬은 고심 끝에 말했다.

"설령 그렇다 해도 놈이 멋대로 옮긴 수도를 누가 인정해 주겠는가? 내게는 제국의 수도를 탈환할 의무가 있다. 우선 낙양에 먼저 발을 들이는 게 중요하다. 그대도 낙양을 점령 하여 이름을 떨치라고 말하지 않았었나."

그랬지. 폐허만 남은 낙양이긴 하지만.

용운은 묘한 기분이 들었다. 그가 자신의 말을 끝내 따르 지 않은 데 대한 서운함. 거기에다 뭔지 모를 후련함도 느껴 졌다. 문득 조운이 했던 말이 떠올랐다.

— 안타깝게도 백규 님은 너를 품을 그릇이 못 된다.

아직 공손찬을 완전히 떠날 생각은 아니었다. 현재 대우 도 나쁘지 않았고 당장 갈 곳도 없다. 그 전에 조운과도 확 실하게 의논해둬야 했다. 그를 두고 자신만 다른 세력으로 가기 싫었다.

단, 이 일로 앞날이 뭔가 결정된 듯한 예감이 들었다. '구 할 이상의 확률'이라고 진언한 참모의 말을 무시하는 주군 인 것이다. 아직 원소와의 전쟁을 거쳐봐야 알겠지만, 그가 자신의 조언을 끝내 듣지 않는다면 강제로 움직이게 할 순 없지 않은가. 그와 함께 불타는 역경루에서 죽을 마음은 전혀 없었다.

용운은 공손찬을 물끄러미 바라보며 생각했다.

'아무래도 당신은 자룡 형님께서 보신 대로 천하의 주인이 되긴 어렵겠습니다. 어쨌거나 떠나기 전까지는 최대한 세력을 키워드리지요. 그렇게 약속했으니까. 또 그러는 과정에서 뭔가가 변할 수도 있는 것이니까요.'

공손찬은 거북한 듯 용운의 시선을 슬쩍 피했다.

"어서 낙양행이나 서두르지. 다른 자들이 선수를 치기 전에."

"이제 낙양까지의 길에 태수님을 가로막을 건 없습니다. 그러니 당분간은 제가 없어도 괜찮으실 겁니다."

"무슨 일이라도 있는가?"

"전 현덕 님이 염려되어서 함곡관으로 가볼 생각입니다. 오백 정도의 병사만 내어주시면 감사하겠습니다."

"오, 그래주겠나."

군사가 떠나겠다고 하는데도 공손찬은 오히려 용운의 말을 반겼다. 용운의 실망감이 조금 더 커졌다. 공손찬은 낙양으로 진격하여 동탁을 쳐부수고 위명을 떨칠 꿈에 부풀어 있었다. 눈앞의 것에 정신이 팔려 앞날을 생각하지 못하는, 전형적인 소인배의 행동이었다.

"오백으로 되겠는가. 이천을 내주지."

"그리해주시면 감사하겠습니다. 아, 그리고 한 가지만 더 청을 드리겠습니다."

"말해보게."

"조자룡을 데리고 갈 수 있게 해주십시오."

"자룡을? 흠…… 그러고 보니 그대의 의형이라고 했지. 어차피 부상에서 다 회복되지 못했을 테니, 요양 가는 셈치고 그리하게."

용운은 깊이 허리를 숙여 보였다.

실망스러운 일만 있는 건 아니었다.

용운이 사수관 내에 배정된 자신의 임시 거처로 돌아왔을 때였다. 뜻밖의 손님이 그를 기다리고 있었다.

"오, 왔나? 태수님과 얘기가 길어졌나 보군."

"자의 님. 여기까지 어쩐 일이십니까?"

조금 전 용운과 함께 보고를 올렸던 태사자가 다시 돌아와 있었던 것이다. 그것도 장합과 함께. 태사자는 기분이 좋은 듯 유쾌하게 웃었다.

"하하! 소개할 사람이 좀 있어서 말일세."

"아, 기억합니다. 장준예 님이시지요?"

"어? 이 친구를 어찌 아나?"

"자의 님도 참. 비무대회를 본 데다 별동대의 명단을 제가 짜지 않았습니까."

"아 참, 그랬지."

태사자가 뒤통수를 긁적였다. 용운은 둘의 나이가 같다는 사실을 떠올렸다. 함께 별동대에 속해 싸우는 사이, 교분을 나눈 모양이었다.

'이건 또 의외의 조합인걸? 무슨 일이지?'

장합은 특유의 무표정한 얼굴로 말했다.

"반갑습니다, 군사님. 이렇게 갑자기 찾아뵙게 된 무례를 용서하시길 바랍니다."

용운은 손사래를 쳤다.

"아닙니다. 이번 여포 추격전 때 큰 활약을 하셨다고 들었습니다. 비무대회 때의 빼어난 무예도 잘 봤고요. 장군 같은 분이 찾아주시면 저야 영광이지요."

"비무대회라면 부끄러운 꼴만 보였습니다."

장합의 시선이 용운의 옆에 와서 선 성월에게로 잠깐 향했다. 성월은 눈을 찡긋해 보였다.

"어, 어흠!"

당황해서 헛기침을 한 장합이 말을 이었다.

"다름이 아니라 어려운 청을 하나 드리려고 왔습니다."

"뭐든 말씀하십시오."

장합 정도의 장수라면 끈을 이어둘 가치가 충분했다. 할 수 있는 일은 뭐든 해서라도. 이어서 그의 입에서 나온 말을 들은 용운은 순간적으로 귀를 의심했다.

"제가 공손 태수님께 의탁할 수 있도록 주선해주십시오."

한마디로 이직 신청이었다. 현재 장합은 한복군 소속이었고, 관직은 그저 적당한 수준이었다. 용운은 너무 기뻐서, 하마터면 펄쩍 뛸 뻔했다. 그래도 용케 덥석 물지는 않았다. 그는 잠시 생각하는 척하며 장합의 정보를 살폈다.

'나에 대한 호감도가 75. 음? 딱히 접점도 없었는데 왜 이렇게 높아? 아무튼 뭔가 나쁜 마음으로 접근한 건 아니네.'

여기에는 용운이 미처 생각지 못한 몇 가지 변수가 작용했다.

첫 번째는 뜻밖에도 성월에게 패배한 일이었다. 장합은 처음엔 굴욕감에 몸을 떨었다. 하지만 시간이 흐를수록 성월의 실력이 대단했음을 인정하게 되었다. 그의 그릇이 크기에 가능한 일이었다. 더불어 그런 장수를 호위병으로 거느린 진용운이라는 인물에 대해 호기심이 생겼다.

두 번째는 역시 태사자와의 교분이었다. 사이가 가까워진 후, 태사자는 용운의 칭찬을 무수히 했다. 처음 만났던 객잔에서의 공명정대한 일처리, 최염과 진림을 등용했던 과정, 조운과 태사자 자신에 대한 의리. 하다못해 빼어난 요리숨씨까지 자랑했던 것이다. 특히 장합의 마음을 움직인 것은, 이 동탁 토벌전의 계획을 간하여 공손찬을 출진케 한 장본인이 용운이라는 사실이었다.

그는 용운과 태사자를 보며 생각했다.

'이번 동탁 토벌전을 준비하는 과정에서 한복 님의 행동은 솔직히 실망스러웠다. 동탁과 원소의 사이에서 끝까지 눈치를 보다가 마지못해 연합군에 합류했지. 그런 처세로는 이 난세에서 먹히기 십상. 아무래도 더 늦기 전에 떠나야할 것 같다. 자의, 이 친구와도 쭉 함께하고 싶다. 또 내가 섬긴 한복 님보다 저 진용운이라는 사내가 나의 실력을 더잘 알아봐주었다. 공손 태수가 저 정도의 재주와 포부를 가진 자를 참모로 뒀다면, 또 그 결과 동탁군을 물리치고 낙양을 차지하여 천자를 모신다면, 가히 천하를 노려봄 직하지 않겠는가.'

장합은 원래대로라면 훗날 원소를 모시게 된다. 그러다자신의 진언이 받아들여지지 않고 원소의 참모들 중 하나인 곽도의 모함까지 받는다. 그는 생명의 위협을 느껴 어쩔수 없이 조조에게 투항하였다.

즉 가벼운 사람은 아니지만 배를 가려 탈 줄 안다는 뜻이다. 일단 조조의 수하가 된 후로는, 그의 자식 대에까지 충성한 것이 그 증거였다.

용운은 마지막으로 한 번 더 장합을 찔러보았다.

"왜 우리입니까? 주군으로 모시기에는 원소 님이 더 좋지 않을까요?"

원래 장합의 다음 주군이 됐어야 할 인물이다. 장합은 고개를 저었다.

"제가 본 바로는, 원소 님은 알려진 것에 비해 옹졸하다는 생각이 들었습니다. 별동대에 자신의 수하가 포함되지 않았다는 이유로 회의 중에 자리를 박차고 나가버렸다지요. 제가 직접 별동대에 참여해본 바, 진 군사님의 판단이 옳은 것이었습니다."

그의 말에 용운은 살짝 소름이 돋았다. 원소를 잠재적인 적으로 규정한 도발이나 미래의 장합이 어떤 인물인지 알고 별동대에 포함시킨 것 모두 사소하다면 아주 사소한 일들이었다. 하지만 도발에 대한 원소의 대응은 장합에게 실망감을 불러일으켰고 별동대에서는 원래 접할 일이 없었던 태사자를 만나 우정을 쌓았다. 그런 것들이 모여, 결국 장합이라는 큰 말을 움직였다.

용운은 마음을 담아 장합에게 포권을 취했다.

"감사합니다. 저희에게 와주셔서. 그리고 진심으로 환영하는 바입니다."

190년 2월 2일.

여포와 호진의 퇴각으로 연합군이 사수관을 전격 점령했다. 또한 장합은 한복을 떠나 공손찬에게 임관했다.

다음 날, 용운은 사천신녀와 조운을 데리고 함곡관으로 출발했다.

새로운 전투가 그들을 기다리고 있었다.

13

왕을 위한 이간계

여포는 칠흑 같은 어둠 속에서 방황하고 있었다. 멀리서 한 존재가 은은한 빛을 발했다. 바로 오도카니 서 있는 청몽이었다. 동시에 그리운 어머니처럼도 보였다.

"청몽! 돌아가지 않았나?"

여포는 반가운 마음에 그녀에게 다가가려 했다. 하지만 옆구리에서 극심한 통증이 느껴졌다. 그는 인상을 찌푸리고 옆구리를 내려다보았다. 그 여자, 검후가 벤 자리였다. 하마터면 몸이 반 토막 날 뻔했다. 그 상처를 흰 뱀이 칭칭 휘감고 조여댔다.

'어떻게 피했지? 그때, 내가?'

여포가 멈칫하는 사이, 청몽은 등을 돌리고 걷기 시작했다. 점점 멀어져가는 그녀를 보며 여포는 안타깝게 외쳤다.

"청몽!"

"정신이 드십니까?"

분명 들어본 목소리였다. 여포는 시야가 돌아옴을 느꼈다. 정신을 잃었었나. 여포는 천천히 입을 열었다.

"……초선."

"기억하셨군요. 예, 접니다."

"어딘가. 여기는."

"봉선 님의 거처입니다. 낙양이에요."

"낙양이라고? 어떻게……."

벌떡 몸을 일으키던 여포가 가볍게 신음했다. 옆구리가 불로 지진 듯 뜨거웠다. 벗은 상체와 왼팔에는 붕대가 감겨 있었다.

초선이 그를 받쳐 다시 눕히며 말했다.

"많이 다치셨습니다. 안정하셔야 합니다."

여포는 그런 그녀를 물끄러미 바라보았다. 지난번 알몸으로 동탁의 등 뒤에 붙어 있던 모습이 눈에 선했다. 분위기가 그때와는 사뭇 달랐다.

"왜 여기 있나? 내가."

"먼저 소개해드려야 할 이들이 있습니다."

"소개? 내게?"

"네. 괜찮겠습니까?"

여포가 고개를 끄덕였다.

"들어오세요."

초선의 말에 두 남자가 방 안으로 들어섰다. 삿갓을 깊숙이 눌러쓰고 긴 외투를 걸친 사내와 대머리의 육중한 거한이었다.

여포는 고통을 무릅쓰고 상체를 일으켜 앉았다. 초선이먼저 삿갓의 사내를 가리키며 말했다.

"이 사람이 한 가지 재주가 있어, 부상당한 봉선 님을 빼내왔습니다."

삿갓의 사내가 고개를 꾸벅 숙여 보였다.

"팽기입니다."

대머리의 거한 초정과 함께 여포를 구했던 자다. 그는 본래 쓰고 있던 챙이 긴 모자를 벗었다. 대신 얼굴을 완전히가리는 삿갓을 쓰고 있었다. 21세기의 문물이 낯설 여포를위한 배려였다.

"음……."

여포는 선뜻 수긍이 가지 않았다. 자신도 도주를 포기했을 정도의 포위망이었다. 무려 오십에 가까운 장수들이었다. 정예병의 수도 제법 되었다. 거기서 어떻게 탈출시켰단 말인가?

그곳에서 죽어간 삼백의 수하들이 떠올랐다. 가슴 한편이 찌릿했다. 지그시 이를 악물었다. 반드시 그들의 복수를 하리라. 그는 치솟는 분노를 억누르며 생각을 돌렸다.

'한 가지 재주가 있다 했던가. 알게 되겠지.'

이어서 초선은 다른 한 사람을 가리켰다.

"이쪽은 초정입니다. 적토마를 끌고 왔습니다."

"아, 안녕하세요."

초정은 몸을 비틀며 수줍게 말했다. 팽기의 관자놀이에 슬쩍 핏줄이 섰다. 여포는 신경 쓰지 않고 덤덤하게 대꾸했다.

"그랬나. 고맙다."

"아, 아니에요!"

적토마도 무사하다는 말에 여포는 어느 정도 안심이 됐다. 하지만 의구심은 여전했다. 두 사내는 언뜻 보기에도 범상치 않았다. 동탁이 호위병으로 쓰려 했다 하나, 분명 초선은 한낱 시녀에 불과했다. 그런 그녀가 어찌 저런 인물들을 알고 있는가? 또 왜 자신에게 소개하는 것일까?

초선, 아니 호삼랑은 여포의 시선을 마주했다. 손에 가볍게 땀이 배었다. 처음 봤을 때부터 신경이 쓰이던 남자다.

'이 남자가…… 우리의 왕.'

어차피 초선은 《삼국지연의》라는 소설이 만들어낸 가상

의 인물이었다. 정사에서는 다만, 여포가 동탁의 시녀와 사통했다고만 기록되어 있다. 거기서 영감을 얻어 창조된 인물인 것이다.

호삼랑은 주무의 지시로 그 초선이 되었다. 그저 필요와 편의에 의한 것이었다. 그런데 지금 여포에게 해주기로 계획한 말 대신, 갑자기 다른 것이 묻고 싶어졌다.

정신을 잃고 있던 여포가 몇 번이나 부른 이름.

'청몽이 누구죠?'

《삼국지》 어디에서도 나오지 않는 이름이었다. 그녀의 감이 여인의 이름이라고 말하고 있었다. 이제 여포를 두 번째 보는 것일 뿐이다. 그런데 왜 이런 기분이 드는지 알 수 없었다.

'착각하지 마, 호삼랑. 넌 진짜 초선이 아니야.'

스스로를 다독인 그녀가 입을 열었다.

"이제부터 봉선 님께 드릴 말씀이 있습니다. 다 듣고 난 후, 판단은 봉선 님의 몫입니다."

주무는 집무실에서 지도를 수정하는 중이었다.

세필을 들어 사수관 위에 있던 서영과 화웅의 이름에 줄을 그었다. 여포의 이름은 낙양으로 옮겨졌다. 그는 상당히 흥분한 상태였다. 그사이 그토록 찾아 헤매던 진한성의 행방을 드디어 알아냈기 때문이다.

"확실히 성혼단 프로젝트는 효과가 있었습니다."

그가 집무실 안에 있던 시은에게 말했다.

성혼단이란 별의 혼, 즉 위원회 자신들을 섬긴다는 의미가 숨어 있었다. 위원회의 구성원들은 《수호지》와 마찬가지로 각자의 별이 있었기 때문이다. 지살위의 멤버는 지살성, 천강위의 멤버는 천강성과 연결되어 있다.

예를 들어, 주무의 별은 지괴성(地魁星)이었다. '괴'는 우두머리 혹은 근본을 의미했다. 즉 지살성들의 지휘자가 되는 별이 지괴성이다.

시은의 별은 지복성(地伏星)이었다. 살핀다는 뜻의 '복'이며, 상대의 움직임과 리듬을 관찰하여 파악할 수 있었다. 이처럼 별의 이름과 각자의 천기는 밀접한 관계가 있었다.

순박한 백성들은 쉽게 성혼단에 들어왔다. 그리고 위원회의 눈과 귀가 되어주었다. 진한성에 대한 정보 또한, 그 신도들 중 하나가 알려온 것이었다.

"서현이라니. 그 촌구석에 잘도 꽁꽁 숨어 있었군요. 심지어 그 성격에, 동탁 토벌전에 출전한 손견과 동행하지도 않고."

주무의 들뜬 목소리에 금안표 시은이 멍하니 대꾸했다. 그는 어쩐지 뭔가를 두려워하는 듯했다. 한편으로는 그리워하는 기색 같기도 했다.

"미스터 진…… 그럼, 손견의 밑에 있는 거야?"

"글쎄요. 단순한 수하라고 보기는 어려울 듯합니다. 손견이 그를 상당히 믿고 있는 모양이니까요. 자신의 처와 아들이 있는 서현의 현령으로 임명했을 정도이니. 관직은 현령이지만 실상 손견의 대리나 마찬가지랍니다."

뭔가 골똘히 생각하던 시은이 말했다.

"주무, 나를 그리로 보내줘."

평소의 영어를 섞은 장난스러운 말투가 아니었다. 잠시 그를 응시하던 주무가 물었다.

"괜찮겠습니까? 진한성은 당신의……."

"그래서 더 용서 못해. 내 손으로 직접 그를 처단할 거야. 몬스터, 진한성을."

"일단 고려하겠습니다. 그 전에 가용 인원을 살펴보기로 하지요. 물론 진한성이 가장 큰 장애물이지만 그 아들의 행보도 심상치 않아서요."

역사상 동탁군은 사수관 전투에서 패배한다. 하지만 주무는 그 부분을 바꾸려 했다. 그 전투에 여포가 출전했기 때문이다.

위원회가 두 번째 왕의 후보로 선택한 자. 여포로 하여금 무위를 떨치게 한다. 더불어 훗날 큰 방해물이 될 조조와 원소, 혹은 그중 하나를 전투 중 자연스럽게 제거하는 게 최선의 결과였다. 아니면 둘의 세력이라도 크게 약화시키려 했다. 그래서 본래보다 병사와 장수의 수를 늘렸다. 그것으로도 모자라, 가후라는 희대의 책사를 붙여주었다. 그럼에도 불구하고 패배했다.

'이것은 역사의 흐름 때문인가, 아니면 진용운의 역량 탓인가……'

주무는 오차들을 하나하나 짚어보았다. 우선, 실제 역사에서는 참전하지 않았던 공손찬이 동탁 토벌전에 참여했다. 참여 정도가 아니라, 스스로 주가 되어 격문을 돌리고 군사를 일으켰다.

'여기에는 진용운의 개입이 결정적이었다.'

그로 인해 본래 연합군의 맹주였어야 할 원소가 그 자리에 오르지 못했다. 부관으로 활약한 조조도 덩달아 지지부진했다. 심지어 원소는 전투 후반에는 거의 물러나 있다시피 했다고 한다. 그 '변화'에 가후라는 변수가 대응했다. 가후는 주무가 놓은 맞불이었다. 그는 유언비어의 계를 이용, 제후들을 흔들었다.

'여기서 또, 진용운.'

그러자 용운은 끈질기게 도발책을 사용했다. 결국 가장 성미가 급한 화웅을 끌어냈다. 화웅은 본래 손견의 손에 죽었어야 했다. 하지만 검후라는 여자에게 목이 잘렸다고 한다. 진용운이 거느린 네 호위병 중 하나였다. 합공 중이던 서영도 그때 태사자에게 죽었다.

'태사자라니, 하하.'

태사자가 공손찬군에 있었다는 기록은 없었다. 이 시기에, 사수관 전투에 나타날 이유도 없다. 그에 대한 답은 북평의 첩자가 알려왔다. 태사자 또한 용운이 추천한 인재라고 했다.

'또 진용운이구나.'

이런 변수들이 계속해서 누적되었다. 그 결과, 결국 동탁군은 패퇴했다. 그나마 가후가 피해를 최소화한 게 위안이었다. 호진과 가후는 사수관을 버리고 물러났다. 현재는 낙양으로 퇴각해오는 중이었다.

마지막에 가후가 펼친, 여포를 이용한 유격전. 그 작전은 주무가 보기에도 훌륭했다. 역시 가후라는 생각이 들었다. 그러나 용운은 그마저 깨부쉈다. 심지어 하마터면 왕 후보자를 잃을 뻔했다. 이번에도 검후라는 여자였다. 진용운이 직접적인 방해가 되기 시작한 것이다.

까득. 주무는 엄지손톱을 깨물었다.

"살생부에 올리긴 했지만 더 앞당겨야겠습니다."

주무의 말에 시은이 답했다.

"누구를 보낼지 결정했어, 브라더?"

평정심을 찾은 시은은 다시 원래의 말투로 돌아와 있었다.

"현재 성혼단 포교 임무 중인 멤버들을 제외하고, 이틀 안에 여기 도착할 수 있는 형제가 누구누구입니까?"

"예스. 확인해볼게."

시은은 품에서 태블릿을 꺼내어 조작했다. 화면 가운데의 붉은 점을 중심으로 여러 겹의 동심원이 그려졌다. 동심원 여기저기에 초록색 불빛들이 깜빡였다.

몇 초 후, 초록색 불빛 옆에 한자로 된 이름들이 일제히 떠올랐다.

"웨잇(wait), 웨잇. 음…… 장청, 이운, 석용, 두흥, 탕륭, 주통, 양춘, 진달, 후건, 항충, 이곤, 마린 등이 있어."

"꽤 많군요."

"성내에서 워킹 중인 브라더들이 많아서."

"아, 그렇겠군요. 장청은 식량 생산 담당이니 제외. 전령인 석용과 두흥도 제외. 무기 제조 및 생산 담당인 탕륭도 제외. 의복 생산과 수선 담당인 후건도 제외입니다."

주무는 생산직이나 정보 쪽을 담당한 멤버들을 뺐다. 그러자 일곱이 남았다. 시은을 포함하면 여덟이었다.

주무가 시은에게 말했다.

"당신을 포함, 이운, 주통, 마린, 이 네 명에다가 성혼단에서 훈련받은 일백의 정예병도 붙여드리겠습니다. 괜히 많은 수의 군사가 갔다가는 시작도 전에 손견의 주의를 끌 테고. 서현에 주둔 중인 군사와 충돌할 우려도 있으니까요. 일백 정도면 마린의 천기로 은밀하게 움직일 수 있을 겁니다."

시은은 고개를 끄덕였다.

"나랑 브라더 셋에 성혼단 아미(army) 일백. 충분해."

"그래도 절대 방심하지 마십시오. 상대는 진한성이니까. 예전보다 더 강해졌을 겁니다."

"그거야 모르지. 시공회랑을 조작하기 직전에 천강위의 엘더 브라더들에게 중상을 입었잖아. 아마 정상적인 바디 가 아닐 거야. 기회는 지금뿐이다. 곧장 몬스터 헌팅을 스타 트. 또 어디론가 숨어버리기 전에."

시은의 말에서 굳은 결의가 느껴졌다.

"그럼 형제들을 소집해서 먼저 출발하십시오. 진용운 쪽 으로 양춘, 진달, 항충, 이곤을 보내는 일은 제가 할 테니까 요. 우선 진용운의 거취를 확인해봐야 합니다. 어쩐지 곧 폐 허가 될 낙양으로 올 것 같지는 않군요. 그는 이미 그 사실 을 알고 있을 테니 말입니다."

"양춘과 진달 브라더. 항충과 이곤 브라더. 둘 다 한 팀이 되어 하는 협공이 장기. 이는 천위에게도 쉽지 않은 특기."

"맞습니다. 양춘과 진달. 항충과 이곤. 각자 단짝이며,

협공에 이골이 나 있지요. 그 네 사람이라면 열여섯 명의 힘을 발휘할 겁니다. 그래서 그렇게 보내는 거니까요."

시은이 음산하게 뇌까렸다.

"진용운은 데스."

주무가 맞장구를 쳤다.

"이달 안으로 진씨 부자는 이 세계에서 지워질 겁니다."

이렇게 해서 주무는 진한성과 진용운 부자에게 각각 넷씩의 암살자를 보내기로 결정했다. 전원 천기를 보유한 위원회의 일원이었다. 위원회의 지살위 멤버들이 이 세계로 온 후, 최대 규모의 파견이었다. 주무는 성공을 확신했다.

주무가 비밀의 방에서 시은과 대화하는 사이, 초선은 여포에게 위원회의 목적과 그에게 접근한 이유를 설명하고 있었다. 팔 할의 진실에 이 할의 거짓을 섞었다.

묵묵히 다 듣고 난 여포가 말했다.

"나는 느리다. 말이. 그리고 어색하다."

"그리 심하지 않습니다."

"확인해야 한다. 내가 제대로 이해했는지."

"궁금한 부분은 뭐든 물어보십시오."

"너희 성혼단. 태평도(황건적)와는 다르다. 자신들이 주인이 되고자 했다. 황건적들은. 너희는 직접 주인이 되지 않고 섬길 따름이다. 그래서 진정한 천자가 될 사람을 찾고 있다. 그것이 나다. 맞나?"

"정확합니다."

"또 너희는 특별한 도술을 가지고 있다. 황건의 간부들이 병을 낫게 하고 요술을 부렸던 것처럼. 저 팽기라는 자가 나를 구해온 것이다. 그 도술로. 맞나?"

"맞습니다."

여포는 고개를 갸웃거렸다.

"천자. 왕이라……. 왜 하필 나인가? 나는 피가 섞였다. 흉노족과. 변방의 시골뜨기다. 뭔지도 모른다. 너희가 말하는 새로운 제국을 만든다는 것이."

"그저 봉선 님이 우리가 찾는 왕에 제일 어울리기 때문입니다. 저희가 보필하겠습니다. 봉선 님께서는 천자의 걸음을 떼시기만 하면 됩니다."

"게다가 나는, 밑에 있다. 중영(동탁) 님의……."

초선은 순간적으로 황망한 표정을 지었다. 사실, 그녀는 여포의 입에서 동탁의 이름이 나오기만 기다리고 있었다. 먼저 말하지 않은 것은 의심을 최소화하기 위해서였다. 뒤에 서 있던 팽기와 초정이 은밀히 시선을 주고받았다.

여포가 갑자기 경직된 초선에게 의아하다는 듯 물었다.

"왜 그러나? 불편한가, 어디?"

"아닙니다."

"혹 무슨 일이 있나? 아버님과?"

"아무것도 아닙니다."

여포의 얼굴에 은은한 노기가 어렸다.

"말하라. 왕의 후보로 모신다 했다. 나를."

"……제게는 치욕스럽기 짝이 없는 얘기라도 듣길 원하십니까?"

여포는 코웃음을 쳤다.

"너를 봤다. 상국님께 스스로 안겨 있는. 그때 보지 않았나. 너도 나를."

"제가 원한 일이 아닙니다."

"원치 않는 시중이라도 들어야 한다. 너는 상국님의 시녀이니. 그것이 치욕일 수는 없다."

"저는 호위무사로 온 것이었습니다."

"핑계일 것이다. 여자가 너무 많으니 말이다. 아버님께는. 호위무사, 황제보다 위에 있는 아버님의 호위무사가 될 순 없다. 여인이."

"시험해보시겠습니까?"

말이 끝나기가 무섭게 초선이 몸을 날렸다. 트인 치맛자락 사이로 무릎이 튀어나왔다. 뾰족한 무릎 끝이 정확히 여포의 명치를 노렸다. 그야말로 그림 같은 공격이었다.

팽기와 초정이 작게 수군거렸다.

"씨바. 플라잉 니킥(flying knee kick, 몸을 날려 무릎으로 가격하는 기술)이다."

"어쩜, 거침없네요."

여포는 왼손을 펴 그녀의 무릎을 막았다.

쩍! 다음 순간, 그는 슬쩍 눈살을 찌푸렸다.

"허."

손바닥에 와닿는 충격이 만만치 않았던 것이다.

여포는 얼핏 보기에는 그저 말라 보였다. 근육이 과도하지 않고, 엄청나게 유연했다. 대부분의 충격을 흡수하는 맷집의 비결이었다. 그런데 손목을 지나 팔꿈치까지 저려왔다.

무릎 공격이 막힌 직후, 초선은 양팔을 위로 올렸다가 팔꿈치로 여포의 양쪽 어깻죽지를 내리찍었다.

"처음 보는 체술(體術, 신체를 이용한 기술)."

여포가 중얼거렸다. 동시에 오른손으로 초선의 목을 움켜쥐었다. 그 상태로 긴 팔을 쭉 폈다. 초선의 양 팔꿈치는 허망하게 허공을 갈랐다.

"커헉!"

초선은 허공에 목이 매달린 꼴이 됐다. 숨이 턱 막혔다. 그래도 포기하지 않았다. 그녀는 늘씬하고 탄탄한 양다리를 들었다. 이어서 목을 잡은 여포의 오른팔을 휘감았다. 물

흐르는 듯 자연스러우며 빠른 동작이었다.

팽기가 또 한 번 작은 소리로 감탄했다.

"와, 나. 이번에는 암바(arm bar, 다리 사이에 상대의 한 팔을 넣으면서 양쪽 허벅지 안쪽으로 상완삼두근을 고정시킨 다음, 끼운 팔의 손바닥이 위를 보게 한 상태에서 손목 부근을 잡고 뒤로 젖혀 팔꿈치 관절을 파괴하는 기술)다."

"호삼…… 아니, 초선 씨가 이종격투기 마스터라더니. 같은 격투가로서 붙어보고 싶네요."

"넌 잽도 안 돼, 인마. 저 여자는 저것 자체가 천기라고. 아직 제대로 발동은 안 했지만."

"저, 저도 넘어뜨리면……."

"병신. 서브미션 몰라? 이종격투기에는 누워서 쓰는 기술도 있다고."

"어머, 그거 반칙 아니에요? 누워서 쓰는 기술이라니 어쩐지 끌리긴 하지만."

그사이 초선은 여포에게 암바 기술을 시작했다. 우둑! 팔꿈치 관절이 반대방향으로 꺾였다. 공중에 뜬 탓에 힘이 확실히 들어가진 않았다. 그래도 여포의 팔에는 극심한 고통이 가해졌다.

"흐음."

여포가 눈썹을 꿈틀거렸다. 한눈에 봐도 쉽게 풀 수 없는 기술이었다. 그는 초선을 매단 채 팔을 들어올렸다. 이어서 그대로 힘껏 침상에 내리쳤다. 매트리스가 깔린 현대의 푹신한 침대가 아니다. 딱딱한 돌판 위에 마른풀과 천을 간 것이었다.

퍼억! 둔탁한 소리가 울렸다. 초선의 등이 새우처럼 휘었다. 그녀의 입에서 절로 신음이 토해졌다.

"아악……."

한 번 더 내리치려던 여포가 팔을 멈췄다.

"되었다. 충분하다. 그만하면."

초선은 다리의 힘을 풀고 축 늘어졌다. 여포가 그녀를 끌어당겨 무릎 위에 앉혔다. 전사인 그녀를 동탁의 노리개인 시녀 취급했다. 거기에 대한 나름 미안함의 표현이었다.

초선은 정신이 아찔한 와중에 얼굴이 붉어졌다.

여포는 초선을 내려다보며 말했다.

"전사구나. 너도."

"그러고 싶었습니다. 왕을 모시는 전사가 되고 싶었습……."

말하던 초선의 눈에서 눈물이 주룩 흘렀다. 여포가 손가락으로 그녀의 눈물을 훔쳤다. 초선은 눈을 깜빡이지 않고 계속해서 울었다. 처음에는 연기였으나, 점차 제어가 되지 않았다.

회의 과업이라 즐거이 수행했다고 생각했다. 하지만 동탁을 상대하는 일은 고역이었다. 그 억누른 감정이 표출되고 있었다.

"함부로 울지 않는다. 전사는."

"……저를 동탁 님에게서 구해주십시오. 그리하면 제 모든 걸 바쳐서 봉선 님을 모시겠습니다."

여포의 얼굴로 고뇌가 살짝 스치고 지나갔다.

"빼앗을 수 없다. 아버님의 여자를."

"저는 동탁 님의 여자가 아닙니다. 그리고 봉선 님도 그의 아들이 아닙니다. 이대로 잠자리 시중이나 들 바에는 스스로 목숨을 끊겠습니다."

여포가 호랑이 같은 눈을 부릅떴다. 그는 초선에게 호통이라도 치려 했다. 하지만 다음 순간, 동탁의 모습이 떠올랐다.

아편에 취해 해롱대던 얼굴. 살쪄 비대해진 몸을 드러낸 채 여자들과 노닥거리던 모습. 거기에서 야심에 찬 북방 늑대의 흔적은 더 이상 찾아보기 어려웠다.

'언제부터인가. 그런 모습밖에 떠오르지 않게 된 것은.'

그때였다. 닫힌 문밖에서 누군가 외쳤다.

"여 장군님, 여기 계십니까?"

"누구냐."

"황궁에서 나온 전령입니다."

황궁에서 나왔다면, 본래 황제가 보냈음을 의미했다. 하지만 지금의 낙양에서는 동탁의 수하라는 뜻이었다.

여포는 조금 당황했다. 초선이 여기 있는 것을 어떻게 설명할지 난감해서였다. 그가 일단 전령을 돌려보내려고 입을 열 때였다.

팽기가 슥 앞으로 나섰다.

"전령이 초선과 저희를 보면 왕께 폐가 가겠지요. 봉선님을 빼돌렸던 저의 재주를 지금 보여드립죠."

그가 한 손을 앞으로 내밀었다.

특기 발동, 공간왜곡(空間歪曲)

우웅! 대기가 진동했다. 그의 손에서 투명한 파장이 퍼져나왔다. 그러더니 팽기 자신과 초정 그리고 초선까지 모두 녹아내리듯 사라져버렸다.

기사(奇事)에 놀란 여포가 눈을 부릅떴다. 그의 담이 남달리 컸기에 망정이지, 평범한 사람이었다면 기절초풍했을 광경이었다.

어디선가 팽기의 낮은 목소리가 들려왔다.

"당황하지 마십시오. 저는 빛의 방향을 바꿔서, 사물을 눈에 안 보이게 하는 술법을 쓸 줄 압니다. 지금은 그저 눈에만 보이지 않을 뿐, 저희는 여전히 같은 자리에 있습니다."

여포는 자신의 무릎 위, 초선이 앉아 있던 곳으로 손을 내밀어보았다. 과연, 뭔가 물컹한 것이 만져졌다.

"거기 있었구나. 믿기지가 않는다. 보고서도."

초선이 살짝 당황한 음성으로 속삭였다.

"봉선 님, 거기는 저의……."

"들어오라."

손을 거둔 여포가 전령에게 말했다. 다급히 들어온 전령이 주위를 두리번거렸다. 그는 여포가 몇 번 본 적이 있는 자였다. 주로 동탁의 명을 측근에게 하달하는 일을 했다.

"왜 그러느냐?"

"죄송합니다. 이상하게 누가 쳐다보는 것 같은 기분이 들어서요."

"여기는 나와 너뿐이지 않은가."

"그러게 말입니다. 아! 그것이 문제가 아니옵고…… 방금 상국님께서 신하들 전체에게 명을 하달하라 하셨습니다."

"무슨 명인가?"

전령은 품에서 두루마리 하나를 꺼내 읽었다.

"사흘 안으로 모든 재산을 정리하여 가솔들을 데리고 낙양을 떠나라. 역도들의 침공에 대비하여 곧 장안으로 수도를 옮길 것이다. 떠나기 전, 낙양 전체를 태워버릴 것이니 반드시 그 전에 이곳에서 떠날 것을 명한다."

"……."

여포의 표정이 서서히 굳었다.

그는 한 제국과 황실에 대해 특별히 큰 충성심이 있는 건 아니었다. 하지만 한 나라의 수도를 이렇게 쉽게 옮기는 게 비정상적이란 사실은 알 수 있었다. 게다가 불까지 지른다니. 그럼 남은 사람들은 어찌한단 말인가.

"명령인가?"

"예, 명령입니다. 뿐만 아니라 백성들도 모조리 장안으로 이주하라 하셨습니다."

아비규환의 광경이 눈앞에 그려지는 듯했다. 이 갑작스러운 천도의 원인이 짐작 가지 않는 건 아니었다. 여포 자신의 패배 때문일 것이다. 그게 동탁을 두렵게 만든 것이다.

방화는 연합군에게 쉴 곳조차 남기지 않겠다는 전술의 일부인 동시에, 끝까지 그를 받아들이지 않는 한(漢)에 대한 분노의 표출이었다.

'어려운 길을 가시는구나. 점점 더.'

여포는 한숨을 내쉬었다.

"……알았다. 나가보라."

"장군님께는 따로 내리신 명이 있습니다."

"뭔가?"

"역도들이 추격해올 수 있으니, 호진 님과 더불어 형양성에 매복하여 차단하시랍니다."

형양성은 높은 지대에 자리 잡은 소형의 방어용 성이었다. 낙양에서 빠져나가는 좁은 길목을 막고 있다. 작아도 추격대를 물리치기엔 최적의 장소였다.

여포는 본능적으로 감이 왔다.

'이건 가후의 진언이다.'

지금의 동탁은 저기까지 대비할 정도로 정신이 맑지 않았다. 사수관에서 퇴각한 그 남자도 무사히 낙양에 도착한 모양이었다. 우선, 그를 만나야겠다는 생각이 들었다.

"그리하지."

"그럼 그렇게 전하겠습니다."

전령이 나간 후, 초선과 팽기, 초정이 다시 모습을 드러냈다.

여포가 팽기에게 말했다.

"신기한 재주로군. 확실히. 그대 같은 술사들이 많은가? 그 성혼단에는?"

팽기는 사뭇 공손한 투로 답했다.

"저 정도의 재주를 가진 자는 널려 있습니다."

팽기는 속으로 감탄하고 있었다. 자신의 천기를 보고도 여포가 크게 놀라지 않았기 때문이다. 과연, 담력 하나만은 왕의 그릇이라 할 만했다.

"옆의…… 초정이라 했나."

여포의 말에, 초정이 화들짝 놀라 대꾸했다.

"어머, 예, 예!"

"무슨 재주가 있는가. 넌."

초정은 팽기를 힐끗 보았다. 팽기가 괜찮다는 뜻으로 고개를 살짝 끄덕였다. 초정은 육중한 몸을 비꼬며 말했다.

"저는 체술가예요. 일단 저와 양손을 맞잡은 상대는 아무리 힘이 센 사람이라도 넘어뜨릴 수 있어요. 또 한 번 넘어진 사람은 5분 동안 일어나지 못하게 할 수 있지요. 후훗."

"5분?"

"아, 그, 촌각. 촌각이요."

"그렇군. 재미있는 재주로구나. 하는 행동도."

여포는 침상에서 내려와 그들을 내려다보았다.

"일단 지켜보도록 하지. 내 곁에 두겠다."

"감사하옵니다."

팽기와 초정이 깊이 허리를 숙였다. 여포의 시선이 수줍어하는 초선을 향했다.

"그리고 그대는……."

"……."

"말씀드려보겠다. 아버님께. 설마 아들의 부탁인데. 거절하지는 않으시겠지. 여자 하나 내주기를."

"은혜에 감사드립니다."

기쁜 표정으로 답하는 초선은 이미 알고 있었다. 동탁이 결코 그 부탁에 응하지 않으리란 것을.

자신이 그를 그렇게 만들었기 때문이다.

위원회의 과업은 이제 본격적으로 시작됐다.

14
함곡관 전투, 종장

"주군, 거의 다 왔습니다. 함곡(函谷)입니다."

용운은 검후의 목소리에 잠에서 깨어났다. 그녀가 모는 말에 탄 채 깜빡 졸았던 모양이다. 며칠을 거의 말 위에서만 보내 피로가 쌓인 참이었다. 잠들지 않았다면, 사수관에서 함곡으로 오는 도중의 모든 지형을 외울 뻔했다.

"나중에 써먹을지도 모르겠지만 너무 피곤했어."

해가 뉘엿뉘엿 넘어갈 무렵이었다. 붉게 물든 협곡이 시야를 가득 채우고 있었다. 그 위용에 용운은 잠이 확 달아났다.

"저게 함곡관……!"

저 깎아지른 협곡 안쪽을 틀어막은 관문이라니! 과연 천하제일험관이라 불릴 만했다. 용운은 함곡관이 적의 요새라고 생각해보았다. 계곡 안으로 발을 들이기가 싫어질 지경이었다.

'저건 소수의 병사로 어떻게 해볼 수 있는 관문이 아니네. 만약 유비가 점령에 실패했다면 연합군 본영으로 돌아가는 수밖에……. 연합군은 지금쯤 낙양에 가 있겠지? 동탁은 낙양을 떠나 이리로 오고 있는 중일 테고.'

제후들은 불탄 낙양에서 허탈해하고 있으리라.

'공손찬은 내 얘길 떠올리며 조금이나마 후회할지 모르겠군. 흥, 난 분명 성의를 다해 알려줬다고.'

차가운 산바람이 몰아쳤으나 견딜 만했다. 앞에 탄 용운을 검후가 장포로 감싸준 덕이었다. 용운은 얼굴만 빼꼼 내놓고 주위를 둘러보았다. 왼쪽에서는 성월과 청몽이, 오른쪽에는 조운과 사린이 함께 말을 타고 있었다. 이번만은 청몽도 말을 이용하도록 한 것이다. 기력을 다 회복하기도 전에 출발한 까닭이었다.

옆으로 다가온 조운이 걱정스러운 투로 말했다.

"피곤했던 모양이구나. 하긴 승마가 익숙지 않을 테니."

용운은 그에게 웃어 보였다.

"괜찮습니다. 검후가 잘 받쳐줘서 편하게 잤어요."

검후는 한 손으로도 능숙하게 말을 몰았다. 동시에 왼손으로는 용운을 안고 있었다. 신기하게도, 그녀가 탄 말에서는 진동이 거의 느껴지지 않았다. 덕분에 용운은 뒤로 비스듬히 기댄 자세로나마 숙면을 취할 수 있었다.

일행은 함곡 입구에서 말의 속도를 늦췄다.

"성월, 약속한 표식은?"

용운의 말에 성월이 멀리 협곡 안을 응시했다. 사천신녀들은 전원 탁월한 신체능력을 가졌다. 단, 가장 뛰어난 부분은 조금씩 차이가 있었다.

용운이 그녀들에게 들은 내용으로 정리한 바에 의하면, 대략 다음과 같았다. 참고로, 가장 낮은 D등급이라 해도 평범한 사람의 두 배 정도는 될 터였다.

검후: 완력A, 민첩성A, 지구력A, 순발력A, 시력B, 후각C, 청력B

청몽: 완력C, 민첩성A, 지구력S, 순발력S, 시력C, 후각B, 청력A

성월: 완력B, 민첩성S, 지구력B, 순발력A, 시력S, 후각B, 청력B

사린: 완력S, 민첩성S, 지구력A, 순발력S, 시력C, 후각S, 청력C(포만 시) / 완력A, 민첩성A, 지구력B, 순발력A, 시력C, 후각S, 청력C(공복 시)

특히 성월의 시력은 S등급 중에서도 차원이 달랐다. 시력과 관계된 특기가 있기 때문이다. 잠시 바라보던 그녀의 표정이 밝아졌다.

"있어요오, 주군! 표식이 있네요."

"아, 정말?"

용운은 뛸 듯이 기뻤다. 처음에 유비와 약속했던 신호. 만약 함곡관을 무사히 점령하면, 동탁군 깃발 사이에 붉은 깃발 세 개를 올리기로 했던 것이다.

'과연 유비. 해냈구나. 솔직히 좀 불안했는데.'

이는 용운이 역사에 직접 개입하여, 본래 흐름을 크게 비튼 첫 번째 사건이었다. 물론 그 전에도 알게 모르게 역사를 바꿔오긴 했다. 하지만 이건 동탁이란 한 인물의 운명 자체를 변화시키는 일인 것이다.

동탁은《삼국지》초반의 주연이라 해도 될 정도로 비중이 컸다. 어떤 여파가 닥칠지 몰랐다.

'하지만 이제 어쩔 수 없다. 이미 나 또한 역사의 한 부분이 되어가는 중인걸.'

이미 공손찬으로 하여금 동탁을 쳐서 명성을 드높이고 세력을 강화시키는 계책을 취했다. 가장 중요한 목적은 당연히 동탁의 척결이었다. 그러기 위해 자신의 지식과 유비를 이용했다.

가뜩이나 위원회라는 적들이 움직이는 상황이다. 동탁이 죽은 뒤의 일까지 고민할 여유는 없었다. 용운은 어차피 곧 여포의 손에 죽을 인물이라고 합리화해보았다. 그러나 마음이 무거워지는 것 또한 사실이었다.

그때, 뒤에서 조운이 사린에게 묻는 소리가 들렸다.

"사린 소저, 뭐가 보이시오?"

"아뇨."

"그런데 무슨 표식이라는 건지……."

"우리는 안 보여도 셋째 언니는 보일 거예요. 성월 언니는 시력이 짱짱 좋거든요."

"오호, 그거 대단하구려. 한데 짱짱이 뭐요?"

둘의 대화를 듣고 있자니, 무거워지려던 마음이 스르르 풀렸다. 그래, 적어도 내 곁엔 저들이 있다. 또한 위원회의 등장이 나쁜 일인 것만도 아니다. 아버지의 생존에 대한 단서를 잡았기 때문이다.

싱긋 웃은 용운이 말했다.

"가요, 함곡관으로."

"옛. 전군 전진!"

검후가 호령했다.

용운 일행은 함곡관으로 거침없이 말을 달렸다.

어느 정도 거리가 가까워졌을 때였다. 성월이 먼저 성벽 위로 화살을 쏴 날렸다. 용운이 쓴 서신을 매단 화살이었다.

"오, 드디어 왔구나, 왔어!"

전갈을 받은 유비는 용운의 도착을 크게 반겼다. 오죽하면 직접 관문 밖으로 뛰어나왔을까. 오백의 병사도 반가웠지만 용운과 사천신녀의 도착은 천군만마를 얻은 듯한 기분을 느끼게 했다.

"먼저 가 계시면 온다고 하지 않았습니까."

"뭐, 꼭 군사가 약속을 안 지켜서라기보다 사수관 쪽 일이 꼬일 수도 있으니 말이야."

"함곡관을 멋지게 점령하셔놓고 뭘 그리 불안해하십니까?"

"응? 누가? 내가?"

유비는 시치미를 뗐지만 불안한 건 사실이었다. 그는 동탁군도, 용운도 오지 않으면 어떡하나 하고 내심 초조해하던 중이었다. 그런 사태가 벌어지면 진짜 유랑군이 돼버린다.

유비뿐만 아니라 병사들도 마찬가지였다. 그들도 돌아가는 일을 대충 알았다. 별안간 함곡관에 들어앉았으니 모를 리가 없다. 그들은 본래 공손찬 휘하의 정규군이었다. 초기부터 유비를 따른 자들은 수백에 불과했다. 자칫 역도가 될 판이니 불만과 두려움이 쌓였다.

'뭔가 어수선하네.'

성내를 돌아보던 용운은 불온한 분위기를 하루 만에 눈치챘다. 막연한 다짐으로 안심시키는 데는 한계가 있었다. 이러다 이탈자가 나오거나, 정작 동탁군이 도착했을 때 제 힘을 내지 못하면 낭패였다. 어떻게 사기를 올릴까 고민하던 용운은 한 가지 방법을 떠올렸다.

'사람은 배가 부르면 너그러워지지. 맛있는 음식을 먹으면 기분도 좋아지고.'

그는 병사들에게 뭔가 요리를 해먹이기로 했다.

'맛있어야 함은 기본. 빨리 만들 수 있으면서 만들기도 쉬운 것. 이왕이면 휴대도 가능한 음식.'

생각해둔 요리는 있었다. 바로 만두였다.

'제갈량한테는 좀 미안하지만.'

흔히 만두는 제갈량이 만든 것으로 알려져 있다. 제갈량은 유비의 참모로, 촉나라의 재상이다. 유비가 세 번이나 찾아가 등용했다는 삼고초려(三顧草廬)의 고사성어로도 유명한 인물이었다.

그가 남만(南蠻, 중국 역대 왕조가 남방의 민족을 멸시하여 일컫던 이름. 남쪽 오랑캐라는 뜻)을 정벌하고 회군하던 중이었다. 노수라는 강가에서 별안간 풍랑이 일었다. 군사가 강을 건너지 못해 곤란에 처했을 때였다. 현지인 하나가 하늘이 노한 것이라며, 사람의 머리를 제물로 바쳐야 한다고 진언하였다.

힘겨운 원정을 마치고 돌아오는 병사들을 어찌 더 희생시킨단 말인가. 고심하던 제갈량은 한 가지 꾀를 떠올렸다. 양고기와 돼지고기를 밀가루 반죽으로 싸서, 사람 머리 모양으로 빚어 제사를 지낸 것이다. 이에 사람 머리(頭)를 닮은 음식이라 하여, 만두(饅頭)라는 이름이 붙었다. 만(饅)은 하늘을 속였다는 의미에서 기만(欺瞞)하다의 '만(瞞)'과 같은 음에서 따온 것이라는 설과, 남만의 '만(蠻)'이라는 설이 있었다. 후자의 경우에는 본래 만두(蠻頭)가 되는 셈이다.

용운은 성내의 주방에서 재료를 가져오게 했다. 다행히 비축해둔 식량은 충분했다. 만두의 주재료는 밀가루와 고기, 물, 채소 정도. 모두 관문에 저장한 식재료로 해결 가능했다. 거기에 고기의 찌꺼기와 비계 등도 쓸 수 있다. 휴대는 물론 영양소 비율과 칼로리도 적당했다.

먼저 시험 삼아 몇 개를 만들어보기로 했다. 밀가루를 잘 반죽한 다음, 얇게 폈다.

'원래 숙성시키면 더 맛있지만 시간이 없어서.'

거기에 양념한 다진 고기와 채소, 향신료 등을 넣었다. 마지막으로 솥에 넣어 잘 쪘다. 크기는 일부러 주먹보다 큰 왕만두로 했다. 개당 한 끼가 해결되는 편이 간단하기 때문이다.

'그러고 보니 이 세계에 와서도 요리를 꽤 했네.'

생각보다 선택 가능한 재료의 폭이 넓었다. 이 세계에서의 첫 요리는 제육덮밥이었다. 다들 맛있게 먹는 모습을 보자 기분이 좋아졌다.

그 후로 집에서 요리를 종종 했다. 또 전장에 와서도 샤브샤브를 만들었다. 이런 생각을 하며 한창 만두를 만들 때였다. 그의 눈앞에, 별안간 붉은 글자가 떠올랐다.

특기, 진미(眞味) 습득
- **자동 적용형**
- **식재료의 효능 극대화**
- **요리의 맛을 더욱 상승**
- **요리의 부가효과 상승**

'오, 이거야. 이거였어. 그때와 똑같아!'

용운은 얼마 전, 위원회의 번서와 시은에게 습격당했던 일을 떠올렸다. 번서의 환술에 시달려 정신을 잃기 직전이었다. 한계가 왔다 싶었을 때, 새 특기 입수를 알리는 붉은 글자가 떠올랐었다.

특기, 반천기(反天技) 습득
- **발동 적용형**

- 일정 확률로 적대적인 천기 반사
- 사용 시 엄청난 체력 소모
- 실패 시 1.5배의 타격

새 특기는 바로 번서의 눈을 터뜨려버린 반천기였다. 반천기를 발동한 직후, 기운이 쭉 빠지며 정신을 잃었다. 사용했을 때의 부작용이었다.

그야말로 위원회를 상대하기 위한 특기. 반천기가 아니었으면 어찌 됐을지 모른다. 그러나 반천기는 양날의 검이기도 했다. 실패 시 무려 1.5배의 타격을 입는 것이다.

반면, 이 새 특기는 걱정 없이 쓸 수 있었다. 거기다 심지어 자동 적용형이었다. 요리를 할 때마다 저절로 적용되는 것이다.

'특기 알림 메시지도 달라졌어. 저번에는 바로 기절하다시피 하는 바람에 넘어갔는데……'

새 특기를 최초로 습득한 것은 왕정류과의 싸움 당시였다. 조운이 총에 맞아 목숨을 잃었다고 착각했을 때였다. 나중에 돌이켜보고 스스로도 놀랐을 정도의 분노와 증오가 솟구쳤었다. 그러자 별안간 새 특기 '냉정'을 습득하게 됐다.

'이런 것들로 미뤄보면, 내가 뭔가 한계에 달한 상황에서 어느 정도 버텨냈을 때, 감정적으로 극심하게 격해졌을 때,

또 숙련이 가능한 행동을 반복할 때 특기가 생성된다고 볼 수 있다.'

단, 그때의 알림 메시지는 매우 간단했다. '새 특기, 냉정 습득'이라는 한 문장이 전부였다. 그에 비해 반천기 때와 이번에는 제법 구체적인 효과까지 알려주고 있었다.

'뭔가의 조건에 따라 알림 메시지도 발전하는 건가? 아무튼 앞으로 요리를 더 자주 해야겠네. 또 다른 특기들의 효과도 알 수 있나 확인해봐야겠어. 일단 만두부터 다 삶고 나서……'

용운은 다 익었다 싶을 때 솥뚜껑을 열었다. 잘 쪄진 만두가 김을 모락모락 풍겼다. 새로 익힌 특기 덕인지 아주 좋은 냄새가 풍겼다. 한 개를 먹어본 그는 크게 만족했다.

"캬! 내가 만들었지만 장난 아니게 맛있다."

부드럽고 쫄깃한 만두피의 식감, 육즙이 흐르는 고소하면서도 감칠맛 나는 소! 하지만 이건 어디까지나 용운 자신의 소감이다. 다른 사람들의 입맛에는 별로일 수도 있었다.

'그럼 이제 시식시켜볼 차례.'

그때, 유비가 주방 안으로 고개를 쑥 들이밀었다. 용운이 한참 틀어박혀 뭔가를 하자 궁금하던 차였다. 거기에 맛있는 냄새까지 풍기니 호기심을 참지 못한 것이다.

"뭐해, 군사야?"

"나가세요."

"아 씨, 나도 좀 알자. 넌 지금 엄연히 나의 참모라고!"

"알았으니까 나가세요. 어련히 알려드릴까."

두 사람은 며칠 사이, 좀 더 친해졌다. 정확히 표현하면, 친해졌다기보다 유비가 징징대고 용운이 짜증을 내는 패턴의 반복이었다. 또 유비는 끊임없이 용운의 영입을 시도하여 그를 피곤하게 만들었다.

"군사야, 용운아, 백규 형이 나한테 맡긴 김에 진짜로 내거 안 할래?"

"사양합니다."

"그러지 말고. 귀찮게 뭐하려고 또 소속을 옮겨? 관 형이랑 익덕하고도 친해졌잖아?"

"그건 그거고, 지금은 현덕 님도 태수님 밑에 있잖습니까."

"난 워낙 자유로운 바람 같은 사람이라서 말이야. 언제여길 떠날지 몰라. 그때 나랑 같이 가자."

"싫습니다."

이는 사실, 유비 나름의 생존책일 수도 있었다. 그가 가장 믿는 사람은 관우와 장비다. 그 두 사람이 최근 뭔가 눈치가 미묘했다. 은근히 용운의 편을 들거나 신경 써주기 시작한 것이다. 이는 사린과 성월의 영향이 컸다.

유비의 입장에서는 용운 하나만 맞아들이면 뛰어난 군

사, 두 의제의 안정, 막강한 네 무사를 한꺼번에 얻게 된다.
그러나 유비의 앞날을 아는 용운은 철벽이었다.

청몽이 잡혀가고 조운이 쓰러졌을 때, 유비가 자신을 몰
아붙였던 일도 잊지 않았다. 용운은 성인군자가 아니었다.
뒤끝이 작렬했다.

일단 지금은 두 번째 만두를 유비에게 먹일 생각이 전혀
없었다.

"안 나가시면 사수관으로 돌아갈 겁니다."

"나가, 나간다고."

결국 유비는 툴툴대며 주방을 나갔다.

당연히 첫 번째 시식 대상은 사천신녀였다. 용운은 네 자
매를 불러 왕만두를 하나씩 돌렸다. 한 입 베어 문 그녀들의
눈이 커다래졌다. 이어서 말을 잃고 정신없이 먹기 시작했
다. 늘 기품을 잃지 않는 검후조차 먹는 데만 집중했다. 특
히 사린은 순식간에 하나를 먹어치웠다.

"맛이 어때?"

묻는 용운에게 사린이 갈구하듯 말했다.

"주군, 더 없어요? 더, 더 먹고 싶어요."

청몽과 성월도 입을 모았다.

"정말 맛있어요, 주군."

마지막으로 검후가 약간 수줍은 듯 말했다.

"끝내줍니다."

용운은 만족스러운 미소를 지었다. 잠시 맛을 음미하듯
눈을 감고 있던 청몽이 입을 열었다.

"주군, 그런데 이거 희한하네요."

"뭐가?"

"그냥 느낌일 수도 있는데, 몸이 가벼워지고 힘이 나는
기분이 들어요."

성월과 사린이 맞장구를 쳤다.

"나도! 나도 비슷해."

"주군! 나도 힘이 쎄졌쩌여!"

청몽이 그런 사린을 놀렸다.

"넌 원래 아무거나 먹으면 힘 세지잖아, 바보야."

"바보 아니야! 둘째 언니가 바보다!"

"그럼 넌 바보의 바보."

"둘째 언니는 바보의 바보의 바보야!"

대화를 듣던 용운은 눈을 빛냈다. 진미 특기 중에는 분명
이런 내용들이 있었다.

- **식재료의 효과를 극대화한다.**
- **요리의 부가효과를 상승시킨다.**

이전까지의 요리는 호감도를 올려줄 뿐이었다. 한데 진미 습득 후에는, 음식을 먹은 대상에게 뭔가 이로운 작용도 하게 된 것이다.

이제 만두를 병사들 전원에게 돌릴 차례였다.

'지금부터가 일이네.'

청몽과 사린은 여전히 바보 대결 중이었다.

"넌 바보의 바보의 바보의 바보의 바보다."

"둘째 언니는 바보의 바보의 바보의 바보의⋯⋯."

"⋯⋯그만해라."

"응, 안 그래도 몇 번인지 까먹었어."

"⋯⋯때려도 돼?"

"끄응⋯⋯."

용운이 웃으며 두 사람을 말렸다.

"자, 그만하고 나 좀 도와줘."

관문 안에 있는 병사들의 수는 대략 일만 남짓.

원래 주둔해 있던 병사 팔천에, 유비가 데려온 병사 천, 그리고 용운이 데려온 병사가 이천이었다. 거기에 부장들과 장수들까지 포함하면 일만 이천 명 정도가 된다. 일인당 두 개라고 쳐도, 만들어야 하는 개수만 이만 사천 개에 달했다. 물리적으로 도저히 불가능한 개수였다.

'내가 혼자 만들었다간 하루에 천 개씩 만들어도 24일이

걸려. 효과는 줄겠지만 어쩔 수 없지.'

용운은 사천신녀의 도움 외에도, 유비에게 부탁하여 만두를 만들 병사들을 따로 차출했다. 그들을 고기 조, 반죽 조 등으로 적당히 나눴다. 단, 만두소를 만드는 작업만은 용운 자신이 직접 참여했다. 만두의 맛을 결정짓는 만두소에, 진미 특기 효과를 부여하기 위해서였다. 그렇게 꼬박 사흘을 일하자 전원이 먹을 만두가 만들어졌다. 날이 추운 덕에, 재료가 쉬기 전에 끝낼 수 있었다.

결과는 대성공이었다. 용운이 전 과정을 직접 수행하여 만든 것보다는 못했지만 병사들을 놀라게 하기에는 충분한 맛이었다.

"이게 대체 뭐지? 전병도 아니고 떡도 아니고."

"만두라고 하던데?"

"만두……. 오랑캐 머리란 소린가? 이름 한번 요상하네. 그냥 밥이랑 고기나 줄 것이지. 뜨거운 국물을 주든가."

"어쩌겠나. 배고프니 주는 대로 먹어야지. 이것도 뜨끈한 게 추위는 좀 가시겠구먼."

반신반의 혹은 불평하며 먹던 병사들은 한 입 베어 문 후 반응이 달라졌다.

"……허?"

"이, 이게 무슨 맛이야?"

"육즙이…… 안에 고기와 채소가 들었어!"

그 뒤로는 대화가 필요지 않았다. 먹느라 성신이 없었기 때문이다. 그 뒤 한동안 병사들의 화제는 단연 만두였다.

용운이 고안했으며, 요리에도 직접 참여했다는 사실이 알려졌다. 사천신녀들이 지나가듯 소문을 흘린 것이다. 사린은 대놓고 우리 주군이 만들었다고 떠들고 다녔지만. 이 얘기를 접한 병사들은 공통적으로 용운에 대한 호감도가 올라갔다. 또한 용운의 의도대로 사기도 높아졌다.

함곡관에 도착한 지 닷새째 되는 날 밤이었다. 용운은 성벽에서 병사들을 내려다보고 있었다. 그는 모처럼 혼자였다. 청몽이 암중에서 호위 중일 것이므로, 정확히는 둘이다. 검후는 연무장에서 검술을 수련하고 있었다.

'수련을 거듭하다 보면, 검후에게도 새 특기가 부여될지도 몰라.'

성월은 어디선가 장비와 술을 마시는 듯했다.

'요 근래 둘이 함께 보내는 시간이 부쩍 늘었단 말이야? 술친구라서 그런가.'

사린은 함곡 어딘가로 사냥을 하러 갔다. 만두 만드는 데 필요한 고기를 더 확보하기 위해서였다.

'막둥이는 동물을 좋아하지만…… 먹는 걸 더 좋아하는

듯. 하하.'

병사들은 다들 행복한 얼굴로 만두를 먹느라 바빴다. 흐뭇한 표정으로 바라보던 용운이 말했다.

"청몽아, 잠깐 나와봐."

"……."

"괜찮아. 여긴 지금 우리 둘뿐이야."

마치 바닥에서 솟아나듯, 그녀가 나타났다. 용운의 등 뒤로 두 걸음 정도 떨어진 곳이었다.

"은신해 있는데 왜 자꾸 불러내요."

말은 그렇게 해도, 싫은 기색은 아니었다.

깊은 밤 환한 달빛이 성벽 위의 둘을 비췄다. 용운이 천천히 말했다.

"좀 더 가까이 내 옆으로 와."

청몽이 용운의 왼쪽 옆에 와서 섰다. 그녀의 시선도 성벽 아래의 병사들을 향했다. 나란히 선 채로, 용운이 말을 이었다.

"네가 잡혀갔다 온 뒤로 한 번도 제대로 얘길 못했잖아. 곧장 이리로 오는 바람에."

"별로 할 얘기 없어요, 뭐."

"난 있어. 그때 얼마나 걱정했다고."

"무슨 걱정이람. 제 실력 아시잖아요."

"괜찮아?"

"괜찮죠, 그럼. 지금은 긁힌 곳도 없어요."

용운이 청몽 쪽으로 고개를 돌렸다.

"하지만 널 생포해간 사람이 여포였잖아. 더구나 내게서 멀어져서, 특기도 못 쓸 정도로 힘이 약해졌고."

"헤헹. 그놈이 나한테 손끝도 못 대게 했으니 걱정 마세요."

말은 그렇게 해도 불현듯 어떤 기억이 떠올랐다. 이글대는 눈빛으로 자신의 옷을 찢어버린 여포. 솔직히 무서웠다. 그런 한편 그가 측은했다. 문득, 그가 뭘 하고 있을지 궁금해졌다.

한동안 잠자코 있던 용운이 물었다.

"그런데 나, 아무리 생각해도 의아한 부분이 있어. 여포가 유격전을 펼쳤을 때, 왜 굳이 널 데리고 나온 거야? 사린이는 널 방패로 삼으려 했다고 굳게 믿는 모양이지만……. 내가 아는 바로는 여포는 그런 성격이 아니야."

계속 마음에 걸리는 부분이었다. 그냥 넘기려 했지만 가슴 한구석에 의문이 가시처럼 박혀 있었다. 설마 하는 의문이.

청몽은 자기도 모르게 대꾸하고 말았다.

"그건 그래요. 그런 놈은 아니죠."

"그럼 왜?"

"……저도 잘 모르겠어요."

"그렇게 끌고 다니다 갑자기 풀어준 이유는?"

"데리고 있었더니 방해만 돼서 그랬나 보죠."

이성 관계에 젬병이기는 용운도 마찬가지였다. 그래서 여포가 청몽에게 연정을 품었다는 사실까지 정확히 깨닫진 못했다. 그래도 이상하게 기분이 나쁘긴 했다.

물론 청몽이 무사한 건 무엇보다 기뻤다. 하지만 여포가 그녀를 붙잡아갔다가 데리고 다닌 일, 그러다가 결국 그냥 풀어준 사실 등이 이상하게 신경이 쓰였다. 그 감정의 정체는 질투였다.

알 수 없는 불쾌함과 질투가 결국 서투르게 표현됐다. 용운의 어조에 미미한 화가 섞였다.

"그러니까 왜 그렇게 위험하게 달려들었느냔 말이야. 난 애초에 널 일대일의 정면대결용으로 설정하지 않았다고. 검후가 올 때까지 적당히 상대하면서 시간만 끌었어야지."

"이 씨, 정면으로 덤빈 게 아니라 기습했다고요. 그놈이 짐승처럼 예민하고 반응이 빨라서 실패한 걸 어쩌라고요."

"특기는 또 왜 안 썼어? 암살지정도 있고 허공참수도 있고. 최악의 경우에는 파멸암흑도 있잖아!"

"아니, 함부로 살인하지 말라고…… 특히 유명한 인물은 절대 섣불리 손대면 안 된다고 당부한 게 누군데? 파멸암흑을 썼으면 걘 그냥 그 자리에서 소멸이라고요. 그놈뿐만 아니라 주변에 있던 우리 편 병사들도. 왜 가만히 잘 있는 사람 불러내서는 자꾸 신경질이람? 나 갈래요."

토라진 청몽이 휙 등을 돌리고 걷기 시작했다.

'이게 아닌데.'

잠깐 멈칫하던 용운은 그녀의 뒤를 쫓았다. 그러고는 뒤에서부터 힘껏 그녀를 안았다. 자신도 모르게 한 행동이었다. 멀어져가는 그녀가 또 사라져버릴 것만 같아서. 달빛에 비친 뒷모습이 환상처럼 아름다워서.

청몽이 그 자리에 딱딱하게 굳었다. 그녀의 등에 뺨을 댄 용운이 나직하게 말했다.

"화내서 미안."

"……."

"위험한 짓 하지 마. 그리고 다시는 나한테서 멀리 떨어지지 마."

"……답답해요. 알았으니까 놔줘요."

"약속해."

"약속할게요."

용운이 팔을 풀자마자, 청몽은 사라져버렸다. 특기인 은신잠행을 이용해 모습을 감춘 것이다. 멍하니 서 있던 용운의 얼굴이 새빨개졌다. 자신이 무슨 짓을 했는지 뒤늦게 깨달은 것이다.

"내가 뭘 한 거야. 미쳤나……."

다른 사천신녀들이 이 자리에 없어서 다행이라고, 그는 진심으로 생각했다. 그래도 부끄러움을 억누르기가 어려웠다. 누군가가 자신의 행동을 봤을 것만 같았다.

'아, 모르겠다.'

결국, 용운은 허둥지둥 어디론가 달아났다. 청몽이 간발의 차를 두고 뒤를 은밀히 따랐다. 그녀는 자기 딴에는 열심히 달리지만 전혀 멀어지지 않는 용운의 뒷모습을 보며 생각했다.

'갑자기 끌어안으면 어쩐담. 와 나, 등으로 심장 뛰는 소리 들릴까봐 식겁했네. 그래도 좋긴 좋…… 헤헤. 뛰는 것도 귀엽다니까. 아장아장…… 되게 느리네…….'

검후는 연무장에서 두 자루의 검을 휘두르고 있었다.

'달이 환하구나. 수련하기 좋은 밤.'

벌써 한 시진(두 시간)이 지났다. 하지만 지치지도, 땀을 흘리지도 않았다. 그녀의 신체는 분명 인간의 그것이다. 단, 보통 사람과 큰 차이들이 존재했다. 음식물을 섭취하되, 배설하지 않는다. 땀도 잘 흘리지 않는다. 잠도 거의 안 잔다.

'이런 나를 인간이라고 할 수 있을까?'

사천신녀는 초인적인 힘을 가진 만큼 많은 에너지를 필

요로 했다. 다량의 음식물을 섭취, 최대한 흡수했다. 그 능력이 극대화된 게 사린이었다. 대사과정에서 남은 미량의 노폐물은 눈에 보이지 않을 정도로 증기화되어서 모공을 통해 배출되었다.

'하지만 이 몸, 처음에는 거부감이 들었지만 지금은 꽤 마음에 들어.'

검후는 여포와의 대결에서 충격을 받았다. 압도적인 신체적 능력과 특기라는 힘, 이것만으로도 충분히 강했고 실제로도 그랬다.

하지만 여포에게는 다른 무엇이 더 있었다. 만약 그와 같은 자 둘을 한꺼번에 상대한다면 결코 쉽지 않을 터였다. 최악의 경우, 용운을 지키지 못하게 될 수도 있었다.

'절대 그런 일이 일어나서는 안 돼. 더, 더 강해져야만 한다. 내가 더 이상 인간이 아닌, 괴물이 되는 한이 있어도.'

이게 그녀가 틈날 때마다 수련하는 이유였다. 마침, 보고 익힐 무공서도 있었다. 원소가 비무대회의 우승 상품으로 내건 것이었다. 비무대회는 갑작스러운 적의 공세로 흐지부지됐다. 그 직전, 비무대회에 남은 건, 검후와 사린, 그리고 한당을 이긴 조인, 정보를 제압한 장비 넷이었다.

적의 공격을 막아낸 후, 끝나지 않은 비무대회 이야기가 다시 회자되자 화웅을 벤 검후를 존중해 장비와 조인은 승자의 권리를 포기했고, 사린 역시 당연하다는 듯 기권을 선언했다. 따라서 비무대회의 최종 우승자는 검후로 정해졌다.

우승자는 정해졌으나 포상이 이뤄지지 않았다. 애초에 적을 속이는 게 주목적이 아니었냐고 반문하는 제후들도 있었다. 상금이 아까워진 원술은 아예 모른 척했다.

그러나 원소는 약속대로 가문의 무공서를 검후에게 주었다. 그는 오만하고 우유부단했으며 자존심이 강했다. 그만큼 주변의 시선도 의식한다는 뜻이었다. 영지나 인재라면 모를까, 오래된 무술교본 때문에 치졸하단 말은 듣기 싫었다.

그 일은 검후에게는 뜻밖의 기연(奇緣)이었다. 원가의 무공서 안에 쌍검술이 있었던 것이다. 원가쌍검. 상당한 수준의 최고급 검술이었다. 이에 그 부분을 며칠 전부터 집중적으로 파고드는 중이었다.

'그때의 감각을 되살려야 해.'

여포가 눈앞에서 홀연히 사라지기 직전, 검후는 대기 중의 한 부분이 일그러지는 걸 봤다. 거의 반사적으로 그곳을 베었다. 순간, 그녀는 자신이 '공간'을 잘랐다고 느꼈다.

그런 일은 이후 두 번 다시 일어나지 않았다. 만약 그 베기를 의식적으로 사용 가능하다면, 거기 필단검의 성능까지 더해지면, 이 세상에 그녀가 베지 못할 건 없으리라.

검후는 문득 누군가의 인기척을 느꼈다. 그녀는 검술을

멈추고 나직하게 말했다.

"나오시지요."

잠깐 망설이던 누군가가 걸어나왔다. 연무장 한편에서 나온 이는 조운이었다.

"실례했습니다. 수련 중인 모습이 너무 아름…… 아니, 훌륭하여 그만 정신없이 구경하고 있었습니다."

"자룡 님이셨군요. 괜찮습니다."

검후가 살짝 웃었다.

조운의 표정이 멍해졌다. 그의 눈에 비친 검후는 마치 선 녀 같았다. 달빛이 내려앉은 양어깨와 길고 새하얀 목. 한 참이나 수련을 했는데도 땀 한 방울 나지 않은 반듯한 이마. 그녀가 움직일 때마다 주변에 은은하게 부는 향기로운 바 람까지. 같은 인간이라는 게 믿기지 않을 때가 있었다.

어느새 바로 앞까지 다가온 조운이 말했다.

"제 목숨을 구해주셨다 들었습니다."

그의 목소리가 묘하게 열기에 찼다 느끼며, 검후는 차분 히 답했다.

"그건 제가 아니라 주군께서 하신 일이지요."

"이제 그 검으로 저를 베셔도 좋습니다."

"네? 무슨……."

"그때 받았던 것을 돌려드리려 합니다."

순간, 검후는 환하던 달빛이 가려진다고 느꼈다. 이어서 그녀의 입술에, 조운의 뜨거운 입술이 와닿았다. 강행군하는 사이 자란 수염이 따가웠다. 검후의 허리에 조운의 손이 살짝 얹혔다.

입술을 뗀 그가 검후를 바라보며, 떨리는 목소리로 말했다.

"무례를 용서하십시오. 하지만 더는 참을 수가 없었습니다. 죽음의 문턱에 다녀오니, 말할 수 있을 때 꼭 말해야 할 것 같았습니다. 후회하기 전에……."

"……."

검후는 고개를 살짝 숙인 채 말이 없었다. 수줍어하는 것 같기도 하고 뭔가 생각에 잠긴 것 같기도 했다.

"당신을…… 연모합니다, 검후 님."

검후는 깊은 한숨을 내쉬었다.

"……저는 그런 감상에 빠질 여유가 없습니다. 전…… 주군을 지키기 위해서만 삽니다."

"용운이를 지키려는 마음은 저도 마찬가집니다. 그 길을 함께 갈 수도 있지 않습니까."

검후는 뒤로 살짝 물러나 조운의 손을 벗어났다. 그리고 그때까지도 손에 들고 있던 두 자루의 검을 검집에 넣었다. 그런 그녀의 손이 가늘게 떨리는 걸, 조운은 미처 보지 못했다.

"밤이 늦었으니 이만 가보겠습니다."

"검후 님……."

검후는 조운을 연무장에 남겨둔 채 긴 다리로 성큼성큼 걸어 그 자리를 떠났다.

성벽 반대편 끝에서, 장비와 술을 마시던 성월이 피식 웃었다. 장비가 궁금하다는 듯 물었다.

"왜 웃어요?"

"그냥, 좋을 때다 싶어서."

"뭐가요?"

"주군과 둘째 언니. 또 큰언니와 조운. 왜일까? 다들 갑자기."

"그러니까 뭐가……."

말하던 장비가 굳었다. 성월의 입술이 뺨에 살짝 닿았다가 떨어졌기 때문이다.

그녀가 생긋 웃으며 말했다.

"저 달 때문인가? 만월의 달빛은 사람을 홀려 속마음을 드러나게 한다고 하더니."

넋이 나가 있던 장비는 별안간 품에서 허겁지겁 뭔가를 꺼냈다. 그것은 옥으로 만든 가락지였다. 그는 옥가락지를 성월에게 내밀며 말했다.

"나, 나랑 혼인해줄래요, 성월?"

"어머, 청혼할 때 반지를 주는 건 어디서 배웠어? 이건 분명 서양에서 들어온 풍습일 텐데."

"서양? 어, 어디서 본 걸 따라하는 게 아니에요. 그냥, 이 가락지가 당신 같아서 샀어요. 백옥으로 된 가락지가 꼭 달 같아서. 당신도 그래요. 그리고 저번에는 뭔가 선물조차 없이, 너무 갑작스럽게 얘기했나 싶어서……."

"제법이네, 우리 익덕. 지금도 충분히 갑작스럽긴 하지만."

"그럼, 혼인해줄 거예요?"

"아아니."

성월은 장비의 코를 손가락으로 가볍게 튕겼다. 그리고 콧노래를 흥얼거리며 멀어져갔다. 장비는 망연자실해서 그 자리에 서 있었다.

'또 차였어…….'

유난히 달이 밝은 날 밤의 일이었다.

15

·

이면의 전투

그로부터 닷새가 더 지난 후였다. 유비와 용운은 드디어 동탁의 군사와 맞닥뜨리게 되었다. 용운은 함곡 입구 쪽에 미리 천여 명의 병사를 매복시켜두었다. 동탁군이 모두 계곡 안에 들어온 직후였다.

사린이 특기를 발동해 협곡 입구를 무너뜨렸다. 당황하는 동탁군의 배후를 검후와 청몽, 사린, 조운이 매복한 군사와 함께 공격하기 시작했다. 일대 다수의 난전은 청몽의 특기였다. 필승을 위해, 그녀마저 출진시킨 것이다. 유비도 때맞춰 관우와 장비를 내보냈다. 두 맹장은 양떼를 휘젓는 이리처럼 날뛰었다.

분명 아군이 주둔해 있어야 할 함곡관이었다. 동탁군의 혼란은 더욱 커졌다. 좁은 계곡에 갇힌 채 앞뒤로 적을 맞이했다. 더구나 정면의 요새는 적의 수중에 떨어졌다. 당황하지 않았다면 그게 더 이상한 상황이었다.

그러나 과연 동탁의 정예군이라 할 만했다. 절망적인 전황에서도 군기를 수습해나갔다. 생각보다 아군의 사상자가 많아지고 있었다.

그때, 용운이 안배한 마지막 복병이 움직였다. 성월이 화살 공격을 퍼붓기 시작한 것이다. 그녀가 쏜 화살은 난전 중임에도 동탁군의 부장과 병사들만 귀신같이 쓰러뜨렸다. 여기에는 아무리 정예병이라도 버티지 못했다.

마침내 동탁군 전열이 붕괴되기 시작했다. 그 틈새를 뚫고, 조운과 검후가 동탁의 어가로 접근하는 데 성공했다. 두 사람의 눈이 허공에서 마주쳤다.

'저것만 잡으면……'

'이 난세를 끝낼 수도 있습니다.'

먼저 도달한 사람은 조운이었다. 화웅과의 대결 때처럼 예외적인 상황을 제외하고, 사천신녀는 굳이 역사의 정면에 나설 필요가 없었다. 전공에 대한 욕심이 있는 것도 아니었다. 검후는 슬쩍 걸음을 늦추며 조운의 뒤를 지켰다.

조운은 난전 중 빼앗은 검으로 어가의 문을 자르며 외쳤다.

"동탁, 이제 끝이다!"

그때였다. 어가 안에서 수십 개의 비도가 튀어나왔다. 조운의 눈이 커졌다. 그는 반사적으로 창을 회전시켜 비도를 막았다. 그러나 거리가 가까워 다 막기란 불가능했다. 비도들이 치명적인 급소로 날아든 순간, 누군가가 조운을 밀쳐 내며 등으로 대신 비도를 받았다. 조운의 입에서 안타까운 외침이 터져나왔다.

"안 돼!"

함곡관 전투는 서서히 정리돼가는 분위기였다. 용운은 협곡 사이의 전투를 내려다보고 있었다. 승리를 앞뒀음에도 그는 조금씩 초조해졌다.

'아직 안 끝난 건가?'

동탁군은 이제 거의 괴멸 직전이었다. 그런데 동탁을 잡거나 죽였다는 신호가 없었다. 그를 놓치면 이겨도 이긴 게 아니게 된다. 그때, 옆에 있던 유비가 조용히 검을 뽑았다. 쌍검을 양손에 나눠 든 그가 말했다.

"우리가 있는 위치가 발각된 모양이야, 군사."

"네?"

휘익! 휘파람소리 같은 높은 소리가 울렸다. 동시에 마른 덤불에서 튀어나온 뭔가가 두 사람의 발아래로 날아들었다. 형체를 정확히 알아보기 어려울 정도로 빨랐다.

"용운!"

다급히 외친 유비가 입술을 깨물었다.

'무엇인진 몰라도 용운은 피하지 못할 공격이다.'

유비는 검 한 자루를 아래로 힘껏 내던졌다. 무섭게 날아간 검이 땅바닥에 꽂혔다. 다리로 날아오던 뭔가의 진로가 거기에 막혔다. '그것'의 움직임이 검을 피해 휘어졌다. 그만큼 공격이 지체됐다. 유비는 그사이 용운을 낚아채 몸을 날렸다.

섬뜩한 기운이 그의 한쪽 다리를 스쳤다. 유비는 뜨끔한 통증에 눈꼬리를 찡그렸다.

'뱀?'

흰 뱀 같은 것이 바닥을 빠르게 기어가는 걸 봤다. 유비의 시선이 잠깐 그쪽에 쏠린 사이, 이번에는 나무 사이에서 뭔가 튀어나왔다. 함곡의 나무들은 상록수가 많았다. 겨울임에도 숲이 울창했다. 그 나무들이 계곡 안을 어두컴컴하게 만들었다. 어둑한 시야로, 호랑이를 연상케 하는 얼룩무늬가 얼핏 스쳤다. 나무에서 튀어나온 적이었다.

놈이 공중에 뜬 유비의 가슴께로 손을 휘둘렀다. 마치 호랑이가 앞발로 사냥감을 내려치듯. 놈은 손톱 모양의 짧은 칼날 세 개가 붙은 장갑을 끼고 있었다. 흔히 '조(爪)'라 불리는 무기였다.

"큭!"

유비는 용운을 안고 바닥을 나뒹굴었다. 그의 흉부에 세 가닥의 상처가 났다. 갑옷이 잘리고 가슴이 살짝 베였다.

'보통 무기가 아니다.'

유비는 재빨리 한 바퀴를 굴러 앉아서 말했다.

"웬 놈들이냐?"

짝짝짝. 유비의 가슴을 벤 적이 박수를 쳤다.

"과연, 유비. 사람들은 도망만 다니는 기회주의자인 줄 알지만 익힌 바 무예솜씨도 대단했다는 사실이 밝혀지고 있지. 그 와중에 몸을 뒤틀어 상처를 가볍게 만들다니, 대단하십니다그려. 이 손톱은 아모르퍼스 합금으로 만든 것인데 말이오. 아, 이렇게 말해도 모르려나?"

유비는 정체불명의 남자를 노려보았다.

"네놈, 동탁의 수하인가?"

"누구게?"

사내는 몸에 붙는 호피무늬 상하의 차림이었다. 기이한 모양의 투구를 써서 코와 입만 드러났다. 거기에 검게 칠한 특이한 형태의 장화를 신었다. 다만, 이는 어디까지나 유비의 관점이었다.

용운은 한눈에 복색의 정체를 알아봤다.

'저건 미 특수부대의 군복이다. 좀 변형됐지만. 망할. 또

위원회에서 나온 자인가? 하필 이때.'

　머리에 쓴 것도 당연히 이 시대의 투구가 아니었다. 그것은 고글이 부착된 방탄 헬멧이었다. 군복은 일반적인 카모플라주(위장용 얼룩무늬) 문양 대신, 황색 바탕에 초록색과 검은색 줄무늬를 그렸다. 마치 호랑이처럼.

　용운의 시선을 느낀 남자가 어깨를 으쓱했다.

　"멋있지? 이 군복은 레인저스(미 육군 소속의 정예부대. 정식 명칭은 제75유격연대)의 것을 개조한 거고, 헬멧은 영국 제16 강습여단 걸 개조한 거야. 이 고글로 말할 것 같으면……."

　용운이 보기에 위원회 인간들은 모두 약간 이상했다. 이 자는 아무래도 밀덕(밀리터리 덕후, 군대의 정보와 장비 등에 애착을 가져, 수집하기를 즐기는 사람)인 듯했다. 그는 대꾸하는 대신, 대인통찰을 발동했다.

무력(武力) 54　　　　　　　　　　통솔력(統率力) 46

진달
(陳達)

지력(智力) 35　　　　　　　　　　정치력(政治力) 20

위장(僞裝) 맹호광란(猛虎狂亂)
매복(埋伏) 천기자(天技者)
협공(挾攻)

매력(魅力) 49　　　　　　　　　　호감(好感) 16

뭔가 현대의 첨단 군용장비를 갖춘 모양이다. 하지만 일단 무력은 유비보다도 낮았다. 거기서 약간 안심은 됐으나 다른 문제가 걸렸다.

'역시 예상대로 위원회의 일원. 진달이라면,《수호지》의 서열 72위 도간호(跳澗虎) 진달이다. 여기까지 나타났다는 건 위원회가 내 움직임을 감시하고 있다는 뜻인데…….'

전예로 둔갑했던 번서와 청몽에게 당한 시은에 이어, 벌써 두 번째였다. 상대는 용운의 움직임을 알지만 용운은 그들에 대해 아는 게 거의 없었다. 자신과 마찬가지로 현대에서 왔다는 것, 아버지와 뭔가 연관이 있다는 것, 소설《수호지》속 양산박의 구성을 따랐다는 것. 용운이 가진 정보는 이 정도에 불과했다.

한데 상대는 자신을 거듭하여 노리고 있었다. 계속 이렇게 나온다면 뭔가 대응을 할 수밖에.

'정보가 너무 부족해. 이번 전투가 끝나면 마음먹고 조사를 해봐야겠어. 그나저나 호감도 수치 보소. 사람 죽이겠…… 아니, 잠깐. 설마 진짜 죽이러 온 건가?'

그때, 또 한 사람이 진달의 옆에 불쑥 나타났다. 마치 땅에서 솟아오르듯 쑥 튀어나온 것이다. 그가 진달에게 냉랭한 어조로 말했다.

"장비 자랑 좀 그만해. 이 밀덕 녀석아."

그는 1960년대 말, 중국 문화혁명 이후 유행했던 짙은 황색의 '마오 재킷'을 입고 있었다. 마오쩌둥이 즐겨 입던 스타일에서 유래한 것으로 인민복이라고도 했다.

그는 온몸의 피부가 흰색이고 눈동자는 붉었다. 전형적인 알비노(albino, 피부, 털, 눈 등에 색소가 생기지 않는 돌연변이 백화 현상)의 모습. 긴 백발을 늘어뜨렸으며 몸은 마르고 길었다. 그 형상은 마치 한 마리의 흰 뱀을 연상케 했다. 왼손에 든 군용 나이프가 그의 무기인 듯했다.

용운은 그에게도 대인통찰을 발동했다. 연달아 사용한 탓일까. 아주 살짝, 관자놀이 쪽에 두통이 왔다.

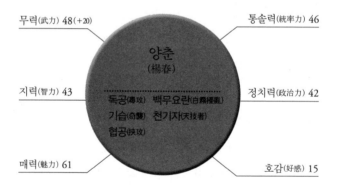

무력(武力) 48(+20)
통솔력(統率力) 46
지력(智力) 43
정치력(政治力) 42
매력(魅力) 61
호감(好感) 15

양춘
(楊春)

독공(毒攻) 백무요란(白霧搖亂)
기습(奇襲) 천기자(天技者)
협공(挾攻)

'저 사람은 《수호지》 서열 73위, 백화사(白花蛇) 양춘. 소설 속에서는 원래 진달, 주무와 한패인데 여기서도 같이 왔구나. 그럼 혹시 주무도 근처에 있는 건가? 무력치가 20이나 상승한 건 또 뭐지?'

순간, 진달의 몸 위에도 무력치가 20 올랐음을 알리는 메시지가 떠올랐다가 사라졌다. 즉 실질적인 무력 수치가 진달은 74, 양춘은 68이 된 것이다. 유비의 무력은 85였다. 그 전까지는 둘을 한꺼번에 상대해도 될 정도였다. 그러나 이제 승패를 장담하기 어려워졌다. 아니, 현대식의 무기며 '천기'라는 초능력 등을 감안하면 오히려 위험했다.

'그렇구나. 협공!'

진달도, 양춘도 협공이란 특기를 가졌다. 협공은 협력하여 공격한다는 뜻이다. 아마 저 협공이란 특기가 있는 장수들이 힘을 합치면 무력이 상승하는 효과가 있는 듯했다.

진달과 양춘을 노려보던 유비가 내뱉었다.

"괴이한 놈들이구나."

순간, 그의 머리 위로 붉은 글자가 떠올랐다.

분기(奮起)

이어 유비에게서 뻗은 기운이 용운을 감쌌다. 관우의 것은 적색이었지만 유비는 녹색이었다.

'오옷!'

용운은 신기한 경험을 했다. 녹색의 기운에 휩싸이자 힘이 솟아난 것이다. 분기는 사용자 본인의 능력치를 약간 올린다. 동시에 주변의 아군들도 강하게 만들었다.

관우 등 장군 급 무장들이 쓰는 건 몇 번 봤다. 하지만 직접 영향을 받아보긴 처음이었다. 용운은 '상태'라는 단어를 떠올려 자신의 데이터를 불러냈다.

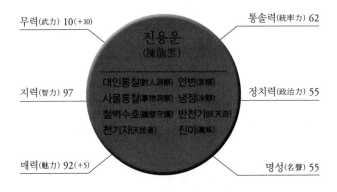

무력(武力) 10(+10)

통솔력(統率力) 62

진용운
(陳龍雲)

대인통찰(對人洞察)　언변(言辯)
사물통찰(事物洞察)　냉정(冷靜)
철벽수호(鐵壁守護)　반천기(反天奇)
천기자(天技者)　진미(眞味)

지력(智力) 97

정치력(政治力) 55

매력(魅力) 92(+5)

명성(名聲) 55

소지물품 - 금강벽옥접(金剛碧玉蝶)

'응, 그래……. 무력이 오르긴 올랐구나…….'

올라봐야 20이었지만 오르긴 오른 거였다. 그래도 무려 본래 전투력의 두 배가 되었다.

단, 직접 덤벼들 자신은 없었다. 이 무력으로 싸우다가는 죽기에 딱 좋았다. 오히려 유비에게 방해만 될 것이다.

'어떻게든 유비와 협력해서 시간을 끌어야 해. 그러고 있으면 분명 청몽이가 와줄 거야. 다행히 유비의 무력이 생각보다 강하니까……'

청몽은 동탁군의 후방을 치라는 명령에 불만스러워했었다. 용운을 노리는 자들이 있음을 경험한 까닭이었다. 그러나 용운의 간곡한 부탁에 마지못해 응했다.

'어쩔 수 없었어. 아군은 고작 일만이라, 전력 차이를 메우고 확실하게 동탁군을 잡기 위해선.'

최대한 불안요소를 줄이려는 습관 때문이었다. 정작 자기 자신에 대한 불안요소는 고려하지 못했다. 용운은 청몽을 보낸 것이 후회되었다. 설마 위원회에서 이렇게 빨리 다시 공격해올 줄은 몰랐다.

용운은 일단 유비의 뒤로 살짝 물러났다. 그를 도울 방법이 없는지 살피기 위해서였다. 유비는 분기를 발동, 검을 들고 자세를 취했다. 양손의 칼날을 비비던 진달이 난처한 듯 말했다.

"이거, 죽여도 되나?"

양춘은 차갑게 대꾸했다.

"방해가 된다면."

"저기, 유빈데?"

"유비 아니라 그 누구라도. 임무를 행할 뿐이다."

"야, 야, 네 직계 조상이 아니라 이거지?"

"조상 따위 상관없다. 어차피 우리는……."

"흥. 그럼 할 수 없네. 먼저 저쪽부터."

파팟! 말을 마치자마자 둘의 모습이 사라졌다. 양춘은 엎드리다시피 한 낮은 자세로, 진달은 허공을 날아서 유비에게 쇄도해왔다. 미묘한 시간차를 둔 상하의 동시 공격이었다. 협소한 벼랑 위인 데다 덤불과 숲이 우거졌다. 그 탓에 옆으로 피할 공간도 마땅치 않았다.

'으헉! 저걸 어떻게 피하지?'

지켜보던 용운은 가슴을 졸였다. 유비는 가볍게 뛰어올라, 허공에서 수평으로 눕다시피 하여 해결했다. 용운이 탄성을 질렀다. 양춘의 단도가 유비의 허리 아래를, 진달의 조는 가슴 위를 아슬아슬하게 스쳤다. 동시에 유비가 맹렬히 몸을 회전시켰다. 챙!

"큭!"

진달의 조에 검 끝이 걸려 쇳소리가 났다. 양춘이 낮은 신음을 토했다. 그의 어깨에서 피가 튀었다. 검이 스친 것이다. 진달은 위쪽이라 아래를 내려다볼 수 있었다. 그러나 양춘은 엎드린 자세에서 뒤가 비었다. 그 탓에, 유비의 회전격을 피해내지 못했다. 회피와 반격을 연이어 해낸 유비는 입맛을 다셨다.

'아깝구나. 두 자루를 다 쥐고 있기만 했어도.'

본래 그의 특기는 쌍검술이었다. 검후의 그것과는 좀 달랐다. 검후는 기본적으로 막고 베는 형태의 검술이다. 총방도로 막아 드러난 틈을 필단검으로 벤다. 하지만 유비는 두 자루로 동시에 공방을 행했다. 때문에 두 자루의 검은 무게와 길이가 같았다. 방금 사용한 회전검격(回轉劍擊)만 해도 그랬다. 그러나 용운을 구하려고 한 자루를 던졌다. 양손에 각각 한 자루씩 두 자루를 들었다면, 회전속도가 빨라지고 위력도 배가됐을 것이다. 그중 하나가 없으니 균형이 무너졌다. 그 탓에 양춘의 틈을 잡고서도 제대로 베지 못했다. 본래대로라면 팔을 잘랐으리라.

유비는 처음과 반대쪽을 보고 착지했다. 한 차례 공격하며 지나간 양춘과 진달을 마주 보는 위치였다.

그가 초조한 투로 작게 중얼거렸다.

"시간이 없잖아. 젠장."

용운은 유비의 말에 의아해졌다.

분명 지금은 위기이나, 주변에는 아군 천지였다. 이대로 잠시 싸우다 보면 분명 눈에 띌 것이다. 그게 아니더라도, 동탁군은 거의 와해되었다. 따라서 청몽은 반드시 이리로 온다. 시간을 끌수록 유리한 건 유비와 용운 쪽이었다.

그때, 유비의 머리 위로 새 메시지가 보였다. 특기를 발동할 때와는 달리, 붉은색이 아닌 어두운 보라색 글자였다. 그걸 본 용운의 눈이 커졌다.

중독(中毒)

용운의 눈빛에 낭패감이 감돌았다.

'아차! 독이 발라져 있었구나. 조? 아니면 단도에? …… 맞아, 단도가 분명해.'

양춘의 특기 중에 분명 독공(毒攻)이 있었다. 유비는 맨처음 양춘의 하단 공격에 왼쪽 다리를 살짝 베였다. 그때 들어온 독이 체내로 퍼지기 시작한 것이다. 베인 부위가 다리라 퍼지는 속도가 느렸는데, 몸을 격하게 움직여 싸우니 중독 증세가 나타났다. 유비의 안색이 창백해졌다. 입술이 파랗게 질리고 얼굴에 식은땀이 났다.

"흐흐. 이제 독이 퍼지기 시작했나 보군."

진달이 음흉하게 웃었다.

적들의 시선이 유비에게로 쏠린 사이, 용운은 최대한 조심해서 조금씩 움직였다. 바닥에 꽂힌 검을 유비에게 주기 위해서였다. 그러면서 적들에게 말을 걸었다. 유비가 있는 까닭에 조심해서 단어를 골랐다.

"또 사교(邪敎)에서 나온 자들이냐?"

진달은 코웃음을 쳤고 양춘은 반응이 없었다. 그러나 용
운의 말을 들었음은 분명했다.

"성혼단이라고 했었나. 거대한 태평도조차 무너졌는데,
급조한 너희가 뜻을 이룰 것 같아?"

그 말에 진달이 약간 발끈했다.

"야, 우리를 황건 따위와 비교하지……."

양춘이 그의 말을 가로막았다.

"반응하지 마라. 죽이고 떠나면 그만."

용운은 작게 혀를 찼다.

'첫, 저 자식.'

용운의 말로 상대의 정체를 짐작한 유비의 기세가 더욱
험악해졌다. 성혼단에 대해서는 공손찬으로부터 들어 알고
있었다. 최근 점차 세를 불려가고 있는 사교 집단이라 했다.
하늘의 별을 모신다나.

'그놈들이 왜 여기 나타나서 우리를 노리는 거야? 설마
동탁이 성혼단을 포섭했나?'

그런 유비를 보며, 용운은 마음속으로 응원했다.

'조금만 더 버텨봐요, 유비.'

진달과 양춘이 두 사람에게 서서히 다가왔다.

유비와 용운이 위기에 처해 있을 무렵이었다.

조운은 동탁의 어가 앞에서 얼어붙어 있었다. 어가가 위치한 곳은 동탁군의 한복판이었다. 주변에는 아직 부장들과 근위병이 남아 있었다. 일반 병사의 몇 배를 웃도는 실력자들이었다. 정면대결로는 이기겠지만 한눈을 팔면 위험했다.

그러나 조운의 눈에는 아무것도 보이지 않았다. 피를 뿜으며 쓰러지는 한 사람 외에는. 그가 망연자실해서 말했다.

"검후……."

검후의 몸이 땅에 닿기 직전, 조운은 반사적으로 그녀를 받아 안았다. 손에 느껴지는 축축한 피의 감촉이 오싹했다.

"검후 님!"

슛! 파팟! 사방에서 창칼이 날아들었다. 조운은 한 팔로 검후를 안은 채, 창을 크게 한 바퀴 휘둘렀다. 그를 노리던 무기들이 모조리 튕겨나갔다. 곧바로 번개 같은 찌르기가 작렬했다. 두 사람을 노리던 병사들이 우르르 쓰러졌다.

"검후 님! 정신 차리십시오! 왜……."

조운은 안타깝게 외쳤다.

"난 괜찮아요. 그보다…… 적을……."

말하던 그녀가 고개를 툭 떨어뜨렸다. 조운의 가슴이 덜컥 내려앉았다. 다행히 가늘게 숨은 쉬고 있었다. 하지만 이대로라면 위험했다.

'등과 허리 뒤쪽에 비수를 너무 많이 맞았어.'

출혈 때문에 함부로 뽑기도 두려웠다. 최대한 빨리 안전한 곳으로 옮겨야 했다. 조운은 주저 없이 창을 버렸다. 그가 검후를 안고 일어섰을 때였다.

어가 안에서 두 사내가 튀어나왔다. 복장은 달랐는데, 체형과 외모는 비슷했다. 중간 정도의 키에 다부진 체구였다. 그중 군복 바지에 주머니가 주렁주렁 달린 조끼를 입은 스포츠머리의 남자가 말했다.

"이런. 항충! 엉뚱한 여자가 맞았잖아."

항충이라 불린 사내는 둥근 방패를 들었다. 어디서 구했는지 모를 판금 갑옷도 입고 있었다. 이 시대에는 없는 물건이었다. 전신을 감싸는 갑옷으로도 모자라, 방패 뒤로 반쯤 몸을 숨긴 그가 대꾸했다.

"이곤, 그럴 때가 아니야. 얼른 비수나 회수해."

"여기 있으면 진용운이 올 거라고 네가 장담……."

조끼 차림의 사내, 이곤은 말을 끝맺지 못했다. 그의 입으로 정확히 창날이 날아온 탓이었다. 터엉! 방패에 막힌 창이 날아갔다. 항충은 판금 갑옷을 입은 사람답지 않게 날렵한 동작으로 방패를 내밀었다. 친구의 방패 덕에 살아난 이곤이 더듬거렸다.

"뭐, 뭐야. 저, 저 자식. 방금 발로 창을 차서 날렸어!"

"그렇겠지. 저 남자가 바로 상산 조자룡이라고."

"흐익!"

이곤은 얼빠진 소리를 냈다. 조운이 불타는 눈으로 두 사람을 노려보았다.

"감히 검후 님을 해치고, 용운이까지 노리다니."

조운은 바닥에 떨어져 있는 다른 창 한 자루를 발끝으로 차올렸다.

"방해하면 용서하지 않는다."

항충이 방패 뒤에서 이죽거렸다.

"용서 안 하면 어쩌시려고?"

조운은 대답 대신 떨어지던 창을 걸어찼다. 창은 맹렬하게 회전하며 항충에게 날아갔다.

"소용없다. 내겐 이 티타늄 합금으로 된 방패가 있으니까!"

항충은 얼른 방패 뒤로 숨었다. 창이 또 방패에 막혀 허공으로 높이 튕겼다. 그사이 이곤은 조끼 주머니에서 비수를 꺼내 던졌다. 주렁주렁 달린 주머니에는 얇고 날카로운 비수가 가득 들어 있었다. '유엽비(流葉匕)'라는 나뭇잎 모양의 비수였다. 손이 보이지 않을 정도의 속도로 움직였다. 천기를 발동한 것이다.

천기, 만천화우(滿天花雨)

파파파팟! 수백 개의 비수가 조운에게 날아갔다. 아까는 완전히 무방비한 상태였기에 당했다. 하지만 같은 공격에 두 번 당할 그가 아니었다.

방금 튕겨나간 창이 머리 위로 떨어지고 있었다. 휘리릭! 조운은 검후를 등 뒤로 감추며, 오른손으로 창을 잡아 풍차처럼 회전시켰다. 비수들이 지붕에 빗방울 떨어지는 듯한 소리와 함께 어지러이 튕겨나갔다.

그 모습을 본 이곤이 기겁했다.

"으헥! 뭐야. 내 비수를 다 튕겨냈잖아. 천기라도 가졌나? 저 자식, 진짜 누구야?"

"조자룡이라니까!"

비수를 모두 쳐낸 조운이 창을 정면으로 겨눴다.

"이걸로 검후 님을 다치게 했겠다."

그의 얼굴은 온화한 평소와 달리 무시무시했다. 항충이 재빨리 앞으로 나섰다. 이곤과 항충의 합공은, 적의 모든 공격을 항충이 방어하고 빈틈으로 이곤이 비수를 날리는 방식이었다. 항충은 조운의 기세에 살짝 긴장했다. 하지만 자신의 천기와 방패를 믿었다.

'내 티타늄 방패는 설령 박격포를 쏜다고 해도 막아낼 수 있다. 아무리 조자룡이라 해도 저런 철창 정도로는 긁힌 자국 하나 내지 못한다. 이 세계에서 내 방패를 뚫을 공격은 없다!'

조운이 막 항충에게 돌격하려 할 때였다.

"큰언니야······?"

"언니!"

사린과 청몽이 적군을 뚫고 나타났다. 사천신녀는 서로 의 심령을 일정 부분 공유했다. 검후의 신변에 이상이 생겼음을 알고 온 것이다. 조운의 등에 업히다시피 한 검후가 천천히 눈을 떴다. 뭔가를 떠올린 까닭이었다.

"청몽아, 주군께······ 가. 어서······."

"언니, 하지만 언니가······."

"저 위원회라는 자들은······ 주군을 찾고 있었다······. 이전에도 노린 적이 있고. 저들만 왔다는······ 보장이 없어. 유비의 실력으로는······ 위험해. 서둘러. 어서!"

검후의 기세에 눌린 청몽이 고개를 끄덕였다. 그녀의 말이 타당하다고 느껴서이기도 했다. 자신의 생존보다 용운의 안위를 우선했다. 사천신녀들은 그렇게 만들어져 있었다.

"알았어."

슉! 청몽의 신형이 꺼지듯 사라졌다. 항충은 그 광경에 아연 긴장했다.

'저 계집들은 또 뭐야? 순식간에 하나가 사라졌는데, 움

직이는 모습을 전혀 못 봤다. 방심해선 안 되겠어. 조자룡의 기세도 심상치 않고.'

위기감을 느낀 항충이 천기를 발동했다. 아껴뒀다가 후회하는 일을 만들어선 안 되었다.

천기, 금강철벽(金剛鐵壁)

방패가 번쩍이더니 한순간 금빛으로 물들었다. 또한 크기가 더욱 커져 전면을 완전히 가렸다. 기이한 광경에 조운도 섣불리 덤비지 못했다.

'여기서 내가 당하면 검후 님을 지킬 수 없다.'

조운이 항충, 이곤과 대치한 사이, 사린은 검후를 멍하니 바라보고 있었다. 그녀의 등에 꽂힌 비수와, 거기서 흐르는 피를. 이제 검후의 등과 허리께는 붉게 물들어버렸다.

"언니야…… 피가 엄청 많이 나쪄."

중얼거리던 사린이 갑자기 망치 뚜껑을 열었다. 그러더니 고깃덩어리를 꺼내 씹기 시작했다.

"언니…… 아야 했쪄. 우물우물."

한 덩어리, 또 한 덩어리. 순식간에 2킬로그램 정도의 고기가 사라졌다. 검후는 꺼지려는 의식을 간신히 붙잡고 말했다.

"아냐, 사린아. 괜찮다. 그러지 마."

냠냠. 꿀꺽꿀꺽. 사린은 넋 나간 표정으로 먹기를 멈추지 않았다.

"사린아, 위험해. 그만!"

검후가 힘겹게 외친 직후였다.

파파파팟! 대치 상태를 참다 못한 이곤이 또 한 차례 비수를 흩뿌렸다. 조운이 어지러이 날아드는 비수를 쳐낸 순간, 굉음과 함께 사린이 그 자리에서 없어졌다. 정확히는 땅을 박차고 공중으로 치솟은 것이다.

'아니?'

조운은 발자국의 깊이를 보고 깜짝 놀랐다. 어른 팔뚝 이상의 깊이에, 발자국 주변의 돌이 가루가 되어 있었다.

특기 발동, 흐규흐규(墟圯墟圯, 큰 산을 베어 가르다)

항충은 꼬마 계집애가 갑자기 사라지더니, 허공에서 뭔가 섬광이 번쩍임을 느꼈다.

'어라?'

무심코 위를 올려다본 그가 경악했다. 까마득한 높이에서부터, 사린이 더욱 거대해진 망치를 자신에게 내리치는 중이었다. 항충은 얼른 방패를 머리 위로 들어올렸다. 거기에 사린의 망치가 떨어졌다. 항충과 이곤을 다 덮고도 남을 만한 크기였다.

그 순간, 이곤이 자기도 모르게 중얼거렸다.

"이런 망할."

그것이 그가 이 세상에 남긴 마지막 말이 됐다.

콰아아아아앙! 티타늄 방패가 산산조각이 나 흩어졌다. 사린의 망치, '뇌신추(雷神錘)'의 머리 부분은 직경 5미터는 족히 될 정도로 커져 있었다. 방패를 부순 망치는 항충과 이곤을 수직으로 으스러뜨렸다. 그러고도 힘이 남아 대지를 내리쳤다. 땅이 크레이터처럼 움푹 파였다.

망치 머리와 땅 사이에 있던 두 사람은 형체도 남기지 못하고 짜부라져 피 웅덩이가 돼버렸다.

'저럴 수가!'

조운은 경악하여 눈을 부릅떴다. 그런데도 사린은 공격을 멈추지 않았다. 그녀가 다시 망치를 같은 자리에 내리쳤다.

콰아아아아앙! 대지가 울렸다. 이번에는 주변의 병사들이 모두 쓰러질 정도였다.

"멈추게 해야…… 해요……."

간신히 말을 내뱉은 검후는 다시 정신을 잃었다.

"진정하시오, 사린 소저!"

조운이 다급히 외쳤으나, 사린에게는 들리지 않는 듯했다. 그녀가 또 한 번 망치로 바닥을 찍었다. 쩌어어억! 그 자

리에서부터 사방으로 지표면에 크고 작은 균열이 생겼다. 큰 것은 틈새 폭이 1미터 이상 되는 균열이었다. 깊이는 얼마인지 정확히 알 수조차 없었다.

"으아아악!"

"사, 사람 살려!"

적군뿐만 아니라 아군 병사들도 거기에 빠졌다. 인공적인 지진이 발생한 거나 다름없었다. 이대로라면 세상을 다 부술 기세였다. 조운이 검후를 내려놓고서라도 사린을 막아야 하나 고민할 때였다.

"그만하거라."

턱, 누군가의 손이 아무렇지 않게 사린의 머리 위에 놓였다. 커다랗고 불그스름한 피부의 손이었다.

다시 망치를 치켜들던 사린의 움직임이 멈췄다.

손의 주인은 굉음을 듣고 달려온 관우였다. 주변의 동탁군들은 그에게 다 정리된 후였다. 관우가 사린에게 부드러운 어조로 말했다.

"그 정도면 되었다, 꼬맹아."

"……수염 아찌?"

번득이던 사린의 눈빛이 차분해졌다. 그녀의 시선이 관우의 수염 왼쪽 끝을 향했다.

"내가 만들어준 나비, 아직도 있네요?"

"풀어보려 했는데 잘 안 풀리더구나. 어찌나 꽁꽁 묶어 놨는지."

"헤헤, 기분 좋다."

귀엽게 웃은 사린이 앞으로 쓰러졌다. 일시에 힘을 쏟아 내 탈진한 것이다. 특기 '흐규흐규'의 반작용이기도 했다.

"이런."

관우가 얼른 그녀를 받쳤다.

이 녀석, 몸집이 작기에 예상은 했지만 이렇게 가벼웠던가.

사린을 가볍게 안아든 그가 조운에게 말했다.

"수고했소, 자룡. 그대나 나나, 여인들을 데리고 얼른 의 원에게 가봐야 할 듯하오. 이제 전투도 끝난 것 같으니."

"아, 예! 도움에 감사드립니다, 운장 님. 때가 때인지라 제대로 인사드리지 못하는 점, 용서하십시오."

"별말을."

조운과 관우는 각자 마음에 둔 여인을 안고 서둘러 달리 기 시작했다.

16

불구대천

벼랑 위의 분위기는 일촉즉발이었다. 유비는 이마에 많은 양의 땀을 흘렸고, 입술은 파랗다 못해 검게 죽었다. 그 와중에도 그는 포기하지 않았다. 이 정도 위기는 그간 숱하게 겪어왔다.

'이래 봬도 뒷골목에서 싸움 좀 했다고. 독 아니라 훨씬 더 지저분한 공격도 많이 당했고.'

유비는 나름 머릿속으로 바삐 계산하고 있었다.

'앞으로 내가 버틸 수 있는 시간은 길어야 반 다경(약 7분 ~8분). 관 형이나 익덕 녀석이 그 안에 도착할 수 있을까? 전투는 거의 끝난 느낌인데.'

용운만 아니라면 도주할 수도 있었다. 그러나 그럴 생각은 아예 하지 않았다. 자신이 위험해지면 처자식도 버리고 달아나는 그였지만, 점찍은 인재만은 포기하지 못했다.

장판파 전투에서 조운이 아들을 구해왔을 때, 아기인 유선을 땅에 팽개치며, "저놈 때문에 나의 장수를 잃을 뻔했다"고 탄식한 일화는 유명하다. 이제 그 장판파 전투가 일어날지 아닐지도 알 수 없긴 하지만.

유비는 이를 악물고 정신을 다잡았다. 용운 같은 둘도 없는 인재가 저따위 이상한 놈들에게 허무하게 사라지는 모습을 볼까 보냐.

'내 것이다.'

하지만 후들거리는 다리는 어찌할 수 없었다.

진달은 승리를 확신하고 느긋해졌다. 양춘의 독은 대상을 죽이진 않으나 운동신경을 마비시켜 제압하는 데 탁월했다.

'독이 퍼지면 굳이 죽일 필요는 없잖아? 양춘 녀석, 말은 그리해도 맘에 걸렸나 보군. 용운이란 놈만 처리하면 되니까. 유비를 내 손으로 죽이기는 영 꺼림칙해.'

중국인이라면 어릴 때부터 《삼국지》 이야기를 듣고 책을 읽으며 자란다. 가장 인기가 좋은 인물은 단연 관우였다. 하지만 유비도 그에 못지않았다.

그는 자신이 입은 군복을 자랑하기 시작했다. 유비가 완전히 마비되길 기다리는 것이다.

"참고로 내 군복으로 말할 것 같으면 독성 물질을 차단하는 기능이……."

퍽! 양춘이 진달의 뒤통수를 후려쳤다. 진달은 아랑곳하지 않고 말을 이었다.

"흐흐, 내 헬멧의 충격 흡수 기능으로 인해 이런 것도 전혀 타격이 없지."

"그만 떠들고 얼른 끝내야 한다. 방해꾼들이 오고 있다고."

과연 한 무리의 병사들이 멀리서 다가오는 기척이 느껴졌다.

"형님! 거기 계세요?"

우렁찬 목소리의 주인은 장비였다. 평소에는 소심하지만 전장에서 한번 불이 붙거나 유비의 일이라면 돌변하는 그였다.

그 소리에 진달과 양춘의 주의가 잠깐 쏠렸다. 《삼국지연의》에서는 장비가 고함을 질러 조조군 장수 하나를 죽이는 장면이 나온다. 그 정도로 유달리 목소리가 크고 우렁찼다. 주변 숲의 나뭇잎들이 부르르 떨릴 정도였다.

그사이 기회만 노리던 용운이 움직였다. 그는 아주 조금씩 땅에 꽂힌 유비의 검 가까이로 다가가던 중이었다. 적들의 시선이 돌아가는 순간, 몸을 날린 용운이 검을 뽑아 유비에게 던졌다. 동시에 있는 힘을 다해 외쳤다.

"익덕 님! 여기예요!"

가까이 오던 병사들의 속도가 빨라졌다. 맨 앞에 장비가 있었다.

"군사님? 거기 있어?"

진달이 버럭 소리치며 허공으로 뛰어올랐다.

"이 자식, 쓸데없는 짓을!"

천기, 맹호광란(猛虎狂亂)

진달의 몸이 뒤로 쭉 늘어나는 것처럼 보였다. 급속도로 빨라진 까닭에 일어난 착시현상이었다. 인간에게 내재된 야성을 극도로 올려주는 천기였다. 움직이는 속도는 왕정륙의 고속이동이 빠르다. 단, 반사신경과 후각, 청각 등의 감각까지 예민해지는 점이 달랐다. 특히 숲에서 효과가 컸다.

진달과 동시에 검을 잡은 유비도 움직였다.

"잘했다, 용운."

유비 또한 특기를 발동했다. 물론 그의 입장에서는 알고 쓴 게 아니었다. 그저 '자신이 잘하는 행동'을 한 것이다.

간파(看破)

글자가 떠오름과 더불어 안광이 번쩍였다. '간파'는 크게 두 가지 경우로 사용되었다. 대화나 토론 시 상대의 거짓말을 알아챌 때와, 전투 시 적의 속임수나 기술을 파악할 때였다. '통찰' 특기가 근본적 구조를 꿰뚫는다면 간파는 속임수나 거짓에 더 잘 대응하는 특성이 있다.

유비의 반응은 평소만큼 기민하진 못했다. 마비독이 퍼진 데다 부상도 입었다. 게다가 진달은 천기, 맹호광란을 발동한 상태. 그래도 간파 덕에 일순 진달의 동선이 보였다.

'오랜만에 개싸움 한번 해보자!'

유비는 용운의 앞으로 나서면서 발길질을 했다. 진달을 노린 게 아니라 땅거죽을 차올렸다. 흙모래가 세차게 날아가 진달의 얼굴을 덮었다. 그가 뛰어드는 경로로 정확히 모래를 날렸다.

진달은 본능적으로 눈을 감았으나 모래가 들어가버렸다.

"이 썅……."

유비라는 호걸이 이렇게 나올 줄은 몰랐다. 진달이 욕설을 내뱉는 순간, 두 남자가 엉켰다. 챙! 파팟! 왼쪽 손톱을 쳐낸 유비가 오른손에 든 검을 휘둘렀다. 진달도 질세라 오른손을 내찔렀다. 푸슉! 둔탁한 파육음이 울렸다.

둘의 움직임이 동시에 멎었다.

"현덕 님!"

용운이 기겁하여 외쳤다. 진달의 오른쪽 조가 유비의 배에 박힌 것이다. 상체를 숙인 유비가 뒤를 돌아보며 말했다.

"이거…… 기분 좋은데? 구박만 하던 군사가 날 걱정해주고."

그 말을 끝으로 유비는 앞으로 고꾸라졌다.

'안 돼!'

용운은 눈앞이 아찔했다. 하지만 유비는 혼자만 당한 게 아니었다.

"이런 말도 안 되는……. 천기를 발동한 나를?"

진달이 비틀거리며 물러섰다. 왼쪽 목덜미에 깊은 칼자국이 나 있었다. 헬멧과 군복의 빈틈을 정확히 노린 것이다.

"으윽…… 응급 키트……."

진달은 한 손으로 목덜미를 누르고 다른 손으로 안주머니를 더듬었다. 안도전에게서 받은 응급 키트를 찾기 위해서였다.

"현덕 님!"

용운이 유비에게 달려가려 할 때였다.

"네 걱정이나 해."

그의 귓가에 음산한 목소리가 울려퍼졌다. 어느새 양춘

이 뒤로 돌아 다가온 것이다. 용운은 그 자리에 굳어버렸다.

"임무 완료."

양춘의 군용나이프가 용운의 흰 목을 베기 직전이었다. 차라라락! 어디선가 뻗어온 사슬이 양춘의 팔을 휘감았다.

"윽?"

휙! 양춘이 무서운 기세로 끌려갔다. 낫이 달린 사슬 끝을 청몽이 쥐고 있었다.

"임무 완료? 네 인생 완료다. 감히 누구 목에 칼을 갖다 대?"

용운이 반갑게 외쳤다.

"청몽!"

청몽의 낫이 양춘의 목으로 날아들었다.

"대신 네놈 목을 잘라주지."

양춘은 끌려가면서 천기를 발동했다.

천기, 백무요란(白霧擾亂)

펑! 청몽의 낫이 목을 베는 순간, 양춘은 흰 안개로 변하여 흩어졌다.

"이건 또 뭐…… 콜록!"

청몽이 기침을 했다. 복면 아래로 피가 튀었다. 그냥 안개가 아니라 독안개로 변한 것이다. 그 틈에 응급 키트로 출혈을

멋게 한 진달이 얼른 마스크를 꺼내 썼다. 방독 마스크였다.

'젠장, 양춘이 천기를 쓰게 하다니. 저게 시은이 경고했던 진용운의 호위병이구나. 유비를 쓰러뜨렸으니 진용운만 잡으면 끝이었는데……. 익덕 어쩌고 한 걸 보니 장비도 다 가오는 것 같고. 이쯤에서 튀어야 하나?'

진달은 갈등했다. 그냥 달아나기에는 회의 책망이 두려웠다. 또한 양춘의 천기를 낭비하는 것도 아까웠다. 백무요란은 강력한 위력을 가진 대신, 부작용이 컸다. 사용한 시점부터 하루 동안 완전히 무력해진다. 걷거나 움직이는 건 고사하고 말하기도 힘들다. 그야말로 누워서 숨만 쉬어야 하는 것이다. 따라서 양춘은 절체절명의 위기나 확실한 기회가 아니면 천기를 잘 쓰지 않았다.

이번이 이 세계에 온 후 세 번째로 쓴 것이었다. 그나마 한 번은 효과를 시험하기 위해서였다.

그때, 복면을 쓴 여자가 비틀거리는 게 보였다. 순간, 진달은 마음을 정했다.

'그래, 진용운뿐만 아니라 괴물 같다는 저 호위병까지 없앤다면 내 공은 더욱 커질 거야.'

아직 맹호광란도 적용 중인 상태였다. 그중 '짐승의 은밀함'을 극대화했다. 백무요란의 특징 중 하나는, 안개의 농도를 조절할 수 있다는 것이다. 안개가 곧 양춘 자신이기 때문이다. 안개는 진달을 숨기듯 감싸며 용운과 청몽에게로 이끌었다.

한편, 청몽은 독을 들이마셨음을 깨달은 즉시 호흡을 멈췄다. 암살자인 그녀는 보통 사람보다 훨씬 오래 숨을 안 쉬는 게 가능했다. 그 상태로, 이미 쓰러진 용운에게 달려갔다. 다급히 코와 입을 막았으나 늦은 후였다. 평소에 인간은 늘 숨을 쉬는 게 정상이다.

용운은 정신을 잃은 채 입에서 피를 흘렸다.

'이런, 주군!'

독을 품은 뿌연 안개가 또 모여들었다. 청몽은 다급한 마음에 마구 손을 휘저었다. 하지만 안개를 칠 수 있을 리 없었다. 그녀는 사슬낫을 풍차처럼 휘둘러서 안개를 흩어버리려 했다.

그때 문득, 조금 떨어진 곳에 엎어져 있는 유비가 보였다. 배를 찔렸는지, 배 아래로 피가 흥건했다. 그나마 다행히 주변에는 아직 독무가 없었다. 하지만 청몽이 흩으면 그에게까지 밀려간다.

'아, 아아, 젠장!'

청몽은 발을 동동 굴렀다. 그녀에게 제일 중요한 사람은 당연히 용운이다. 솔직히 말해 유비 따위, 죽든 말든 상관없었다. 문제는 자신이 올 때까지 그가 용운을 지켜줬다는 것이다. 그것도 꽤나 필사적으로.

적의 상태와 전장의 모습을 보는 순간 그것을 알 수 있었다. 용운의 무력 수준을 뻔히 아는 바, 유비가 아니었다면 열 번은 죽고도 남았으리라. 거기에는 또 자리를 비운 청몽자신의 책임도 있었다. 아무리 주군의 명이라 해도.

'미치겠네.'

청몽은 짧은 고민 끝에 차선책을 택했다. 용운을 데리고 최대한 빨리 여길 벗어나는 것.

'이놈들 환술이 조금 까다롭긴 했지만 저번에 온 놈들은 별거 아니었는데. 안개로 변하는 능력이라니……. 점점 강한 놈들이 나타나고 있어.'

용운을 들쳐업은 청몽이 달리려 할 때였다. 슈욱! 허공에서 갑자기 날카로운 강철 칼날이 튀어나왔다. 안개에 숨어 기척을 죽이고 다가온 진달이었다.

청몽은 재빨리 고개를 틀어 칼날을 피했다. 뺨에 가느다란 세 줄의 칼자국이 생겼다. 그녀는 피하던 그대로 몸을 돌리며 낫을 던졌다. 진달은 안개 속으로 숨으며 공격을 피했다. 원래대로라면 어림도 없는 일이었다. 독안개를 들이마신 청몽의 반응이 아주 조금 느려지고, 맹호광란을 발동한 진달의 순발력이 극대화되었기에 피한 것이다. 낫은 하릴없이 주변의 나무를 자르고 돌아왔다.

'씁.'

청몽이 이를 갈았다.

독안개로 변한 양춘이 적의 호흡을 방해하여 움직임에 제한을 가하는 동시에, 진달을 보호한다. 진달은 틈을 노려 치명적인 일격을 가한다. 이것이 진달과 양춘 콤비의 최강 합공 형태였다. 이곤이 방패로 막고 항충이 비수를 날리듯이. 상대하기 지극히 까다로운 합공임엔 분명했다.

'쌍, 이런 게 어디 있어. 숨도 쉴 수 없고 아예 때릴 수가 없는 적이라니. 사기잖아!'

물론 저 상태를 무한정 유지할 순 없을 것이다. 땅속으로 숨어버렸다가 놈의 기척이 느껴질 때 튀어나와서 잡으면 그만이었다. 용운만 아니었다면.

어쩔 수 없이 청몽은 다시 회피를 시도했다. 그러자 또 진달이 나타나 훼방을 놓았다.

이러는 사이에도 용운은 독을 마시고 있으리라. 그게 청몽의 마음을 더욱 급하게 만들었다.

'아오, 네놈만이라도 죽인다.'

청몽이 특기를 발동하려 할 때였다. 주변에 흩어져 있던 안개가 일시에 그녀에게 모여들었다. 독성이 더욱 짙어지고 눈앞이 뿌옇게 가려졌다. 처음부터 이를 노린 것이다.

'아차!'

자신은 그렇다 쳐도, 여기서 독을 더 들이마시면 용운이 진짜로 위험했다. 당황한 청몽이 전력을 다해 달아나려 할 때였다. 정신을 잃은 줄 알았던 용운이 고개를 들었다.

고양이 같은 그의 눈이 요사스럽게 빛났다. 파란 나비들이 몸 주변을 어지러이 날아다녔다. 그는 피 묻은 입술을 달싹이며 속삭였다.

"반천기."

츄아아아악! 흰 안개가 갑자기 붉게 물들었다. 안개 속에 있던 진달은 순간적으로 멍해졌다. 무슨 일이 일어났는지 이해가 가지 않았다. 안개가 일시에 걷히더니, 바닥에 핏물이 흩뿌려졌다. 그 핏물을 덮어쓴 진달이 중얼거렸다.

"양…… 춘?"

대답이 없다. 기척도 느껴지지 않았다. 양춘은 이미 소멸된 후였다. 용운의 반천기에 의해 천기가 반사된 탓이었다. 스스로 수십 배의 독기를 통과하여 핏물이 되어버린 거였다.

진달은 이런 내막까지는 몰랐다. 그저 용운이 뭔가 능력을 사용하여 양춘을 죽였다는 사실을 어렴풋이 깨달았을 뿐.

"양춘, 죽은 거야?"

진달과 양춘은 회 내에서는 드물게도 진짜 친구였다. 위원회의 일원이 되기 전부터 죽마고우였는데, 함께 성혼마석의 선택을 받은 것이다. 그 때문인지, 별의 힘을 받은 후

에도 파트너로서 움직여왔다.

그 친구가 눈앞에서 죽었다. 형체도 제대로 남기지 못한 처참한 꼴로.

진달은 손으로 얼굴의 피를 쓸어내리며 말했다.

"……이 새끼, 죽인다!"

눈이 붉어진 그가 청몽과 용운에게 돌진했다. 그때, 그의 앞을 누군가가 가로막았다.

'지금 상황에서 날 방해한다면 무조건 적.'

진달은 일언반구도 없이 칼날을 내찔렀다. 획! 콰득!

상대는 겨드랑이 아래로 칼날을 통과시키더니 왼팔로 진달의 오른쪽 팔뚝을 휘감았다. 엄청나게 굵고 우람한 팔은 아니었다. 그러나 근육이 꽈배기처럼 얽혀 있는, 강철 같은 팔이었다. 붙잡히자 손가락 하나 까딱할 수 없었다. 피가 안 통하여 순식간에 손이 마비됐다.

진달은 그제야 상대를 올려다보았다. 오른손에 긴 철창을 들고 있었다. 매우 곱상하게 잘생긴 청년이었다. 왼뺨을 가로지르는 긴 흉터조차 그의 외모를 돋보이게 만들었다.

하지만 그런 것들보다 먼저 드는 생각은…….

'무섭다.'

잘생긴 청년의 얼굴은 무섭게 일그러져 있었다. 야차가 실재한다면 이와 같을까.

청년이 낮은 목소리로 말했다.

"큰형님을 찌른 게 네놈이로구나."

진달은 비로소 상대의 정체를 깨달았다.

'장비 익덕.'

그 순간, 이성이 돌아왔다. 복면의 여자 하나만 해도 아직 부담스러운데, 설상가상 장비까지 나타났다. 어차피 죽은 양춘은 되살릴 수 없었다.

이 세계에서 죽으면, 존재 자체가 소멸된다. 양춘의 옷가지 하나 남지 않은 이유였다.

'어떻게든 살아서 도망쳐야 한다.'

그래서 주무에게, 위원회에게 알려야 했다. 진용운이라는 자가 얼마나 무서운 힘을 가지고 있는지. 또 그의 호위병뿐만 아니라 유비와 장비 등 현재 그와 함께 행동하고 있는 역사상의 맹장들이 얼마나 강한지를.

결심이 서자 실행하기는 어렵지 않았다. 진달은 잡히지 않은 왼팔을 치켜들었다. 순간, 장비가 자신이 붙잡고 있던 진달의 오른쪽 팔뚝을 꺾어버렸다.

"허튼 수작 부리지 마라."

기괴한 소리와 함께 팔꿈치로 뼈가 튀어나왔다. 진달은 비명을 삼키며 이죽거렸다.

"도와줘서 고맙수다."

장비가 그 말뜻을 이해하기도 전이었다. 진달은 왼손의 칼날로, 자신의 오른쪽 어깨 바로 아래를 힘껏 내리쳤다. 단숨에 팔이 잘렸다.

"아니?"

여기에는 장비도 순간적으로 당황할 수밖에 없었다. 배후를 캐기 위해, 일부러 팔 하나만 부러뜨리고 생포하려 했다. 한데 스스로 자기 팔을 자를 줄은 몰랐다. 진달은 뒤로 공중제비를 돌아 착지하더니, 그대로 달아나기 시작했다.

"멈춰라!"

뒤늦게 장비와 병사들이 뒤를 쫓았다. 그러나 필사적으로 도망치는 진달을 따라잡기는 어려웠다. 더구나 그는 숲에서 더욱 빨랐다.

'됐다.'

눈앞에 낭떠러지가 보였다. 이제 협곡 반대편의 벼랑으로 뛰어내리기만 하면 되었다. 그 아래에는 위장해둔 에어백이 있었다. 용운을 해치운 후 도주하기 위해 준비해둔 것이었다. 진달은 주저 없이 허공으로 몸을 날렸다.

"저런!"

쫓아오던 자들이 멈칫했다. 진달이 투신했다고 여긴 것이다. 순간, 날카로운 굉음이 주변에 울려퍼졌다. 그것은 한 발의 화살이 대기를 가르는 소리였다.

쐐애애애액! 퍼억! 화살은 허공에 뜬 진달의 등을 뚫고 명치로 빠져나갔다.

"커헉!"

진달은 울컥 피를 토했다. 자세가 무너졌다. 그는 추락하면서 힘겹게 뒤를 돌아보려 했다.

'어디서……?'

이쪽 벼랑에서 쐈을 리는 없다. 망연자실 서 있는 장비와 그 부하들의 모습이 순간적으로 보였을 뿐이다. 그다음은 끝없는 절벽이 이어졌다.

화살이 날아온 궤도로 보아, 협곡 아래쪽에서 쏜 화살도 아니었다. 거기서는 애초에 진달 자신의 모습이 보이지도 않는다. 그렇다면 남은 장소는…….

'협곡 건너편의…… 반대쪽 벼랑? 말도 안…….'

파사사삭! 화살에 맞은 구멍에서부터 균열이 퍼져나갔다. 옷도, 그 아래의 육체도 먼지가 돼 부스러졌다. 천리를 어기고 시간을 거슬러온 자의 최후였다.

"저게 무슨 일이지?"

장비는 진달의 소멸을 아연하게 내려다보았다. 뛰어내리다 화살에 맞았나 했더니, 순식간에 먼지가 되어 풍화되기 시작했다. 어떻게 사람이 한순간에 바스러질 수가 있는가?

벼랑 아래로 한 줄기 바람이 불었다. 진달이었던 몸뚱이는 완전히 흩날려 사라져버렸다.

장비는 고개를 돌려, 건너편 벼랑을 바라보았다. 화살은 분명 그쪽에서 날아왔다. 거리도 거리지만, 그 사이에는 장애물들도 엄청났다. 나무들은 물론 병사들까지 있었다. 화살은 그 모든 것들의 가운데를 지나쳐, 정확하게 진달만을 뚫었다. 그야말로 귀신같은 궁술이었다.

그는 자기도 모르게 침을 꿀꺽 삼켰다.

'성월……? 당신이에요?'

여러모로 경악하던 장비는 퍼뜩 정신을 차렸다.

"큰형님!"

그는 헐레벌떡 유비에게 달려갔다. 정신을 잃은 듯 보였던 유비가 고개를 들었다.

"귀청 떨어지겠다, 익덕. 좀 작게 말해."

"큰형님, 무사하셨군요!"

"아니, 무사하진 않아. 뱃가죽에 구멍이 났다."

"그만하길 천만다행입니다."

장비는 서둘러 옷을 찢어서 유비의 배를 싸맸다. 칼날이 한 치만 더 깊게 들어갔어도 죽었으리라.

유비는 안도의 한숨을 내쉬었다.

'그래도 아슬아슬하게 살긴 살았네. 배를 찔렸을 때는 꼼짝없이 죽는 줄 알았는데.'

왜인지는 몰라도 상대가 미미하게 주저했다. 덕분에 찔리는 순간, 몸을 뒤로 뺄 수 있었다. 유비는 통증으로 얼굴을 찌푸린 채 물었다.

"군사는?"

근처에 있던 병사 하나가 얼른 답했다.

"군사님은 호위 시녀가 업고 내려갔습니다요. 익덕 장군님께서 자객을 쫓아간 사이에요. 사람 하나를 업고도 어찌나 빠르게 벼랑을 내려가는지, 눈으로 보고도 믿기 어려울 지경이었습죠."

"그랬는가……. 후, 무사하겠지?"

장비는 유비를 조심스레 안아들며 말했다.

"큰형님도 얼른 가서 치료받으셔야 해요."

현대에서는 소위 '공주님 안기'라 불리는 자세였다. 배를 찔린 탓에 업을 수가 없었다.

유비가 툴툴거렸다.

"그래, 빨리 가자. 사내놈한테 이런 자세로 안겨 있고 싶지 않으니까."

"농을 하시는 거 보니 안심이 되네요."

"관 형한테 잔소리 좀 듣겠군."

유비와 장비는 계곡을 내려가는 샛길로 향했다.

한편, 청몽은 숲을 질주하는 중이었다. 등에는 정신을 잃은 용운을 업고 있었다. 가뜩이나 독을 마셔 위험하던 차에, 반천기를 쓴 뒤 기력을 대량으로 소모한 탓이었다.

용운의 입에서 가늘게 흘러내린 피가 청몽의 등을 적셨다. 그녀는 울고만 싶었다.

'분명 전투에서는 이겼지만…… 주군도, 언니도 심하게 다치고 동탁은 코빼기도 안 보였어. 이게 어찌 된 걸까? 주군의 예측이 틀릴 리가 없는데.'

그때, 용운이 가느다란 목소리로 말했다.

"청몽……?"

"주군! 정신이 드셨어요?"

"응……. 내가 어떻게 된 거야?"

"그 안개로 변하는 이상한 놈을 주군이 잡았어요. 그런 뒤에 정신을 잃으셨고요."

용운은 숨이 턱 막히는, 연기 같은 것을 들이마셨던 기억이 났다. 폐가 타는 느낌을 받으며 반쯤 정신을 잃었었다.

'그게 안개였군. 게다가 독을 품은 안개. 사람이 안개로 변하는 능력이라니. 천기는 대체 어디까지 가능한 거야?'

생각하던 용운이 깜짝 놀라서 말했다.

"잠깐, 그 독안개남을 내가 잡았다고?"

"네. 주군이 반천기라고 말했어요. 그랬더니 안개로 변해 있는 상태로 아주 그냥 분해되어버리던걸요. 결국 독안 개가 피안개로 변해 사라지고 말았죠."

"반천기⋯⋯."

또 그 특기를 썼구나. 이번에도 용케 성공은 한 모양이지 만⋯⋯.

'만약 실패했다면, 1.5배의 데미지를 입는다.'

용운은 등골이 서늘했다. 오히려 자신이 독에 녹아버렸 을 수도 있었다. 다시 목과 가슴이 타는 듯한 느낌이 엄습해 왔다. 용운은 기침을 했고, 그러자 목으로 피가 넘어왔다.

'기도나 기관지 혹은 둘 다⋯⋯ 손상을 입었어.'

그는 자기도 모르게 안주머니에 손을 넣었다. 벽옥접상 을 만지기 위해서였다. 시원하게 기분 좋은 느낌이 와닿았 다. 그러자 고통이 조금 누그러지는 기분이 들었다.

"주군! 괜찮으세요?"

용운의 기침에 청몽이 기절할 듯 놀랐다.

"괜찮아. 그런데 점점 기운이 빠져. 반천기를 써서 그런 것 같은데⋯⋯. 얼른 가서 누워야겠어."

"죄송해요. 저 때문에⋯⋯ 제가 제대로 지키지 못해서."

울먹이는 청몽에게, 용운이 힘겹게 말했다.

"아냐. 너까지 억지로 전투에 참여시킨 건 나였어. 이건 명백히 내 잘못이야. 은연중에 위원회라는 자들을 너무 과

16 불구대천 **439**

소평가했……."

용운은 말을 채 끝맺지 못하고 또 기침을 했다.

"말씀 그만하세요!"

"크…… 현덕 님은? 무사해?"

"네. 제가 주군을 데리고 내려오기 직전까지, 호흡은 생각보다 안정적이었어요. 그 작자는 독안개도 거의 마시지 않았어요. 장비도 왔으니 무사할 거예요."

"그래, 휴…… 다행이다."

용운은 진심으로 안도했다. 그는 후일, 이 순간을 몇 번이나 떠올리게 된다.

"동탁, 동탁은 어떻게 됐어?"

"……."

청몽은 그 질문에는 바로 답하지 못하고 우물쭈물했다. 가뜩이나 부상당한 용운이 상심할까 염려되어서였다. 이상한 낌새를 알아챈 용운이 그녀를 다그쳤다.

청몽은 함곡관 앞에 와서 겨우 입을 열었다.

"없었어요, 주군. 어가 안에도 동탁이 아니라 위원회의 자객들이……. 그래서 언니가 다쳤어요."

"뭐라고? 이런……."

그 말을 끝으로, 용운은 청몽의 어깨에 뺨을 댄 채 정신을 잃었다. 그리고 희미해지는 의식 속에서 생각했다. 위원회를 명확한 적으로 구분하고 그들에 대한 대비를 철저히 해야겠다고. 그들에게 반격을 가해야만 할 때가 왔다고.

청몽이 용운을 데리고 자리를 뜬 얼마 후, 장비도 유비를 안고 협곡으로 내려갔다. 함께 왔던 병사들이 분분히 뒤를 따랐다. 진달과 양춘은 말 그대로 소멸돼버렸다. 시신은커녕 쓰던 무기조차 남기지 못했다.

격전이 벌어졌던 벼랑 위에는 이제 아무도 없었다. 그러자 숲을 헤치고 한 남자가 모습을 드러냈다. 예전, 사천신녀와 조운이 마을로 위장한 성혼단 지부를 무너뜨린 일이 있었는데, 그때 흔적을 탐색했던 적발의 사내였다. 만일을 대비하여 주무가 따로 보내둔 것이었다.

가능하다면, 용운이 가졌다는 힘인 반천기의 정체를 밝혀내는 임무도 맡고 있었다.

그의 이름은 단경주. 지살 108위의 사내였다. 전투 능력이 전무하다시피 한 탓에 서열은 최하. 그러나 그의 존재는 매우 중요했다. 요긴한 능력 덕에 주무의 총애를 받고 있었다.

단경주의 눈이 서서히 붉어졌다. 천기인 '적기안(赤記眼)'을 발동한 것이다. 일정 범위 내의 공간에서, 열두 시간 내에 일어났던 일의 전말을 볼 수 있는 능력이었다.

'보여다오. 여기서 무슨 일이 벌어졌는지.'

17
각자의 행보

용운은 꼬박 이틀을 앓아누운 후에야 깨어났다. 반천기를 쓴 후유증에 상심이 더해진 탓이었다. 그가 눈을 뜨자 청몽과 성월이 반색했다. 그녀들은 이틀 내내 용운의 옆에서 꼼짝 않고 간호하던 차였다.

"주군!"

"정신이 드세요?"

용운의 뇌는 잠시 멍해 있을 시간조차 허락하지 않았다. 깨어나자마자 직전까지의 기억이 홍수처럼 밀려왔다. 누구에게나 '잊고 싶은 기억'이라는 게 있는 법이다. 그런 기억이 회상과 동시에 완벽하게 재현된다. 그게 용운이 짊어진 고통 중 하나였다.

물론 늘 모든 기억들이 한꺼번에 떠올라 있는 상태인 건 아니다. 용운은 심연에 거대한 기억의 탑을 만들었다. 당장 필요 없는 기억들은 그 안에 봉인돼 있다. 고통스러운 기억은 최대한 깊숙한 방에 넣었다.

방은 불완전했다. 문이 완전히 잠긴 게 아니다. 따라서 기억들이 가끔 멋대로 튀어나오곤 했다. 일시에 모든 문이 열려 폭주하는 바람에, 광기에 빠지기 직전까지 가는 경우도 드물게 있었다.

조금씩 기억들을 제어하는 법을 익히고는 있다. 하지만 아마도 평생 노력해야 할 터였다. 제어 가능해지는 기억의 양에 비해, 증가하는 기억의 양이 너무 많은 탓이었다.

또 달리 비유하자면, 용운의 머릿속은 바다였다. 너무도 맑아서 바닥까지 훤히 들여다보이는. 그 안을 기억이라는 이름의 고기들이 유영했다. 고기들은 계속해서 늘어나 바다를 채워간다. 그러다 어떤 계기로 자극을 받거나, 필요에 의해 연상하는 순간 순식간에 떠올랐다. 그중에는 심해 깊은 곳에서 돌아다니는 거대한 괴물 같은 놈도 있어서 용운을 두렵게 했다.

지금은 그저께 겪은 실패의 기억들이, 영화에서 봤던 날치떼처럼 수면 위를 날아서 그의 머릿속을 두들겨댔다. 분하고 수치스러웠다. 자신만만했기에 더욱.

"제길……."

— 어가 안에도 동탁이 아니라 위원회의 자객들이…….
그래서 언니가 다쳤어요.

"제에기이라알!"

용운은 누운 채 주먹으로 침상을 힘껏 내리쳤다. 청몽과
성월은 그런 용운을 안타깝게 바라봤다. 분명 동탁이 이리
로 올 것이라 자신했다. 하지만 예측은 보기 좋게 빗나가고
말았다.

'왜?'

여포에게 승리해 연합군이 사수관을 함락시키고 압박해
들어가도록 만들었다. 동탁이 낙양을 떠나게 되는 이유를
충족시켰다. 그런데 어디서부터 잘못된 걸까? 그렇다면 동
탁은 대체 어디로 간 것인가?

'설마 장안 천도 자체가 일어나지 않은 일이 된 걸까? 그
럼 동탁은 낙양에서 버티고 있다는……. 아, 스마트폰으로
검색해볼 수도 없고. 뭐가 뭔지 알 수가 없어! 내가 고작 이
정도밖에 안 됐나?'

용운은 오판 탓에 자존심을 크게 다쳤다. 더불어 앞으로

의 일에도 두려움을 느꼈다. 그는 미래를 안다는 데 은연중에 기대고 있었다. 이는 어쩔 수 없는 자연스러운 현상이었다. 문화도, 언어도, 가치관도 모든 것이 달랐다. 그런 낯선 세계에 갑자기 버려졌다. 사람이라면 누구나 자신이 가진 모든 것을 이용하여 적응하고 살아남으려 할 것이다. 용운에겐 '미래에 대한 지식'이 그중 하나였다. 어쩌면 그의 가장 큰 무기라 할 수 있는 부분.

그것이 빗나갔으니 막막하지 않을 수 없었다.

잠시 후, 용운이 잠긴 목소리로 말했다.

"검후는 괜찮아? 유비도?"

청몽이 조심스레 답했다.

"네. 둘 다 출혈이 심해서 위험했는데 이제 괜찮아요."

"다른 사람은 다치지 않았고?"

"사린이가 정신을 잃고 쓰러졌었는데……."

"뭐?"

용운은 자기도 모르게 상체를 벌떡 일으켰다. 성월이 얼른 그를 안심시켰다.

"걱정 마세요. 단시간에 너무 강력한 힘을 써서 그런 것 같아요. 지금은 멀쩡해요."

"휴, 미안해. 내가 어리석은 판단을 해서 모두를 위험으로 몰아넣었어."

용운은 깊이 자책했다.

'역사적 사실'을 맹신하여, 동탁의 움직임을 철저히 감시하지 않은 것을. 적군이 벼랑 위로 올라올 리가 없을 거라 생각해서, 그리고 다른 사천신녀들과 조운이 변을 당할까 무서워 청몽을 그쪽에다 투입한 것을. 자신에 대한 위원회의 적대감을 과소평가한 것을. 결과적으로 스스로의 안전에 소홀했던 일을.

위원회 문제는 결국 악의(惡意)의 정도 문제였다. 용운은 위원회가 적이 됐음을 이성으로는 분명 인식했다. 그러나 그들을 제거하기 위해 자객을 보낼 생각까지는 하지 못했다. 용운 자신이 악랄하지 않았기 때문이다. 위원회와 용운은 그 악의와 각오 자체가 달랐다.

또한 군사라는 직위의 무게를 새삼 깨달았다. 자신의 말한마디로, 아끼는 심복과 무수한 병사들을 사지로 몰아넣을 수도 있는 자리. 그게 군사요, 참모인 것이다.

성월이 용운을 위로했다.

"아니에요, 주군. 전투에서는 우리가 이긴걸요. 아군의 사상자도 극히 적어요. 동탁은 없었지만…… 적장을 많이 죽였다고 들었어요오."

어쨌거나 동탁의 전력을 약화시킨 셈이라는 것이다. 마음은 고마웠지만 크게 위안이 되진 않았다. 대신 용운의 의문에 확신을 주었다. 그는 침상에 누운 채 성월의 말을 곱씹었다.

'적장을 많이 죽였다…… 라.'

마음에 걸렸다. 뭔가 돌아가는 상황이 이상했다.

위장한 군대나 예비대가 아니라, 정예군이 함곡관으로 온 것까진 분명했다. 동탁이 탄 것처럼 꾸민 어가까지 대동했다. 적들은 그 어가를 지키려고 필사적으로 싸웠다. 한데 안에서 나온 건, 동탁이 아니라 기이한 '사술'을 쓰는 두 명의 자객들이라 했다. 사술이란 말과 병사들이 설명하는 행색으로 보아 위원회의 인물들일 가능성이 높았다.

'동탁이 함곡관이 아닌 다른 경로를 통해 장안으로 갔거나, 혹은 아예 가지 않았다면 굳이 장수와 병사들을 희생시킬 필요가 없잖아. 몇 백 명도 아니고 무려 만 단위의 정예를. 적장들은 어가에 동탁이 있다고 알고 있었던 듯한데, 어쩌면 동탁 자신조차 이 계획을 몰랐다는……?'

정황상 위원회가 이번 일을 꾸민 장본인이었다. 어가 안에 동탁 대신 암살자가 숨어 있었다. 용운과 유비가 있는 벼랑으로도 자객을 보냈다. 이는 위원회의 누군가가 용운의 생각과 움직임을 정확히 파악하고 있다는 뜻이었다. 게다가 그것을 역이용하여 암살까지 꾀했다.

'나처럼 《삼국지》에 대해 잘 아는 자일까. 또 청몽이를

비롯한 사천신녀의 존재까지 아는 사람.'

하긴 위원회가 현대에서 왔다면 기본적으로《삼국지》를 알 것이다. 그중《삼국지》에 대해 일정 수준 이상의 지식을 가진 자도 있을 수 있었다.

'나 하나 잡자고 동탁군 수만 명을 희생양으로 삼았어? 왜 이렇게까지 하는 거지?'

이것이 위원회에 대해, 용운이 제일 이해하기 어려운 부분이었다. 분명 그들과 충돌이 있긴 했다. 현대에서는 위원회에서 나온 자가 용운을 납치하려 했다.

이 세계에 와서는 조운이 왕정륙을 죽였다. 왕정륙의 수하가 사악한 방법으로 사람들을 조종하고, 용운 일행마저 세뇌시키려 꾀했으며, 성혼단에 들어오길 강요했기 때문이었다. 세뇌된 성혼단 수백 명을 청몽과 사린이 죽였다.

아버지하고도 뭔가 악연이 있는 분위기였다. 빈말로라도 동료가 되기 어려운 건 사실이었다.

'어…… 생각하다 보니 뭐가 많긴 많았네. 그런 것들의 보복이라고 하면 할 말 없지만……. 나 또한 내 입장에서만 생각한 건가?'

용운은 처음과 두 번째까지는 자신을 납치하려다가, 이 번에는 죽이려 들었다는 점에 주목했다. 즉 위원회는 모종의 이유로 용운이 필요했었다. 그러다 제거하기로 방침을 바꾼 것이다.

'왜? 더 건드린 것도 딱히 없었는데.'

용운은 곧 한 가지 답을 찾았다.

'방해……? 내가 뭔가 저들의 일을 방해했거나 망쳤어. 나도 모르는 사이에.'

위원회와 용운의 공통점은 하나뿐이었다. 미래에서 왔기에, 어느 정도 역사를 안다는 것. 위원회는 어떤 목적이 있어서 역사를 바꾸려 하고 있고…….

'자신들 입맛대로.'

그 일을 용운이 방해했다. 혹은 앞으로 방해가 될 거라고 판단한 것이다. 그들의 입장에서는 동료가 아니면서 역사를 아는 용운의 존재 자체가 장애물일 수도 있었다.

'하긴 나도 이미 공손찬을 움직이게 해서 역사를 바꿨지. 조운 형님과 태사자, 최염, 진림, 장합 등 내가 영입한 장수들도 행보가 바뀌었고.'

동탁만 해도 그랬다. 원래대로 이리로 왔으면 십중팔구 죽었다. 위원회는 그런 동탁을 빼돌리고 용운을 꼬여내기 위한 미끼로 삼았다.

'위원회가 동탁과 손을 잡았다. 혹은 동탁을 이용해 뭔가를 꾸미고 있다. 동탁이 여기서, 아직은, 또는 내 손에 죽어서는 안 되는 뭔가를.'

용운의 생각은 거기까지였다. 정보가 부족했다. 위원회가 이루려 하는 궁극적인 목적이 뭔지, 이 세계를 어떤 식으로 움직이려 하는지에 대해 그가 알고 있는 것은 아무것도 없었다. 다만, 용운 자신처럼 그저 이곳에서 잘 먹고 잘 살기 위한 목적이 아님은 분명했다.

용운은 이번 일로 정보력의 중요성을 절감했다. 전예가 있긴 하지만 그는 공손찬의 사람이다. 이제 공손찬과 결별할 가능성이 생긴 데다, 위원회의 위협도 거세지고 있었다. 새로운 대안이 필요했다.

'또 아버지의 행방을 찾기 위해서도.'

물론 아버지가 이 세계에 있다는 보장은 없었다. 용운의 생각에 그럴 가능성은 극히 희박했다. 그래서 애써 떠올리지 않으려 했다. 일부러 아버지의 얘기조차 꺼내지 않았다. 섣불리 기대했다 절망하기 싫었으니까.

하지만 더는 외면하기 어려웠다. 위원회의 음모에 맞서고 제후들의 동향에 대비하며, 아버지의 행방을 찾아볼 수 있는 정보 조직이 절실했다.

'역시 문제는 사람인가?'

이제까지는 공손찬이라는 세력의 그늘에 있었다. 머무를 곳과 녹봉을 얻은 대신, 등자를 알려준 것만으로도 충분한 보답은 한 셈이다. 거기다 쟁쟁한 인재들도 추천했다. 이제 용운 자신을 위한 인재를 찾을 때였다. 지금까지는 사천신녀가 있었기에 필요성을 못 느꼈지만, 무력이 아니라 머리로 자신을 도울 사람이 필요했다.

'이제는 공손찬이 아니라, 나만을 위한 인재를 찾아야 해. 이 시기에, 의탁할 곳을 확정하지 못하고 떠돌아다니거나 은둔해 있던 인물이 누가 있더라……. 하지만 난 당장 줄 게 없는걸. 녹봉도, 봉토도, 심지어 미래에 대한 비전도.'

용운이 여기까지 생각했을 때였다.

별안간 청몽이 그의 뺨을 힘껏 움켜잡았다.

"아야!"

놀라서 눈이 커진 용운에게 청몽이 말했다.

"위험한 짓 하지 말라면서요."

"……?"

"멀리 떨어지지 말라면서요! 내가 가기 싫다고 했잖아요. 그런데 왜 억지로 매복조에 보냈어요? 나빠요! 주군 명령은 거역하지 못한다는 거 알면서……."

정작 매복조에서는 신나서 날뛴 그녀였다. 하지만 지금은 여자의 모습이 되어 투정을 부렸다. 용운이 변을 당할 뻔한 게 화가 났기 때문이다.

청몽은 아예 누운 용운의 배 위에 올라앉았다. 그리고 양손 엄지와 집게손가락으로 그의 양쪽 뺨을 잡고 탈탈 흔들었다.

"으…… 어. 아아! 나, 나도 위원회가 정확히 내가 숨은
데로 올 줄은 몰라서……."

"바보! 멍청이!"

"마, 맞아. 내가 잘못했어. 미안. 이것 좀……."

용운은 참다 못해 자신도 청몽의 뺨을 꼬집으려 했다. 그
러나 손가락이 복면 아래의 뺨에 닿자 마음이 변했다. 꼬집
는 대신 양손으로 뺨을 감쌌다.

청몽의 움직임이 순간 멎었다. 두 사람의 눈이 허공에서
마주쳤다.

"미안하다고 했잖아."

용운이 조용히 말했다. 그러면서 손에 힘을 주어 청몽을
당겼다.

'어머, 어머, 역시 만월이 떴던 날 밤에 진전이 있었던 거
죠오?'

지켜보던 성월은 살며시 방을 나갔다.

청몽은 용운의 위에 엎드린 것처럼 안겨 있었다.

"……놔줘요."

그녀가 작은 소리로 말했다. 용운은 더 힘주어 안았다.
청몽이 그를 밀어내며 몸을 일으키려 했다.

그때, 용운이 진지한 어조로 말했다.

"나, 이제 독해질 거야."

"……뜬금없이 무슨 소리람."

"어쩌면 나 자신을 미끼로 쓰고, 무슨 일이 있어도 나를 지키라고 명령할지도 몰라."

"미끼 어쩌고는 맘에 안 드는데, 뒷부분은 당연히 그래야 하는 거거든요?"

"내 옆에 꼭 붙어 있어. 그러면서 다치진 마. 나도, 너도 안 다치게 해줘. 할 수 있지? 넌, 내가 만든 최강의 수호자니까."

그때, 장비가 벌컥 문을 열고 들어왔다.

"군사님! 헛!"

그는 화들짝 놀라 다시 밖으로 튀어나갔다.

"미, 미안! 끝나면 말해……."

청몽은 은신잠행 특기로 순식간에 사라졌다.

'언젠가 이 비슷한 일을 겪은 것 같은데.'

용운이 쓴웃음을 지으며 말했다.

"익덕 님, 들어오세요."

"들어가도 돼……?"

장비가 들어왔을 때, 청몽은 흔적도 없었다. 그는 놀라서 주위를 두리번거렸다.

"어라! 어디로 간 거지? 분명 문으로는 아무도 안 나왔는데."

"무슨 일이세요?"

"아, 큰형님이 좀 보자셔."

아마 이후의 일에 대해 논의하기 위함이리라. 용운은 장비를 따라 유비가 쉬고 있는 방으로 향했다. 오히려 그보다 더 중상을 입은 쪽은 유비였다. 배를 깊숙이 찔린 탓이다. 장기를 아슬아슬하게 피했으나 출혈이 심했다. 며칠 동안 절대 안정이 필요했다.

"군사, 좀 괜찮아?"

용운이 들어서자, 유비는 파리한 안색으로 웃어 보였다. 그는 배에 붕대를 감은 채로 침상에 비스듬히 기대 누워 있었다.

"자세 좀 이해해줘. 아직 상태가 안 좋아."

"현덕 님이야말로 괜찮으십니까?"

"크큭. 뭐 그럭저럭. 그나저나 급하게 얘기할 게 있어서 불렀어."

"예. 앞으로의 행보…… 에 대해서겠지요?"

유비는 고개를 끄덕였다. 동탁을 잡지 못한 일에 대해서는 굳이 용운을 질책하지 않았다. 자신이 동의하고 허락한 일은 실패 시의 책임을 묻지 않는다. 명백하게 직무를 유기한 경우가 아니라면. 그게 유비의 방식이자, 장점 중 하나였다.

오히려 부끄러워진 용운이 먼저 말을 꺼냈다.

"죄송합니다. 동탁은……."

"뭐, 됐어. 놈의 정예군이 온 건 사실이니까. 아무래도 사전에 정보가 샌 모양이야. 연합군은 워낙 여러 곳에서 모여 첩자투성이였을 테니, 내가 진영을 빠져나와 함곡으로 향하는 걸 들켰을지도 모르지. 이곳에 거의 다 와서 마지막 순간, 동탁만 몸을 빼낸 것 같아."

"그럴…… 까요."

유비의 예측도 엉뚱한 것만은 아니었다. 실제로 전예가 첩자를 몇 명 색출하기도 했다. 그래도 동탁이 다른 행보를 택했으면서 굳이 정예병과 장수들을 희생시킨 데 대한 확실한 설명은 되지 않지만.

"아무튼 거기서 노획한 병장기와 죽인 적의 수만으로도 공은 충분해. 동적(董賊, 동탁을 의미)을 죽이지 못한 게 아쉽긴 하군."

씩 웃으며 말하는 유비에게 용운은 솔직히 감동했다. 더구나 유비는 자신의 생명의 은인이기도 했다. 유비가 버텨주지 않았다면 용운은 죽었으리라. 매력 수치가 높다고 다 끌리는 건 아니다. 거기 걸맞은 언행을 할 때 비로소 효과를 내는 것이다.

유비의 어조가 진지해졌다.

"그래서 말인데, 군사. 이제 난 뭘 하면 좋을까? 이대로 백규 형님한테 다시 돌아가야 하나? 아니면 이쯤에서 슬슬 빠져서 다른 뭔가를 해보는 게 나을까?"

용운은 유비를 물끄러미 바라보았다.

'아직도 날더러 군사라니. 내 실패를 경험하고서도 저러는 건 고맙다고 해야 하나. 하지만 난 여전히 유비 밑으로 들어갈 생각은 없어. 단, 최소한 이번 일만큼은 확실하게 벌충을 해주고 싶다. 목숨 빚은 갚아야 하니까.'

용운은 눈을 감고 잠시 생각에 집중했다. 오랜만에 기억의 탑을 오르려는 것이다. 그런 그에게서 뭔가 심상치 않은 기색이 느껴진 듯했다. 유비는 물론이고 시립한 관우와 장비도 숨을 죽이고 방해하지 않으려고 애썼다.

현재 용운은 공손찬의 세력이 원소를 무너뜨릴 정도까지는 키워줄 계획이었다. 공손찬에게 실망했다 하나, 그에게서 받은 것들을 곧바로 잊을 정도는 아니었다. 또한 당장 떠날 생각도 하지 않았다. 모든 걸 새로 시작해야 할뿐더러, 지금 정도의 녹봉과 지위를 얻으리란 보장도 없었다. 조운 만큼은 아니지만 태사자와도 정이 들었다.

그 후의 일은 사실 생각해보지 못했다. 생각하고 말고를 떠나, 공손찬이 그 정도로 강대해지면 뒤의 역사가 어떻게 될지 용운 자신도 몰랐다. 그저 자신과 사천신녀, 조운 등이 안정적으로 기반을 닦기 위한 계획인 것이다.

'동탁 토벌전 후, 유비는 공손찬 밑에서 전해의 수하로 원소와 싸우다가, 조조가 서주 정벌에 나서자 서주목 도겸의 구원 요청을 받고 떠났다. 그 뒤부터는 사실상 도겸에게 붙었으며, 그가 죽은 후 추대를 받아 서주를 지배하게 된다.'

나중에 여포에게 빼앗기긴 하지만 그때가 유비의 첫 안정기이자, 조조와 싸우기 전까지의 기반을 마련하는 시초가 되었다.

얼마 후, 눈을 뜬 용운이 말했다.

"동탁이 함곡을 거치지 않고 몸을 빼내었으니 연합군은 곧 지지부진해질 겁니다. 그래도 태수님(공손찬)은 이번 정벌로 천하에 의사(義士)로서 이름을 떨쳤습니다. 동탁의 맹장인 화웅을 죽였으며 호진과 여포를 패퇴시키기도 했고요."

"그렇지. 백규 형님에게는 실보다 득이 많았어."

"돌아가면 태수님은 곧 원소와 전쟁을 시작할 겁니다. 그때를 대비해, 현덕 님은 지금 미리 고향인 탁현으로 돌아가 병사를 양성하고 일대를 안정시켜두십시오. 그러면 태수님은 자연히 탁현을 현덕 님께 맡겨 원소를 견제코자 할 것입니다. 그 싸움에서 공을 세우면, 현덕 님이 기주목이 되는 것도 충분히 가능합니다. 어차피 태수님 혼자 모든 지역을 다스릴 순 없으므로 믿을 만한 사람을 앉힐 테니까요."

유비가 피식 웃었다.

"또 그러는군."

"뭐가 말입니까?"

"앞으로 일어날 일을 당연하다는 듯이 말하는 것."

"전 그럴 거라고 가정했을 뿐입니다만."

"내가 기주목이 되는 게 충분히 가능하다고 했지? 그러려면 백규 형이 원소를 밀어내고 기주를 차지하는 게 먼저야. 넌 그 부분은 당연하다는 듯 언급도 하지 않았어."

"……."

"용운, 넌 백규 형이 원소에게 이기는 것이 당연하다고 생각하나? 난 솔직히 쉽지 않아 보여."

"현덕 님께서 끝까지 도울 경우엔 가능합니다."

용운의 말은 진심이었다. 자신의 보좌에 더해, 유비가 서주로 떠나지 않고 끝까지 공손찬을 돕는다면 충분히 해볼 만하다고 생각했다. 이미 지금의 공손찬에게는 조운과 태사자, 장합 등 원래 없던 맹장들과 등자라는 물건이 있었다.

"제법 능글맞아졌구나. 날 묶어둘 셈인가? 뭐, 좋아. 어차피 당장 갈 곳도 없고 수중에 오천의 병사도 생겼으니, 고향으로 금의환향해서 위세를 누려보는 것도 나쁘지 않겠지."

"그리고 한 가지 청이 있습니다."

"뭔데?"

"저와 제 수하들도 함께 데려가주십시오."

이번 일로 용운은 위원회의 위협을 절감했다. 위원회는 이미 체계적인 조직을 갖추고 뭔가를 추진 중이었다. 동탁과 손을 잡은 듯하고 성혼단이라는 하부 단체까지 만들고 있었다.

그들에 비해 용운 자신의 힘은 너무도 미약했다. 이에 그들로부터 몸을 숨기면서, 자신의 미래를 좀 더 구체적으로 준비해야겠다는 결심이 섰다.

'일단 재화를 모으는 동시에 어떻게든 쓸 만한 사람을 구해, 개인 정보 조직을 만드는 것부터.'

그러려면 동북평에서는 아무래도 어려웠다. 공손찬을 떠나지 않으면서, 그의 직접적인 입김에서 벗어나는 길. 위원회의 감시에서 자신의 위치를 잠시나마 숨기고 그들의 움직임을 역추적하는 것. 둘 다 유비와 함께인 지금이 유일한 기회였다.

개인행동이라면 공손찬이 노발대발할지 모르나 유비의 곁임을 안다면 대충 넘어갈 가능성이 높았다.

또 탁현에서부터 몇 가지 시도해볼 일이 있었다. 그중에는 유, 관, 장 삼형제를 품겠다는 것도 포함되었다.

그랬다. 용운은 솔직히 유비에게 어느 정도 매료되었다. 마음이 그와 적이 되길 원하지 않았다. 어느 틈에 사천신녀와 친숙해진 관우, 장비도 마찬가지였다.

　그러나 어떤 세력에 속하든 간에, 먼 훗날에는 그들과 싸울 수밖에 없었다. 유비는 언젠가 천하의 패권을 두고 조조, 손권과 다툴 운명을 가진 영웅인 까닭이다.

　'하지만 내가 만약 이 사람의 야망을 억누르고 같은 세력의 가신으로 맞아들일 수 있다면?'

　능히 몇 개 주를 맡길 만한 신하가 생긴다. 용운은 이런 은밀한 욕망을 가졌다. 그는 감히 흑룡을 품에 안으려는 것이다.

　'조조도 해내지 못한 일. 분명 쉽진 않을 것이다. 하지만 시도해볼 만한 가치는 있어.'

　함께 탁현으로 데려가달라는 말에, 유비가 조금 놀란 듯 반문했다.

　"괜찮겠어? 너, 백규 형한테 받은 관직도 있잖아."

　"이제 별 의미 없는 임시직입니다."

　용운은 분명 동북평도위라는 관직을 가졌다. 그러나 그게 임시직이라는 사실은 공손찬도 알고 용운 자신도 알았다. 용운은 어리고 경력도 전무하다시피 했다. 그런 그가 참모를 맡는 데 용이하게 하려고 만든 자리였다. 이번 전투에서 나름 공은 있되 과는 없다. 공손찬의 성격상 좌천시키진 않을 것이다. 또 동탁의 행보를 미리 알려줬음에도 불구하고 낙양 점령을 우선시하여 조언을 거절했다. 그게 찔려서라도 모른 척해줄 터였다.

'그러고 보니 그때 공손찬이 내 말을 무시한 게 오히려 다행인 건가? 함곡관으로 진군해왔다면 개망신을 당하는 게 문제가 아니라, 잘못된 진언을 했다 하여 신뢰를 잃고 군법으로 처벌을 받았을지도 몰라.'

이렇게 생각하니 마음이 꽤 편해졌다. 전화위복인 셈이니, 사람 일은 어찌 될지 모르는 것이다. 문득 예전에 아버지가 가끔 하던 말이 떠올랐다. 큰 손해에는 작은 이득이 따르는 법이라고 했나. 위원회의 역습으로 자존감이 바닥을 쳤지만, 대신 새로운 국면으로 상황을 보는 계기가 됐다.

이렇게 해서, 용운의 다음 행보는 탁군 탁현으로 결정되었다.

"큰 손해에는 작은 이득이 따르는 법이야."

비슷한 시각, 방에 드러누운 진한성이 말했다. 무표정한 미녀가 그의 머리맡에 앉아 대꾸했다.

"이왕이면 큰 손해를 입지 않는 편이 낫죠."

미녀는 인형 같다는 말이 잘 어울리는 외모였다. 앞머리를 일자로 정리한 단발에, 피부가 희었다. 머리카락은 칠흑같이 검고 입술은 새빨갰다. 아담한 체구가 더욱 인형 같은

느낌을 주었다.

대략 3분 전부터 두 사람은 작은 초옥 안에서 포위당한 상태였다.

앞서 주무는 두 곳으로 자객을 파견했다. 용운에게 진달과 양춘, 항충과 이곤을. 진한성에게는 시은, 이운, 주통, 마린을 보냈다. 비록 지살위라곤 하나, 천기라는 초능력을 가진 정예 멤버가 넷이다. 특히 진한성 쪽으로 보낸 넷에게는 성혼단 정예병 백 명까지 딸려 보냈다. 안도전이 만든 성수를 이용, 근력과 순발력을 높이고 두려움을 희석시킨 병사들이었다.

일말의 불안함은 있었으나 주무는 성공을 기대했다. 현재로서는 사실상 이게 한 번에 파견할 수 있는 '형제'의 최대 규모였다. 각자 맡은 임무가 있었기 때문이다.

용운 쪽으로 향한 네 명이 몰살당했을 무렵, 시은은 이운, 주통, 마린과 함께 한 마을에 들어섰다. 여강군 서현의 작은 마을이었다. 상대적으로 거리가 멀어 늦게야 도착한 것이다. 이목을 끌지 않기 위해 은밀히 움직이느라 더 늦었다.

'이곳에 마스터(master) 진이······.'

마을 어귀에 숨은 시은은 침을 꿀꺽 삼켰다. 진한성, 그는 천기가 없어도 무시무시했다. 어떻게 단련했는지 모를 초인 같은 신체능력과 고도의 지성을 갖춘 괴물. 2미터를

넘는 신장에 근육은 강철 갑옷 같았다. 동시에 여러 위원회 멤버의 스승이기도 했다.

이제부터 그를 제거하려는 것이다. 긴장되지 않을 수 없었다.

97위, 지찰성(地察星) 청안호(靑眼虎) 이운(李雲). 파란 눈동자를 가진 혼혈로, 원거리 정찰 및 투시 능력을 가졌다.

87위, 지공성(地空星) 소패왕(小覇王) 주통(周通). 성질 급한 장한이며, 선천적 괴력의 소유자였다. 거기에 공간을 잡아 찢는 특수한 천기를 가졌다.

67위, 지명성(地明星) 철적선(鐵笛仙) 마린(馬麟). 꽤 고위의 지살급 멤버로, 준수한 용모에 쌍검의 명수였다. 음파를 조종하는 강력한 천기까지 지녔다. 여기에 백 명의 성혼단 정예병까지. 지려야 질 수 없는 싸움이었다.

그런데도 시은은 불안했다.

이운은 파란 눈동자에서 은은한 광채를 뿜었다. 그는 마을 안쪽을 한참 들여다보고 있었다. 얼마 후, 그가 고개를 끄덕였다.

"마을 중심에 확실히 그가 있다. 작은 집 안에 여자 하나와 함께 있군."

시은의 심장이 퉁 하고 요동을 쳤다. 심호흡을 하여 마음을 가라앉힌 그가 말했다.

"몬스터 진은 워낙 신출귀몰. 그러니 병사 오십을 마을 외곽에 남겨 와칭(watching). 우린 나머지 오십과 함께 몬스터 진의 집으로 러쉬(rush). 몬스터 헌팅을 개시한다, 브라더스."

시은의 말에, 세 사람이 고개를 끄덕였다. 즉시 성혼단 병사 오십이 마을을 둘러쌌다. 그러자 마린이 천기를 발동하여 마무리했다.

천기 발동, 방음파동벽(防音波動壁)

일정 범위 내의 소리가 밖으로 새어나가지 않게 하고, 바깥의 소리도 들어오지 못하게 하는 장벽을 생성하는 능력이었다. 음파로 만들어진 벽이므로 당연히 투명했다. 이 장벽의 무서운 점은, 생성되어 있는 동안 내부에서 발생한 모든 소리에너지를 축적, 일시에 터뜨리는 기능이 있다는 것이다. 마을이 일시에 보이지 않는 파동의 벽으로 둘러싸였다.

시은 일행은 그 상태에서 마을 안으로 진입했다. 오십 병사를 앞세우고 전진하던 청안호 이운이 고개를 갸웃거렸다.

"뭔가 이상한데?"

"What's the matter?"

"음, 마을 사람들의 표정에 두려움이 없어. 그저 약간 놀라는 정도? 무장한 병사들이 갑자기 나타나 쳐들어왔으면

겁먹을 법도 한데……."

시은에게 설명하던 이운이 입을 다물었다. 맨 앞에서 단말마의 비명이 들려오더니, 병사들이 일제히 멈춰섰기 때문이다.

"무슨 일이냐?"

대열 앞으로 달려간 시은, 이운, 주통, 마린은 할 말을 잃었다. 길 가운데가 갑자기 뻥 뚫리며 함정이 나타났다. 그 바람에 병사 셋이 빠져, 함정 안에 있던 날카롭게 깎인 죽창에 찔려 죽었다.

"뭐야, 이거. 설마 우리가 올 걸 알았던 건가?"

웃통을 벗어젖힌 주통이 사나운 투로 말했다.

이운은 함정을 가만히 살펴보다 입을 열었다.

"아니. 이건 만든 지 꽤 오래된 거야."

마린이 어이없다는 듯 반문했다.

"뭐? 왜? 이런 길 한가운데에다가……."

"이유는 나도 모르지. 아무튼 내가 맨 앞에서 움직이는 편이 낫겠어."

천기 발동, 투시안(透視眼)

이운의 파란 눈에 은은한 광채가 일었다. 투시안은 이름 그대로 숨겨진 사물을 꿰뚫어보는 능력이었다.

그 상태에서, 일행은 다시 전진을 재개했다. 하지만 아무
래도 처음보다 속도가 느려졌다. 투시안의 약점은 발동한
상태에서 움직임이 현저히 느려진다는 것이다. 거기다 주
변을 살펴가며 달리자니 느릴 수밖에 없었다.

"잠깐. 또 있다."

이운은 몇 번이나 일행을 멈춰 세웠다. 그때마다 바닥이
나 길 양옆의 가옥, 흙담 등에서 함정이 나타났다. 죽창, 줄
을 건드리면 발사되는 석궁, 낙석 장치 등 종류도 다양했다.

결국 성질 급한 주통이 울분을 터뜨렸다.

"진한성, 이 개자식이!"

시은은 고개를 저었다.

"노(no). 이건 진 티처…… 아니, 몬스터 진의 짓이 아니
야. 그라면 오히려 우리를 한 명씩 각개격파하는 쪽을 택했
겠지. 육탄대결로."

그의 말에 이운이 답했다.

"그래. 시은 형제의 말이 맞아. 그리고 이 길, 지금 깨달
았는데…… 나선을 그리며 이동하도록 인위적으로 만들어
졌어. 중심에 있는 진한성의 집까지 가기 위해선 주변을 빙
빙 돌아서 최대한 긴 경로로 움직이게 돼. 그 경로에는 계속
해서 함정이 숨겨져 있고."

게임광인 마린이 어이없다는 투로 말했다.

"지금 우릴 상대로 어떤 놈이 디펜스 게임이라도 하고 있다는 거야?"

'디펜스 게임(defense game)'이란, 몰려오는 몬스터를 막아 내는 장르의 게임을 의미했다. 몬스터들이 일정 경로를 통해 다가오는 동안, 함정이나 포대 등을 설치하여 방어선을 뚫지 못하도록 저지하는 것이다.

그 말에 대한 답은, 정면 왼쪽의 돌담 위에 갑자기 나타난 소년이 대신했다. 깎은 옥 같은 얼굴에 붉은 입술, 그윽한 눈빛이 언뜻 보면 여자로 착각할 정도의 미소년이었다.

"디펜스 게임? 그게 뭔지는 모르겠지만 아무튼 이걸 만든 건 저입니다. 마음에 드십니까?"

주통이 으르렁댔다.

"꼬마, 넌 뭐냐?"

"이름을 물으시는 거라면, 주유 공근이라고 합니다만."

"주유……."

주통은 자기도 모르게 입을 다물었다.

주유 공근(周瑜 公瑾). 동오의 미주랑(美周郎, 아름다운 주유라는 뜻). 아름다우면서도 현명하고 호방한 사내. 병으로 요절하지 않았다면 조조와 유비의 가장 큰 장애가 되어 천하를 호령했을지 모르는 불세출의 제독이다.

중국인들에게 그 이름이 갖는 의미는 특별했다.

주통이 멈칫한 사이, 주유가 말을 이었다.

"무슨 일로 예까지 오신 건지는 모르겠으나, 흉흉한 기세와 무장으로 미뤄볼 때 결코 좋은 의도는 아닌 듯하군요. 조용히 돌아가시길 권합니다. 저의 벗이 이 마을에 정착한 순간부터, 만일을 대비해 제가 만들기 시작한 물건들은 이게 전부가 아니거든요."

주유는 목소리가 떨리기는커녕 안색도 고요했다. 도저히 10대 소년이라고 여겨지지 않는 침착함과 대담함이었다. 위원회의 일원들이 오히려 일순 굳어버렸다. 문득 정신을 차린 마린이 외쳤다.

"놈을 쫓아가서 잡아! 그리고 담을 넘어 가로질러서 움직이면 일일이 함정에 걸릴 일도 없잖아!"

그 말에 일행은 아차 싶었다. 인간의 본능이란 무서워서, 자연스레 길을 따라 이동하고 있었던 것이다. 병사 여러 명이 돌담 위로 뛰어올랐다. 주유는 어이쿠 하고 당황하는 척하더니 담 안쪽, 그러니까 한 바퀴를 더 돌아야 도달하는 길에 내려서서 달아났다.

병사들이 담에 올라선 직후였다. 휭! 퍼퍼퍽! 퍽! 맞은편 담에서 화살이 날아와 병사들을 맞혔다. 아무리 육체가 강화된 병사라도 3미터도 안 되는 근거리에서 급소가 무수히 꿰뚫리니 버틸 수 없었다. 절명한 병사들이 담 아래로 우르르 떨어졌다. 화살을 쏜 자들을 알아본 이운이 중얼거렸다.

"아까 보이던 마을 사람들이군. 담장을 가로지르는 것도 쉽지 않겠어."

주유의 유인책에 또 당한 것이다.

시은의 얼굴이 붉어졌다. 그가 흉포하게 외쳤다.

"퍽킹 헬(fucking hell). 진한성이고 주유고 죄다 죽여버리고 말겠다!"

18

검은 마녀와 역천의 괴물

제일 먼저 뛰쳐나간 사람은 주통이었다. 웃통을 벗은, 레슬러 같은 체격의 장한이다. 그는 잠시나마 주유에게 위축된 게 부끄러웠다. 그래봐야 열대여섯 살의 어린애가 아닌가.

주유는 완전히 멀어지지 않고, 몇 겹 안쪽의 담장 위에서 동정을 살피고 있었다. 그 기색이 너무도 태연자약하여 더 약이 올랐다.

'감히 잔머리를 굴렸겠다.'

병사들이 추락한 돌담 위로 주통이 뛰어올랐다. 그에게 방금 전과 마찬가지로 화살이 날아왔다.

"허업!"

주통은 기합과 함께 몸을 순간적으로 부풀렸다. 물컹해 보이던 상체가 단단하게 굳어졌다. 화살은 거죽에 약간의 상처만 내고 튕겨나갔다. 화살을 쏜 마을 사람들의 눈이 휘둥그레졌다.

이건 심지어 천기도 아니었다. 위원회 지살 87위, 지공성 소패왕 주통. 그는 위원회가 되기 전, 중국 국립 곡예단의 차력사였다. 눈속임이나 도구에 장난질을 치는 사이비가 아닌, 제대로 기공을 익힌 진짜배기 차력사다. 타이밍만 잘 맞추면 구경이 작은 권총 정도는 버텨냈다. 소패왕이란 별명이 썩 잘 어울렸다.

"이놈들아, 내가 소패왕이다!"

주통은 벼락같은 소리를 지르며 달려들었다. 그러나 마을 사람들의 대응도 범상치 않았다. 당황하고 겁에 질리는 대신 백병전을 준비했다. 그들은 활을 버리고 재빨리 소검을 빼들었다.

'상당히 오래 훈련받은 자들이구면.'

주통은 사내 하나의 머리를 솥뚜껑 같은 주먹으로 쳐서 터뜨리며 생각했다.

"아진!"

다른 청년이 비통하게 부르짖었다. 그는 이를 악물고 제법 날카로운 검격을 가해왔다. 머리가 터진 사내의 친구였던 모양이다.

주통은 그것마저 가볍게 피해버렸다. 그는 검을 피하며 청년의 뒤로 돌아갔다. 그리고 양손으로 목을 비틀어 부러뜨렸다.

'하지만 우리의 적수는 아니야. 주유, 우리가 우습게 보이나? 하늘로부터 선택받은 우리가?'

대부분의 위원회 멤버는 이 시대의 병사들보다 훨씬 강했다. 특히, 천강위 36인 정도 되면 일인군대라 해도 과언이 아니었다. 또한 하늘로부터 힘을 받았으며, 국가의 과업을 짊어졌다는 생각에 엄청난 자부심을 가졌다.

이번에는 늙수그레한 장년인이 검을 휘둘러왔다. 전장에서 잔뼈가 굵은 듯 매서운 공격이었다.

'평범한 마을 사람은 아니라는 거군.'

주통은 몸에 밴 동작으로 검을 피했다. 육중한 덩치에 안 어울리는 부드러운 동작이었다. 장년인의 눈에 낭패의 빛이 떠올랐다. 그의 목젖으로 주통의 수도가 박혔다. 주통은 담장 아래로 추락하는 장년인을 보며, 진한성으로부터 무술을 배우던 때를 떠올렸다. 방금 전의 기술 또한 그에게서 배운 것이다. 미래에 속국으로 만들 한국의 인물이었다. 그래도 그 실력만큼은 인정하고 존경했었다.

위원회의 과업이 이뤄지면, 그를 특별고문으로 모실 생

각까지 했다. 그랬던 진한성이 위원회를 배신하고 자취를 감췄다. 그냥 도망친 정도가 아니었다. 회의 과업에 심각한 타격을 입혔다.

그렇다고 응징만이 목적의 전부는 아니었다. 그로부터 꼭 되찾아야 할 물건들도 있었다. 그래서 위원회는 그의 행방을 오랫동안 찾아왔다.

'시공회랑을 조작하여 우리를 엉뚱한 시대로 보내버리고 도둑질까지 했지. 이제 돌려받을 때가 왔다. 진 사부, 아니 진한성!'

드디어 지금, 그를 죽이러 와 있는 것이다. 주통은 회상에 잠기며 또 한 명의 허리를 꺾었다.

"좁은 곳에서의 백병전은 주통 형제가 최고지."

마린의 말에 시은이 대꾸했다.

"오케이, 내가 나설 타임도 없겠어."

주통은 활을 쐈던 마을 사람들을 모조리 죽였다. 이게 끝인가 할 때였다. 투시안으로 담장 너머를 본 이운이 외쳤다.

"주통, 조심해!"

그때, 담장 안쪽 아래에서 장창들이 솟구쳤다. '삭(朔)'이라 불리는 긴 창이었다.

이운의 경고 덕에 주통이 한발 빨리 반응했다. 그는 즉시 몸에 기를 주입하여 충격을 해소했다. 그래도 배와 옆구리,

다리 등에 삭의 날 끝이 1∼2센티미터 정도씩 파고들었다.

"큭!"

짧은 신음을 삼킨 주통의 얼굴이 붉어졌다.

"이 새끼들이 진짜!"

천기 발동, 시파공(撕破空)

주통의 양손에 거무스름한 빛이 어렸다. 그는 손가락을 짐승의 앞발처럼 오므렸다. 그 상태로 대각선 아래의 허공에다 휘둘렀다. 그러자 담장 아래에서 창을 찔러 올린 병사들의 명치 윗부분에, 정확히는 '그 위치의 공간'에 검은 궤적이 나타났다. 마치 주통의 손가락이 허공을 찢은 것처럼.

검은 궤적에 닿은 신체가 사라졌다. 명치 위가 토막 나사라진 병사들이 우르르 쓰러졌다. 잘리거나 뜯긴 게 아니었다. 출혈도 없었다. 그 부분이 말 그대로 '사라진' 것이다.

시은이 인상을 찌푸렸다.

'퍽(fuck). 너무 일찍 썼어. 몬스터 진을 만났을 때 천기를 일제히 드랍하는 플랜인데. 설마?'

주위를 둘러보던 시은은 등골이 오싹해졌다. 좀 떨어진 담장 위에 여전히 주유가 서 있었다. 서늘한 눈빛으로 모든 것을 지켜보고 있었다.

시은은 전혀 당황하지 않는 그 모습에 직감했다.

'천기에 대해 알고 있다. 그리고 일부러 쓰게 만들었다. 메이비(maybe), 몬스터 진의 지시로.'

천기는 상식을 뛰어넘는 막강한 힘이다. 과연 하늘로부터 받았다고 할 만한 능력이었다. 대신 모든 천기에는 그만큼의 부작용이 있었다.

예를 들어, 용운의 대인통찰과 사물통찰은 연이어 쓸 경우 극심한 두통을 유발했다. 그 외의 흔한 페널티 형태로는 '일정 시간 사용 불가'가 있다.

주통의 천기인 시파공(공간을 찢다)도 그랬다. 지금 써버렸으니, 정작 진한성과의 대결 때는 쓰지 못할 확률이 높아졌다. 그렇다고 일부러 늑장을 피울 수도 없었다.

'주통 브라더는 이미 늦었고.'

시은은 재빨리 마린에게 말했다.

"마린 브라더, 유(you)의 천기를 세이브."

"알아."

마린이 짧게 답했다. 시은은 좀 마음이 놓였다. 일행 중 가장 큰 파괴력을 가진 천기가 마린의 것이었다. 순수한 파괴력만 놓고 보자면 천강위 수준이다. 이걸로 비장의 카드 하나는 지키게 됐다. 이운의 천기는 성질이 좀 달라서, 연이어 써도 큰 문제가 없었다.

시은, 이운, 마린, 주통 네 사람은 겹겹이 쳐진 함정과 복병을 돌파했다. 주유는 그런 그들을 계속 몇 발 앞에서 지켜보았다. 그는 잡힐 듯하면서 좀체 잡히지 않았다.

그러다 겨우 나선형의 길 가운데 있는 초옥 앞에 도착했다.

주유가 먼저 초옥 마당으로 뛰어내렸다.

"아오, 저 새끼!"

주통이 이를 갈았다. 얄미워 죽을 지경이었다. 주유는 뒤로 후퇴하며 복병들을 지휘했다. 그의 지휘 탓에, 예상보다 큰 피해를 입었다. 백 명이던 성혼단 병사는 스물 남짓밖에 남지 않았다. 게다가 네 사람 모두 크고 작은 상처를 입었다. 안도전에게 받은 구급 키트로 치료하여 전투에는 지장이 없었지만 화가 머리끝까지 치솟았다.

각각 한 방향을 점한 네 암살자들이 외쳤다.

"나와라, 진한성!"

초옥 안에는 진한성과 그의 비서 이랑이 있었다.

진한성은 방 안을 꽉 채우다시피 하는 거구였다. 이랑은 누운 그의 머리맡에 무릎을 꿇은 자세로 오도카니 앉아 있었다. 진한성과는 대조적으로 체구가 작았다. 새카만 뱅 헤어에 하얀 피부, 빨갛고 도톰한 입술이 일본 인형을 연상케 하는 여자였다. 다만, 복장은 소매를 확대한 변형 치파오였다. 하얀 피부를 돋보이게 하는 검은색 바탕에, 흰 꽃문양이

수놓아져 있었다.

이랑은 진한성에게 말했다.

"훈련시켜둔 마을 주민들 다수가 사망. 주유가 설치한 나선진도 거의 파훼됐습니다."

귀여운 목소리였으나 높낮이가 거의 없었다. 대자로 편하게 누운 진한성이 태평스레 답했다.

"뭐, 큰 손해에는 작은 이득이 따르는 법이야."

"이왕이면 큰 손해를 입지 않는 편이 낫죠."

"슬슬 내가 나설 때인가?"

진한성은 천천히 자리에서 일어섰다. 특별히 천장을 높게 지은 초옥이었다. 그런데도 머리끝이 살짝 닿았다. 키가 2미터는 가뿐히 넘을 듯했다.

그때 주유가 방 안으로 다급히 뛰어들어왔다.

"진 선생님! 이랑 님! 적들이 여기까지 도달했습니다. 죄송합니다. 최선을 다했습니다만……."

"결과는?"

"적의 병사 팔십을 죽였습니다. 대신 대부분의 함정을 소모했고 아군의 희생도 컸습니다."

주유는 안타까운 듯 입술을 질끈 깨물었다. 이제까지의 냉정한 모습과는 사뭇 달랐다.

"팔십이라. 그래도 많이 줄였군. 내가 말했던 이상한 사술을 쓴 놈은 없었느냐?"

"한 명이 손에서 검은 기운을 뿜어내더니, 몇 장 밖의 병사들을 해쳤습니다. 마치 몸이 저절로 잘린 것처럼 보였는데 피도 나지 않았습니다."

말하다 보니 그때의 기분이 떠올랐다. 겉으로는 태연한 척했으나 경악스럽기 짝이 없었다. 주유의 어깨가 가늘게 떨렸다.

"잘했다."

진한성은 큰 손으로 그의 머리를 쓰다듬었다. 세차게 뛰던 주유의 심장이 좀 가라앉았다.

"선생님, 저들의 정체가 대체 뭡니까?"

"일단 성혼단이라는 사교 무리라고 해두지."

"왜 이곳을 공격해온 거죠?"

"거기 교조(敎祖, 어떤 종교나 종파를 세운 사람) 애들과 내가 원한이 좀 있거든. 미안하다. 괜히 말려들게 했구나."

주유는 세차게 고개를 저었다.

"아닙니다! 선생님께서 손가와 저희에게 해주신 것에 비하면……. 미리 경고해주셨는데도 제대로 대비하지 못한 제 탓이 큽니다. 지휘도 미숙했습니다."

"공근, 넌 할 만큼 했어. 이제 여기 있거라. 네가 죽기라도 하면 곤란하니까."

"조심하십시오. 만만한 자들이 아닙니다."

"뭐, 한가락 하는 놈들이긴 하지."

진한성은 팔짱을 낀 채 문을 발로 밀었다.

거대한 산과 같은 느낌을 주는 남자가 모습을 드러냈다. 병사들은 물론이고 그 방향에 있던 주통도 주춤 뒤로 물러났다. 그 사실을 깨달은 주통의 얼굴이 일그러졌다.

"웃차!"

진한성은 방문 앞의 툇마루에 걸터앉았다. 그리고 한 손을 흔들며 히죽 웃었다.

"어, 주통! 오랜만이다."

"……진한성."

"스승의 이름을 막 부르네? 그새 많이 컸다?"

"이익, 죽엿!"

주통이 악에 받친 목소리로 지시했다. 그의 명에 병사들이 일제히 달려들었다. 동료가 팔십이나 죽었는데도 동요가 없었다. '성수'라 불리는 세뇌 용액을 마신 까닭이었다. 플라스크에 들어 있던 문제의 액체. 용운 일행이 왕정륙과 싸웠던 마을에서 입수한 것보다 개량된 마약이었다.

그때, 진한성의 앞으로 작은 인영이 튀어나왔다.

"저 남자와 싸우려면 먼저 날 넘어야 합니다."

인영의 정체는 바로 이랑이었다. 진한성이 덥수룩한 머

리를 긁적였다.

"나 싸우지 말란 소리잖아."

성혼단의 병사들이 이랑을 향해 일제히 무기를 내리쳤다. 상대가 여자든 소녀든 추호도 망설이지 않았다.

이랑의 입에서 작은 목소리가 새어나왔다.

특기 발동, 섀도 오브 다크니스(shadow of darkness)

우웅!

"어?"

병사들은 일제히 당황했다. 이랑이 눈앞에서 꺼지듯 사라진 것이다. 그들의 무기는 텅 빈 허공을 헛되이 갈랐다.

"위다! 위를 봐!"

주통이 발악하듯 큰 소리로 지시했다. 이랑은 어느새 초옥의 지붕 위에 올라서 있었다. 작은 양손을 펴, 손바닥을 병사들에게 내밀었다.

특기 발동, 플래시 오브 다크니스(flash of darkness)

그녀의 손바닥에서 소리 없는 검은 빛줄기 여러 갈래가 방사되었다. 거기 맞은 병사들이 가슴을 부여잡고 쓰러졌다. 쓰러진 병사들은 순식간에 시커멓게 녹아버렸다.

"죽여라! 진한성이 이쪽에 있다!"

주통의 고함을 듣고, 다른 방향의 병사들과 위원회 멤버들도 달려들었다. 무표정하던 이랑의 얼굴에 처음으로 미소가 떠올랐다. 차갑기 짝이 없는 미소였다.

"감히 나의 주인을 노렸으니 용서는 없습니다."

이랑은 초옥 지붕을 박차고 허공으로 떠올랐다. 뒤이어 허공에서 잠깐 몸을 둥글게 웅크렸다.

특기 발동, 선 오브 다크니스(sun of darkness)

우우우우우웅!

이랑이 몸을 쭉 펴는 순간, 손바닥에서 발사됐던 검은 빛줄기들이 이번에는 그녀의 몸 전체에서 사방으로 뻗어나갔다. 그 모습이 마치 사이키 조명이 달린 미러볼을 연상케 했다. 그러나 용도와 효과는 몹시 달랐다.

"으악!"

"끄아악!"

검은빛에 관통당한 성혼단 병사들이 우후죽순으로 몸을 뒤집으며 쓰러졌다. 생존해 있던 병사들은 이번 공격으로 전멸했다.

"왓 더 헬! 저 마녀는 또 뭐야! 주무 브라더, 이번에도 정보 부족이라고오오!"

간신히 검은빛을 피해낸 시은이 외쳤다. 이운은 천기, 투시안으로 이랑을 노려보았다. 잠시 후, 그가 떨리는 목소리로 말했다.

"저, 저건…… 신벼……."

퍼석! 이운은 말을 채 끝맺지 못하고 쓰러졌다. 그는 이미 숨이 끊어져 있었다. 흑색 광선에 왼쪽 눈을 관통당한 것이었다. 머리부터 녹기 시작한 이운의 몸이 빠르게 풍화되었다. 너무도 허무하게 회의 형제 하나를 또 잃었다.

그 광경에, 주통이 광분하여 뛰쳐나갔다.

"이 쌍…… 끄아아아아!"

그사이 '시파공'의 페널티 시간이 끝났다. 주통은 거구를 이끌고 지붕 위로 뛰어올랐다. 그를 향해 검은빛이 날아왔다. 주통은 양팔을 마구 휘저어 공간을 찢어발겼다. 거기 닿은 검은빛이 중간에 끊어지듯 사라졌다. 그 타이밍이 하필 '선 오브 다크니스'의 발동이 끝나는 시간과 정확하게 일치했다. 이랑에게 아주 잠깐, 경직 시간이 생겼다.

"뒈져라, 망할 년!"

이랑의 왼쪽 어깨에 주통의 수도가 작렬했다. 우직! 가날픈 쇄골이 단숨에 부러졌다. 그래도 이랑은 비명 한 번 지르지 않았다. 그저 무표정한 얼굴로 물러날 뿐이었다.

그녀가 작은 입술을 오물거리며 중얼거렸다.

"좌측 쇄골 및 근육과 신경 일부 손상. 특기 넘버 4, 7번 발동 불가. 수복을 시작합니다."

"뭔 개소리야!"

넓지 않는 지붕 위에서는 피하는 데 한계가 있었다. 주통이 이랑을 따라붙으며, 또 한 차례 치명적인 일격을 가하려 할 때였다.

"아쵸오오옷!"

괴성과 함께 누군가가 지붕 위로 날아왔다. 바깥의 담장 위에서부터 단숨에 도약한 것이다. 말 그대로 허공을 가로질러 날아오다시피 했다. 그는 비호같은 발차기로 주통을 떨어뜨려버렸다. 이어서 이랑의 앞을 막아서듯 착지했다.

시원한 날아차기의 주인공은 바로 손책이었다. 손견의 장남이자, 주유의 절친한 벗이다. 올해로 주유와 동갑인 열다섯 살이었다. 그러나 겉모습은 성인이나 마찬가지였다. 떡 벌어진 어깨에 표범 같은 허리가 강인하면서도 날렵한 인상을 주었다.

"누나, 괜찮아? 나 잘했지?"

"……쓸데없는 참견입니다. 은근슬쩍 누나라고 부르지 마십시오."

슬쩍 고개를 돌린 손책의 눈에 불이 일었다. 축 처진 이
랑의 왼팔을 본 것이다.

"쓸데없긴. 다쳤잖아! 뼈가 부러진 거야?"

진한성이 혀를 끌끌 차며 고개를 저었다.

"하여간 저 녀석, 그 급한 성질 때문에 낭패를 볼 거라고 몇
번이나 말했는데. 그래, 어디 한번 싸워봐라. 실력 좀 보자."

손책 특유의 기합소리를 들은 주유가 툇마루로 뛰어나와
소리를 질렀다.

"야, 책! 넌 나서지 말라고 했잖아!"

"하지만 이랑 누나가 다쳤다고."

주유가 말릴 틈도 없었다. 분노한 손책은 다시 지붕 아래
로 뛰어내렸다. 목표는 바닥에 나동그라진 주통이었다.

"으윽…… 뭐야, 이건 또."

신음과 함께 일어나던 주통의 안면으로 손책의 급강하
발차기가 작렬했다. 주통은 몸을 크게 뒤로 젖히며 쓰러졌
다. 그를 향해 손책이 분기 어린 음성으로 내뱉었다.

"네놈이 감히."

뒤로 쓰러지던 주통의 뒤통수에, 어느 틈에 제자리에서
한 바퀴 돈 손책의 돌려차기가 적중했다.

"마을 사람들을 죽이고."

주통은 마음대로 쓰러지지도 못했다. 그가 다시 앞으로

엎어졌다. 이미 눈이 뒤집힌 상태로, 그는 정신을 잃었다. 아무리 차력으로 단련한 몸이라 해도, 머리에는 근육이 없었다. 두개골 안에서 뇌가 흔들리는 데는 도리가 없었다.

"누나까지 다치게 해?"

주통은 앞뒤로 차이며, 충격을 해소할 틈도 없이 진동을 고스란히 머리에 받았다. 그의 코와 입에서 피가 흘러내렸다.

퍼억! 엎어지는 주통의 명치에 재차 뒤차기가 꽂혔다. 거구가 뒤로 붕 떴다가 바닥에 떨어졌다. 그는 미동도 하지 않았다. 명치가 푹 꺼졌다.

"오호!"

진한성이 가볍게 탄성을 내뱉었다. 손책이 주통에게 3연속 발차기를 날린 직후였다.

"갓 뎀, 지옥으로 보내주마. 애송이."

시은이 등을 바닥에 댄 채 팽이처럼 회전하며 손책의 하체를 노려왔다. 손책은 뻗은 다리를 막 거둬들이고 있었다. 시은은 주통이 당하는 사이, 손책의 '파동'을 읽었다. 모든 살아 있는 존재가 가진 고유의 파동을 볼 수 있는 천기, '견율안(見律眼)'을 발동한 것이다. 견율안이 발동되면 파동을 보고 상대의 움직임을 예측할 수 있었다.

바닥을 딛고 선 축이 되는 손책의 다리에 시은의 양발차기가 날아들었다. 회전하던 원심력이 고스란히 실려 있었다. 제대로 맞으면 확실히 다리가 부러진다.

"쳇!"

손책은 찬 다리를 당기는 동작을 이용해 뒤로 몸을 날리려 했다.

"보인다. 너의 리듬이."

시은이 거기에 맞춰 양손으로 바닥을 짚었다. 이어서 물구나무서기 하듯 팔을 쭉 뻗으며 손책의 턱을 수직으로 차올렸다. 손책의 몸이 허공에서 비틀거리다 추락했다.

"책!"

뛰쳐나가려는 주유를 진한성이 한 팔로 막았다.

"괜찮다."

"하지만 선생님!"

"넌 아직 육탄전에 약하잖아. 그리고 저걸 봐라."

손책은 스프링처럼 가볍게 몸을 튕겨 일어섰다. 시은도 텀블링을 하여 선 자세가 됐다. 선글라스 아래로 그의 금색 눈이 찌푸려졌다.

'왓 더 헬. 그 순간에 고개를 틀어서 피해?'

위원회의 일원이 되기 전, 뉴욕 할렘 가에서 싸움꾼으로 살았던 시은은 알 수 있었다. 눈앞의 소년이 천부적인 싸움꾼이라는 사실을.

"제법 날카로웠어, 형씨."

손책은 찢어진 뺨을 손등으로 쓱 문질렀다. 턱을 맞는 대신 뺨에 스친 것이다. 턱에 맞았다면 아마 무사하지 못했으리라. 그 찰나의 오싹한 감각이 못 견디게 좋았다.

그가 시은을 향해 이를 드러내고 웃었다.

'싸움에 미친 보이(boy)로군. 전형적인 스트리트 파이터 타입.'

시은의 가슴에 스멀스멀 패배감이 피어올랐다. 진한성과 붙어보기도 전에 병사들을 다 잃고 말았다. 게다가 이운과 주통마저 죽었다.

회의 형제 하나의 가치는 병사 천에 맞먹는다. 이래서야 진한성을 죽이기는커녕 이 자리를 벗어나 무사히 돌아가기도 어렵게 됐다.

그때, 시은의 눈이 빛났다. 조금 전부터 모습을 감춘 나머지 한 사람, 마린이 천기를 발동하려는 기운이 감지됐다. 아직 견율안이 발동 중이기에 포착할 수 있었다. 마린이 숨은 곳을 중심으로 아름다운 파동이 퍼져나가는 게 보였다.

시은은 얼른 이어폰을 양쪽 귀에 꽂았다. 그리고 망설임 없이 MP3 플레이어를 켰다. 전기와 건전지가 없는 시대라, 최대한 아껴 쓰는 물건이었다. 하지만 지금은 아낄 때가 아니었다. 음악을 플레이한 시은이 땅에 납작 엎드렸다.

이상한 기색을 느낀 진한성이 벌떡 일어났다.

"책! 조심……."

그가 미처 말을 끝맺기도 전이었다. 갑작스레 무시무시한 열기가 사방에 휘몰아쳤다.

손책과 이랑이 거기 휩쓸렸다. 용맹하던 손책도, 엄청난 무위를 선보인 이랑도 보이지 않는 열풍 앞에서는 무력했다. 두 사람은 쓰러져 단숨에 절명해버렸다.

'안…… 돼.'

주유는 쓰러지는 벗의 모습에 손을 내밀었다. 하지만 곧 시야가 붉게 물들었다. 그도 눈과 귀로 피를 뿜으며 엎어지고 말았다. 보이지 않는 뭔가가 피부 표면뿐만 아니라 그들의 머릿속을 부글부글 끓게 만들었다.

그야말로 무시무시한 위력을 가진 천기였다. 보이지 않는 음파의 막으로 일정 구역을 차단, 그 안에서 발생한 모든 소리에너지를 모았다가 폭발시키는 방음파동벽이 발동한 것이다. 폭발할 때 소리에너지는 마이크로파로 변했다. 무형의 벽 내부는 거대한 전자레인지가 됐다. '액체'를 가진 생명체는 내부가 끓어 터질 수밖에 없었다.

이를 미리 감지하고 피해낼 수 있는 건, '파동'을 읽으며 같은 성력의 여파를 적게 받는 시은이 유일했다. 그 시은마저도 납작 엎드린 채 정신을 잃었다. 음악은 그 순간의 고통을 완화시키기 위한 것이었다. 죽음의 파동이 한바탕 휩쓸고 지나간 후였다.

"끝났나."

초옥 벽에 바짝 붙어 숨어 있던 마린은 마당으로 천천히 걸어나왔다. 손책도, 검은 옷의 마녀도, 주유도, 그 무서운 진한성도 쓰러져 있었다. 모두 미동도 없었다. 이 자리에 서 있는 사람은 자신이 유일했다.

주위를 둘러본 마린이 큰 소리로 웃었다.

"와하하하! 내가 진한성을 잡았다!"

"잡긴 뭘 잡아."

"……?"

순간, 마린은 엄청난 혼란에 빠졌다. 분명 진한성이 쓰러진 걸 눈으로 확인했는데 어느새 그가 코앞에 나타났다. 뿐만 아니라 손책도 멀쩡히 시은과 대치 중이었고 주유 또한 툇마루에 서 있었다.

마린의 입이 저절로 벌어졌다.

'이, 이게 대체……?'

잠깐 꿈이라도 꾼 걸까. 마린은 시은이 고래고래 외치는 소리에 퍼뜩 정신을 차렸다.

"갓 뎀! 마린, 언제 나온 거야! 왜 멍하니 서 있어!"

"어…… 어?"

진한성은 마린의 멱살을 잡고 들어올렸다.

"겁나 혼란스럽지?"

"크…… 컥!"

엄청난 힘이었다. 마린은 발버둥을 쳤으나 꼼짝도 할 수 없었다. 그의 잘생긴 얼굴이 일그러졌다. 진한성은 매달린 마린을 자기 쪽으로 가져왔다. 그리고 그의 귓가에 나직하게 속삭였다.

"이게 바로 내 천기야. 너희가 궁금해 죽는."

"…….''

"하지만 아무도 정체를 몰라. 아는 놈은 다 죽었거든. 저 승길 선물로 이름만이라도 가르쳐주지. 내 특기는……."

콰드득! 다른 손으로 마린의 목을 한 바퀴 돌려버린 진한성이 말을 이었다.

"시공역천(時空逆天)이야. 대충 짐작 가지? 아, 듣기 전에 죽었나……?"

순간, 반백이던 진한성의 머리 일부가 허옇게 셌다. 흰 머리 부분이 조금 늘어났다. 그에게 다가온 이랑이 처음으로 표정을 드러냈다. 못마땅하다는 듯 뺨을 부풀린 것이다.

그녀는 어느 틈에 주통의 목을 밟아 숨통을 끊어놓은 후였다.

"혹시 또 그 천기를 쓰신 겁니까?"

"그래."

"잘하는 짓입니다. 그 시간만큼의 수명이 또 줄었겠네요."

"그럼 어쩌냐. 나 빼고 너희 다 죽기 직전이었는데. 나도 하마터면 당할 뻔했다. 설마 그런 천기일 줄은 몰랐다고."

"……뭔지는 몰라도 상당히 위험했나 보군요."

알아들을 수 없는 대화에, 천재인 주유도 고개를 갸웃거렸다.

한편, 시은은 그 자리에 굳어버렸다. 그를 향해 손책이 손등으로 뺨을 문지르며 말했다.

"제법 날카로웠어, 형씨."

손책이 이를 드러내고 웃었다. 시은은 아무 대꾸도 하지 못했다. 묘한 기시감이 들었다. 시커먼 절망이 그의 마음속을 뒤덮었다. 진한성의 수하인 듯한 검은 옷의 마녀가 주통을 죽였다.

그 모습을 뻔히 보면서도 막지 못했다. 눈앞의 손책 때문이 아니었다. 마린의 목을 비트는 진한성의 모습을 봐버린 탓이었다. 거기서 느낀 두려움이 시은의 발을 묶었다.

'도대체 뭐가 어떻게 된 거야?'

시은은 도무지 이해할 수가 없었다. 숨어 있던 마린이 마당 가운데로 나오는 모습도, 진한성이 그를 제압하는 순간도 보지 못했다. 애초에 마린이 왜 무방비 상태로 걸어나왔는지 의문이었다.

하지만 이미 그 일들은 일어나 있었다. 마린을 내던진 진한성이 휘적휘적 걸어왔다.

"어이, 시은. 누가 보낸 거냐? 아, 내가 어리석은 질문을 했네. 주무겠지. 그렇지?"

예전, 무술을 가르칠 때와 똑같은 말투였다. 마치 아무 일도 없었다는 듯. 다가온 진한성의 말에 시은은 고개를 끄덕였다. 그는 언뜻 전의를 상실한 듯 보였다. 하지만 이대로 포기한 건 아니었다.

시은은 금안표라는 별명답게 선글라스 아래로 금안(金眼, 금색 눈)을 빛냈다. 마지막으로 진한성의 파동을 읽으려는 것이다.

포기한 건 아니지만 감히 덤비려는 것도 아니었다. 그의 움직임을 예측하여 도주하기 위해서였다. 굳이 질 게 뻔한 싸움을 할 필요는 없었다. 살아남아서 다음 기회를 노려야 형제들의 복수를 할 수 있었다.

그가 진한성을 향해 견율안을 발동한 순간.

"크악!"

선글라스가 깨지며, 시은이 손으로 눈을 감쌌다. 진한성에게서는 너무나 거대한 파동이 뿜어져나왔다. 인간의 것이라고는 믿기 어려웠다. 굳이 비교하자면 화산이 폭발할 때의 산이나, 해일이 일어난 바다와 비슷한 느낌이었다. 그 정도로 거대한 에너지를 가지고 있었다.

그 파동을 실체화하여 본 직후, 반작용에 특수 선글라스가 깨질 정도였다. 되돌아온 파동에 두 눈도 터졌다. 비유하자면 맨눈으로 태양을 정면으로 응시한 것과 비슷한 결과였다. 그 경우에는 터지는 대신 타버렸겠지만.

"엥? 너 혼자 왜 그러냐? 자해했냐?"

어이없다는 듯한 진한성의 목소리가 들렸다.

'퍽킹. 그래, 이게 바로 진한성. 몬스터 진…….'

시은은 허탈하게 웃었다. 진한성은 이 세계로 넘어오면서 더욱 강해졌다. 게다가 정체불명의 검은 마녀도 붙어 있었다. 심지어 이 세계의 인간인 주유와 손책마저 만만한 상대가 아니었다. 주유는 침착하고 교활했으며 손책은 터프했다. 백 명의 병사와 형제 넷으로 될 일이 아니었다. 일만의 군사를 데려와도 이길 것 같지 않았다. 일만 정예병이라해도, 대양(大洋)을 상대로 어찌 싸운단 말인가. 바다에 빠져 죽을 뿐인 것을.

"저래서야 주무한테 내 말을 전하라고 돌려보내도 돌아가지도 못하잖아. 그렇다고 데려다줄 수도 없고. 쩝. 어쩔 수 없군. 넌 옛정을 봐서 양팔만 부러뜨리고 살려주려 했는데."

저벅저벅. 다가오는 진한성의 발소리가 유난히 무서웠다.

"죽여야지, 뭐. 대신 고통은 없게 해줄게."

시은은 몸을 부르르 떨었다. 주무에게 알려야 한다. 천강급의 형제들이 올 때까지는 절대 진한성과 싸우지 말라고. 그게 마지막으로 시은이 떠올린 생각이었다.

우둑! 기묘한 소리와 함께 그의 의식이 끊어졌다.

시은을 마지막으로, 진한성을 노린 암살단은 전멸했다. 살아남은 마을 병사들과 손책 등은 시신을 수습하고 무너진 담을 고치는 등 뒤처리를 했다.

진한성은 뭔가 골똘히 생각하며 서 있었다. 그에게 다가온 주유가 말했다.

"선생님, 성혼단이라는 자들이 또 올까요? 만약 그렇다면 서둘러 대비를 해야 하지 않겠습니까?"

"아니, 이제 안 올 거다. 내가 여길 떠날 거거든."

"네?"

"문대(손견)가 날 믿고 너희와 마을을 맡겼는데, 오히려 위험에 처하게 했다. 내가 있는 한 놈들은 제2, 제3의 자객을 계속 보낼 거야. 그걸 막는 방법은 내가 다른 곳으로 가는 것뿐이다. 위원…… 아니, 성혼단은 너희에게는 아무 감정도 없으니까."

"하지만 선생님……."

주유는 성혼단이라는 자들이 발휘하던 기묘한 힘을 떠올렸다. 진한성과 이랑의 강함은 잘 알고 있었다. 마을을 습격했던 도적떼 수백을 단둘이서 쓸어버리던 광경은 잊을 수가 없었다. 그러나 성혼단에 맞서기에는 무리일 듯했다. 당장 이랑도 부상을 당하지 않았는가. 지금은 이미 회복된 듯했지만.

진한성은 히죽 웃으며 말했다.

"그런 표정 짓지 마라. 나도 개죽음당할 생각은 없다. 무작정 마을을 나가겠다는 게 아니라, 문대에게 가볼 생각이다. 전장의 혼란이 오히려 놈들을 막아줄 게다."

"아……."

진한성이 주유에게 다 말하지 않은 것이 있었다. 위원회의 멤버들이 여길 서슴없이 공격해온 걸 보니, 최소한 손견은 '왕'의 후보자가 아니었다. 진한성은 적이 안심했다.

'나도 제법 정이 들었었나 보군. 아니, 동오의 기풍은 묘하게 나와 맞는 구석이 있단 말이야.'

막강한 힘을 주겠다며 접근해오는 수상한 자들을 경계하라. 이리 손견에게 귀띔해주긴 했으나 확신하진 못했다. 그만큼 위원회가 제시하는 유혹은 달콤했다. 힘이 절대적으로 필요한 난세이니만큼 더더욱.

또 진한성은 기본적으로 사람을 믿지 않았다. 지금은 손견에게 의탁해 있으나, 그가 위원회의 제안에 넘어가 '왕'이 되면 제거할 생각이었다. 다행히 그런 일만은 일단 피하게 됐다.

시공회랑을 통해 삼국시대로 온 후, 진한성은 어떻게든 원래의 세계로 돌아갈 방법을 찾으려 했다. 초옥 마당에 그렸다 지웠다 하는 기이한 도형은 그런 연구의 흔적이었다. 그와는 대조적으로, 위원회는 이곳에서나마 어떻게든 자신들의 사명을 이루려고 했다. 안 그러면 수천 년 전의 과거에서 허무하게 살다가 죽어갈 뿐일 테니.

하루하루 밥만 먹고 숨만 쉰다고 사는 게 아닌 것이다. 진한성도 그 마음만은 이해가 갔다. 사명이 미친 짓이라는 게 문제였지만.

'애초에 모든 삶을 버리고 하늘이 내린 과업이라는 것에 목숨을 건 놈들이다. 쉽게 포기하진 못하겠지.'

'왕'이란 것도 그 과업의 일부였다. 위원회의 일원은 역사에 직접적으로 나설 수 없었다. 대신 자신들의 구미에 맞는 '왕'을 골라 뒤에서 그를 지원하려는 것이었다. 말이 지원이지, 자신들의 존재를 감추기 위해 내세우는 꼭두각시나 마찬가지였다.

'아들 녀석까지 이 세계로 와버렸으니……. 시공회랑을 조작한 것도 아닐 텐데 무슨 영문인지 모르겠군. 어쨌거나 만나야겠지. 녀석 혼자 여기 두고 갈 순 없잖아. 가뜩이나 날 원망하고 있을 텐데.'

진한성은 서늘하게 웃었다.

'얌전히 쥐 죽은 듯 있다가 집으로 돌아가려고 했는데 먼저 건드렸겠다? 어차피 못 돌아가면 끝인 거, 어디 한번 해 보자고. 헛된 꿈에 미친 별의 망령들이여.'

어느새 다가온 이랑이 핀잔을 주었다.

"왜 그렇게 해괴하게 웃고 계십니까?"

"이랑아, 짐 싸라."

진한성은 도포를 펄럭이며 돌아섰다.

"낙양으로 간다."

19

누상촌의 격랑

용운은 유비 삼형제와 함께 목적지에 도착했다. '누상촌 (樓桑村)'이라는 이름의 작은 마을이었다. 아직 겨울이라 거리에 인적은 드문 편이었다. 간혹 나와 있던 이도 얼른 집 안으로 들어갔다. 그러고는 빗장을 채우길 잊지 않았다. 갑자기 마을 앞에 나타난 군대에 놀란 것이다.

"여기서부턴 우리만 들어가는 게 좋겠군."

용운 일행은 유비의 말에 동의했다. 마을 어귀에 진영을 꾸리고 병사들을 쉬게 했다. 자칫 오해를 살 수 있을뿐더러, 오천에 달하는 인원이 머무를 만한 공간도 없어 보였다. 함곡관에는 유비 휘하의 병사들을 일부 남기고 왔다. 이왕 점령했으니 굳이 비울 필요는 없어서였다.

황건의 난 때부터 유비를 따랐던 고참들이 주축이라, 믿을 수 있는 자들이었다. 대신 이번에 데려온 것은 본래 함곡관에 주둔해 있던 병사들이었다. 이들을 완벽하게 회유할 수 있다면, 운용 가능한 병력이 대폭 늘어나게 된다.

공손찬에게는 따로 전령을 보내 보고했다. 동탁은 예상대로 함곡관을 통해 장안으로 향했으며 그 부대를 공격하여 큰 전과를 거뒀으나, 안타깝게도 동탁이 직전에 첩보를 입수하여 몸을 빼냈다고.

이에 함곡관을 점령한 후, 재정비를 위해 한동안 탁군 탁현에 머무르겠다는 내용이었다. 탁현은 유비의 고향이며 북평군에서도 가까웠다. 공손찬이 딱히 수상쩍게 여기진 않을 터였다.

용운과 유비 삼형제 그리고 사천신녀는 말에서 내려 마을 안으로 들어섰다.

"이제 다 왔쩌? 여기가 어디야?"

사린의 물음에 성월이 속삭이듯 답했다.

"유비 님이 태어난 고향 마을이래."

"아항. 그런데 언니, 나 배고파."

"응…… 그래, 그렇겠지. 이제 곧 밥 먹으러 갈 거야. 난 술이 고프구나."

그녀의 목소리를 엿듣던 장비가 히죽 웃었다. 그는 용운 일행과 동행하게 되어 몹시 기뻤다. 가장 큰 이유는 당연히 성월 때문이었다. 평생은 아니더라도 오랫동안 성월을 못 보게 될 줄만 알았다.

'형님 말씀대로라면 여기 한동안 머무를 듯한데. 게다가 고향 근처에 왔으니, 잘하면 성월을 어머니께 인사시킬 수 있을지도 모르겠어.'

장비 또한 유비와 마찬가지로 탁군 탁현 출신이었다. 여전히 앞서나가는 그였다.

조운은 병사들을 단속하기 위해 밖에 남았다. 그는 살짝 얼굴을 붉힌 채 검후를 향해 말했다.

"조심하십시오."

검후는 전보다 훨씬 덜 딱딱한 투로 답했다.

"위험할 일이 뭐 있겠어요. 자룡 님께서 고생이시지요."

"아닙니다. 저야말로 어려운 일도 아닌데요."

둘이 하는 양을 보던 청몽이 중얼거렸다.

"겁나 예의바르게 썸 타네."

용운은 그런 두 사람을 흐뭇하게 바라보았다. 최근 들어 부쩍 친밀해 보여 기분이 좋았다.

'역시, 그때 검후가 인공호흡을 해서 구해줬다고 자룡 형한 테 귀띔하길 잘했어. 많이 친해졌네. 하긴 생명의 은인이니까.'

용운도 청몽과 나름 진도가 나갔다면 나갔다. 하지만 여전히 남녀관계에는 어두웠다.

청몽이 그를 보며 고개를 설레설레 저었다.

'저 연애 바보. 무슨 생각을 하는지 알 것 같아. 보나마나 둘이 친해져서 다행이라고 생각하겠지.'

유비가 앞장서고 관우와 장비가 뒤에 붙었다. 관우가 그답지 않게 감개무량한 어조로 말했다.

"여기서 두목을 만난 지도 10년이 다 됐구려."

"벌써 그렇게 됐나? 하긴 그때 익덕은 애였지. 지금의 군사보다도 어렸으니까."

장비는 화나지 않은 목소리로 짐짓 투덜댔다.

"애 아니었거든요?"

일행이 향하는 곳은 장세평(張世平)이란 상인의 저택이었다. 이는 유비의 제안에 의한 것이었다.

"오래전부터 나를 후원해주는 상인인데, 괜찮은 양반이야. 이번에도 반드시 도움을 줄 거야."

용운은 유비에게, 탁군에서 세를 키우며 공손찬과 원소가 싸울 때까지만 기다리라고 조언했다. 지금 낙양으로 가봐야 전공을 세우기엔 늦었다. 어차피 이후 유비는 한동안 공손찬을 의지한다. 그럴 거면, 다가올 원소와의 전쟁에서 더 큰 활약을 하기 위한 밑거름을 준비케 하려는 것이었다.

이는 사실, 용운 자신을 위한 것이기도 했다. 그가 공손찬의 진영에 있다는 사실이 위원회에게 노출됐음은 명백해졌다. 반면, 용운은 그들에 대해 아는 게 거의 없었다. 공손찬에게 지원을 받기도 어려운 상황이었다.

'시간과 사람이 필요해.'

탁현에 있는 동안, 용운이 하려는 일은 크게 세 가지였다.

첫 번째는 위원회의 추적에서 몸을 피하는 것. 예정에 없던 행보이니만큼 그들도 용운을 다시 찾아내는 데 어느 정도 시간이 걸릴 것이다.

두 번째는 최대한 인재를 모아, 정보 조직과 병력을 만드는 것. 위원회는 분명 위험한 조직이었다. 그러나 일망타진할 명확한 이유도, 힘도 없었다. 일단은 정확한 목적만이라도 알아내고 싶었다. 또한 용운 자신에 의해 미래는 바뀌고 있었다. 천하 판도를 제대로 보려면 정보는 필수였다.

세 번째는 두 번째 일을 위한 자금과 식량을 갖추는 것이었다. 영지는커녕 거처도 없는 빈털터리에게 와줄 인재가 있을까. 그나마 가진 병력을 먹이고 입힐 돈도 필요했다.

장세평은 그중 세 번째와 밀접한 연관이 있었다.

'뭘 하려고 해도 밑천이 있어야 하니까.'

용운은 정사에서 장세평을 언급한 부분을 떠올렸다.

중산대상 장세평과 소쌍은 재화가 천금에 달했는데, 말을 팔러 탁군을 두루 돌다가 선주(유비)를 보고 비범하다 여겨 많은 재물을 바쳤다. 이런 까닭으로 선주가 무리를 모을 수 있었다.

'유비와 친분이 있는 상인으로, 정사에도 등장하는 실존 인물. 기주 중산국 주변에서 주로 활동했는데, 중산대상(中山大商)이라 표현했을 정도의 거상이었지. 그 뒤로는 등장하지 않았지만 그런 거상이 쉽게 망하진 않았을 거야. 만약 건재하다면 충분히 지원을 받을 수 있다.'

장세평은 이따금 소쌍이라는 젊은 상인과 함께 움직였다. 다양한 물품을 취급했지만 주 품목은 말이었다. 상인으로서의 재능은 확실히 상당했던 모양이었다. 북부 이민족의 강인한 말을 사와서 중원에 팔고 중원의 식량과 생필품을 척박한 북부에 파는 방식으로 천금의 재화를 모았다.

중산국에서 북부로 가자면 탁군을 거쳐야 했다. 장세평과 소쌍은 도중에 들르는 탁군에서도 말을 사거나 팔았기에, 따로 마구간이 있는 집을 사두었다. 세평마트 탁군점이라고나 할까.

'유비와 인연을 맺은 것도 그때였을 듯.'

유비는 당시 탁군의 유협 무리를 이끌고 있었다. 유협(遊

俠)이란 협객과 비슷한 의미로, 의기로운 자라는 뜻이다. 하지만 실상은 자경단과 폭력단을 섞어놓은 듯한 느낌의 집단이었다. 그들에게 말과 무기, 자금 등을 지원했다. 탁군에서의 안전한 장사를 보장받기 위해서였다.

'그러다 황건의 난이 일어나면서 장세평과 소쌍은 큰 손해를 입게 됐지.'

무기나 식량 상인이 아닌 이상, 전쟁은 대부분의 상인들에게 치명적이었다. 대상인인 장세평과 소쌍도 마찬가지였다. 장삿길이 막혀 헛걸음을 하게 됐음은 물론, 팔기로 약속한 물건을 가져다주지 못하게 되고 사려고 했던 물건도 사지 못하게 됐다.

마침, 유비가 황건적과 싸울 의용병을 모집하고 나섰다. 이에 장세평은 팔 수 없게 된 말을 유비의 의용군에게 주고 자금도 지원해주었다.

'단순히 유비의 매력에 끌려서일까? 장세평 정도의 거상이라면 감정만으로 움직이지 않는데.'

용운은 장세평의 심리를 짐작해보았다.

처음에는 유비를 그저 뒷골목 무뢰배들의 대장 정도로 생각했을 것이다. 귀찮아지기 싫어서 적당히 보호비를 줬고. 하지만 그에게 재물을 준 후로, 적어도 탁군에서는 장세평의 상단을 건드리는 무리가 사라졌다. 이는 장세평이 유비를 다시 보는 계기가 됐다.

'그때 유비의 통솔력과 장악력에 감탄했을 거야. 또 유비라면 동문인 공손찬과의 연줄도 있으니 제법 강한 군웅으로 성장하리라 여겼을 테고.'

단순히 장삿길이 막힌 정도가 아니라, 언제까지 계속될지 모르는 난세가 왔다. 이에 미래를 내다보고 나름의 투자를 한 것이다. 하다못해 유비가 한 개 성의 태수만 되어주어도 독점권을 받아 장사를 할 수 있다.

그 후로도 알음알음 서로 연락이 오간다고 했다. 그렇다면 이번에도 지원을 받을 수 있을 것이다.

용운은 장세평에 관한 얘기를 들었을 때, 자신의 계획이 좀 더 수월해지거나 앞당겨질 수도 있겠다고 생각했다. 하지만 정작 마을에 들어서자, 눈을 반짝이며 주위를 둘러보기에 바빴다.

'여기가 유비의 고향이라는 누상촌이구나!'

동북평 성내보다 더 작고 평범한 시골 마을이었다. 하지만 의미가 있어서인지 특별하게 느껴졌다.

누상(樓桑)은 망루 루, 뽕나무 상 자를 썼다. 유난히 높은 뽕나무가 있었기에 붙은 이름이다. 그 뽕나무는 유비가 어릴 때 살던 집 모퉁이에서 자랐다고 알려졌다. 크기가 클 뿐만 아니라 가지도 넓게 벌어져서, 마치 황제가 타고 다니는 수레를 연상케 했다고 한다. 유비는 그 아래에서 아이들과 어울려 놀면서 천자인 양 행세를 했다는 일화가 있었다. 나중에 이런 수레를 타는 사람이 될 거라고 하는 바람에, 친척이 기겁했다는 기록도 있다.

'패기 쩔어. 크큭.'

속으로 웃던 용운의 시선이 문득 한 곳에 멎었다.

'저건가?'

좀 떨어진 곳에 우뚝 선 나무 한 그루가 보였다. 잎이 다 떨어져서 뽕나무인지 뭔지는 알아보기 어려웠다.

'하긴 잎이 있었어도 몰랐을 거야. 원래 나무에는 별 관심도 없고 뽕나무를 실제로 본 적이 있어야 말이지.'

한 번 본 것은 결코 잊지 않는다. 하지만 처음 보는 것까지 알 순 없는 노릇이었다.

용운이 그 나무를 손가락으로 가리키며 물었다.

"현덕 님, 혹시 저기가 현덕 님의 집인가요?"

"어? 어떻게 알았지?"

"아, 뽕나무 얘기를 태수님한테 들어서⋯⋯."

무심코 말했다가 움찔한 용운이 대충 둘러댔다. 유비는 뭔가 우울한 목소리로 중얼거렸다.

"아아, 백규 형이 얘기해준 건가. 별 얘길 다 했군. 맞아, 내가 어릴 때 살던 집이야. 어머니께서 돌아가신 후로 지금은 누가 사는지 모르겠다만. 황건의 난 때 고향을 떠난 이래 처음으로 와보게 되네."

유비의 어머니는 나름 교육열이 있고 자존심이 강한 여성이었던 모양이다. 어린 시절부터, 유비가 황가의 후손이라는 사실을 끊임없이 상기시켰다. 또 가난한 살림에도 불구하고 아들을 노식(盧植)이라는 거물에게 보냈다. 일종의 유학인 셈이다. 유비는 거기서 훗날 유주의 군웅이 되는 공손찬을 만나 친우가 되기도 했다.

비록 어머니의 바람대로 학문을 깊이 익히진 못했으나, 초창기 유비의 인맥의 시작이자 가장 중요한 인연이 거기서부터 시작됐다. 병법의 기초와 군사학 등도 그때 배웠다. 어머니가 아니었다면 유비는 진짜로 뒷골목의 두목 정도에 그쳤을지도 몰랐다.

"내가 학문에 별 흥미가 없었다는 게 문제였지."

그런 어머니는 유비가 아직 10대 후반일 무렵 병사했다고 한다. 좀 더 출세한 모습을 어머니께 보여드리지 못한 것, 유비에게는 그것이 회한으로 남았다.

자신의 어린 시절과 모친의 얘기를 하며 걷던 유비가 별안간 우뚝 멈춰섰다. 그는 뭔가에 적지 않게 놀란 기색이었다. 바로 뒤의 관우와 장비, 조금 떨어져서 따라오던 용운과 사천신녀도 덩달아 걸음을 멈췄다.

"어…… 저분은!"

장비가 작게 탄성을 질렀다. 맞은편에서 한 노인이 걸어오고 있었다. 단정하게 묶은 머리는 백발이었으나 안광이 맑고 날카로웠다. 옆구리에 검을 찼으며 등과 허리가 꼿꼿했다. 걸음걸이 또한 힘 있고 일정했다. 이는 노인이 군무(軍務, 군인으로서 복무함)를 해본 적이 있음을 알려주었다.

용운 일행도 결코 평범하진 않았다. 범상치 않은 외모의 남녀 여덟이 길에 버티고 서 있었으니. 노인도 의아한 기색으로 멈춰섰다. 그러나 노인의 얼굴에 떠오른 경계심은 곧 반가움의 빛으로 바뀌었다.

"현덕? 너는 현덕이 아니냐?"

"스승님! 그간 강녕하셨습니까?"

유비가 깊이 허리를 숙여 포권을 취했다. 노인을 알아본 관우와 장비도 마찬가지였다.

"안녕하십니까, 어르신."

"오, 오랜만에 뵙습니다!"

다가온 노인은 유비와 관우, 장비의 어깨를 두드리며 반가워했다.

"허허, 오냐. 너희도 여전하구나. 마을에 군대가 왔다고 사람들이 두려워하며 알아봐달라기에 나왔더니, 혹시 너희가 이끌고 온 병사들이더냐?"

유비는 쩔쩔매며 답했다. 그가 누군가의 앞에서 이토록 조심스러워하는 모습은 처음이었다.

"송구합니다."

용운은 굳이 대인통찰을 사용하지 않아도 노인의 정체를 짐작할 수 있었다. 유비가 스승님이라 부를 사람은 하나뿐이었다.

'노식 자간!'

노인은 바로 유비의 스승이자, 후한 말의 저명한 정치가였던 노식이었다.

노식(盧植)은 구강태수와 여강태수를 역임했다. 황건의 난 때는 북중랑장(北中郞將)에 임명되어 장각이 이끄는 황건군 본대를 거듭 격파하였다. 당시 유비도 의용군을 이끌고 노식의 휘하에 있었다. 그때 좌풍이란 환관이 노식의 군영을 감찰하러 나왔다가, 뇌물을 바치지 않자 노식을 모함했다. 당장 이길 수 있음에도 태평도(황건적)로부터 뇌물을 받아 시간을 끈다고 보고한 것이다.

'그런 얘기들로 봐서 원칙주의자이자 깐깐한 사람인 건 짐작했는데 우리가 진짜 도적 무리거나 황건의 잔당이기라도 했으면 어쩌려고 달랑 검 한 자루 차고 혼자 나왔대?'

그 일로 노식은 황제의 진노를 샀다. 그는 졸지에 죄인이 되어 낙양으로 압송됐다. 후임으로 부임한 장군이 바로 동탁이었다. 유비가 노식을 본 것은 그때가 마지막이었다.

"다행히 황보 장군(황보숭)께서 스승님께 공을 돌리는 상소를 올린 덕에, 무사히 풀려나 상서(尙書)가 되셨다고 들었습니다."

유비의 말에 노식은 고개를 끄덕였다.

"나도 풍문에 너와 백규(공손찬)의 소식을 전해 듣곤 했다. 이번에 백규는 큰일을 했더구나."

"네……."

유비는 약간 씁쓸한 웃음을 지었다. 확고하게 자리를 잡고 큰일을 벌인 공손찬에 비해, 자신은 있던 관직마저 버리고 결국 그의 밑에 들어간 신세였기 때문이다.

"한데 여기서 널 다시 볼 줄이야. 길에서 이럴 게 아니라 모두 우리 집으로 가자."

"괜찮겠습니까? 보시다시피 일행이 많습니다."

"네 지인인 장세평과 소쌍이란 상인들이 도움을 많이 주었다. 꽤 큰 집도 마련해줘서 지내는 데는 불편함이 없다."

찾고 있던 이름들에 유비가 반색했다.

"아, 그들이! 혹 지금 여기에 있습니까?"

"며칠 전 상행을 떠난 걸로 안다."

"그렇습니까."

"어쩐지, 네 모친께서는 오래전에 돌아가시고 내가 여기 있다는 것도 몰랐을 터인데 웬일인가 했다. 장세평을 만나러 온 것이었더냐?"

"예, 겸사겸사……."

장세평은 현재 탁현에 없으나 여전히 이곳을 거점으로 활동하며, 노식과도 연이 닿는 듯했다. 잠시 기다리다 보면 자연히 만나게 될 터였다.

유비와 눈이 마주친 용운이 고개를 끄덕였다. 그는 이미 노식의 능력치를 확인한 후였다.

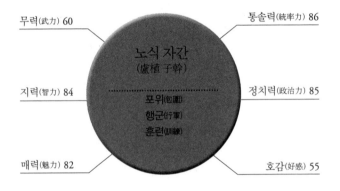

무력(武力) 60
통솔력(統率力) 86

노식 자간
(盧植 子幹)

지력(智力) 84
정치력(政治力) 85

포위(包圍)
행군(行軍)
훈련(訓鍊)

매력(魅力) 82
호감(好感) 55

용운은 횡재를 한 기분이었다.

'어머, 이건 사야…… 아니, 등용해야 해!'

나이와 지력에 비해 결코 낮지 않은 무력치. 게다가 정치력과 매력도 준수했다.

'나이가 있으니 최전방에 세우긴 그렇고. 예비대를 맡기거나 특기를 살려서 병사들의 훈련교관을 시키면 딱이겠다.'

노식은 관직이나 돈으로 움직일 사람이 아니다. 더구나 유비와 친분이 두터우니, 영입이 성공할 가능성이 매우 높았다.

'정사에서는 동탁을 피해 하북으로 달아났다가 원소의 초빙으로 임관, 3년 후에 병으로 사망한다고 되어 있어. 그때 달아난 곳이 여기였구나. 그러고 보니 노식의 고향도 탁군 탁현이다. 탁군은 하북에 속하지. 하북 지역으로 달아났다곤 해도, 익숙한 고향이 제일 편했을 거야. 왜 그 생각을 못했을까.'

노식이 원소에게로 가기 전에 먼저 만난 게 다행이었다. 용운은 그를 절대 놓치지 않을 생각이었다. 병사하기까지 시간이 얼마 안 남았다는 게 걸렸지만 그건 노구에 환경이 바뀐 탓일 수도 있다.

'만약 병에 걸리면 나비상으로 치료해야지. 겁나 장수하게 만들 테야.'

노식은 미묘하게 뜨거운 시선으로 자신을 흘끔거리는 용운을 보며 고개를 갸웃거렸다.

'왜 저리 쳐다보지? 저 아이가 어디서 날 본 적이 있던

가? 그나저나 참으로 미색이 뛰어난 아이로구나. 복장이 아니었다면 영락없이 여인으로 알 뻔했다.'

이렇게 해서 용운 일행은 노식의 거처에 들르게 되었다.

그의 집은 그리 멀지 않았다. 잠시 걷자 곧 노식의 집이 나타났다. 화려한 저택은 아니지만, 과연 노식의 말대로 제법 크고 탄탄하게 지어진 목조 가옥이었다.

노식이 안마당에 들어서자 한 아이가 뛰어나왔다. 일고여덟 살쯤 되어 보이는 총명한 인상의 소년이었다.

"아버님! 황건의 잔당이 쳐들어온 것이었나요?"

"육아, 행동을 삼가거라. 손님이 오셨으니까."

"앗…… 안녕하세요! 저는 노육이라 합니다."

한발 늦게 용운 일행을 본 소년은 나름 정중히 포권을 취했다. 노식이 소년의 머리를 쓰다듬으며 소개했다.

"장남부터 셋째까지는 다 유학을 가거나 벼슬을 하러 나갔고, 이 녀석은 늦게 얻은 막내라네."

"하하, 과연 스승님을 닮아 총명해 보입니다."

"팔불출 같네만 나 어릴 때보다 훨씬 영특하지."

유비는 부드럽게 웃으며 고개를 끄덕였다. 용운은 그 옆에서 귀를 쫑긋 세우고 있었다.

'저 꼬마가 노육이구나!'

노육(盧毓). 자는 자가(子家).

노식의 자식들 중 유일하게 치적을 남겼다. 훗날 조조의 장남 조비의 문하로 처음 출사하여, 최염의 추천으로 기주 부주가 된다. 노육은 태수로 임관하는 곳마다 덕을 베풀어 백성들의 칭송을 받았다. 특히 법률과 인재 등용에 뛰어났으며, 사공(司空)을 거쳐 죽기 전에는 용성후(容城侯)의 자리까지 올랐다.

　'여기서 노식을 만날 것도 예상치 못했는데 게다가 어린 노육까지……. 탁군이 의외로 숨은 노다지였어. 이거 잘만 하면…….'

　용운은 노육을 보며 남몰래 눈을 빛냈다.

　노식은 용운 일행에게 아내와 수하들도 소개했다. 조용하던 집은 곧 잔치 분위기가 되었다. 간단한 주안상이 차려지고 각자 소개를 했다.

　화로를 가운데 놓고 삿자리 위에 빙 둘러앉았다. 노식이 유비에게 지난 얘기를 풀어놓았다.

　"너도 들어서 알겠지만 그 후 황궁에 난이 일어났다. 급기야 동탁, 그 짐승 같은 자가 폐하를 밀어내고 진류왕을 천자로 세우려 했다."

　"스승님 성격에 면전에서 반대하셨겠군요."

　"허허. 그래, 그랬지. 동적이 당장 날 죽이려 드는 것을, 채옹이 말려준 덕에 관직에서 쫓겨나는 정도로 그쳤다. 하지만 더 이상 안전하지 못하다고 느껴 이리로 돌아온 지 좀 되었다. 나 혼자라면 마지막까지 목숨을 걸고 폐하를 지켰 겠지만 처와 아이들이 있으니……. 그렇다고 사내로 태어 나 이 꼴로 숨어 살다 죽을 수도 없고 말이다. 요즘 고민이 많구나."

그는 말끝에 가볍게 탄식했다. 유비와 용운이 또 시선을 교환했다. 최소한 노식은 이대로 은거할 생각은 아니었다. 아직 뭔가 해보고픈 의지가 남아 있는 것이다.

'그렇다면 얘기가 더 쉬워진다.'

용운은 이미 유비에게 노식을 끌어들여보라는 의사를 전 한 상태였다. 유비도 거기 찬성했다. 용운이 조심스레 입을 열었다.

"저, 자간 님."

"음, 편히 말씀하시게."

"혹 원소에게 가실 의향이 있으십니까?"

노식은 흥미 어린 눈길로 용운을 보았다. 유비가 자신의 참모라고 소개했을 때는 속으로 놀랐다. 너무 어려 보였기 때문이다. 그러나 용운이 바로 공손찬으로 하여금 동탁 토 벌군을 결성케 한 장본인이자, 사수관을 함락시킨 일등공 신이란 말에 생각이 달라졌다.

'하도 예쁘장해서 시중들게 하려고 데리고 다니는 미동

(美童)인 줄 알았더니……. 사람을 겉모습만 보고 판단하다니, 나도 멀었구나.'

그러고 보니 동행하고 있는 여인들도 범상치 않았다. 장신의 여인은 고요한 가운데 태산 같은 기백이 느껴졌다. 복면의 여인은 분명 이 자리에 있는데도 문득 기척을 놓치기 일쑤였다. 붉은 활을 든 여인 또한 허술한 듯 보여도 빈틈이 없었으며, 먹기 바쁜 소녀는…….

'흠흠, 저 아이는 아직 보류하자.'

아무튼 신비로운 외모하며, 뭔가 사연이 있는 자임이 분명했다. 진지하게 임할 기분이 든 노식이 말했다.

"원소라……. 만약 그쪽에서 초빙한다면 응할 의사는 있네. 본초의 가문은 사세삼공의 명문이자, 본초 자신도 동탁에게 맞서 싸우고 있는 충신이지. 또 현재로서는 한 황실을 부흥시킬 능력을 갖춘 유일한 인물이라 생각하네."

"자간 님의 말씀도 완전히 틀린 것은 아닙니다. 허나 원소에게 가신다면, 송구하지만 세 가지 실수를 하시게 됩니다."

용운의 말에 노식뿐만 아니라 열심히 듣고 있던 노육도 더 다가앉았다.

"세 가지 실수라니, 그게 무엇인가?"

"우선, 원본초는 한 황실을 부흥시킬 생각이 없습니다. 상대를 잘못 고르셨으니 그게 첫 번째 실수입니다."

"……어째서 그리 생각하는가?"

용운은 기다렸다는 듯 청산유수로 답했다. 그가 알고 있는 지식들에 더해, 특기 '언변'이 발동한 것이다.

"정말 그랬다면 원본초가 공손찬보다 먼저 거병을 했어야 합니다. 원소의 명성과 영향력으로 미뤄볼 때 충분히 가능했을 것입니다. 하지만 그는 공손찬이 격문을 발표할 때까지 전혀 움직이지 않았습니다. 천자께서는 하루하루 고통받고 계셨는데 말입니다."

"으음……."

"뿐만 아니라 연합군에 참여할 때도 자신이 자랑하는 안량과 문추라는 맹장과 뛰어난 책사들을 대부분 발해에 두고 왔습니다. 반면, 공손찬은 북평을 이민족들로부터 지킬최소한의 전력만을 남겨두고 역량을 총동원했지요. 황실에 대한 충성의 차이가 엿보이지 않습니까? 또 제가 직접 옆에서 원소를 지켜본 바, 결코 큰 그릇이 아니었습니다."

묵묵히 고개를 끄덕인 노식이 말했다.

"두 번째 실수는 무엇인가?"

"본래 공손찬은 전력을 다해 낙양을 공격하여 역적 동탁을 치고 폐하를 구하려 했습니다."

공손찬 또한 노식의 제자였기에, 용운은 그를 높여 칭하지 않았다.

"하지만 방금 말한 원소나 원술과 같은 자들이 공손찬의 명성이 천하에 떨칠 것을 우려하여 비협조적으로 나왔습니다. 또 동탁군의 저력도 예상 이상으로 강했고요. 지금 공손찬의 활약으로 사수관을 점령하고 낙양까지 치고 들어가긴 했으나, 그렇게 사분오열된 상태에서는 동탁을 무너뜨리기 어렵습니다."

"그러면?"

"이후 동북평으로 돌아간 공손찬은 필연적으로 원소와 싸우게 될 것입니다. 그럴 경우 제자를 적으로 돌리게 되니, 그게 두 번째 실수입니다."

"역시 그런가……."

노식이 낮게 신음했다.

"나도 생각하지 않은 건 아니네. 만약 내가 원소의 막하가 되었다가, 백규 그 아이와 적으로 만나게 될 일을 말일세. 허나 이 난세에 어찌 그런 것들까지 일일이 두려워하며 출사하겠는가."

"두 제자를 모두 적으로 돌려가면서 말입니까?"

공손찬뿐만 아니라 이 자리에 있는 유비 또한 원소의 적이 될 것임을 에둘러 말한 것이다. 노식의 얼굴이 더욱 어두워졌다. 공손찬과 유비는 그에게도 특별한 제자들이었다.

노식이 흔들리는 걸 느낀 용운이 일침을 가했다.

"자간 님께서는 하늘의 도리를 따르기 위해 천자를 모시는 것이지요. 그를 어기려는 동탁을 꾸짖으셨고요. 즉 목숨을 아끼지 않고 도리를 지키려 하신 것입니다."

"신하로서 마땅히 해야 할 일이었네."

"인간의 도리란 인(仁)이니, 사람 사이에서 자신의 본분을 다하는 것입니다. 그것이 도리라면 사제지간의 관계 또한 도리라 할 수 있습니다. 군신의 관계가 인이라면 사제지간에도 어찌 인이 없겠습니까?"

"자네, 유학을 익혔는가……."

노식은 새삼 달라진 표정으로 용운을 보았다. 제자 둘이 모두 학문에 관심이 없어 아쉬웠다. 그러다 뜻밖의 장소에서 유학의 도리와 인을 인용하는 소년을 만난 것이다.

용운은 겸손한 태도로 답했다.

"그저 수박 겉핥기식으로 조금 배웠습니다."

"아니…… 나는 이 나이까지 학문을 익혔음에도 그것을 실제 내 삶에 제대로 적용하고 실천하지 못했네. 자네의 말을 듣다 보니 새삼 실감되는군. 그래, 사제지간의 도리도 분명 인간의 도리지. 세 번째는 무언가?"

용운의 눈앞에, 자신에 대한 노식의 호감도가 상승했음을 알리는 숫자가 떴다. 55이던 호감도가 70이 되어 있었다. 조금만 더 넘어오면, 노식이라는 인물을 얻을 수 있다.

관직이나 금전과 관계없이 등용 가능한, 가뭄 속 단비 같은 인물을.

"세 번째는…… 원소에게 갔다가는 여기 사모님과 어린 자제분을 두고 스스로 사지(死地)로 걸어들어가시는 꼴이니, 가장으로서의 책무를 다하지 못하게 되신다는 겁니다."

"뭣이……?"

마누라와 자식을 두고 죽으러 갈 거냐는 소리였다. 노식의 눈에 은은한 노기가 떠올랐다. 동시에 70이던 호감도가 60까지 떨어졌다.

'이크, 너무 세게 나갔나? 여기서 임팩트를 줘야 한다고 생각했는데…….'

용운은 찔끔했으나 이미 내친걸음이었다. 어쨌거나 노식이 원소에게 간 뒤 일찍 죽는 바람에, 불과 열 살에 아버지를 여읜 노육이 개고생을 하며 성장한 건 엄연한 사실이었다.

'당신은 거기 갔다가는 병으로 죽는다고 말할 순 없으니.'

용운은 일부러 더욱 확신에 찬 어조로 말했다.

"원소는 반드시 패망할 것이기 때문입니다. 그러면 거기 속한 자들도 성치 못하겠지요."

"백규, 그 아이도 영웅의 기상을 가졌지만 본초가 거기 떨어진다고 말할 수 없네. 아니, 자네는 본초의 그릇이 작다고 평했으나 냉정하게 말하면 백규보다는 훨씬 뛰어나지. 적어도 둘 모두를 내가 가까이에서 본 바로는 그렇다네. 한데 본초가 백규에게 져서 패망한다는 말인가?"

"그렇습니다."

"납득이 가도록 설명해보게."

"분명 원소에게 인재는 많으나 그들을 제대로 활용하지 못하고 우유부단하여 결정을 그르칩니다. 또한 지나치게 많은 인재들을 엄히 통솔하지도 못하니 그것이 독이 되어 내분이 일어난 끝에 자멸할 것입니다. 사세삼공의 가문이라는 허명은 오만함만 더해주어, 현실을 직시하고 인정하지 못하게 합니다. 원소의 세력은 둔하고 커다란 짐승이 살만 찌우고 있는 꼴에 불과합니다."

"자네의 말은 모두 사견이자 가정이 아닌가."

잠깐 뜸을 들인 용운이 말했다.

"결정적으로, 제가 반드시 원소가 패망하도록 만들 것이기 때문입니다."

"허……."

"그러니 자간 님, 유비와 저를 도와주십시오. 그러기 위해서는 자간 님의 힘이 필요합니다."

"하하하!"

노식의 황당함은 호탕한 웃음으로 변했다.

설마 이 자리에서 임관을 청해올 줄이야. 그는 웃음과 함께 솔직히 인정했다. 10여 년 전까지만 해도 도리와 원칙대로 살기 위해 애썼다. 덕분에 공을 세우고도 모함을 받아 옥살이까지 하지 않았던가.

동탁에게 대들었던 일도 마찬가지였다. 다행히 죽음은 면했으나, 그 결과 그가 얻은 것은 벼슬자리를 잃은 바람에 생긴 빈곤뿐이었다. 장세평의 도움이 아니었다면 큰 곤란을 겪었으리라.

더구나 이렇게 고향에 숨어 있으니, 그나마 가졌던 나름의 명성마저 빠르게 잊혀갔다. 말로는 죽기 전에 능력을 떨쳐보고 싶다고 하였으나, 이제 그만 노후를 편하게 보내고 싶은 마음도 없지 않았다.

그러기 위해서는 원소가 제격이었다. 제물은 넘쳤으며 세력은 탄탄했다. 괜히 세간에서 천하에 가장 가까운 인물이라고 평하는 게 아니었다. 더구나 여기서 발해까지는 크게 멀지도 않았다.

노식은 지쳤던 것이다. 한데 꺼져가던 그의 열정에 용운이 불을 붙였다.

'제자 녀석이 내 힘이 필요하다고 청해오니, 정녕 아직 늦지 않았단 말인가? 또 현덕은 황실의 후손이라, 황실 부흥에도 소홀하지 않을 터. 이거야말로 군신의 도리와 사제

지간의 도리를 모두 지키는 일이 아닌가.'

여기서 유비와 재회한 것도 운명일까. 노식은 천천히 고개를 끄덕였다.

"자네의 세 가지 지적, 인상 깊었네. 좋아. 늙은 이 몸이라도 아직 필요하다면, 말년을 제자 녀석들과 불사르는 것도 나쁘진 않겠지."

"스승님!"

"감사합니다!"

용운과 유비가 동시에 벌떡 일어났다. 유비는 지체 없이 큰절을 올렸다. 멈칫하던 용운도 따라서 절을 했다.

노식은 흐뭇한 표정으로 고개를 끄덕였다.

용운이 잠자던 늙은 사자를 깨운 그 시각, 젊은 영웅들이 탁군으로 다가오고 있었다.

(3권에 계속)

외전

1

기억의 탑

학교를 마치고 집으로 돌아가는 길이었다. 길을 걷던 용운은 짧은 신음을 토했다.

"윽!"

지독한 두통이었다. 자주 겪는 일이지만, 그때마다 참기 어려운 고통을 맛봤다. 마치 누군가가 머릿속으로 손을 집어넣고 뇌를 직접 헤집는 것 같은, 말로 설명하기 어려운 고통이었다.

동시에 온갖 기억들이 한꺼번에 밀려왔다. 두세 살쯤 되었을 때의 일부터, 바로 조금 전 학교에서 있었던 일까지. 몇 명인지 알 수 없는 사람들의 얼굴과 목소리, 체취, 그가 지금껏 보고 들은 모든 것들이 어지러이 뒤섞여 두서없이 떠올랐다.

— 용운아, 엄마라고 해봐. 엄마.

— 아기가 이상해요, 어머님. 어쩐지 말을 다 알아듣는 것 같아서 좀 소름끼쳐요.

— 네가 진용운이니? 난 민주라고 해. 우리 앞으로 친하게 지내자.

— 진용운, 수업 똑바로 안 들을래? 네가 똑똑한 건 알겠는데 다른 친구들 공부에 방해되잖아.

그가 고통에 시달리고 있을 때였다. 한 무리의 아이들이 그를 발견하고 멈춰섰다.

"어? 저거, 진용운 아니야?"

"맞아. 뭐하는 거지?"

"어디 아픈 것 같은데."

"매일 잘난 척하니까 그렇지, 병신."

안타깝게도 그들은 용운에게 적대감을 가진 패거리였다. 사실 그냥 평범한 아이들로, 적당히 지저분한 옷을 입고 캐릭터가 그려진 운동화를 신고 가방을 멨다.

반면, 용운은 어린아이들의 눈으로 보기에도 자신들과

뭔가 달랐다. 좀체 웃지 않는 무표정한 얼굴에, 말투에서는 늘 자신들을 무시하는 듯한 뉘앙스를 풍겼다. 또 자신들은 생전 처음 들어보는 이상한 단어들을 많이 알고 있었다.

무엇보다 지나치게 예뻤다. 머리를 기르고 치마를 입히면 누구나 여자아이로 착각할 정도였다. 그 때문인지, 냉소적인 태도에도 불구하고 여자아이들의 인기를 독차지했다. 그런 모든 것들이 몹시 못마땅했다.

골목 담장에 기대 신음하는 용운을, 선두에 선 덩치 큰 녀석이 툭 걸어찼다.

"야, 뭐하냐?"

"으윽…… 저리 꺼져."

그 대답은 악동들의 화를 돋웠다. 딱 하나, 그들이 용운보다 우월한 게 있었다. 바로 힘이었다.

"뭐라는 거야, 이 새끼가."

덩치 큰 남자아이의 이름은 김장우로, 유달리 용운을 싫어했다. 그가 남몰래 짝사랑하는 민주가 늘 용운의 얘기만 했기 때문이다. 어제는 용운이와 뭘 했다, 오늘은 용운이가 무슨 옷을 입었다, 용운이가 무슨 말을 했다 등등. 듣기로 둘은 이웃집에 산다고 했다. 그런 민주가 보는 앞에서는 용운을 함부로 건드리기도 어려웠다.

김장우의 눈에 잔인한 빛이 스치고 지나갔다. 그는 주위를 두리번거렸다. 민주는 물론, 지나가는 사람도 없었다. 지금이 기회였다.

"뭐라고 했냐? 다시 말해봐."

픽! 김장우가 용운의 배를 걷어찼다. 아이답지 않은, 인정사정없는 발길질이었다. 패거리들이 흠칫 놀랐다.

"컥!"

용운은 배를 감싸쥐고 주저앉았다. 그런 그의 머리를, 김장우는 재차 걷어찼다.

"응? 뭐라 했냐고. 이 건방진 새끼야."

용운은 저항하려고 했다. 하다못해 도망이라도 치고 싶었다. 그러나 머리가 너무 아프고 눈앞이 어지러워 제대로 움직이기도 어려웠다. 언제부턴지 늘 이랬다. 이런 증상이 한번 시작되면, 한동안 꼼짝 못하고 시달릴 수밖에 없었다.

처음에는 구경만 하던 다른 아이들에게도 김장우의 광기가 서서히 전염되었다. 평소에는 다른 세상의 존재 같던 용운이 쓰러져 웅크린 채 꼼짝 못하는 것도 어쩐지 통쾌했다. 남자아이들은 하나둘 폭력에 동참하기 시작했다. 작은 몸뚱이 위로 운동화 혹은 슬리퍼를 신은 발들이 마구 떨어져 내렸다. 그 폭력은 새된 여자아이의 목소리가 골목 안에 울려퍼질 때까지 계속되었다.

"야아아아아! 너희 뭐하는 거야!"

마치 사내처럼 짧게 자른 머리에 청바지 차림의 소녀였다. 하지만 몸의 굴곡만은 초등학생답지 않게 늘씬했고 키도 김장우 못지않았다.

그쪽을 쳐다본 아이들 중 하나가 낭패스러운 표정을 지었다.

"으악, 미친 민주다."

김장우는 진용운을 밟던 와중에도 그 아이를 향해 으르렁댔다.

"내가 민주 그렇게 부르지 말랬……."

퍽! 우당탕! 그는 말을 다 끝맺지 못하고 나뒹굴었다. 무섭게 달려온 민주가 긴 다리를 뻗어 걷어찬 것이다.

골목 바닥을 한 바퀴 뒹군 김장우가 벌떡 일어섰다. 여자한테 맞아서 나자빠졌다는 수치심에 얼굴이 벌게졌다.

"야, 이 미친년아!"

남자아이들은 그를 보며 생각했다.

'그렇게 부르지 말라더니…….'

허리에 양손을 얹고 용운의 앞에 버티고 선 민주가 으름장을 놓았다.

"너희들, 내가 용운이 괴롭히지 말라고 분명히 말했지?"

"네가 뭔데!"

"나, 용운이 친구지. 그리고 너희, 용운이 아버지가 얼마나 유명하고 대단한 분인지 알아? 진짜 무지 짱 센 거인이라고! 너희 같은 것들은 한 손가락으로도 날려 보내실걸? 이렇게 용운이 괴롭히다가 걸리면 큰일 난다, 너희."

조금 움찔한 김장우가 반박했다.

"흐, 흥! 우리 아빠도 힘 엄청 세다!"

"용운이 아빠가 대한민국에서, 아니, 세상에서 제일 세."

"그런 게 어디 있어!"

김장우는 민주와 말싸움하느라 패거리들의 안색이 파래지더니 하나둘 도망치기 시작한 걸 미처 깨닫지 못했다. 열 올리던 민주가 밝은 표정으로 인사했다.

"어, 아저씨! 안녕하세요?"

"무슨⋯⋯."

무심코 뒤돌아본 김장우의 몸이 굳었다. 눈앞에 거인이 있었다. 말 그대로 거대한 인간. 고개를 한껏 들어올려서야 겨우 그의 얼굴을 볼 수 있었다.

덥수룩하게 헝클어진, 빛바랜 머리카락과 커다란 코, 굳게 다문 입매. 턱은 거친 수염으로 가득했다. 검게 그을린 얼굴 가운데서 두 눈이 기이하게 번쩍였다.

그때, 힘겹게 일어나 앉은 용운이 나직하게 말했다.

"아빠⋯⋯."

민주가 재빨리 김장우의 만행을 용운의 아버지, 진한성

에게 일러바쳤다.

"아저씨! 쟤가 틈만 나면 용운이를 때리고 괴롭혀요. 혼내주세요."

거인의 손이 뻗어왔다. 김장우는 반사적으로 눈을 질끈 감았다.

'때리면 고소할 거야!'

순간, 커다란 손바닥이 머리를 쓰다듬는 게 느껴졌다. 동굴 속에서처럼 울리는 낮은 음성이 말했다.

"친구를 때리면 쓰나. 사이좋게 지내야지."

"아, 그게 아니라 저 자식이 자꾸 우리를 무시해서요."

"음, 그렇다고 폭력을 휘둘러선 안 되지."

슈욱! 그때였다. 김장우는 눈을 둥그렇게 떴다. 몸이 한없이 허공으로 치솟고 있었다. 머리가 지독하게 아팠다. 진한성이 아이의 머리를 움켜쥐고 들어올린 것이다.

"까악!"

김장우는 괴상한 비명을 질렀다. 눈높이를 맞춘 진한성이 말을 이었다.

"이거 봐. 아저씨는 그냥 널 마주 보려고 살짝 들었을 뿐인데도 아프지? 그러니까 네가 마구 발길질한 용운이는 얼마나 아팠을까? 응?"

"이, 이거 놔! 이 또라이 새끼야!"

김장우는 버둥거리며 발길질을 했다. 그러나 진한성은 미동도 하지 않았다.

"어라? 어른한테 반말에다 욕지거리도 하네. 너야말로 나쁜 아이구나?"

우득! 머리에 더욱 힘이 가해졌다. 결국, 김장우는 울음을 터뜨렸다.

"으아앙!"

"앞으로 사이좋게 지내라."

그는 진한성이 놔주자마자 온 힘을 다해 도망쳤다. 아빠한테 말해서, 경찰에 신고하겠다고 다짐하면서.

아이의 상식으로는 이 진한성이라는 인간이 치외법권이나 마찬가지라는 사실을 이해할 수 없었다.

잠깐 정신을 잃었던 용운은 진동을 느끼고 눈을 떴다. 그는 넓고 따뜻한 등에 업혀 있었다. 몇 달 만에 보는 등이었다.

"아빠."

용운의 목소리에 진한성은 벙긋 웃으며 뒤를 돌아보았다.

"용운아, 일어났니? 민주가 네 걱정 많이 하더라. 이따가 저녁에 가서 보고 와."

"언제 오셨어요?"

"언제 오긴. 한국에 도착한 지 얼마 안 됐어. 바로 집으로 달려오는 길이다."

"으응……."

"애들이 많이 괴롭히니? 그 파란 반바지 입은 녀석, 아빠가 혼내줬다. 앞으로는 너 못 건드릴 거야."

"걔는 아무것도 아니에요. 그보다……."

용운은 아빠를 존경하고 좋아했다. 그런데도 어쩐지 알 수 없는 벽이 느껴져서 시시콜콜한 애길 나눠본 적이 없었다. 아빠를 대하는 말투도 어린아이답지 않게 정중했다. 아마 늘 집을 비우고 있다가 몇 달에 한 번씩만 봐서 그럴 터였다. 혹은 아빠까지 자신을 이상한 눈으로 볼까봐 두려워서인지도 몰랐다. 다른 아이들의 부모님이나, 자신이 교과서는 물론이고 사전까지 모두 외우고 있음을 알았을 때의 선생님들의 표정처럼.

그러나 이때는 달랐다. 이전에도, 앞으로도 없던 일이었다. 아빠의 체온과 다정한 말투에 용기가 났다. 용운은 울먹이면서 이제껏 숨겨왔던 얘기를 비로소 털어놓았다.

"아빠, 나, 머리가 너무 아파……."

아들의 얘기를 듣던 진한성의 표정이 굳어졌다. 이것은 천형. 진한성 자신도 어린 시절부터 겪어온 일이었다. 그랬기에 아들이 얼마나 심한 고통을 겪었을지 잘 알았다.

"왜 아빠한테 진작 말하지 않았니?"

"하지만 아빠는 늘 집에 없고……. 말하면 엄마도, 아빠도 괜히 걱정하니까요."

"부모가 자식을 걱정하는 건 당연한 거야."

"그리고 나를……."

우물쭈물하던 용운이 조심스레 말했다.

"괴물처럼…… 이상한 아이처럼 생각할까봐 무서웠어요."

진한성은 마음이 아팠다. 자신의 아들은 한 번 보고 들은 걸 영구적으로 기억하는 순간기억능력에 더해, 그 모든 정보들을 계속 저장하는 과다기억증후군 환자가 분명했다. 자신과 마찬가지로.

'워낙 예쁘장하고 여리여리해서 제 엄마를 닮은 줄 알았더니……. 외모만 그랬던 모양이군. 좀 더 일찍 눈치챘어야 하는데.'

진한성은 아들이 안쓰러운 한편, 무서운 기대감에 가슴이 두근거렸다. 이 능력이 사용하기에 따라 얼마나 강력하고 유용하며 무서운지 누구보다 잘 아는 그였다. 이 천형은 활용하기에 따라 하늘이 내린 축복이 될 수도 있었다.

"그렇게 따지면 아빠도 괴물이게?"

"응?"

잠시 말뜻을 생각하던 용운이 눈을 동그랗게 떴다.

"아빠도? 아빠도 나처럼 이래요? 뭐든 다 기억하고, 그게 어쩌다 막 한꺼번에 떠오르고?"

"그래. 처음에는 그게 당연한 건 줄 알았다. 기억력 나쁜 다른 사람들이 이상하게 보였지. 그러다가 지금 네 나이 때부터 내가 뭔가 이상하다는 걸 깨달았고."

"아……."

"많이 힘들었겠구나."

용운은 눈물을 글썽였다. 이 고통을 알아주는 사람이 있고 그 사람이 아빠라는 게 뭉클했다. 진한성도 콧날이 시큰했지만, 내색하지 않고 말을 이었다.

"아빠가 그 두통에서 벗어나는 법을 알려주마."

"어? 정말요?"

"아빠도 그 증상으로 오랫동안 고생했다. 하지만 지금은 멀쩡하지. 너도 아빠가 알려주는 방법대로 열심히 수련하면 괜찮아질 거다. 아니, 괜찮아지는 정도가 아니라 새로운 세상을 보게 될 거야."

용운은 새로운 세상을 본다는 말의 의미까지는 이해하지 못했다. 그보다 사흘이 멀다 하고 밀려오는 이 두통이 사라졌으면 하는 마음뿐이었다.

"얼른 가르쳐주세요!"

"그래……. 우선, 머릿속에 구조물을 하나 만들어야 한다. 그게 실제로 있다고 느껴질 만큼 또렷하고 세세하게. 아파트여도 좋고 빌딩이어도 좋다. 혹은 미로 같은 것이어도 괜찮다. 단, 그 안에 수많은 공간, 방이 있어야 한다. 네 기억들을 정리해서 각각의 방 안에 넣어둘 수 있을 만큼 많아야 해."

"방⋯⋯. 아빠는? 아빠의 구조물은 뭐예요?"

"아빠는 머릿속에 성을 가졌단다. 강철로 만들어진 성. 지금은 아마 넓이가 서울보다 넓을 거다."

강철의 성이라. 용운은 어쩐지 아버지와 어울린다고 생각했다. 잠시 고민하던 그가 말했다.

"난 탑으로 할래요."

"탑?"

"네. 마법사의 탑 같은 거. 위로 계속 계속 높이 지을 수 있고, 나선형 계단을 따라 올라가면서 각 층마다 방이 빼곡한 탑이요."

"그것도 괜찮겠구나. 자, 건물을 지었으면 각각의 방에 이름을 붙여라."

"이름이요?"

"그래. 예를 들어, 유치원의 방. 여기에는 네가 유치원 다닐 때의 기억들을 모두 집어넣는 거다. 그리고 문을 꽉 닫아서 평소에는 함부로 튀어나오지 않게 하는 거야."

"아……."

용운은 그날, 진한성의 도움을 받아서 스무 개 층에 달하는 탑의 방 안을 정보로 가득 채웠다.

그에게 '기억의 탑'이 처음 만들어지는 순간이었다.

- 여포, 연합군을 기습하여 맹위를 떨치고 퇴각.
- 공손찬의 장수 검후, 사수관 전투에서 동탁의 상장 화웅을 베어 위명을 떨침.
- 연합군, 사수관을 점령. 한복의 교위 장합은 주인을 떠나 공손찬에게로 임관.
- 동탁, 장안 천도 공표. 낙양을 폐허로 만들어 지탄받음.
- 유비 현덕, 함곡관을 빼앗아 장안으로 향하던 동탁을 노렸으나 정보가 새어나가 실패.
- 이후 공손찬의 그늘을 떠나, 두 의형제 관우 운장, 장비 익덕 및 참모 진 용운 등과 함께 고향인 탁군으로 향함.

주요 관련 서적

• 삼국지 정사(三國志 正史)

중국 서진의 역사가이자 학자인 진수(陳壽)가 저술한 삼국시대의 역사서. 위서 30권, 촉서 15권, 오서 20권, 총 65권으로 이뤄졌으며 위나라를 정통 왕조로 보는 시각에서 쓰였다. 내용이 엄격하고 간결해 정사 중의 명저로 손꼽히나, 인용한 사료가 지나치게 간략하거나 누락되어 훗날 남북조시대에 배송지(裴松之, 372~451)가 주석을 달았다.

• 삼국지연의(三國志演義)

중국 명나라 말기에서 원나라 초의 사람 나관중(羅貫中, 1330?~1400)이 진수의 《삼국지》를 바탕으로, 전승되어온 설화 등을 더하여 재구성한 장편소설이다. 후한 말의 혼란기를 시작으로, 위, 촉, 오 삼국의 정립 시대를 거쳐 진나라가 천하를 통일하기까지, 유비, 관우, 장비 삼형제의 무용과 의리 그리고 제갈공명의 지모를 중심으로 서술했다. 《수호전》, 《서유기》, 《금병매》와 함께 중국 4대 기서의 하나로 꼽힌다. 중국인들에게 오랫동안 애독되었고 한국에서도 16세기 조선시대부터 매우 폭넓게 읽혔다. 현대에도 영화, 게임, 애니메이션 등으로 활발히 재생산되고 있다. 정사와 다르다는 지적이 많은데, 그 이유는 애초에 정사를 참고한 소설인 까닭이다.

• 한서(漢書)

중국의 역사학자 반고(班固)가 편찬한 전한의 역사서. 한 고조 유방이 한나라를 세운 기원전 206년부터 왕망의 신나라가 망한 서기 24년까지의 역사를 다루었다. 총 100편, 120권으로 이뤄졌다.

• 후한서(後漢書)

남북조시대 송나라의 학자 범엽(范曄)이 후한의 역사와 문화를 정리한 책. 서기 25년부터 220년까지의 시기를 다루었으며 본기 10권, 열전 80권, 지 30권으로 이뤄졌다. 후한서 동이열전에 '동이'에 대한 언급이 있는데, 고구려, 부여와 더불어 일본이 동이로 분류되어 있다.

• 수호지(水滸志)

중국 명나라 때 시내암(施耐庵)이 처음 쓴 것을 나관중이 손질한 장편소설. 북송시대 양산박에서 봉기한 호걸들의 실화를 바탕으로 각색하였다. 우두머리 송강을 중심으로, 별의 운명을 이어받은 108명의 협객들이 호숫가에 양산박이라는 근거지를 만들어, 부패한 조정 및 관료에 대항해 싸워 민중의 갈채를 받는 이야기다. 특히, 《금병매》는 이 《수호지》의 일부를 부분적으로 확대하여 재생산한 것이다.

호접몽전 2

1판 1쇄 발행 2016년 8월 25일

지은이 최영진
펴낸이 윤혜준
편집장 구본근
고　문 손달진
본문 디자인 박정민

펴낸곳 도서출판 폭스코너 | 출판등록 제2015-000059호(2015년 3월 11일)
주소　　서울시 마포구 성미산로16길 32(우 03986)
전화 02-3291-3397 | 팩스 02-3291-3338 | 이메일 foxcorner15@naver.com
페이스북 www.facebook.com/foxcorner15

종이 일문지업(주) 인쇄 대신문화사 제본 국일문화사

ISBN 979-11-87514-02-2　(04810)
ISBN 979-11-87514-00-8　(세트)

• 이 도서의 국립중앙도서관 출판예정도서목록(CIP)은 서지정보유통지원시스템 홈페이지
　(http://seoji.nl.go.kr)와 국가자료공동목록시스템(http://www.nl.go.kr/kolisnet)에서
　이용하실 수 있습니다.(CIP제어번호: CIP2016018597)